독서와 사색으로 길어온
일상의 깨달음

마흔,

일상의
재발견

독서와 사색으로 길어 온
일상의 깨달음

마흔,
일상의
재발견

서병철 지음

이담 Books

삶은 나날의 일상이다

일을 물리고 종일 책을 읽었다. 자간과 행간을 '뚫어져라' 쳐다보며 활자 숲에 머물렀다. 분명 바람이다. 세상을 좀 안 후에 부는 바람은 젊은 날의 광풍과 달리 부드럽고 훈훈하다. 먹어도 먹어도 물리지 않는 음식과 같다. 바람은 좀체 그칠 기미가 없고 오히려 책을 향한 열망은 오뉴월 연록의 산야로 쏟아지는 햇살보다 아늑하다. 산 날들이 늘어나면서 앎에 대한 욕구는 오히려 구름처럼 인다. 시간에 쫓기듯 읽는 읽기의 재미는 감칠맛이 더하다. 재미는 도대체 걷잡을 수 없다. 통제 밖이다.

"책은 내 지식 중에서 부실한 부분을 지우고 새로운 지식을 입력하는 메모리반도체 같은 것이다. 새로운 지식이 들어오면 기존의 진부한 것은 지워지고 그 위에 새로운 지식이 덧입혀진다. 좋은 책을 읽고 새로운 사유를 만나 지식을 얻게 되면 기존의 지식체계가 수정되고 덧칠된다. 그렇게 독서를 통해 내 지식체계를 계속 수정해나간다. 그런 측면에서 책 읽기는 나를 연마하는 것이다."(≪시골의사 박경철의 자기 혁명≫ 박경철). 이러한 권면이 아니더라도 책 읽기는 스스로를 연단하는 최적의 길이자 삶의 즐거움인 것을 책을 가까이하다 보면 절로 깨닫는다.

'앎에 대한 욕구는 열등감의 발로'라는 심리학자들의 견해는 일견 타당해 보인다. 분명 앎의 희구는 지금은 스스로를 열위라 여기지만 앞으로 더는 그 사실을 받아들일 수 없다는 의지에서 움튼다. 그런 까닭에 배움이 열등의 경계들을 하나하나 뛰어넘을 때마다 물밀듯 밀려드는 기쁨은 헤아릴 수조차 없다. 앎이 거듭 새로워지면서 욕구의 주머니를 채우기 때문일 터다. 그러나 물욕이든 지식욕이든 어디 욕구가 다 채워지는 것이던가. 한 발짝 다가서면 욕구는 언제나 그만큼 더 멀어지지 않던가. 니체의 말대로 '삶은 언제나 자기 자신을 극복해야 하는 그 무엇'이 아니던가.

삶에 대한 내 정의는 간단하다. '삶은 나날의 일상'이다. 한 사람의 인생은 그가 살아온 일상의 궤적들 이상도 이하도 아니다. 그래서 일상에서 보여줄 수 없는 삶은 거짓이거나 혹은 남의 것을 마치 자신의 것인 양 차용해 사는 가짜가 틀림없다. 그러므로 진정한 삶은 내면이나 정신에서 찾을 것이 아니라 일상에서 찾아야 한다. 언젠가 삶에 대해 이렇게 써두었다.

누가 내 삶에 대한 진지한 물음에 답을 해줄 수 있단 말인가. 생명이 자신에게 유일한 것인 것처럼 삶은 오로지 자신의 유일한 소유다. 스스로를 시험 대상으로 삼지 않는 삶의 이야기는 생동으로 펄떡이며 상대의 가슴으로 뛰어들지 못한다. 그것은 허구이자 과장이며 거짓인 탓이다. 그런 까닭에 '이렇게 살아라'라고 훈육하는 이에게 우리가 물어야 할 것은 그가 둘러쓴 화려한 겉 휘장에 대한 궁금증이 아니라 '당신의 삶을 일상에서 보여라.'라는 일침이다.

　모름지기 훌륭한 글은 자신의 삶이 바로 작품일 수밖에 없음을 자각하며 쓴 글이다. 좋은 글이나 살아있는 글은 내 속의 헛것들을 분별해 그들을 일상에서 과감히 추방하고 남은 싹마저 잘라낸다. 글쓰기는 일상의 그림자를 좇아 그 안에 내재한 사실과 고유성을 유추하고 추론해 간결한 형식으로 집적, 다시 일상으로 되돌려보내는 작업인 까닭이다. 그래서 일상과 기록은 서로 맞물려 순환하면서 충만한 삶의 든든한 뒷배로 작용한다. 일상을 관조하며 사색하는 습관을 들일 수 있다면 더 넓은 세계에 대해서도 혜안을 갖기 마련이다. 이러한 글은 누군가의 삶을 바꾸고 세상을 변화시킬 것이다. 미시의 일은 언제나 거시에서도 일어나는 법이니까. 어쩌면

한 권의 책이란 한 인생의 일상이 남긴 흔적의 기록일지도 모르겠다. 괴테는 이러한 사실을 누구보다 잘 알았던 듯하다. "나는 내가 체험하지 않은 것은 단 한 줄도 쓴 적이 없다. 다만 어떤 한 줄도 내가 체험한 그대로는 아니다."

이 책에는 대부분 마흔의 지평을 지나면서 마주한 일상에 대한 독서와 사색이 남긴 기록들이 담겼다. 마흔이라면 폭염이 막바지에 이른 인생의 어느 시점이다. 드세고 무성한 잎사귀들이 바람에 흔들리며 혹은 더위 먹어 축 늘어진 모습으로 홀로 맹렬히 더위와 고군분투하는 시기다. 이 글들은 그 고투의 흔적이자 삶을 향한 예찬들이다.

시작의 마음과 달리 마무리 즈음에는 아픔이 무시로 찾아들었다. 통증은 겨우 참아낼 수 있는 저림 같은 것이었는데 그것은 다시는 누릴 수 없는 관계의 상실로부터 왔다. 인간은 관계를 얻음으로 시작해 잃음으로 끝을 맺는 삶을 산다. 삶이 고단해지는 때는 대체로 관계가 흐트러져서 생긴다. 어그러지면 관계는 곧잘 아픈 상처가 된다. 그런데도 대체로 어려움을 참아낼 수 있는 것은 관계는 언제든 다시 맺을 기회가 있다는 자각 때문이다. 그러나 맺을 기회마저 유실했을 때는 깊은 상흔이 되어 아픔은 잦아들지 않는다. 사는 동안 내내 그럴 것이다. 내겐 수년 전 별이 된 후배가 그렇고 몇 달 전 갑작스레 부음을 전한 동료 친구가 그렇다. 한때 그들과 나는 울산에서 동고동락하며 보냈다. 두 해 남짓이었지만 나날들은 화인이 되어있다. 그들의 부재가 빈번히 가슴을 저리게 한다. 그들이 내 마흔의 초입을 물들인 소중한 흔적을 남긴 채 떠나서가 아니다. 너무 추억할 것이 많은, 아름다운 시절을 함께 나눌 수 없어서도 아니다. 더는 이 세상에서 재회할 수 없는 절대 부재를 만든 탓이다. 늘 그들에게 산자로서 빚진 마음일 것이다.

봄날, 닦아도 닦아도 뛰어들기를 멈추지 않던 꽃가루들이 어느덧 튼실한 열매로 자리 잡았다. 햇살은 시나브로 누긋해지고 지난여름 무성한 갈맷빛 숲이 내뿜던 산야의 풍광은 엷어지며 푸른 윤기를 덜어내고 있다. 책 읽기도 사색하기도 좋은 시절이다. 짧지 않은 일생을 살며 하고 싶고 이루고 싶은 일 하나 없이 길을 간다는 것은 서글픈 일이다. 손을 떠나지 않은 활자들이 스멀스멀 팔을 타고 가슴으로 기어오른다. 가슴의 열기에 덴 활자들이 바르르 떤다. 활자들이 거친 숨을 몰아쉰다. 온종일 책 읽느라 뇌는 녹아내리는 것

같지만 가슴은 부풀어 터질 듯하다. 하루가 저무는 밤에도 잠 못
이룰 것 같은 들끓음. 마흔의 지평을 지나서도 이 출렁거림이 파도
처럼 쉬지 않는다. 바람은 영 그칠 줄 모른다.

목차

3장 삶에 관하여

4장 노동에 관하여

5장 사람에 관하여

6장 인문에 관하여

7장 꿈에 관하여

1장

글에 관하여

책을 읽는다는 것은 자신 고유의 빛깔이 품은 의미를 섬세히 읽어내는 것이다. 맹자는 독서를 '잃어버린 마음을 찾는 일'이라고 했다. 책 읽기는 자신의 마음과 생각을 읽는 독심(讀心)이고 독사(讀思), 독고(讀考)다. 철학과 지적 축적을 점검하는 독철(讀哲)과 독지(讀知)다. 그 까닭에 독서 편력을 내게 말해준다면 당장 그가 누구인지 스스럼없이 말할 수 있다. '독서목록은 그 자체로 한 사람의 자서전이고 영혼의 연대기'인 것이다.

지난밤 다 소화하지 못한 것들에 대해

성숙이란 목표인 동시에 과정이며, 나에게 없는 어떤 것을 꿈꾸는 게 아니라, 내 안에 내재하는 가능성을 밝혀내는 일이다. 나 자신보다 소중한 가치들이 하늘의 별만큼이나 많다는 사실을 인정해야만 한다. 우리의 관심을 요구하는 것은 부정이 아니라 긍정에 관한 것이며, 일체의 가능성에 대한 확신을 구하는 것이다. 존재의 가능성을 증명하고자 했던 인간의 집념은 그 자체로 하나의 역사를 이루었다. 그리고 그것은 과거의 가치를 현재로 불러오는 힘을 지녔기에 소중한 것으로 여겨져 왔다. 과거가 모범을 보이는 범위 내에서 미래는 자신의 닫힌 문을 개방한다. 과거는 '단순히 경과된 시간이 아니라, 하나의 가능성'이기 때문이다.

역사적 인물들은 '고독 속에서 이루어낸 위대한 자기 변신'을 감동적으로 보여준다. 그들의 높은 안목은 우리 자신을 하찮은 존재로 여기게 하지만, 한편으로는 우리를 고무시킨다. 그들의 삶이 보여준 모범이 바로 역사가 주는 교훈이며, 그들이 제시하는 탁월한 안목이 곧 '진리의 언덕'이기 때문이다. 동물과 인간의 차이를 구별하기 위해 철학이 필요했던 것은 아니다. 성숙한 안목은 현저한 차이는 물론이고 민감한 차이도 읽어낼 줄 아는데, 바로 여기에 진정한 기쁨이 숨어있다고 철학자들은 강조해 왔다.

(《독서의 위안》 p156, 송호성)

기어코 봄의 혁명이 시작됐다. 산수유는 이미 공원을 샛노랗게 접수했고 매화는 보란 듯이 꽃에다 제 현란한 미색을 몽땅 드러냈다. 우물 옆 살구나무는 분홍빛 꽃등을 밝힐 준비를 마무리한 듯 불그레한 꽃망울이 시골 처자의 젖꼭지로 변했고, 앙증맞은 별꽃들은 화단 곳곳에다 하얀 소금을 자잘하게 뿌려놓았다. 바람은 누굿해 선선하고 땅은 어디서나 물기가 스며 포슬포슬하다. 뒷산 진달래는 저 홀로 수줍게 피어 산을 지킬 테고, 솔가리가 우북한 오솔길에는 산꾼의 푹신한 걸음들이 끊어지지 않으리라. 따스한 볕 드는 휴일 오후, 베란다에다 의자 하나 놓고 시나브로 들이닥치는 과격한 봄의 혁명을 지그시 바라본다. '꽃을 꺾을 수는 있지만 봄을 빼앗을 수는 없다.'라고 외친 파블로 네루다의 투쟁을 다시 한번 생각하고, 지난밤 다 소화하지 못한 읽은 것들의 거북함을 해찰하며 지지부진한 내 삶의 처지를 또한 생각한다.

인간의 보편적 본성을 '욕망'에서 찾은 이는 쇼펜하우어와 스피노자다. 그리고 아리스토텔레스와 마르쿠스 아우렐리우스는 '이성'을 인간의 보편적인 본성으로 본다. 이상주이자 맹자는 '선'을 타고난 인간의 천성으로, 한비자의 스승이자 진정한 동양 철학자였던 순자는 생래적 본성을 '악'에서 찾는다. 이를테면 맹자는 인간을 '가능성을 상실하는 존재'로 간주했고 순자는 '가능성을 실현해가는 존재'로 인간을 바라다보았다.

어쨌든 '우주는 변화하는 것이며. 삶은 의견에 불과'하다던 아우렐리우스에 따르면 철학자들의 이러한 사상은 개개의 의견에 불과하다. 그러므로 사상의 가치는 언제든지 평가절하될 수 있다. 그러함에도 철학자의 탁월한 안목과 식견의 중요성을 외면하지 못하는 것은 범속한 인간은 어찌할 수 없는 혼란스럽고 마음대로인 삶을 통제하고 규제하며, 또한 삶을 이해하는 방식으로 이들의 의견을 청취하고 차용해서다. 더불어 보편적인 가치를 진리로 치는 탓이다. 보편적 가치가 빠진 종교는 이단으로 쫓겨나고 보편적 가치를 외면하는 철학은 삼류의 자리로 이탈한다.

시대의 주류로 올라선 진보적 사상은 제자백가와 철학자들의 오랜 목표였다. '불멸이 아니라 지속적인 진보가 개인에게나 집단에게나 최고의 목표'였다. 진보는 곧 성장이다. 태어난 이상 인간은 성장하고 진보해야 삶을 제대로 소화한 것이다. 삶의 목적은 성숙과 성장, 진보에 거처가 있다. 이것이 삶의 진리로 받들어진다. 삶의 진리에 대한 단초를 제공한 이는 셰익스피어다. "사람은 이승에 온 것처럼 / 저승으로 가는 것을 견뎌야 하오. / 성숙함이 전부요."

시간은 연속성과 비분절성이 고유성이다. 과거, 현재, 미래라는 명사로 간단히 분절되지 않는다. 나누고 쪼갠 것은 인간이 불안한 심리를 극복하기 위한 하나의 방편으로 활용했다고 하이데거는 말하고 있다. 근본적으로 시간은 이어져 있으며 가역적이다. 현재는 과거, 미래는 현재의 영향 아래 놓여있으며 거꾸로 과거는 현재에, 미래는 현재에 영향을 줄 수도 있다. 그래서 과거는 바꿀 수 없는 고정불변의 지나간 어떤 것이 아니다. 예컨대 그동안 하염없이 묻혔던 반짝이는 가치들을 지금의 필요에 따라 언제든지 현재로 소환할 수 있기 때문이다. 현재의 필요성이 언제든 과거를 흔들어 깨울 수 있다. 현재의 파문은 미래에도 닿고 과거에도 닿는다. 아인슈타인은 시간은 또한 공간과도 분리될 수 없다고 주장한다. 시공간은 한데 어우러져 있으며 더욱이 휘어져 있다. 손을 들어 검지로 앞을 가리키면 언젠가는 반드시 그 손가락이 자신의 뒤통수에 이를 것이라고 했다. 또한, 미래는 범상한 일상의 현재 속에 은닉되어 있다. 외투 속의 부드러운 질감이 몸을 따뜻하게 덥히듯 일상은 미래를 에워싸고 있다. 그러나 불현듯 미래는 현재를 호출할 것이다. 어느 날 갑자기 외투를 벗고 범람하며 현재를 뒤덮어버린다. 현재를 떠난, 현재를 이탈하고 현재와 단절된 미래는 없다. 그러니 미래가 궁금하다면 현실의 외투 속을 뒤져볼 일이다. 소담한 질감의 미래가 그곳에 고조곤히 은닉되어 있을 테니. 오늘의 삶이 곧 미래의 삶이다.

노자의 삶과 죽음에 대한 정의는 단출하다. "사람이 살아있으면 부드럽지만 죽으면 뻣뻣해진다. 만물이나 초목도 살아있으면 유연하지만 죽으면 딱딱해진다. 그러므로 뻣뻣한 것은 죽어있는 무리이고 부드러운 것은 살아있는 무리이다."(人之生也柔弱 其死也堅強 草木之生也柔脆 其死也枯槁 故堅強者死之徒 柔弱者生之徒). 노자에게 시간은 추상의 개념이 아니다. 명료하게 겉으로 드러나는 현상이다. 감지할 수 없는 미래, 현재, 과거 따위로 구성되어 있지 않다. 현재 속에 미래도 없고 과거 속에 현재도 없다. 가시 영역에 현실로 존재하는 오직 뻣뻣함과 부드러움만이 시간 구성의 질료다. 시간에 관한 노자의 관찰이 하이데거의 관념보다 훨씬 설득력 있게 들리는 근거다. 하지만 노자는 모든 것에 이름을 분명하게 붙이기(정의하기)를 주저한다. 그의 도는 "말해질 수 있으면 진정한 도가 아니고 이름이 개념화될 수 있으면 진정한 이름이 아니기"(道可道 非常道 名可名 非常名) 때문이다. 그런 까닭에 노자에게는 자연의 절로 됨이 있어 늘 자유의 냄새가 나고, 공자에게는 인위의 군자를 이상향으로 둔 통제와 구속의 자취가 어른거린다. 그리해 나는 내 삶에 대해 간명한 강령에 이르고자 한다.

뻣뻣해지지 않도록 하라. 뻣뻣함은 흐르지 않음이다. 고임은 멈춤이요 죽음이다. 웅덩이를 만나면 그곳에 머물기를 택하지 말고 이른 시간에 채우고 지나가라. 고통은 겪는 것이지 삶을 옥죄는 올가미로 만들어서는 안 된다. 그러니 부디 연마하고 진보하라. 변화와 일신을 게을리하지 마라. 유혈의 낭자만이 혁명이 아니다. 혁명은 일상의 현실에 있다. 자잘한 실천들이 혁명이다. 실천한 만큼 내 지식이요, 역량이다. 성장이고 진보다.

여전히 메마른 갈잎을 움켜쥔 느티나무의 검은 수피에도 점차 밝은 그림자가 어룽거린다. 팽나무와 벚나무에 귀를 대면 수액 내뿜는 소리가 왕성하게 들린다. 공원을 제집처럼 누비던 직박구리는 경쾌해지고 틈틈이 포르릉 내려앉아 잔디밭을 뒤적이는 후투티 행동도 가볍다. 봄은 엄혹했던 지난겨울이 휘둘렀던 압제의 사슬을 갈기갈기 끊어내는 중이다. 천지가 몸을 뒤치며 묵은 날들을 털어내고 있다. 혁명의 가열찬 실천이다.

책장은 소장자의 사유를 담고 있다

　책꽂이가 독자의 역사라는 사실은 분명하다. 그래서 나는 책으로 집 안이 가득 차서 걷기 곤란할 정도가 되더라도 여간해서 책을 버리지 않는다. 물론 가끔 솎아내는 책이 있는데, 그건 내가 구입한 책이 아니라 누군가가 주었거나 어떻게 이 책이 책꽂이까지 오게 되었는지 모르는 것들이다. 오욕의 역사도 역사인 것과 마찬가지로 지금은 쓸모없는 책이라 하더라도, 아니 지금 책꽂이에 꽂혀있다는 사실만으로 얼굴을 화끈거리게 해도 그 또한 내 삶의 흔적이요, '나'라는 독자의 역사다. 그러니 그런 책을 버리는 행위는 사초를 세탁하는 행위와 다르지 않다. 부끄러우면 부끄러운 대로, 자랑스러우면 자랑스러운 대로 기록되길 바라기 때문이다.

　내 방에 자리한 책꽂이는 삼면을 두른 후 거실과 안방까지 차지하고 있지만 모든 책꽂이에 책만 사는 건 아니다. 평생 가난한 마음을 채워주는 음악과도 동거 중이다. 임방울의 소리는 형편없는 녹음과 음질에도 불구하고 우리의 심금을 울리기에, 충분하다. 그래서 임방울의 소리는 구할 수 있는 한 모두 모았다고 자부한다. 물론 많은 음반이 겹치는 것이 현실이다. 그만큼 임방울의 소리 음원은 남은 것이 많지 않다. 게다가 젊은 시절 남긴 창극, 즉 여러 사람이 판소리의 등장인물 역할을 나누어 연주한 새로운 형식은 판소리와는 비교할 수 없을 만큼 활기도 있고 역동적이지도 않다.

　지금 책꽂이에는 1969년 10월 29일에 초판을 발행한 《희랍극 진집≫의 1974년 9월 20일 자 재판본이 꽂혀있는데, 그 무렵에 출간한 책으로서는 이례적이라고 할 만큼 두껍다. 그런데 전부 몇 쪽짜리 책인지 쉽게 알 수 없는데, 독특하게도 한 권이 '권Ⅰ, 권Ⅱ, 권Ⅲ'으로 나뉘어 있기 때문이다. 권Ⅰ <비극 편>이 459쪽, 권Ⅱ <비극 편>이 367쪽, 권Ⅲ <희극 편>이 385쪽이니까 책 한 권이 1,211쪽에 달하는 셈이다. 사실 1960년대에 이 정도 두꺼운 책이 출간되었다는 것은 그 자체로 화젯거리가 될 만하다.

(≪책꽂이 투쟁기≫ p22, 23, 104, 176 김홍식)

서울에서 다시 대구로 오면서 몇몇 정리가 필요했다. 조직 내 자리의 변화에서 오는 약간의 혼란스러운 감정과 큰아이의 거취도 결정해야 했다. 감정은 시간이 소화해 낼 수밖에 없는 영역이라 참고 기다리는 자세가 언제든 요구된다. 결국, 큰아이는 바깥에다 자기만의 공간을 갖춰주기로 일단락 지었다. 이제껏 아이가 스스로 준비한 것은 자신이 하고 싶은 것밖에 없다. 비록 변변치 않지만, 나머지는 아버지의 지원이자 책임이고 좋게 말하면 후원이다. 떠난 아이의 빈방에다 다시 서재를 꾸몄다. 비좁은 자리 탓에 이방 저방 흩어져있던 책을 가능한 한 모았다. 읽은 것들은 거실과 안방을 중심으로, 아직 손을 대지 못한 것들과 일생 곁에 두어야 할 책들은 서재로 따로 분류했다. 거실, 안방, 서재 이렇게 세 곳에 나뉘어 책들은 터를 잡았다. 제법 많은 책이 이번에 들어설 자리가 없어 손을 떠났다. 대략 300여 권은 됨직했다. 헌책방에 내다 팔까도 생각했지만, 그냥 남김없이 흔적을 지우기로 했다. 잘 알아채지 못하고 살지만 들어내고 비울 때 그곳에 공간이 생기고 통풍되며 슬며시 생기가 도는 게 삶의 이치다. 숨 막히듯 꽉 채워 잠그며 사는 팍팍한 삶에 어찌 사람의 훈훈한 훈기가 감돌 리 있겠는가. 어떤 인연으로든 그들은 책장으로 들어와 책등을 내보이며 내내 나를 충만케 했지만 어쩔 방도가 없었다. '책이란 나의 과적의 비곗살'이라는 어느 시인의 엄살을 곱게 듣는다손 치더라도 둘 곳이 없어 떠난다니 서운하기는 했다.

책장은 소장자의 사유를 저장하고 있다. 이미 자신의 온몸을 내어준 책들은 말할 것도 없고 아직 옷고름을 풀지 않고 있는 것들도 결국 책장을 꾸민 주인의 사유가 바란 탓에 그곳에 존재하는 것이다. 책장은 소장자의 사유체계 아래 책들을 갖추고 있다고 할 수 있다. 위 칸에는 시집과 창작에 관한 저작 따위가, 가운데에는 철학과 산문과 종교에 관한 책들이, 아래 칸에는 제각각 비법이라고 주장하는 자기계발 서적이 꽂혀있을 수 있겠다. 또 왼쪽에는 곧 읽어야 할 것들이, 가운데는 참고해야 할 참고서 같은 부류가, 오른쪽에는 그에 파생된 여러 분야의 전문서적들이 자리할 수도 있다. 서탁과 책상에는 하루라도 들춰보지 않으면 안 되는 인생의 지침서가 놓여있는지도 모른다. 그러니 책들의 종류와 분야뿐만 아니라 꽂아놓은 위치, 소장하는 양 따위들은 모두 소장자의 사유체계에 따를 수밖에 없다. 책장을 정리한다는 것은 결국 자신의 사유체계를 다시 분류하고 재정립한다는 뜻이다. 지식욕에 대한 헌사라 할 수 있다.

또한, 책장은 수만 가지를 품은 삶의 안식처다. 관계에 상처받고 지칠 때 보듬어주는 것도 저 책장 속에 감추어진 아늑한 손길들이다. 막다른 골목에 몰려 도대체 더는 길이 없어 보여 막막할 때도 회중전등을 켜, 가는 샛길을 터주는 것도 저 책장의 속 깊은 지혜들이다. 고단함에 치여 일상을 버틸 수 없을 것 같은 절망과 좌절

속에 허우적거릴 때도 녹음 우거진 숲과 산의 생명력과 탁 트인 들판의 자유, 해 지는 겨울 저녁 굴뚝에서 피어오르는 푸른 연기의 평화를 내민 곳도 책장이다. 수시로 책장으로부터 갖은 영감과 위안을 받는 것은 여전하다. '단순히 책들이 모여 있는 곳도, 더구나 책들의 무덤도 아니다. 서책들의 혼례가 이루어지는 곳, 그리하여 새로운 책들을 낳는 산실'이다. 여생을 함께할 것은 의심할 여지가 없다. 책장은 우물 안 개구리는 그 깊이와 넓이를 상상할 수도 없는 '북해(北海)'와 같은 존재다. 그리해 살아가면서 책장을 갖추지 않았다면 참으로 삶을 슬퍼할 일이다.

헤어진 연인이 자신의 머리칼을 싹둑 잘라 아픈 마음을 달래듯 더께가 켜켜이 쌓인 묵은 먼지를 털고 분야별로 묶고 위치를 바꾸어 놓고 또 어떤 책들은 책장에서 미련 없이 치우는 책장정리야말로 내게는 혼란스러운 감정을 정리하는 데 더없이 효과적이었다. 사유체계 정리라는 말은 어디까지나 감정정리 이후의 일이다. 사흘에 걸쳐 정리한 책장은 새롭다. 오랜 집을 떠나 이사든 새집처럼 보면 볼수록 기분이 달뜬다.

같은 것이라도 어떤 변화를 주는가에 따라 감정은 달라지게 마련이다. 늘 있던 자리를 옮기고 배치를 바꾸는 것만으로도 새로운 분위기를 만들 수 있다. 일상도 다르지 않다. 지금껏 누렸던 것들을 밀어내고 그간 바쁨에 쫓겨 밀쳐두었던 것들을 내 앞으로 당겨놓을 때 새로운 일상을 맞이할 수 있다. 새로움이란 이제껏 내 시선이 미치지 않는 반경 밖의 것일 수도 있지만, 대체로 중요도와 긴급함에 밀려나 있거나 지금까지의 일상에서 소용이 덜 했던 것들을 일상 안으로 배치할 때 갖게 되는 산뜻함과 참신함 같은 부류다. 그

이상도 이하도 아니다. 그래서 나날이 이어지는 한낱 어제가 아닌 새로운 하루가 되는 것이다. 이 새로움에 창조가 들어있다. 그러니 창조는 디자인의 개념과 다르지 않다. 어쩌면 외형과 내실을 지금까지의 것과 다르게 꾸미는 디자인이 이 시대에 그토록 중요하게 다루어지는 이유인지도 모른다.

오늘 하루도 어김없이 장막을 펼쳤다. 내일도 모레도 오늘과 같이 주렴을 걷어 올릴 것이다. 그러나 그것은 새 장막이고 새 주렴이다. 오늘은 어제가 아니며 내일은 오늘일 수 없다. 줄기를 꺾으면 가지들은 절로 나무에서 떨어져 나간다. 일상의 중심이 바뀌면 그로부터 파생된 여러 일도 모습을 바꿀 수밖에 없다. 이 사실을 자각한다면 우리는 늘 새로운 아침을 설레며 맞이할 수 있다. 말끔히 정리된 책장이 슬며시 건네는 새로움처럼 나날은 순백의 백지를 내놓을 것이다. 우린 날마다 그 백지에 자신만의 것으로 새로이 그려 넣기만 하면 되는 것이다. 단연코 그곳에 어제의 그림을 재현할 필요는 없다. 또 재현할 수도 없다. 삶은 나날이 새롭다. 책장정리를 하면서 새삼 느낀 바다.

길이 길을 내듯 책은 책을 부른다

답은 일상 속에 있습니다. 나한테 모든 것들이 말을 걸고 있어요. 하지만 대부분 들을 마음이 없죠. 그런데 들을 마음이 생겼다면, 그 사람은 창의적인 사람입니다. 두 시간 강의에서, 한 권의 책으로 제가 가르칠 건 아무것도 없습니다. 단, 여러분 안에 씨앗이 들어갔으면 좋겠습니다. 그래서 나한테 울림을 줬던 것들이 무엇인지 찾아봤으면 좋겠습니다. 그것이 바로 창의성입니다.

그런데 말입니다, 왜 모두 창의적으로 되어야 하는 거죠? 저는 광고를 해야 하니까 창의적으로 되어야 합니다. 그러나 창의성과 관련 없지만, 가치 있는 일도 꽤 많잖아요. 그런데 이게 왜 필요하냐, 왜 다들 굳이 배워야 하느냐? '직업'의 범주를 벗어나 '삶'의 맥락에서 볼 때, 저의 대답은 창의적이 되면 삶이 풍요로워지기 때문이라는 겁니다.

(≪책은 도끼다≫ p45 박웅현)

요란스레 한바탕 비가 내렸다. 우두둑 먹빛 구름이 망울져 떨어지면서 사위는 짙은 그늘이 함께 드리웠다. 스산하다. 비 오기 전 창밖의 메타세쿼이아 우듬지를 흔들던 바람은 굵은 빗속으로 자취를 감췄다. 구름과 바람이 비로 우화한 것이다. 유리창에 몽글몽글 방울을 만들던 비가 물줄기로 변하면서 사선으로 비켜 흐른다. 굵던 소나기는 이내 세우가 되더니 구름 사이로 해가 나오면서 비는 끝이 났다. 구름과 바람을 삼켰던 빗줄기는 끈적거리던 더위를 쓸어가 후텁지근하던 공기가 선선해졌다. 한 식구가 된 누렁이 푸들을 데리고 집 옆 운동장으로 나섰다. 어릴 때부터 개를 무척 좋아했지만 거처가 아파트인지라 들여놓지 못하다가 최근에야 아이의 채근에 못 이긴 척 분양을 받았다. 언젠가 손택수의 시 「흰둥이 생각」을 읽고 이렇게 적어놓기도 했다.

키를 훌쩍 타 넘던 독구가 사라졌다. 늘 곁을 졸졸 따르던 독구(난 누렁이를 모두 '독구'라 불렀다. 독구는 Dog의 순 시골 아낙형 발음이다. 어머니가 늘 그렇게 부르셨다. 시골에서는 다들 그렇게 불렀다. 지금 함께 사는 놈은 털이 다갈색인 푸들이다. 그래서 이름은 흔한 '초코'. 물론 아이가 지었다. 내가 지었다면 필시 이놈도 독구였을 것이다.). 온 동네를 뒤지고 늘 소 먹이러 다니던 뒷산 골짜기까지 구석구석을 살폈지만, 흔적도 보이지 않았다. 사흘이 지났는데도 독구는 나타나지 않았다.

혹 쥐약을 먹고 어디 처박혀 죽은 건 아닐까(당시엔 쥐를 잡으려고 뒤란 장독대나 부엌, 고방 안팎에 놓아둔 쥐약을 먹고 개들이 죽는 경우가 많았다. 쥐약을 먹은 개는 눈이 뒤집히고 하얀 거품을 입에 문 채로 이리저리 미쳐 뛰어다니다가 실개천으로 떨어져 죽거나 담벼락에 머리를 처박고 죽었다.). 큰 마이크 소리로 동네를 휘젓던 개장수가 몰래 차에 싣고 가버렸는가. 아니면 누군가가 슬쩍 약으로 썼나. 더 무서운 산짐승에게 물려갔나. 아, 이놈이 대체 어디에 있단 말인가. 이런저런 걱정에 밥도 넘어가지 않고 친구들과 노는 것도 시들했다. 후회가 일었다. 이럴 거면 좀 더 잘해줄걸. 때리지 않고 잘 데리고 놀아줄걸.

또 사흘이 흐르고 하루가 더 지날 무렵, 돌아오기를 기다리는 것을 포기할 즈음, 수업을 끝내고 터덜터덜 집으로 돌아오는 중에 재너머 동네에 사는 친구가 득달같이 달려왔다.

"철아, 니, 얘기 들었나? 너그 독구 찾았다 카던데. 뒷골 논바닥에 한 마리가 매져 있었는데 너그 씨야가 델꼬 갔다 칸다. 빨리 가 보거래이."

오 리나 되는 신작로를 얼마나 달렸는지 모른다. 둘러맸던 책보 틈새로 떨어진 흙 묻은 책을 주워 털지도 않고 주섬주섬 손에 쥔 채 마구 달렸다. 까만 기차표 고무신은 왜 자꾸만 벗겨지는지. 드디어 헐레벌떡 삽작에 당도. 숨을 헐떡이며 마당으로 들어서자마자 큰 소리로 독구를 불렀다. 독구-우-야!!

아, 내 그리운 독구였다. 마당에서 놀라 돌아보는 놈은 그토록 애타게 찾아 헤매던 바로 그 독구였다. 오매불망 기다렸던 독구는 펄쩍펄쩍 뛰며 달려들었다. 저도 반가워서 툇마루와 마당을 오르내리며 이리 뛰고 저리 뛰었다. 귀를 누인 채 커다란 꼬리를 흔들며 끙끙 소리를 쏟아내면서 혀로 내 얼굴을 마구 핥아댔다. 얼른 정지로 뛰어들어가 독구가 제일 좋아하는 삶은 물고구마를 던져 주었다. 허겁지겁 먹어대는 독구를 보니 눈물이 핑 돌았다. 약간 수척하긴 했지만, 여전히 자태는 멋진 모습 그대로였다.

"독구야. 이제는 니 안 때리고 잘 데불고 놀아 주꾸마. 절대로 어디 가지 말거래이."

독구가 사고 쳤던 이듬해 어느 가을날. 학교를 다녀오니 독구가 보이지 않았다. 독구가 낳아 자란 중키의 새끼 둘만 동그마니 마당 한편에 있었다. 그러나 아무에게도 물어보지 않았다. 때가 된 것이다. 내가 학교 가고 없는 사이 어머니가 독구를 개장수 트럭에 실어 보낸 것이 틀림없었다. 늘 그렇게 어머니는 정든 독구들을 나 몰래 떠나보냈다. 성장은 떠나보냄이 아니던가. 중학교는 초등학교를 보내고, 대학교는 고등학교를 떠나보낸다. 지금의 나는 결국 그러한 떠나보냄이 이룬 것일 터다. 사랑 또한 보냄으로 더 또렷하고 확연해지지 않던가. 삶은 이별에서 배태하는 것임을 부인할 수 없다. 이별 없는 '영원'이 그래서 매력이 없는 것이다.

그래도 언제나 독구는 툇마루 밑에 있었다. 중학교에 들어가기전까지 끊임없는 독구들이 생김새만 바뀔 뿐 늘 툇마루를 지켰다. 시골의 까만 밤을 두렵지 않게 했던, 아, 언제나 꼬리 치며 뛰어들던 정다운 독구들. 시는 오늘 나를 유년의 추억으로 침몰시킨다.

미처 물러가지 못한 잿빛 구름이 해를 가렸지만, 동쪽 하늘은 툭 터여 파란빛마저 감돌고 있고 텅 빈 운동장에 소나기를 쏟은 축축한 여름이 물웅덩이를 만들어 놓았다. 웅덩이에 혀를 갖다 대는 누렁이를 말리느라 적요의 운동장이 잠시 시끄러웠다. 새벽부터 사마천의 《사기 열전》을 읽고 하워드 가드너의 《열정과 기질》을 넘기다 박웅현의 《책은 도끼다》에 꽂혀 오후를 보냈다. 박웅현은 광고장이다. 그의 밥벌이 수단은 창의성이다. 창의력을 어떻게 높일 수 있는가가 책을 쓴 이유지만 그는 결코 창의력을 높이는 방법에 대해서는 말하지 않는다. 다만 '삶이 창의적이 되면 풍요로워지기 때문'이라며 창의적으로 되어야 하는 이유를 말할 뿐이다. 또 삶이 풍요로워지는 것은 '순간의 감상'에 있다고도 한다. 시이불견 청이불문(視而不見 聽而不聞, 많은 사람이 보지만 보지 못하고 듣지만 듣지 못한다)이라는 것이다. 감상은 새로운 시선으로 사물을 바라보는 것에서 깊어진다. 그런 시선을 기르는 데 책만 한 게 없다는 것이 그의 강변이다. 책에서 무언가를 찾아 헤매는 이들에게 이 말 한마디보다 격려가 되는 게 있을까. 길이 길을 내는 것처럼 책은 책을 부른다.

가끔 왜 책을 읽는지 의문 속에서 책장을 넘길 때 찾아드는 공허함은 쉽게 우울한 감정으로 전이한다. 이러한 감정은 배움의 즐거움보다 책에서 의미를 찾으려 할 때 잦다. 즐거움에 휩싸이다 보면 어느새 자기 생각이 언덕 위에 있다는 느낌이 자연스럽게 들 때 독서의 열정은 배가한다. 시선이 바뀌고 생각이 달라지고 이전과는 분명 다른 삶의 방향에 들어서 있음을 느끼게 될 때 책 읽기의 끝이 완성된다. 박웅현이 권하는 독서는 그럴 것이다.

화단에서 자라는 키 큰 백일홍이 분홍색 꽃을 활짝 피워올렸다. 여름에 피어나는 백일홍은 백일동안 꽃이 핀다고 붙여진 이름이다. 하지만 가만히 보면 각각의 꽃들은 30일마다 한 번씩 지고 다시 핀다. 한 무리가 지면 다른 무리가 피어 백일을 이어간다. 백일을 내리 피어있는 무리는 없다. 지금 한 무리가 져 나무 아래에는 분홍 가루들이 흩뿌려져 있다. 송이가 몽땅 떨어지기도 하고 낱낱의 꽃이 흩어져있기도 하다. 꽃은 나무가 세상을 향해 던지는 자신만의 호소다. 사람이 목소리와 억양이 다르듯 꽃이 제각각의 억양과 어법으로 피어나는 것은 당연지사다. 만일 하나의 억양과 어법만 있다면 그 단조로움을 바라보느라 견뎌야 할 수고로움이 얼마나 클까. 상상 한 번 해보라. 백일홍과 비비추, 원추천인국과 자주달개비가 같은 모양과 똑같은 색으로 피었다면 이름이 달라야 할 이유가 없다. 세상이 하나의 이름과 하나의 모양으로 존재한다면 그것에 끌려야 할 이유도 또 끌 까닭도 존재하지 않는다. 끌림이 없는 세상, 살아야 할 이유가 없는 삶, 안일과 타성의 일상이라면 과연 삶의 가치를 논할 필요가 있을까. 더위에 시들었던 나뭇잎들이 싱싱하게 되살아났다. 비는 요란스레 한바탕으로 끝났지만 그사이 나무와 꽃들은 제각각 곧 들이닥칠 더위를 대비했으리라. 삶의 풍요를 위해 책을 읽듯이 비는 여름을 날 나무와 꽃들에 책이 되어줄 것이다. 아울러 책이 보여준 새로운 세상에 눈을 뜨게 될 것이다. 책이란 원래 그런 것이니.

책을 읽는다는 것

아직 햇살에는 빳빳함이 남아있다. 한낮에는 땀이 삐질삐질 흐른다. 잎이 크고 드센 풀들과 나무들은 여전히 따가운 마지막 며칠의 햇살을 잎사귀에 담느라 여름 자락을 놓지 않으려 무척 애쓰는 듯 보인다. 하지만 연약하고 가녀린 잎사귀들을 보라. 나도바랭이새는 이미 풀잎을 노릇하게 물들였다. 들녘의 파수꾼 벼는 말할 것도 없다. 종일 햇살 아래 서 있는 양지의 벗나무는 알록달록 단풍 물이 번지기 시작했고 도로 가의 은행나무에선 겉이 쪼글쪼글 익은 샛노란 은행이 빼곡하다. 평원의 억새 군락에도 막 피어난 억새꽃이 바람에 몸을 뉘며 은빛을 흩뿌려 눈이 부실 지경이다. 이래도 여름을 붙들고 늘어진단 말인가. 가만히 보면 자리를 탐하고 내주기 싫어하는 건 권력과 재력을 가진 이들 세계에서만 볼 수 있는 것이 아니다

그러나 멋진 여름만이 훌륭한 가을을 만들지 않던가. 빛과 물을 이산화탄소에다 버무려 에너지를 만들어 풀과 나무의 생장을 이끈 것은 잎의 노동 때문이다. 연록으로 태어나 짙푸른 갈맷빛이 되기까지 조금도 쉴 새가 없다. 이 질주의 시기에 잎은 결코 제빛을 드러내지 않는다. 푸른 녹음은 아직 할 일이 남았다는 시그널이다. 잎은 깊은 가을이 되어서야 서서히 자신의 색깔을 내보이며 단풍으로 변한다. 푸른 엽록소는 성장의 욕망을 내려놓고 더는 고된 노동에

매달리지 않는다. 복자기와 붉나무 잎은 붉게, 은행과 은사시나무는 노란 물을 들이며 자신만의 제국을 꾸민다. 자신의 제국에서 스스로가 빚은 빛깔을 통해 지난했던 지난봄과 무성했던 지난여름 행적들의 의미를 되새긴다. 만산홍엽 가을에 삶의 충일이 슬그머니 피어오르고 던져두었던 책을 다시 들어 책갈피에 손때를 묻히게 되는 것은 바로 이 때문이다.

그리해 책을 읽는다는 것은 자신 고유의 빛깔이 품은 의미를 섬세히 읽어내는 것이다. 맹자는 독서를 '잃어버린 마음을 찾는 일'이라고 했다. 책 읽기는 자신의 마음과 생각을 읽는 독심(讀心)이고 독사(讀思), 독고(讀考)다. 철학과 지적 축적을 점검하는 독철(讀哲)과 독지(讀知)다. 그 까닭에 독서 편력을 내게 말해준다면 당장 그가 누구인지 스스럼없이 말할 수 있다. '독서목록은 그 자체로 한 사람의 자서전이고 영혼의 연대기'인 것이다. 또한, 그간 자신이 구축한 세계의 범주를 간단없이 넘어서고 싶다면 독서는 그것을 가능하게 해주는 가장 확실한 묘책이다. 지상의 각 영역에서 가장 뛰어난 스승들을 만날 기회를 제공하기 때문이다. 누군가의 책 한 권을 읽는다는 것은 그로부터 개인적으로 가르침을 받는 것과 다르지 않다. 무지에서 미지로 추동하는 에너지다.

책으로 스며든 단풍의 미색들이 끌어당기는 탐구의 욕망에 이끌렸다면 그간의 '성장 지향'을 '성찰 관점'으로 변모시킬 수 있다. 그런 까닭에 가을에 책 한 권 손에 들지 않는다면 성장만을 추구하던 여름의 오만함에서 벗어나기는 어려울 것이다. 억측과 고집과 불통의 이웃이 오만이다. 무지는 늘 딱딱하고 불편하다. 독서는 결국 나의 상태를 알아가는 산파술이라 할 수 있다. 똑같은 읽기지만 품세는 너무나 다양하다. 나의 상황에 따라 읽는 의미가 다를 수밖에 없기 때문인데, '희대의 독서가' 마쓰오카 세이고는 《독서의 神》(p171,172)에서 책 읽는 의미를 놀랍도록 세분화해 역시 기대를 저버리지 않는다. 그의 분화는 이렇다.

감독(感讀), 탐독(眈讀), 석독(惜讀, 아끼며), 애독(愛讀), 감독(敢讀, 용맹하게), 범독(氾讀, 넘치게), 식독(食讀), 녹독(錄讀, 베끼며), 미독(味讀), 잡독(雜讀), 협독(狹讀), 난독(亂讀), 음독(吟讀, 읊으며), 공독(攻讀, 공격적으로), 계독(系讀), 인독(引讀), 광독(廣讀), 정독(精讀), 한독(閑讀), 만독(蠻讀, 거칠게), 산독(散讀), 조독(粗讀, 대략), 근독(筋讀, 힘쓰며), 숙독(熟讀), 역독(逆讀)

무엇이라도 좋다. 어떤 방법이라도 괜찮다. 석독(惜讀)이면 어떻고 조독(粗讀)이면 또 어떤가. 내가 나의 영웅이 되지 못하면 결코 나다워질 수 없다. 나만의 빛깔을 빚어내지 못한다. 책은 영웅이 될 자질들을 담고 있다. 내 빛깔을 더욱 빛내주고 지력(知力)마저 단단해진다면 그 독서법은 아주 훌륭하다.

일본 경영사에 빼놓을 수 없는 인물로 일본에서 가장 존경받는 기업가 중의 한 명인 이나모리 가즈오의 독서법은 사사할 만하다. "일이 늦게 끝난 날에도, 술을 마시고 귀가한 밤에도 나는 반드시 책을 읽는다. 책상 앞에 앉아 읽는 것만이 독서가 아니다. 침대 머리맡에도 나는 늘 철학책이나 중국의 고전을 놓아두고 읽는다. 화장실이나 욕조에도 책을 가지고 들어간다. 일요일이나 공휴일이면 종일 책을 읽으며 휴식을 취하곤 한다. 하루하루 버티기도 바쁜데 책 읽을 시간이 어디 있느냐고 생각할 사람도 있을 것이다. 그러나 5분, 10분이라도 시간을 쪼개가며 책을 읽는 습관이 중요하다. 그렇게 책을 가까이 하다 보면 마음속 바람과 열정이 순수해지는 것을 느낄 수 있을 것이다." 언젠가 나는 이 글에다 이렇게 덧붙여 놓았다.

현명한 독서가는 자투리로 엮은 시간의 가치를 잘 안다. 자투리 시간은 불연속 다발성을 띠고 있다. 어느 때 어디서건 책을 지녀야 하는 불편함이 뒤따르지만 그리해 읽기의 즐거움은 배가 된다. 숨은 시간을 찾아내 즐기는 짜릿함 그것이 자투리 독서의 즐거움이다. 여유가 많을 때 오히려 독서욕은 식는 듯하다. 성공의 대가든 평범한 장삼이사든 책 읽기 비법은 없나 보다. 이 글을 보고 순간 당황했다. '막무가내' 내 독서법과 비슷하지 않은가. 사실 한잔 걸치고 술 냄새 폴폴 날리면서 읽은 내용은 대부분 기억나지 않는다. 효과적이지 못한 방법이다. 괜한 습관 아닌지 의심이 들기도 한다. 그렇다고 어찌 독서삼매의 열락을 포기할 수 있으랴. 그래서 나만의 독서 원칙을 써 놓는다.

'핵심내용을 읽을 때마다 생각을 붙여 정리할 것, 밑줄 친 내용은 한 번 더 읽을 것, 전율케 한 훌륭한 문장은 별도로 옮겨놓을 것, 몇몇 핵심내용은 현실로 데려와 늘 내 곁에 둘 것.'

오색 산야에 색 하나를 더함으로 가을을 풍요롭게 하고 미지의 손을 맞잡고 우주의 율려 속에서 춤추게 된다면 이 또한 책 읽기의 묘미가 아니겠는가. 여름의 오만함을 손에 든 책 한 권이 깨끗이 씻어주길 희망한다. 이 계절에 책 읽는 진정한 의미다.

글을 쓴다는 것

나는 앉아서 책을 쓸 때 스스로에게 '예술 작품을 만들어내겠다'고 말하지 않는다. 내가 쓰는 건 폭로하고 싶은 어떤 거짓이나 주목을 끌어내고 싶은 어떤 사실이 있기 때문이며, 따라서 나의 우선적인 관심사는 남들이 들어주는 것이다. 하지만 나는 미학적인 경험과 무관한 글쓰기라면, 책을 쓰는 작업도 잡지에 긴 글을 쓰는 일도 할 수 없을 것이다. 내 작품을 꼼꼼히 읽어보는 사람이라면, 노골적인 선전 글이라 해도 전업 정치인이 보면 엉뚱하다 싶은 부분이 꽤 많다는 걸 알 것이다. 나는 어린 시절에 갖게 된 세계관을 완전히 버릴 수도 없고, 그리고 싶지도 않은 것이다. 계속 살아있는 한, 그리고 정신이 멀쩡한 한, 나는 계속해서 산문 형식에 애착을 가질 것이고, 이 지상(地上)을 사랑할 것이며, 구체적인 대상과 쓸모없는 정보 조각에서 즐거움을 맛볼 것이다. 나 자신의 그러한 면모를 억누르려고 해봤자 소용없다. 내가 할 일은 내 안의 뿌리 깊은 호오(好惡)와, 이 시대가 우리 모두에게 강요하는 본질적으로 공적이고 비개인적인 활동을 화해시키는 작업이다.

(≪나는 왜 쓰는가≫ p297, 298 조지 오웰)

하루도 거르지 않는 쓰기를 연단하느라 밤이 되면 난삽한 생각들을 도열시키는 중이다. 일상에서 전혀 가공되지 않는 착상과 생각, 그리고 순간에 스치는 단상들을 짜 맞추어 쓰고자 하는 글 틀에 집어넣는 일은 쉽지 않다. 머리를 쥐어박는 시간이 대부분이고 아주 가끔 운 좋은 날은 물 흐르듯 자연스럽게 손끝으로 흘러나와 종이 위에서 대오를 갖출 때도 있다. 그럴 때면 초여름 대숲을 훑고 지나가는 시원한 바람처럼 뿌듯한 충만을 느낀다. 가끔이기에 감동은 더 깊이 전율한다.

사실 흩어진 생각들을 한 곳으로 모으는 일은 고된 작업이다. 본래 생각은 튀어 나가려는 속성이 있기에 붙잡으려면 많은 에너지와 집중이 요구된다. 때로, 쓰기가 고도의 수도(修道)라는 생각이 드는 이유다. 수도는 자신의 마음을 바라보고(觀) 낱낱이 해체하여 마음뿐만 아니라 마음을 일으키는 주체마저도 실체 없는 공허라는 깨달음을 터득하는 공부다. 마음을 다스리는 일체의 행위랄 수 있다. 평생을 수도에 바친 수많은 이들이 깨달음을 얻지 못한 채 떠났다. 마음은 생각의 알맹이로 마음을 놓치면 생각을 붙잡는 것은 그만큼 어려운 탓이다.

글을 쓴다는 것은 이 어려운 일을 해보자며 덤벼드는 행위다. 형체가 없는 마음과 생각을 드러내기에는 글은 너무나 알량한 도구다. 그러므로 쓰기는 생각이 지나간 자취를 더듬어 생각이 가고자 하는 방향을 가늠하는 정도가 될 뿐이다. 글을 읽다 보면 글보다는 행간에서 더 많은 것을 읽게 되는 것은 이 때문일 것이다. 확실히 하루에도 오만 가지나 되는 형태로 다가오는 '생각'을 쓰는 것은 가당찮다. 도대체 움직임을 가늠할 수 없는 불확정성의 '생각'을 잡아보겠다는 그 생각이란 얼마나 우스운 일인가. 하지만 감정의 힘을 뺀 채 순간순간의 사실을 적는 것은 그리 어렵지만은 않다. 사실만 남기고 감정을 증발시킨 생각의 흔적은 매우 뚜렷한 성질을 갖는다. 감정은 수시로 바뀌고 사라지며 다시 나타나곤 하지만 사실들은 천변만화하는 감정 속에서도 심으로 박혀있어 쉽게 드러낼 수 있다.

글쓰기에는 누구나가 수긍하는 원칙 따위가 있을 수 없다. 쓰는 이유가 제각각 다르고, 살아온 내력과 밀접한 관계가 있는 쓰기의 핵심인 사유체계 또한 서로 다르다. 처한 환경과 배움의 농도, 문체, 낱말을 구사하는 능력 따위의 고려 요소를 더하면 글쓰기 방정식의 해는 이루 헤아릴 수 없이 많다. 많다는 것은 없다는 말과 다르지 않다. 그래서 누군가가 오직 한 가지라고 주장한다면 그가 매우 어리석든지 아니면 틀림없이 거짓을 말하는 것이다. 그러함에도 복잡함 속에서도 일정하게 반복하는 패턴을 발견할 수는 있다. 우리는 그것으로 복잡함을 단순함으로 정리하고, 복잡한 현상을 명료하게 설명하곤 한다. 물론 그 설명은 무척 타당하게 들린다. 추론의 과정이 그다지 그릇되지 않기 때문이다. 글쓰기도 이와 같다. 제각각의 수많은 방법이 있지만, 그 속에서도 글을 잘 쓰는 사람들의 공통된 인자들을 추릴 수는 있다. 그 인자들은 보편적인 해가 될 수 있음은 당연하다. 케이트 디카밀로(Kate DiCamillo)*가 강변하는 글쓰기의 주장은 이러하다.

첫째, 써라. 글을 쓰지 않고도 작가가 될 수 있다고 착각하는 사람이 있다. 매일 쓰는 훈련은 필수다.

둘째, 고쳐 써라. 금테 두른 문장이 손가락에서 샘물처럼 솟아나길 기대하지 마라. 고쳐 쓰면서 나아지는 것이다.

셋째, 읽어라. 열정적인 독자가 아니라면 작가는 꿈도 꾸지 마라. 읽고, 읽고 또 읽어라.

넷째, 관찰해라. 사람이든 사물이든 섬세하게 살피고 마음을 열어라.

다섯째, 경청해라. 사람은 누구나 이야기가 있다. 대화에 참여해 묻고 귀담아들어라.

여섯째, 자신을 믿어라. 화법에는 정답도 오답도 없다. 당신만의 화법을 찾아 밀어붙여라.

문학과 역사, 철학, 과학은 대표적인 기록물이다. 누군가가 쓰지 않았다면 그것들이 이다지도 융성하게 발전해서 인류의 성장을 뒷받침하기는 불가능했을 것이다. 그것이 무엇이든 한참에 일어난 획기적이고 극명한 발전은 있을 수 없다. '거인의 어깨 위'에서 물리학이 발전할 수 있었듯이 인류의 문화도 점증하면서 발전했다. 점진의 바탕에는 '글을 쓴 행위'가 탄탄히 받치고 있다. 앞선 자들의 생각이 뒷사람의 디딤돌이 되고, 덧붙여진 나중의 생각이 앞선 생각의 의미를 확대하고 심오하게 만들면서 인류를 발전으로 이끌었다. 문화와 진보는 쓰기의 소산이다. 쓰는 사람들이 있는 한, 인류의 점진적인 진보는 끝이 없을 것이다.

누군가가 '왜 사는가'하고 던지는 근원적인 물음 앞에서 막힘없이 자유로운 사람은 드물다. 깊이 천착해보지 않으면 어떤 것이든 근원 앞에서는 누구나 쭈뼛거리지 않을 수 없다. 일상을 깨고 또 깨며 깊이 들어가 근원을 체험하지 못하면 일상은 그저 태풍의 표면에서 이는 바람에 불과하다. 근원은 애초에 범부가 감당하기에는 거대한 영역이다. 형이상학으로 보면 근원은 궁극이자 본질이고 실재이며 변하지 않는 어떤 것이다. 종교는 이 본질을 탐구한 자들이 남긴 기록이다. 세세 대대 오랜 전달 과정에서 변한 것은 본질을 전달하는 방법론이지 내용물이 아니다. 사실을 완벽히 기록했다면 경전은 진리의 보고가 틀림없다. 하지만 기록이라는 행위에서 감정과 생각을 남김없이 걷어내는 것은 불가능하다. 기록의 주체가 불완전한 인간이기에 그럴 수밖에 없다. 경전이라면 고려해서 봐야 하는 이유다. 어쨌든 쓰기가 없다면 인류에게 영성을 일깨우는 종교 따위는 존재할 수 없었을 것이다.

결국, 글쓰기는 크게 두 가지로 나눌 수 있겠다. 쓰기는 마음과 생각, 감정이 떠나간 뒤에 남은 사실들을 주워 담는 행위다. 글로 다른 사람에게 영향력을 행사하겠다든가 지적 우위를 누리겠다든가 하는 따위의 의도가 없는 그런 기능적 글쓰기다. 사르트르식으로 말하면 '사물의 언어'이다. 사실들은 대체로 불확정성인 감정과 달리 정형성을 띤다. 감정과 마음이 일으킨 갖가지 현상의 배후를 곧바로 알아챌 수는 없지만, 사실들의 배후는 어렵지 않게 짐작할 수 있다. 정형성을 지닌 만큼 정확성도 높다. 기록이 가치 있다고 말할 수 있는 근거다. 이것이 첫 번째 쓰기의 형태다.

쓰기는 영혼이 자유롭게 흘러간 궤적의 기록이다. 그 어떤 틀에도 얽매이지 않는 분방한 글을 만나면 자유를 느낀다. 그러한 글이 주는 감흥은 가슴에서 오랫동안 머무르며 삭고 발효되어 그 전과는 판이해지면서 생을 북돋우는 자양분이 된다. 깨달음을 전하거나 사람을 설득, 선전, 설명 따위는 또 하나의 글쓰기 효용이다. 이것이 두 번째 글쓰기 형태다. 사르트르의 '도구의 언어'에 해당한다.

목적과 형태가 무엇이든 쓰기가 쉬울 수 없다. 글쓰기가 고되다면 감정과 생각들을 걷어낸 사실을 명료하게 통찰하고 있으며 더 깊은 근원으로 들어가고 있다고 믿자. 반면 즐겁다면 이미 근원에 묻혀 자유로운 영혼과 함께하고 있다고 확신하자. 어쩌면 글을 쓴다는 것은 이미 근원이 내보인 현상인지도 모른다. 태풍이 드러낸 바람인지도 모른다. '도구의 언어'와 '사물의 언어' 따위가 그리 중요한 게 아니다. 디카밀로의 강변처럼 우선 쓰는 것이 먼저다. 인류 발전과 종교의 존재는 그다음의 일이다. 그러니 참고 견디며 열심히 죽을힘을 다해 쓰자. 그리고 미친 듯이 사랑해 버리자.

*케이트 디카밀로(Kate DiCamillo)는 미국 펜실베이니아에서 태어나 플로리다에서 어린 시절을 보냈고 플로리다 대학에서 영문학을 공부한 후, 어린이를 위한 책을 쓰기 시작했다. 2001년에 『내 친구 윈딕시』로 2001년 뉴베리 명예상을, 『날아오르는 호랑이처럼』으로 미국 내셔널 북 어워드를 받았고, 2004년에는 『생쥐 기사 데스페로』로 뉴베리상을, 2006년에는 『에드워드 툴레인의 신기한 여행』으로 보스턴 글로브 혼 북상을 받았다. 현재 미네소타에 거주하며 작품 활동을 하고 있다.

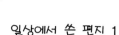
나를 떨게 하는 것에 기쁨이 들어있다

밤새 비가 내렸습니다. 꽃들이 이 비를 타고 왔을 테지요. 봄비치고는 제법 많은 양입니다. 지금은 잔뜩 흐린 하늘에 장마에나 볼 성싶은 먹장구름이 갈맷빛의 저 앞산을 빠르게 타 넘습니다. 비구름이 쓸고 간 자리로는 곧 옅은 구름으로 다시 채워지겠지요.

홀로 앉아서 듣는 잔잔한 음악은 늘 감미로운 여백을 건넵니다. 앙드레 가뇽의 섬세한 음률이 귀를 간지럽히고 건조해진 가슴 밭을 비처럼 적십니다. 식물학자들의 연구로 음악은 식물 성장에 크게 영향을 끼친다는 사실이 밝혀졌지요. 음악과 성장의 상관관계는 또렷한 우상향입니다. 음악이 없었다면 인간 또한 진보가 더뎠을지 모릅니다. 앞으로만 달리는 문명의 덫에 걸려 한 발자국도 벗어나지 못한 채 명멸의 길에 들어섰을지 또 누가 알겠는지요.

무언가를 하지 않으면 불안한 이 시대의 조급증이 나에게도 똑같이 전해옵니다. 어떤 것에 기댈 수 없으면 곧 나락으로 떨어질 것 같은 심약함과 초조함도 함께 말입니다. 직장인들이 병처럼 일에 몰두하고 승진에 목매는 것은 이러한 감정들을 의도적으로 회피하기 위한 것일 테지요. 대체로 불안은 여기서 싹 틉니다. 언젠가는 사라지게 될 사회적 지위에서 자신의 존재를 찾는 것은 참으로 어리석은 행동이지요. 임종을 앞둔 환자가 죽음의 불안을 잊기 위해 잠시 나들이를 하는 것과 다르지 않습니다. 바바라 버거는 《불안한 나로부터 벗어나는 법≫에서 행복하게 살아가는 첫 번째 방법으로 '있는 그대로 받아들여라'라고 제언합니다. 곧 사라질 것에 기대 자신을 확인하는 것은 끊임없이 밀려드는 불안을 제지할 근본적인 처방이 될 수 없는 거지요.

존재에 대한 불안을 근본적으로 치유하기 위해서는 삶의 의미를 이와는 다른 것에 두어야 합니다. 생명이 유지되는 한, 의지만 있으면 언제든지 할 수 있는 나를 떨리게 하는 어떠한 것을 찾아야 합니다. 물론 사회에 보탬이 되는 것이면 더 좋겠지요. 사는 동안 할 수 있어야 하고 혼자서도 잘 할 수 있어야 합니다. 이러한 것들을 밟고 서 있을 때 불안에 흔들리지 않고 버틸 수 있습니다. 불안이 물러가면 이제야 내면의 빈자리에 고요가 찾아듭니다. 사람은 사회와 동떨어진 채 고립되어서는 안 됩니다. 그러나 조용히 삶을 되돌아볼 혼자만의 시간도 필요하지요. 불안을 넘어설 수 있다면 마땅히 삶은 기쁨이요 행복입니다. 불안은 스스로를 믿는 자신감이 허술해지면 언제든지 되 튀는 강한 에너지를 수반하지요. 삶에서 불안만큼 행복을 갉아먹는 것이 또 있겠습니까. 불안을 제지하는 것이 행복을 추구하는 것만큼 중요한 이유입니다.

책을 읽을 때면 으레 음악을 틀어놓습니다. 음악 속에서 책을 읽으면 훨씬 쉽게 빠져들기 때문이기도 하지만 음악이 없을 때와는 독서의 느낌이 사뭇 달라서지요. 기억 또한 오래가지요. 아무런 생각 없이 펼친 문장의 행간에서 삶의 행복한 순간을 만나고 존재의 느낌도 음률에 실려 팽팽해집니다. 그 시간에는 나는 풍광이 되고, 산의 푸른 나무가 되고, 강의 힘찬 흐름이 되며, 넉넉한 농군의 웃음이 됩니다. 책 읽기는 내 속에 잠자는 수만의 나를 깨우는 시간임이 분명하지요.

　이윽고 앞산 중턱에 걸린 먹장구름 사이로 맑은 햇살이 시나브로 삐져나옵니다. 곧 옅은 구름이 장막을 펼칠 것이고 비는 그치겠지요. 이제 갖은 나무의 꽃망울들이 오롯이 자신을 깨우는 시간입니다. 머지않아 집 앞 공원의 살구나무에 '가지마다 알전구를 수천, 수만 개 매다는걸' 볼 수 있겠네요. 어디 감히 불안 따위가 얼씬하겠습니까.

세상은 대립 쌍의 꼬임

가끔 어떤 장면에서 갈등을 겪습니다. 이것과 저것의 명료한 구분이 사라지고 모호한 상태에 들면서 결정에 혼란이 입니다. 이를테면 상대의 요구가 온당한 처사처럼 여겨지지만 다른 한편에서는 요구의 수용이 그간 지켜온 원칙과 기준을 허물어뜨리는 행동이라는 생각이 들 때지요. 그럴 때면 갈등이 소신의 부실로 생기는 것이 아닌가 하는 의구심이 생깁니다.

오늘 동료는 내게 몇 가지를 요청했습니다. 자잘한 것들이었습니다. 그로서는 당연해 보일 수 있는 요구였지요. 내가 그 상황에 있다 하더라도 충분히 생각할 수 있었습니다. 하지만 바로 수용하지 않았습니다. 조직을 이끌어가는 데 있어 판단의 잣대를 넘어섰다고 생각한 탓이었지요. 공평성과 공정함은 리더십 잣대의 핵심 요소입니다. 한쪽으로 판이 기울게 되면 구성원 누구도 바로 서 있을 수 없고 자신의 역량을 다 쏟지 못합니다. 아무리 땀을 흘린다 한들 그 노력이 결국 누군가의 파티 요리로 쓰일 뿐이라면 그런 곳에서 열정의 꽃이 피기를 기대할 수 없지요. 애초에 불가능한 일입니다. 작은 조직만 그러한 것이 아닙니다. 사회도 그렇고 국가도 또한 다르지 않지요. 그런데도 마음속에서 일어나는 갈등의 여진은 깁니다. 이 찜찜한 기분은 도대체 어디서 온 걸까. 내 생각이 확고하지 못한 탓일까. 덕의 부족 때문인가. 아니면 오랜 타성 젖은 생활로 이

해의 날이 무뎌진 탓인가.

소신이란 외부 세계에서 마주치는 것들을 자신만의 기준으로 가늠해 소화하게 된 인식과 태도입니다. 소신은 말 그대로 개인이 지닌 고유성에 해당하지요. 극히 주관적 영역에 있습니다. 누구에게나 적용되는 보편타당과 합리성이 객관성의 바탕이라면 주관성은 큰 그림의 퍼즐 조각과 같습니다. 이 세계를 구성하는 절대 인자이지만 어느 것 하나 중첩되고 반복되는 것은 없지요. 무시해야 할 잉여는 없습니다. 그러므로 개개의 특성은 드러내놓고 서로의 차이를 견주는 비교의 대상이 될 수 없지요. 어느 한 개인의 가치가 세계를 지배할 수도 없으며, 다양성과 복잡성은 더욱 분화되고 쪼개져 세계는 한층 더 다원화될 것입니다. 이런 다양성을 세계의 특성으로 보면 서로의 충돌로 발생하는 갈등은 극히 자연스러운 현상으로 이해할 수 있습니다. 갈등은 서로의 다양성을 인정하는 세계에서 존재하는 차원 높은 사람들이 지닌 소신의 표출입니다. 결국, 공정과 공평이 보장되는 자유를 누리고 있다는 말이지요. 이 사실을 등한시하게 되면 세계는 획일화된 기준에 의해 지배되면서 폐단과 독단으로 흐르고 다양성이 사라지면서 자유는 설 자리를 잃을 수밖에 없습니다.

≪논어≫의 「자로」 편에는 이러한 얘기가 나옵니다. 초나라 사람 섭공이 공자에게 자랑하듯 말합니다. "우리 마을에 정직한 사람이 있는데, 그의 아버지가 양을 훔치자 자식이면서도 그것을 증언했습니다." 양을 훔친 아버지를 관가에 고발할 정도니 우리 마을의 가풍이 얼마나 훌륭하냐는 것이었지요. 이에 공자의 응수는 이러합니다. "우리 마을의 정직한 사람은 그와 다릅니다. 아버지는 자식을

위해 그런 일을 숨기고, 자식은 아버지를 위해 그런 일을 숨기지만, 정직함이 그 가운데에 있습니다." 법의 기준으로는 타당하고 합리적인 행동일지 모르나 인정의 관점에서는 설사 잘못이 있더라도 부모를 고발할 수는 없으며, 그것이 인지상정이고 자연스러운 일이라는 것입니다.

어떤 기준으로 살고 어떤 관점에 바탕을 두느냐에 따라 같은 사건의 해석은 천양지차가 됩니다. 기준이 하나로 고착하거나 통일되는 것은 절대 바람직하지 않습니다. 기준이란 것은 근본적으로 배제와 배타의 속성을 지니고 있기 때문이지요. 공자가 맞을 수도 있고 섭공의 생각이 올바를 수도 있습니다. 세상에 모습을 내보이는 모든 사상은 진리이기도 하고 아니기도 합니다. 노자는 이러한 존재의 비의를 정확하게 읽어냈습니다.

有無相生(유무상생) 難易相成(난이상성)
유와 무는 서로 살게 해 주고, 어려움과 쉬움은 서로 이뤄주며
長短相較(장단상교) 高下相傾(고하상경)
길고 짧음은 서로 비교하고, 높음과 낮음은 서로 기울며
音聲相和(음성상화) 前後相隨(전후상수)
음과 성은 서로 조화를 이루고, 앞과 뒤는 서로 따르니

노자 연구가 최진석은 이 부분을 이렇게 해석합니다. "이 세계는 반대되는 것들이 꼬여서 이루어진 것이다. 즉 이 세계는 대립 쌍(有無, 高低, 長短, 上下)들이 서로 꼬여서 이루어져 있는데 이것이 이 우주의 존재 원칙이자 법칙이다." 결국, 관계하는 모든 것들은

서로가 본질적인 절댓값을 가지며 경쟁하는 것이 아니라 서로를 보완하며 서로의 존재 바탕이 된다는 것입니다. 세상에 누구에게나 옳은 자신만의 기준이란 없다는 말이지요.

그러므로 인(仁)을 인간의 한 특성으로 보고 그것을 인간성의 본질로 규정하는 논어는 이 세계를 관류하는 철학이나 삶의 기준 중 하나일 뿐이지 결코 누구에게나 통용되는 보편적인 사상일 수는 없습니다. 내 기준 밖의 것은 받아들일 수 없고, 내 것이 되지 않을 때, 한 기준이 만든 세계의 크고 작음은 있을 수 있으나 결국 자신만의 세계에 갇힐 수밖에 없지요. 그래서 소신의 세계는 완전에 이를 수 없습니다. 불확실한 것은 마땅합니다.

서로의 생각이 바라보는 시선의 엇갈림이 갈등이지요. 에너지의 낭비라는 관점에서 보면 갈등은 감정을 소진하는 하잘것없는 번민에 불과합니다. 굳이 찾아 돌아볼 이유가 없습니다. 그러나 여러 시각이 물결치는 다양성의 각축이라는 관점을 가지면 갈등은 혐오와 기피의 대상이 아니라 적극적으로 권장하고 도모해야 하지요. 생명력이 요동치는 살아있는 관계는 서로를 피하는 침묵의 세계가 아니라 서로의 생각들이 부딪혀 튀기는 치열한 불빛의 세계에서 존재합니다. 노자의 말대로 대립하는 것들이 꼬여 있는 상태가 세계의 실상이라는 주장을 적극적으로 받아들일 필요가 있는 거지요. 그리스 철학의 이단아 헤라클레이토스 또한 "만물은 대립물의 혼합이다. 대립물이 없다면 통일도 없다. 죽어야 살고 다른 존재가 살려면 또한 죽어야 한다."라고 했습니다. 서로의 생각은 존중하되 상대의 시선을 그다지 의식하지 말아야 하는 근거입니다. 지금 기분이 찝찝하다면 마땅히 잘못된 관점에 자신이 서 있다는 방증으로 받아들이는 것이 좋겠지요.

길은 두려움을 걷어낸 후에야 비로소 패인다

  길은 갖은 이들의 바람들이 더께로 쌓이고 모여서 만들어지고 이어집니다. 때론 비릿하고 헛된 욕망이 길을 내기도 하지만 소박한 꿈과 바람들이 넓히고 다진 길은 끊임없이 발걸음을 끌어당기며 무한의 시간 속에서도 끊어지지 않고 묻히지 않습니다.

  변화는 한 곳에서 생전 다른 곳으로 이동하는 것이지요. 위대한 변화들은 애초 길에서 시작했습니다. 길은 드리운 두려움을 걷어낸 후에야 비로소 패이기 시작하며 자리를 잡는 고유성을 지녔지요. 앞선 누군가의 용기가 기어이 흔적을 남길 때 곧이어 수많은 발길이 무시로 모여듭니다. 일말의 두려움마저도 사라지는 그 순간 비로소 길은 안정과 보장의 모습으로 변모하지요. 모든 새로운 길은 그렇게 땅 위에 모습을 드러냈습니다. 또한, 길은 어느 한 질문에 비슷한 답을 내놓는 발길들이 중첩해서 남긴 흔적들로 채워지지요. 바라는 것이 서로 다르면 길은 쉬이 나지 않습니다. 길의 생성 배경은 발길들의 공명입니다. 그러므로 수만 갈래의 길들이 얽히고설키어 구축한 것이 인간의 문화와 문명이지요. 종교의 길도 이와 다르지 않습니다.

  간혹 생뚱맞은 답을 생각한 편위의 발길들은 본래의 길을 벗어나 새로운 갈림길로 번지고 뻗어 나갔습니다. (이 편위는 에피쿠로스 철학이 만들어진 근간이다. 데모크리토스의 원자론을 기반으로 한 에피쿠로스 철학은 원자의 직선운동에서 벗어나 편위하는 원자, 즉 알라키스톤으로부터 자유가 생겼다고 주장한다) 길은 하나로 통하지만 헤아릴 수도 없는 곁길이 존재하는 까닭이지요. 다양하고 복잡하며 보다 발전된 변모는 이러한 생각의 다름에서 비롯되었습니다. 그래서 지상의 길은 어쩌면 인간의 뇌 속 풍경이 만든 것인지도 모르겠습니다. 뇌의 뉴런이 만든 뇌 회로가 지상에 길을 놓은 설계도면일 수도 있지요. 만일 그렇다면 동물행동학자 리처드 도킨스의 주장을 끌어다 붙여도 생소하지 않겠습니다. 헤아릴 수 없는 수많은 길은 결국 인간의 '확장된 표현형'이라 해석할 수 있지요. 길은 인간의 유전자가 그리 만든 겁니다. 언젠가 지리산 곳곳을 찾아다니다 알게 된 '서산대사 옛길'에 대해 이렇게 적어두었지요.

4킬로미터(왕복 8킬로미터) 남짓한 서산대사 길은 문을 지키는 사천왕인 양 온몸을 풀어헤치며 서 있는 수령 오백 년 푸조나무의 멋진 자태가 들머리의 랜드마크다. 걷는 내내 계곡의 물소리가 뒤따르며 밟히고 그 물소리에 내 안의 것이 무엇이든 남김없이 씻기어 텅텅 비게 될 것이다. 줄곧 어깨 겯고 내려다보는 지리산 능선의 너울이 세상살이의 불안함을 녹여버리리라.

초여름에 찾는다면 조용한 산채의 돌담 사이에서 앙증맞은 바위취와 만날 수 있고 노란 별빛의 돌나물, 오솔길에서는 보랏빛의 꿀풀, 꽃차례가 어여쁜 흰노루오줌도 자주 볼 수 있다. 가을이면 길은 또 다른 모습으로 변모할 것이다. 올가을에 서산대사 길을 다시 걷게 된다면 답은 한결같으리라. 여전히 강력하게 길로 이끄는 것은 비움과 느림의 자력일 터다.

아래의 글은 시인 장석주의 사유들이다. 그의 사유 놀이는 늘 참신하다. 작가는 모름지기 진부해서는 안 된다. 그것이 작가에게 높은 장벽이자 커다란 갈채다. 작가라면 마땅히 그러해야 한다.

"산책은 사물과 세상에 대한 불필요한 관여를 끊어버림으로써 얻은 침거와 한가로움의 소산이다. 산책은 느리게 흘러가는 우주의 리듬과 세계를 관조하는 자의 여유 속에서 이루어진다… 나는 말한다. 게으름에 의해 바쁨은 그 의미를 얻고, 산책 때문에 삶은 비로소 그 가치를 인증받는다고. 산책은 일체의 공리적 행위들에 대한 무저항의 저항이고, 강제된 노동에 대한 태업이다.

빨리 걸을 때, 걷는 주체의 저 바깥에 존재하는 모든 것들은 그저 뜻 없는 '그것'들의 범주에 벗어나지 않는다. '그것'들은 내 생각에, 내 삶에, 더 나아가 내 영혼에 아무 영향도 주지 않고 아무 뜻도 없다. '그것'들은 다만 나와 무관하게 저기 존재하는 '그것'들에 불과할 따름이다. '그것'들은 끝끝내 '너'가 되지 못한다.

방황이 무목적인 배회이거나 서성거림인 데 반해, 여행은 세계를 주체적이고 창조적으로 경험하고 싶다는 의지가 강력하게 작용한다. 여행은 이곳에서 저곳으로 떠나는 공간이동이면서 동시에 일상의 시간에서 신화적 시간으로 떠나는 시간여행이다."

역사는 판에 던져진 패가 만든다

최근 자연사, 즉 자연을 탐구했던 이들의 발자취를 편년체로 쓴 책을 손에 들었습니다. 숱한 자연학자들이 자연을 활보했지요. 대체로 돋보이는 이름들은 이미 알려진 이들이지만 한 번도 들어보지 못한 생소한 학자들도 꽤 많습니다. 아리스토텔레스, 우리가 린네라고 알고 있는 카롤루스 린나이우스, 또 라마르크라 불리는 라마르크 기사 장밥티스트 피에르 앙투안 드 모네(라마르크는 이름이 참 깁니다), 진화론의 창시자 찰스 다윈. 이들은 대체로 자연사에서 잘 알려져 있고 거장들로 칭송받지요.

반면 테오프라스토스, 디오스코리데스, 프리드리히 2세, 렘베르투스 도도나이우스, 린네보다 앞서 계통분류학을 내놓은 존 레이, 길버트 화이트, 존 바트람과 윌리엄 바트람, 데인스 배링턴 등은 우리가 잘 알지 못하지만, 자연사에서 괄목할 만한 역할을 하며 자연을 탐구한 이들이었습니다. 어느 역사든 계보를 추적하면 큰 발자취 사이로 무수히 많은 작은 걸음이 들어차 있음을 확인할 수 있지요. 한 나라의 역사는 군왕들의 역사로 대변되지만, 실제 역사의 페이지에는 왕을 왕답게 떠받들었던 무수한 민중들의 걸음이 빼곡합니다.

지금 내 눈앞에 놓인 현실들은 지난 긴 여정의 역사로부터 경작된 산출물입니다. 투쟁과 저항의 역사가 있었고 폭압과 압제의 역사도 이어져 왔습니다. 문명의 발달사와 명멸의 역사, 진화의 역사와 망각의 역사, 전쟁과 평화의 역사 따위가 지금의 현실을 만든 질료들이었지요. 현재는 숱한 역사가 혼직해서 만든 총체물입니다. 나 또한 이러한 역사의 메커니즘으로부터 예외일 수 없습니다. 날마다 나의 동의 없이도 절로 주어지는 하루. 그래서 이제는 마땅히 되돌려 받아야 하는 부채 같은, 받는 것이 전혀 이상하지 않고 당연시되는 24시간. 허투루 써도, 마구 엎질러 쏟아버려도 아깝지 않은 날들. 그러나 지금의 나는 날마다 주어지는, 당연시되고 마땅히 받아야 하는 것이 된 그 24시간의 하루들이 만든 변천과 변화의 누적들로 켜켜이 쌓여 이루어졌지요. 나의 역사는 나날의 시간 속에 배태되고 태어나며 변화되고 전환한 것입니다. 현존하는 나는 오늘들의 궤적이 만든 역사이며 오늘들은 나를 있게 한 역사의 순간이 만든 숱한 점들입니다. 점들은 서로 이어지려는 연속의 속성을 가졌으며 하루들을 이룬 수많은 점은 갖은 모색과 또한 무수한 도전이지요. 그리해 내 삶이 변한다면 하루들의 변화들이며 굽이치고 소용돌이치는 파란 속에서 새로이 도전하고 모색하며 실험한 궤적들일 것입니다.

신으로부터 날마다 절로 손에 쥐어진 패들은 우리의 손을 떠날 때 비로소 어떤 의미로 전환할 테지요. 아직 낙장이 아니라 여전히 손에 들려있다면 패는 오직 자신에게만 의미를 지닐 뿐 그 누구에게도 영향을 줄 수 없습니다. 패를 써라! 판 안으로 던져라! 손을 떠난 주사위는 어떠한 경우의 수라도 참가자에게 영향을 미치지요. 긍정의 성공일 수도, 실패의 부정일 수도 있습니다. 하지만 내 하루가 여전히 반복이고 지루한 타성이라면 패는 내 손안에 쥐어져 있다는 방증임을 잊어서는 안 됩니다. 그런 판의 역사는 결코 나의 역사가 되지 못하지요. 역사를 만드는 핵심 질료는 도전과 모색, 실험입니다. 역사는 판에 던져진 패들만이 만들 수 있습니다.

서로를 살리는 경쟁

이른 새벽 산에는 운무가 휘장을 드리웠습니다. 간밤에 내린 비를 듬뿍 품었던 숲이 뿜어낸 호흡이 만들어 낸 것이지요. 운무가 뭉쳐 만들어진 나뭇잎 위의 물방울이 후드득후드득 쉴 새 없이 숲으로 떨어지며 소리를 내지르고 있습니다. 한바탕 소낙비가 지나가고 줄어든 가는 빗줄기가 처마 밑으로 떨어지며 내는 빗방울 소리와 똑 닮았습니다. 고즈넉한 새벽 숲이 부산합니다. 운무 가득한 숲에서는 매미와 풀벌레 소리가 끊이질 않네요. 도대체 새벽부터 왜 이렇게 다들 소란스럽지?

하늘은 여전히 흐리고 물기를 흠뻑 머금은 땅은 공기마저 축축해 질퍽거립니다. 길가 벚나무를 운무로 휘감은 산길은 새벽 기운이 보태지면서 더욱 몽환적입니다. 있는 그대로 훤히 다 보인다면 신비함은 이내 소멸하고 말겠지요. 신비는 알지 못하는 어떤 것에 대한 호기심으로 발현되지요. 뇌는 늘 새로운 자극을 편애합니다. 호기심은 뇌를 자극하고 깨우지요. 어제와 같고 그제와도 같은 지루한 풍광이 반복된다면 뇌가 달리 작동할 까닭이 없습니다. 안일의 반복이 지속하면 일상이 무료해지는 이유지요. 명료하고 너무나 논리적인 상황에서 뇌는 감성을 불러오지 못합니다. 비논리적이고 감각적인 상태에서 쏟아지는 도파민과 세로토닌이 행복으로 이끕니다. 반면 계산적이고 합리적으로 작동할 때 뇌가 요구하는 것은 아드레날린입니다. 긴장과 흥분, 자신을 향해 다가오는 압박 따위를 견디도록 해주지만 나른한 충만과 행복한 느낌으로 이끌어주진 않지요. 결국, 신비로움은 어느 정도의 가림과 감춤, 예측하지 못한 어떤 일이 느닷없이 벌어지는 우발적 상황에서 뇌가 만드는 호기심 따위의 감정일 겁니다.

앙증맞은 쌀알 크기의 털별꽃아재비가 길가에 수북합니다. 긴 꽃대에 조롱조롱 달린 비비추도 운무를 뒤집어썼네요. 자주초롱꽃은 물방울을 가득 머금은 채 옆으로 누웠고, 시들다 만 낮달맞이꽃이 두어 송이 고개를 빳빳이 세워 탐스러움을 과시합니다. 계요등은 올망졸망 앙증맞은 꽃을 내보이고 있네요. 또 작은 진주만 한 풋열매를 단 까마중이 도깨비바늘과 함께 싱그럽습니다.

식물은 결코 자신을 살리기 위해 다른 것들과 죽음의 경쟁을 하지 않지요. 자신을 한껏 치켜세우지만, 그 행동이 결코 다른 것들의 죽음을 딛고 서는 것은 아니지요. 간혹 다른 나무를 칭칭 감고 올라가는 덩굴들이 있지만, 그것은 식물 세계의 보편적 삶이 아닙니다. 경쟁자를 없애면 자신도 자연에서 사라진다는 것을 충분히 알지요. 식물의 인지기능과 상생 본능은 수억 년의 진화에서 거둬들인 지혜의 열매입니다. 그래서 조화가 자신들의 생명을 지키는 데 있어 얼마나 중요한 것인지를 모르지 않지요. DNA의 목적은 후세에 자신을 밀어 넣는 것입니다. 자연의 변화에 적응하지 못하고 또 변화를 따라잡지 못하면 결코 영속의 옷자락을 부여잡을 수 없다는 것을 유전자는 확실히 알고 있습니다. 어쩌면 리처드 도킨스의 말대로 우리 몸은 DNA를 운반시켜주는 운반체에 불과한지도 모르지요. 어쨌든 자연에서 경쟁은 서로를 살리는 경쟁입니다. 서로에 기대 살아갈 때 환경 변화의 난폭함에 맞설 힘을 갖게 됩니다. 꽃들이 저마다의 빛깔로 함께 어울려 다채롭게 살아가는 것도 그 때문이지요.

점차 짙어지던 운무가 기어코 비가 되어 흩뿌리네요. 비의 알갱이가 알알이 얼굴에 부딪히며 살갗을 간질입니다. 숲은 운무에 잠겨 이제 아무것도 내보여주지 않습니다. 뽀얀 는개 속에서 까치가 제 목청을 높여 한껏 우짖네요. 그 맑은소리가 운무를 휘저으며 저 아래 해변으로 내달립니다. 젖은 산이 흔들립니다.

자기 질서

대전역에 내리니 진눈깨비 같은 눈발이 먼저 반겨 맞습니다. 빗금으로 떨어지는 눈은 땅에 닿자 이내 녹고 말아 흙길은 진창이네요. 12월 하순이지만 눈의 결정은 아직 악력이 약합니다. 그런데도 내리는 눈들은 한데 어우러져 뿌연 풍광으로 먼 산을 가리고 있습니다. 시내에 들어서니 난분분하듯 내리는 눈은 바쁜 행인들 위로 슬로 모션처럼 느린 시간을 뿌리고 있네요. 나는 택시를 타고 가는 동안 다시금 먼 산의 뿌연 풍광으로 시선을 보내며 외투 주머니 속의 손을 오물거립니다.

저 키 큰 길가의 메타세쿼이아는 모든 잎을 떨구고 서 있네요. 하지만 아름드리 줄기 속에서는 여전히 뿌리에서 흡수한 물이 물관과 체관을 통해 삭정이처럼 마른 가지 끝으로 뻗어 오르며 면면히 생명력을 나르고 있겠지요. 이때 나무에 필요한 것은 이동 속도가 아닙니다. 속도는 그리 중요하지 않지요. 오히려 이동 속도가 빠른 수액은 갑작스러운 추위가 닥치면 가지를 얼게 해 나무를 죽음에 빠뜨릴 수도 있습니다. 누대에 걸친 경험의 누적이 만들어놓은 지혜입니다.

사실 나무는 지각을 지니고 있습니다. 결코, 무감각한 사물이 아니지요. 초감각적 지각이 인간만의 전유물이 아님을 밝힌 이는 많습니다. 그중 피터 톰킨스와 크리스토퍼 버드는 그들이 쓴 ≪식물의 정신세계≫에서 낱낱이 사례로 밝히고 있습니다. 책에는 이런 얘기도 있지요.

"외딴집에 강도가 들어 노인을 살해한 뒤 귀중품들을 몽땅 털어 갔다. 목격자가 없어 용의자를 찾는 데 애를 먹고 있었다. 방안에는 선인장이 심어진 화분 한 개가 깨져 있었다. 용의자를 잡아 아무리 심문을 해도 자백을 하지 않았다. 경찰은 목격자를 찾다가 화분을 보고는 '이것이다'라며 무릎을 '탁' 쳤다. '목격자는 선인장이다. 화분의 선인장에다 거짓말 탐지기를 붙여놓고 선인장에 용의자를 보여 보자' 처음에 몇 명의 용의자를 선인장에 보여도 반응이 없었는데 나중에 한 용의자가 들어오자 바늘이 심하게 요동쳤다. 선인장이 용하게도 범인을 알아본 것이다. 결국, 용의자는 순순히 자백할 수밖에 없었다."

연구에 따르면 식물은 언제고 그들끼리 정보를 주고받을 수 있으며 또한 사람과도 정보를 주고받을 수 있다고 밝힙니다. 그래서 널리 확산하고 있는 숲 치유 활동이 비과학적 치료법만은 아닌 거지요. 과학으로 완벽히 밝혀지지는 않았지만(사실 과학이란 학문 자체가 엉성한 논리 위에 있지만) 인간의 병을 치유하는 데 숲이 중요한 역할을 하고 있음을 추론하는 것은 그리 어렵지 않게 됐습니다. 치료에 있어 효험과 경험보다 더 명백한 입증은 없지요. 숲에 들어서자마자 세상 어느 곳보다도 편안함을 느끼지 않던가요. 급체한 듯 갑갑하고 답답하던 가슴이 확 트이지 않던가 말이지요. 애니미즘의 세상에서는 숲은 갖은 신들이 머무는 곳입니다. 나무와 공기와 꽃과 흙이 제각각 모두 신들이지요. 전지전능함이 신의 특성이라면 숲은 곧 전지전능의 세계를 아우르고 있다 할 것입니다. 그 안에서 이뤄지지 않을 것은 아무도 없지요.

끊임없이 이어지는 허공의 눈발을 보며 스치는 한 생각을 붙잡습니다. 나무는 속도보다 끊임없는 물의 근근한 이어짐이 환한 봄을 기대할 수 있게 합니다. 근압과 물의 장력과 기공으로 자신의 질서를 나무가 벌써 구축해 놓은 탓이지요. 순환 질서의 통제력을 잃지 않는 한, 나무는 제 수명을 누릴 것입니다. 예기치 않은 세찬 바람도 나무의 삶을 흔들지는 못할 겁니다. 내 분답한 일상의 시간도 나무들처럼 스스로의 질서와 순환으로 단절되지 않고 거듭 이어지기를 소망합니다.

일을 마치고 다시 역으로 왔습니다. 그새 눈은 그치고 뿌옇던 풍광이 말끔해진 덕에 먼 산도 어느새 지척으로 '줌인' 됩니다. 길은 질퍽거리지만, 건물들의 지붕만은 설백이네요. 눈 덮여 하얀색으로 치장한 열차가 막 대전역 플랫폼을 빠져나가는군요. 이제 그들도 자신의 질서로 편입해야 할 시간이 된 거지요.

2장

자연에 관하여

프로메테우스가 제우스로부터 불을 훔쳐 인간세계로 전하던 날 문명사회는 시작됐다. 문명은 불로부터 비롯되었다. 불과 문명은 서로 맞물리며 공진화했다. 단언컨대 문명의 매개체는 불이었다. 프로메테우스의 횃불이 한적한 시골을 흥분시켰던 형광 불빛이 되고 그 불빛들이 지금 저 화려한 도시의 불빛으로 변했다. 저 불빛들이 쉼 없이 문명을 낳았고 문명은 번성하기 위해 더 강한 불빛을 생산했다. 거부할 수 없는 자연보다 더 자연스러운 밤을 지키는 인공의 불빛들. 불빛은 한정된 지구 자원을 끝없는 소모와 고갈로 몰고 가고 있다.

더불어 사는 세상

자연 생태계에서는 공생이라는 규범이 있다. 공생의 균형이 깨어지면 너도나도 모두 파멸에 이른다. 나만 앞서고 나만 많이 가지고 나만 편히 살려는 국가, 집단, 혹은 그런 개인이 원래의 공생 규범으로 돌아가지 않으면 세상은 망할 수밖에 없다.

우리 아이들에게 시험 점수보다 더 소중한 인간다운 지혜와 따뜻한 사랑을 가르치기 위해 부모들의 각성을 바랄 뿐이다. 따라서 인간들만이 자연에서 이탈하여 만들어 낸 사회제도나 국가정책은 잘못되었으면 하루속히 고쳐야 한다.

커다란 덩어리가 잘못 굴러가면 거기 붙어 가는 작은 먼지는 어쩔 수 없이 따라가야 한다. 만약 조그만 먼지 혼자 따로 떨어져 바른길로 간다면 그는 외롭게 죽을 것이다. 우리는 혼자서는 할 수 없다. 그렇다고 잘못된 덩어리에 붙어서 마냥 같이 가도 역시 죽는 것은 마찬가지다. 모두 함께 힘을 모으면 잘못 굴러가는 큰 덩어리를 바른길로 돌릴 수 있다. 하지만 한두 개의 먼지가 무슨 힘이 있겠는가.

(≪빌뱅이 언덕≫ p216 권정생)

태풍 고니가 지나간 산길은 비바람에 떨어진 여전히 푸릇푸릇한 나무 이파리들과 잔가지들의 잔해로 어수선하다. 아직 소멸하지 않은 바람에 짙은 녹음이 내뿜는 싱그럽고 향긋한 내음이 채이며 솟구친다. 벌름거리는 콧속으로 쿨럭쿨럭 밀려드는 것은 녹음의 체취와 더불어 여름의 뜨거움을 한껏 머금었던 잎들의 열기다. 나무는 계절이 서늘해지면 버려야 할 것들을 지금 비바람을 이용하여 조금씩 털어내고 있다. 앞으로 단풍을 만들기 전에 두어 번 정도는 더 비바람에 자신의 것들을 떨굴 것이다. 짙은 구름 사이로 아침 해가 떠오른다. 비바람이 지나간 하늘은 늘 뒤끝이 상쾌하다. 씻긴 대기가 빚어내는 풍광은 가슴을 설레게 하기에 충분하고도 남는다. 아, 이 아침 하늘이 머리를 씻어내고 가슴을 쓸어내린다. 하지만 내일이면 또 뿌옇게 흐려질 풍광들.

억센 바람에도 별 탈이 없는 것은 역시 키 작은 풀꽃들이다. 봄부터 산길에서 만난 풀꽃들과 대부분 친숙해졌다. 친숙은 그 이름을 불러주었을 때 산뜻한 아름다움과 함께 온다. '이름을 불러주었을 때 그는 나에게로 와서 꽃'이 되는 것이다. 세상 사는 법이 이 이치에서 한 치도 벗어나지 않는다.

남빛 꽃과 보라색 꽃술을 지닌 달개비,
까만 열매를 매단 까마중,
노란 꽃이 잘 어울리는 도깨비바늘,
언덕을 노란 달빛으로 물들인 달맞이꽃,
며칠 동안 도감을 뒤적이며 기어코 찾아낸 연분홍의 화사한 낮달맞이꽃,
긴 꽃대 위에 수줍게 앉은 원추리,
휘연한 새벽을 밝히는 듯 올망졸망 매달린 자주초롱,
흰빛 속의 자주색이 너무나 깜찍한 계요등,
노란 꽃차례가 고양이 꼬리처럼 오뚝 선 채 눈길을 사로잡는 짚

신나물,

넓은 이파리와 키 큰 꽃대 위에 핀 보랏빛 비비추,

처음 봤을 때 무척 날렵했던 백선,

보랏빛 꽃과 새까만 열매 이제 보기 흔해진 맥문동,

여름 내내 종아리를 스쳤던 파리풀,

앙증맞은 노란 통꽃 가장자리에 하얀 혀꽃부리를 드문드문 단 별꽃아재비와 털별꽃아재비,

하얀 눈썹 모양이 눈에 확 띄던 큰카치수영,

칡덩굴보다 더 많이 볼 수 있는 환삼덩굴……

아직도 그 이름을 몰라 불러주지 못하는 풀꽃들로 지천인 산길은 늘 풋풋하고 좀체 지루하지 않다. 산길이 늘! 항상! 아름다운 까닭은 유일한 하나가 아니라 수많은 여러 풀꽃이 어우러져 아름다움을 피우기 때문일 것이다. 자주초롱만 핀 산길은 얼마나 단조로울까. 아무리 화려한 꽃이라도 한 종류만 있다면 이내 식상하고 말 것이다. 바로 옆에 소담한 낮달맞이꽃이 함께 피고 있기에 자주초롱 위의 이슬이 더 반짝거리리라. 산의 주인은 풀꽃들과 나무들이다. 홀로 주인인 듯 행세하는 교만한 이는 이 우주에 오직 인간밖에 없다.

얼마 전 여름휴가를 갔다가 돌아오는 길에 안동 일직면 조탑리에 있는 빌뱅이 언덕을 들렀다. 빌뱅이 언덕에는 권정생 선생의 생가가 있다. 무욕의 삶이 어떤 것인가가 궁금하다면 굳이 강원도 깊숙한 오지에 있는 법정의 오두막까지 찾아갈 필요는 없다. 혼자 앉기도 좁은 듯한 변소와 손에 쥐어질 듯한 조그마한 오두막이 생가의 전부다. 언덕이라고 할 것도 없는 조그마한 둔덕에는 주홍빛 범부

채와 분홍의 패랭이가 듬성듬성 피어있을 뿐 잡초만 우거졌다. 그러나 생전에 선생은 누구도 이름 없는 풀들을 뽑지 못하게 했다. 그곳의 주인은 곧 그들이니까. 선생은 말씀하신다. 세상에 '내 것은 없다.' 자연은 '온 세상 모두의 것'이다.

사람들은 참 아무것도 모른다
밭 한 뙈기
논 한 뙈기
그걸 모두
'내'거라고 말한다.

이 세상
온 우주 모든 것이
한 사람의
'내'것은 없다.

하느님도
'내'거라고 하지 않으신다.
이 세상
모든 것은
모두의 것이다.

아기 종달새의 것도 되고
아기 까마귀의 것도 되고
다람쥐의 것도 되고
한 마리 메뚜기의 것도 되고

밭 한 뙈기

돌멩이 하나라도
그건 '내'것이 아니다.
온 세상 모두의 것이다.

「밭 한 뙈기」 권정생

　　1998년 3월 미국 연방 특허청에 특허 제5723765호가 등록되었다. 미국 농무부와 어느 면실유 제조회사가 등록한 이 특허는 '식물 유전자 발현 제어'라 불렸다. 이로써 농민들은 더는 자신이 가꾼 작물에서 종자를 얻을 수 없고 해마다 씨앗을 구입하지 않고는 농사를 짓지 못하게 되었다. 변형된 식물에서 얻은 종자는 열매를 맺지 않기 때문이다. 유전자 변형 작물(Genetically Modified Organism : GMO)의 위해성이 불거지기 시작했지만 이미 종자 기업은 돈벼락을 맞았다. 2007년 현재 전 세계 23개국에서 124개의 GMO가 상품화되었고, 2013년 기준으로 세계 인구의 80% 이상이 먹고 있다고 추정된다. 종자마저 돈이 있어야 뿌릴 수 있는 세상이다. 이제 저 맑은 공기와 푸른 하늘도 돈을 내야 들이쉬고 볼 수 있는 세상이 멀지 않았다. 시골에서조차 물은 생수가 대체한 지 오래다. 욕망은 발전을 추동하는 에너지이자 스스로를 옭아매는 사슬이다. '인위선택'을 택한 인간 욕망의 끝은 어디까지인가. 그 선택의 말로는 대체 어떠할까.
　　짙은 구름 사이로 해를 밀어 올리던 새벽이 어느새 파란 하늘을 펼쳐놓았다. 저 맑고 깊은 하늘가로 이미 성긴 잎의 포플러가 햇살을 반사하며 은빛을 뿌리고 있다. 하늘이 없다면 어찌 저 키 큰 포플러가 아름다울 수 있으며 나무 없는 하늘이 아름다우면 얼마나 더 아름다울까. 우리는 저마다의 소명을 지닌 채 이 지구로 소풍을 왔다. 소풍 간 곳에서 만나고 본 것들을 자기 것이라고 우기는 사람은 없다. 소명을 다하면 누구나 지구를 떠나야 한다. 그래서 '아름다운 이 세상 소풍 끝내는 날 가서 아름다웠다'라고 말할 수 있어야 한다. 지구는 결코 인간의 것이 아니다. 어울림 없는 혼자는 밋밋하고 외롭다. 세상과 자연과 우주가 여태 우리에게 전하고 있는 말이다.

편하지만은 않은 새벽

동물을 유혹하기 위해 식물이 택하는 방법은 크게 두 가지이다. 하나는 과육의 육질을 맛있고 향기 나게 만드는 것과 또 다른 하나는 색깔을 선명하게 하여 눈에 잘 띄게 하는 것이다.

동물들에게 열매가 먹힐 때 씨앗은 상처 입지 않고 동물의 소화관을 지나 배설되면서 멀리 이동할 수 있다. 소화관을 지나면서 부분적으로는 소화될 수도 있는데 이런 경우 오히려 발아율이 훨씬 높아지기도 한다. 동물들이 먹는 열매 중 가장 잘 발달한 것은 핵과 종류이다. 벗나무, 살구나무, 복숭아 등이 대표적인데, 이 핵과들은 육질 안쪽의 씨앗이 단단하여 동물들이 열매를 먹을 때 씨앗에 상처가 잘 생기지 않아서 안전하게 보호된다. 또한, 육질은 맛이 달고 즙이 많아 동물들이 가장 좋아하는 열매들이다.

익은 열매 중 빨간색이 가장 많은데 이것 또한 식물의 전략이다. 숲속에 아주 많은 개체 수가 있는 곤충들은 크기가 작아 씨앗을 멀리 이동하기에 적당하지 않기 때문에 곤충의 눈에 잘 보이지 않는 빨간색으로 열매의 색깔을 만들어 낸 것이다. 하지만 척추동물의 경우에는 빨간색을 좋아하여 열매를 먹고 번식시킬 수 있다. 새들은 특히 빨간색을 좋아하고 멀리서도 잘 본다. 이렇게 동물에게 먹히는 열매도 있지만, 동물의 몸을 이용하는 식물들도 있다. 어떤 열매들은 끈적거리는 점성물질로 되어 새의 부리나 발에 붙어서 이동한다. 도깨비바늘, 도꼬마리, 가막사리, 우엉, 뱀무 등은 열매 끝부분이 가시나 바늘처럼 생겨서 동물들의 털에 달라붙어 이동할 수 있다. 때로는 새의 깃털에 붙어 수만 리 이동도 가능하다.

주름조개풀 등의 열매는 끈적끈적한 점성 물질이 분비되어 털에 붙거나 사람의 옷에 붙어 이동한다. 도토리나 밤 같은 경우는 일부는 다람쥐나 어치의 겨울 식량으로 땅속에 저장되었다가 숨겨 둔 사실을 잊어버린 동물 덕택에 이듬해 발아하는 사례도 있다.

멸종된 생물들은 계절의 변화로 나타나는 온도 차이에 절대적으로 의존하면서 살아온 것 같다. 극심한 온도의 편차에 적응하지 못한 생물은 위험에 처하게 된다. 오늘날 환경 파괴로 인해 지구의 기온은 불안정하게 되었다. 일정 기온에만 길든 사람들은 폭염이나 한파를 견뎌낼 수 없을 것이다.

적정 온도에서만 생활이 가능한 인간과 달리 식물은 대부분 생존의 판단 기준을 온도에 두지 않는다. 끈질긴 그들의 생명력은 지구의 공전과 자전에 의한 계절의 변화와 밤과 낮의 길이에 매우 착실하게 적응해 온 결과일 것이다. 인간과 유사하게 자전과 공전의 감각을 상실할 수 있는 잠재적 성향을 띤 동물이나 식물들은 멸종이란 현실 앞에서 매우 가까이 서 있는 것인지도 모른다.

(≪나무와 숲≫ p175, 176, 183 남효창)

저 해운대 화려한 불빛들 아래에 날마다 사무실에서 보는 살가운 후배 동료 남팔이와 용훈이가 살고 있다. 때때로 잊을 만하면 문자를 보내서 존재감(?)을 부각하는 장모님도 저곳에 계신다. 밤새도록 뿌리고도 여전히 지치지 않은 새벽녘 저 불빛들. 자연의 한계를 넘어 우리가 도대체 어찌할 수 없는 곳으로 이끌고 가는 인위의 세계, 자연을 거슬러 이제는 오히려 자연보다 더 자연스러운 인위의 표상, 우리는 그것을 문명이라 부른다.

처음으로 전깃불이 들어오던, 그러니까 초등학교 3학년쯤 어느 날로 기억하는 그날은 저녁을 먹고 난 초저녁이었다. 밤이면 잘게 부서지는 별빛과 수액 같은 누런 달빛이 어둠을 벗겨내던 한적하고 조용하던 시골에 몇 날 며칠에 걸쳐 공사가 진행되었다. 탁 트였던 지붕 위로 전깃줄이 뻗고 처마 한 귀퉁이에 처음 보는 두꺼비집이 달렸다. 처마에는 듬성듬성 작고 하얀 사기에 묶인 두 줄의 붉은색과 검은색 선이 달라붙었고 새로 도배한 천장 가운데엔 태어나서 처음 보는 긴 형광등이 자리했다. 그 천장의 형광등이 갑자기 깜박거리더니 불이 들어오며 방안을 환하게 밝혔다. 눈이 부셨다. 형과 나는 놀라 서로의 얼굴을 빤히 바라다보았다. 어두운 밤에 그렇게 자세히 얼굴을 본 적이 없었다. 문설주에 파리가 싸놓은 까만 깨알 같은 똥들이 잘도 보였다. 구석에 있던 희끄무레한 걸레의 모습도 또렷했다. 형광의 강렬한 빛이 호야와 촛불을 대체하던 그 날, 동네는 온통 환한 빛으로 장관이었다. 동네 여기저기에서 흥분한 소리가 들렸다. 전깃불은 어둠만 물린 것이 아니라 시골의 고요한 정적도 몰아냈다.

1억 4000만 년 전 이 땅에 식물(속씨)이 뿌리를 내린 이래, 지금껏 울울창창 번성한 것은 식물들의 능력 때문만이 아니다. 그것은 끊임없이 자신의 DNA가 담긴 꽃가루를 날라준 매개 동물의 절절한 도움이 있었다. 식물의 꽃과 매개 동물은 서로 공생하며 진화를 거듭했다. 식물은 자신의 씨앗을 더 안전하게 멀리 퍼뜨리는 매개 동물을 위한 열매를 만들어냈다. 지질과 단백질이 많고 씨앗보다 과육이 많은 열매를 만들었다. '열매를 먹는 동물의 행동은 식물의 진화를 가져오고 열매의 크기와 양분과 색의 변화는 동물의 종 수를 늘려왔다.' 겉씨식물마저 과실처럼 보이는 씨앗을 만들기도 했다. 은행은 살구 모양의 노란색 열매를 매단다. 주목은 속이 빼꼼히 들여다보이는 빨간 열매를 만든다. 그러나 그것들은 열매가 아니라 씨앗들이다. 열매를 흉내 낸 씨앗들이다. 매개 동물을 끌어들이기 위함이다. 식물의 열매는 매개 동물과 서로 도움을 주면서 진화해 왔기 때문에 특정 열매 매개 동물이 사라지면 특정 열매를 만들던 식물도 동시에 사라지게 된다. 공진화가 가진 특성이다.

프로메테우스가 제우스로부터 불을 훔쳐 인간세계로 전하던 날 문명사회는 시작됐다. 문명은 불로부터 비롯되었다. 불과 문명은 서로 맞물리며 공진화했다. 단언컨대 문명의 매개체는 불이었다. 프로메테우스의 횃불이 한적한 시골을 흥분시켰던 형광 불빛이 되고 그 불빛들이 지금 저 화려한 도시의 불빛으로 변했다. 저 불빛들이 쉼 없이 문명을 낳았고 문명은 번성하기 위해 더 강한 불빛을 생산했다. 거부할 수 없는 자연보다 더 자연스러운 밤을 지키는 인공의 불빛들. 불빛은 한정된 지구 자원을 끝없는 소모와 고갈로 몰고 가고 있다. 야마오 산세이는 《여기에 사는 즐거움》에서 이렇게 말하고 있다.

"언뜻 보기에 이 문명은 왕성하게 자라고 있는 듯이 보이고, 아직 어디까지고 발전해 갈 것처럼 보이지만 그 뿌리는 극히 짧고 작다. 특히 본래 자연에 속해 있는 인간의 문명을 자연에서 분리하는 방향으로 발달해 온 산업 혁명 이후의 근대 문명은 자신의 뿌리를 짧고 작게 만드는 방향으로만 일방적으로 발전해 왔다고 해도 지나치지 않지 않은가."

근래에 들어 꽃의 수분을 매개하던 새와 초식동물들이 급속히 줄어들면서 중생대 말기 은행나무에 일어났던 절멸이 현재 속씨식물에도 일어나고 있다고 한다. 문득 새벽의 불빛들이 사유의 주제가 되어 너울거리며 밀려든다. 저 불빛들이 이끌고 가는 문명의 끝은 대체 어디인가. 세상의 모든 것들은 서로 없어서는 안 될 마땅한 공생체라고 여겨야 할 것인가. 그것이 인공의 불빛이든 자연의 불빛이든, 그래서 사랑으로 껴안아야 한다고 주장할 것인가. 아니면 절망스럽게도 어찌할 수 없는 절멸을 향한 무한 질주라 생각할 것인가.

'문명 앞에는 숲이 있고 문명 뒤에는 사막이 있다.'라는 샤토브리앙의 격한 외침이 거저 들리지 않는다. 오늘 이 새벽이 그렇게 편치만은 않은 이유다.

초롱꽃이 올망졸망 무리 지어 피어있다

이른 아침 산 들머리는 서로 부딪히는 온갖 소리로 왁자하고 분주하다. 부딪힘은 어울림이다. 자연의 존재 법칙은 자신만의 적정한 공간 만들기이며, 자연스러움은 그 적정 공간에서 빚어진 어울림이다. 부딪히지 않고서는 적정 거리를 산출할 수는 없다. 어울리기 전에는 부딪힘은 필연적으로 선행한다. 상대를 알아가는 행동이어서다. 그러므로 만물은 자신의 존재를 알릴 자신의 소리를 있는 힘껏 내질러야 한다. 자신의 소리는 더 크고 웅장해야 한다. 그 행동이 더 훌륭한 조화로 이끌기 때문이다.

하늘거리며 바람과 부딪히는 잎들로 소리를 내지르는 것은 키 큰 포플러다. 좌르르 좌르르 좌르르. 무더운 여름날 시원히 바위로 내리꽂는 폭포수를 연상시킨다. 때마침 떠오르는 아침 해가 동살을 뿌려 포플러가 내지르는 소리는 햇살 위로 떨어져 붉게 산란한다. 산란하는 이 붉은 기운을 가장 먼저 쪼아 대는 새는 회갈색의 직박구리다. 뽀- 쭈쯔즈즈 쮸-. 여러 소리의 합주 중에 단연 맑고 높은 소리라면 그건 직박구리의 것이 틀림없다. 몸길이는 대략 30센티미터다. 겨울에도 가까운 주위에서 들을 수 있는 몇 안 되는 새다. 토종 텃새다. 어스름 나뭇가지를 헤집으며 부산하게 움직이거나 전깃줄에 한가히 앉아서 소리를 내지르는 새는 대부분 텃새다. 아침 숲에서 가장 많이 보이고 들린다. 이어 날렵한 균형 몸매를 지닌 까치가 존재감을 과시한다. 까치는 확실히 자신이 이 산의 주인이라는 생각을 지닌 듯하다. 두어 걸음까지 다가가지 않으면 길가에 앉아서 버틴다. 까치가 내지르는 소리는 자신의 모습과 영판이다. 가늘고 뾰족한 펜싱 검의 칼끝처럼 날카롭다. 폐부 깊숙이 파고든다. 까치 옆에는 항상 까마귀가 서성인다. 까치보다 덩치가 큰 까마귀의 소리는 걸걸하다. 중저음의 음색은 골마루는 낮으나 파장은 길어 여운을 남긴다. 까치가 환호의 소리라면 까마귀는 울부짖는 격이다. 옛사람들이 까마귀 소리를 불운의 신호로 여긴 까닭을 알 만하다.

포롱포롱 포르르롱 작은 몸짓으로 가지를 타고 다닌다면 그건 참새거나 박새, 아니면 노랑과 검정 깃이 너무나 잘 어울리는 곤줄박이일 것이다. 박새는 흰 몸에 잿빛의 깃털을 지니고 있다. 길이는 10센티 내외다. 진박새와 쇠박새도 있는데 그냥 봐서는 구분이 어렵다. 아침마다 만나는 놈은 그냥 박새다. 삐욧삐요오- 오르릇 삐. 작은 몸이라 소리 또한 자잘하다. 바람이 불면 가볍게 날아갈 것만 같다. 하지만 칼바람 부는 겨울 새벽에도 박새의 소리는 늘 있다. 맑고 선명하다. 아직 곤줄박이의 노랫소리는 직접 듣진 못했지만, 곧 들을 수 있을 것이다. 모습만큼 깔끔하겠지. 참새는 누구나 잘 알고 있으리니. 유월의 소리 속에 꼭 자신의 소리를 밀어 넣어야 하는 새가 있다. 유월의 합주는 이 소리가 있어야 완성된다. 언제든 들리는 구슬픈 멧비둘기 소리를 맑은 음색으로 꽉 눌러버릴 수 있는 주인공. 그건 뻐꾸기다. 뻐꾸기는 비둘기와 비슷하지만 좀 더 날씬하다. 늘 숲에서 들리지만, 가끔 도시와 가까운 산에서는 전깃줄에 앉아 우짖는 모습을 만나기도 한다. 뻐꾸기가 앉았던 곳에서 조금 떨어진 길가에는 부챗살을 편 듯 가지 가득 분홍빛 꽃을 피워 올린 자귀나무가 뻐꾸기 소리를 듣고 있는 듯 움직임 없이 묵묵하다. 지난봄 꽃 사태가 졌던 비탈길을 따라 빼곡히 자리한 벚나무 사이에는 이미 삶을 다한 사방오리나무 한 그루가 있는데 그곳에는 쇠딱따구리가 산다. 대략 15센티미터 크기다. 깃은 검정 바탕에 흰색이 가로로 물결 모양을 이루고 있는 얼룩무늬다. 작은 덩치지만 산을 울릴 정도로 소리는 굉장하다. 나무를 쪼면서 내는 드러밍 소리는 산 아래에서도 또렷이 들을 수 있을 정도로 크고 율동적이다. 딱따구리 종류는 그리 많지 않다. 그중 큰오색딱따구리는 이름 그대로 깃털이 오색인데 이들의 육추 생활(새끼를 돌보며 기르는 것)은 좀 특이한 데가 있다. 대부분 새는 암컷이 육추의 중심인데 큰오색딱따구리는 수컷의 헌신이 눈물겹다. 언젠가 ≪큰오색딱따구리의 육아일기≫(김성호)를 읽은 적이 있는데 그것을 통해 알게 된 사실이다. 이렇게 후기를 적어놓았다.

생명계에서 진화의 점진성은 연속성을 바탕에 두고 있다. 진화에서 이탈한 종들이 절멸한 것은 불연속 때문이었다. 종이 기대는 연속성의 핵심은 번식이 그 가운데에 있다. 다음 세대로 자신의 융성함을 밀어 넣는 개체들이 생명계를 보다 다양하고 촘촘하게 망을 조성한다. 그래서 어떤 개체이든 새끼를 낳고 길러 번성한 자손을 잇는 행동은 성스럽기까지 하다.

"국내에서는 큰오색딱따구리의 번식 생태에 대해 밝혀진 것이 거의 없다."라고 저자는 말한다. 이것만으로도 이 책이 지닌 관찰과 기록의 값어치는 차고 넘친다. 관찰에 따르면 큰오색딱따구리는 수컷이 암컷보다 포란과 육추에 더 열정적이다. 나무를 쪼아 둥지를 만드는 일에는 암컷과 수컷의 노력이 비슷하지만 포란 이후부터는 수컷의 보살핌이 남다르다. 밤새 알을 품는 것도 수컷이고 육추 기간에 밤이 되면 둥지를 지키는 것 또한 수컷이다. 알을 더 따뜻하게 품기 위해 배 부분의 깃털이 빠지는 포란반(抱卵斑)도 수컷에게서 더 확연히 볼 수 있다.

먹이를 갖다 나르는 횟수도 수컷(39회/일)이 암컷(22회)의 두 배에 이른다. 붉은배새매가 새끼에게 공격적인 태세로 접근할 때 목숨 걸고 돌진하여 쫓아내는 것도 수컷이고, 다 자란 새끼들이 둥지를 떠난 줄 모르고 먹이를 문 채 '가지란 가지는 모두, 그리고 평소에 전혀 가지 않았던 둥지 한참 아래의 줄기까지 허겁지겁 이동하며 샅샅이' 뒤지는 것도 아빠 새가 보이는 행동이다. 네 시간 동안 무려 일곱 번이나 미루나무 전체를 훑는 장면에 이르러서는 저자도 울고 나도 울었다.

그렇다. 살다 보면 알게 된다. 격렬하고 자극적인 것만이 눈물을 훔치지 않는다는 사실을. 자질구레하고 지극한 사랑에 오히려 더 큰 감동이 솟는다는 것을. 읽는 내내 큰오색딱따구리의 드러밍(drumming) 소리와 더불어 새끼들이 먹이를 보채며 지저귀는 소리(song)가 활자 사이를 누비며 휘젓고 다녔다. 그 탓에 책에서 눈을 떼지 못해 그날 해야 할 일을 자주 미룰 수밖에 없었다. 오랜만에 따뜻했다.

내려오는 길섶에는 초롱꽃이 올망졸망 무리 지어 피어있다. 그 옆으로는 아직 도감에서 찾지 못해 '분홍꼬리꽃'이라 이름 붙인 꽃이 속을 훤히 드러내고 있고(나중에 그것이 '꽃범의꼬리'라는 것을 알았다), 비비추가 부지런히 꽃대를 올리고 있다. 이미 홍자색 영산홍은 할 일을 다 했는지 어른어른 제 몸빛을 잃고 시들고 있다. 사철나무도 흰 꽃을 내밀고 먼바다를 바라보고 있다. 자연은 이렇게 어우러져 산다. 새와 꽃 하나하나 스스로의 방식으로 최선을 다해 살지만, 그것은 어디까지나 완벽한 어우러짐으로 정리된다. 조화가 자연의 뼈대이자 고갱이다. 그런데 이 자연의 조화를 부단히 깨뜨리려 애쓰는 것이 있다. 극심한 이기심의 속성을 근저로 한 자본주의라는 난폭한 이데올로기다. 물론 그 첨병은 사람이다.

초로의 한 부부가 이른 아침에 이제 막 푸른 잎을 내밀고 있는 길가의 잘 자란 대나무 가지를 손으로 뚝뚝 꺾고 있었다. 가볍게 휘어진 모습이 좋아 오르내리며 늘 지켜보며 애지중지하던 것이었는데 무참히 짓밟히고 있었다. 한참 보다가 더는 참을 수 없어 소리를 내질렀다. "대체 거기서 뭐 하시는 겁니까!" 어디에 어떤 필요가 있어서인지 모르겠지만 대나무 가지를 그렇게 함부로 꺾을 자격이 적어도 그들에겐 없다. '공공의 선은 각자가 자신의 이익을 추구할 때 발전된다.'라고 한 애덤 스미스의 주장은 적어도 이 순간만은 명백하게 틀렸다. 물론 예닐곱 가지를 내어준다고 대나무는 쉬이 말라 죽지는 않을 것이다. 다만 대나무에 기대어 살던 누군가는 느닷없이 삶의 터전을 잃었음은 분명하다. 나무는 나무의 필요에 따라 잎을 떨구고 가지를 내어놓을 때 사람들은 그 잉여를 요긴한 만큼 얻어야 한다. 그것이 자연의 순리를 따라 사는 길이다. "200년이 걸려 하늘 높이까지 자랐던 나무가 오늘 오후 그 생을 마감했다. 올 1월 해빙기 때만 해도 어린 가지들은 날씨가 벌써 풀린

듯 한껏 가지를 펼쳤었는데. 마을에서는 왜 조종을 울리지 않는 것일까." 헨리 데이비드 소로의 호소가 그저 들리지 않는다.

산을 내려서니 아침 해는 이미 산 위로 솟았다. 이제 일상으로 돌아갈 시간이다. 내 소리를 힘껏 내지를 공간이 저 도시 안에 있다. 좌르르 좌르르 포플러가 옷소매를 붙잡아도 어쩔 수 없다. 아쉽게도 오늘 새벽 산책은 여기서 끝이다. 나는 내 몫을 살아야 한다. 나도 자연의 일부이기 때문이다.

잃어버리고 사는 것

봄을 알리는 철새들의 소리를 더 이상 들을 수 없는 지역이 점점 늘어나고 있다. 한때 새들의 아름다운 노랫소리로 가득 찼던 아침을 맞는 것은 어색한 고요함뿐이다. 노래하던 새들은 갑작스럽게 사라졌고, 그들이 우리에게 가져다주던 화려한 생기와 아름다움과 감흥도 우리가 모르는 사이에 너무도 빨리 사라져버렸다. 아직 이런 일이 일어나지 않은 마을은 그런 사실조차 알아차리지 못하고 있다. 일리노이주 힌스데일에 사는 한 가정주부는 세계적인 조류학자이자 미국 자연사박물관의 명예 조류 큐레이터에게 다음과 같은 절망적인 편지를 썼다.

우리 마을 사람들은 꽤 오랫동안 느릅나무에 농약을 뿌렸습니다. 6년 전 우리가 이곳으로 이사 왔을 때만 해도 새들이 아주 많았습니다. 겨울이면 제가 달아놓은 모이통에 홍관조·박새·다우니·동고비 들이 날아들었고, 여름에는 홍관조와 박새가 새끼들을 데리고 날아오곤 했습니다.

그러나 DDT를 살포하기 시작한 후 울새와 찌르레기의 모습을 거의 볼 수 없게 되었습니다. 게다가 박새는 2년 전부터 모이통을 찾아오지 않았고, 올해에는 홍관조마저 사라졌습니다. 집 근처에서 발견할 수 있는 새라고는 한 쌍의 비둘기와 지빠귀 가족이 전부입니다.

연방법으로 새를 죽이거나 포획하는 행위가 금지되어 있다고 배운 아이들에게 새들이 사라진 이유를 설명하기란 쉬운 일이 아닙니다. 아이들은 제게 묻곤 합니다. "새들이 다시 돌아올까요?" 하지만 전 대답할 수가 없습니다. 무언가 대책이 있을까요? 이런 상황을 어떻게 대응

해야 할까요? 내가 할 수 있는 일이 있을까요?

(≪침묵의 봄≫ p127, 128 레이첼 카슨)

지난 토요일은 충북 보은도 날이 더웠다. 우린 오랜만에 만났다. 25년을 이어오고 있는 만남이다. 만남은 일정한 그리움의 간극이 존재할 때 기쁨이 샘솟고 즐거움이 배가되는 법이다. 간극은 너무 길어 빛바래지도 또 너무 짧아 감정의 자극이 존재하지도 않는 그 사이에 있는 어떤 시점, 이를테면 한계효용이 극대화되는 때가 가장 적절한 그리움의 간극이 될 것이다. 우리는 그간의 경험을 통해 그 간극이 여섯 달이라는 사실을 알아냈다. 그래서 해마다 상하반기 한 번씩 만난다. 우리 모두는 지극히 그 만남의 시간을 비워두려 한다. 만남은 정해진 틀 없이 그때그때의 상황에 맞게 윤번제에 해당한 리더가 이끌어간다. 대개 리더의 성향이 모임의 내용을 결정한다. 물론 모임의 목적은 공론을 거치지만 리더의 의견이 지배적이다. 이미 리더라는 말에는 구성원의 추종이 함의되어 있기 마련이어서 자연스레 리더는 결정에 영향력을 미칠 수밖에 없다. 리더의 역량이 모임의 성쇠를 좌우하는 바로 그 이유다.

태어나서 한 번도 밟지 않은 보은을 간 것은 순전히 창원에 사는 금번에 회장이 된 친구의 성향 탓이었다. 탄광이 대접받던 시절, 한때 7만의 인구가 살았다는 택시 기사의 홍보가 무색하게 인구의 절반이 도시로 빠져나간 보은은 조용한 시골 마을로 퇴락하고 있었다. 군청이 있는 중심지역도 한적하기는 마찬가지였다. 하지만 과거 융성했던 곳이었던 만큼 없는 게 없다고 느낄 정도로 번성의 잔재가 그대로 남아있었다. 거대한 자본주의를 지탱하고 있는 밑돌은 투입과 산출이라는 아주 간단한 프로세스다. 투입보다 많은 산출이 있는 곳, 즉 진보가 있는 곳에 자본은 물질문명과 함께 잠입한다. 물질문명을 추동하는 실체를 찾아 하나하나 파고들면 궁극에는 진보의 잠재력에서 끝난다. 자본주의가 가고자 하는 곳은 이익과 진보의 영역 외에는 없다. 때때로 우리는 진보를 성장으로 의역해서 이해하는데, 문명이 독촉하는 '끊임없는 진보'를 '지속 가능한 성장'으로 순화하는 것이 가능한 까닭은 이 때문이다. 바꿔 말하면 진보가 보장되지 않는 곳에서는 자본은 언제든 철수하고 물질문명은 곧장 빛바랜 퇴보로 변모하게 하는 것이 자본주의라는 것이다.

　이튿날 아침을 먹고 나서는데 대로변의 전깃줄에 제비가 줄지어 앉아 있었다. 순간 기억 저편에 묻혀있던 장면이 스쳤다. 유년시절 제비와 참새, 굴뚝새 따위는 처마와 뒤란의 나뭇가리, 집 주위 울타리에서 흔히 보던 새들이었다. 특히 제비는 「흥부전」 탓에 아무도 범접할 수 없는 신성한 새로 융숭한 대접을 받았다. 어머니는 해마다 봄이 되면 처마 안쪽에 지어놓은 제비집 바로 밑에 박스 한 면을 잘라 줄을 꿰어 매달았다. 제비 똥이 툇마루에 떨어지는 것을 막는 것도 있었지만 부화한 새끼들이 어느 정도 자라면 집을 뛰쳐나와 떨어지는 경우가 있어서 이때 새끼를 보호하기 위해서였다. 언제부턴가 이러한 익숙한 장면들이 내 기억에서 사라졌다. 먹이를 물고 온 어미를 향해 올망졸망 노란 부리의 새끼 제비들이 있는 대로 입을 벌리며 먹이를 보채던 광경, 검은 깃털의 제비들이 자유자재로 방향을 틀며 마당 위 파란 하늘을 휘저으며 날던 날렵한 비행들, 바지랑대의 빨랫줄에 길게 줄지어 앉아 볕바라기를 하며 여유롭게 깃털을 손질하던 모습, 육추가 끝난 새끼들이 처음으로 집을 벗어나

어미를 따라 날기 연습을 하던 중 전깃줄에 앉아 쉬던 풍경 따위는 이제 귀한 장면이 되었다. 무엇이 그렇게 만들었을까에 답하는 것은 그리 어렵지 않다. 문명이 가져온 편리의 이면에 숨겨진 환경 훼손이라는 비수가 원인이라는 것이 너무나 자명하기 때문이다.

사실 우리가 잘 알아채는 것은 급격한 변화와 더불어 진행되는 것들이다. 물질문명이 대표적이다. 반면 서서히 바뀌는 변화들은 좀체 낌새를 알지 못한다. 대체로 문화와 환경이 그러하다. 문제는 인지할 수 있는 급격한 변화는 그나마 대처가 가능하지만 눈에 띄지 않는 점진적 변화는 집요한 관찰 없이는 알 수가 없어 대처할 기회를 놓친다는 점이다. 제비의 비행을 볼 수 없는 내 고향의 하늘은 어쩌면 인근에 들어선 원자력발전소가 그리 만들었을지도 모른다. 그렇지 않다면 발전소가 들어서기 전에 그 많던 제비들이 어디로 갔단 말인가. 제비가 떠난 하늘에서 사람인들 어찌 살 수 있을 것인가.

어쨌든 보은은 지금 한적한 시골 풍광으로 되돌아가고 있다. 제비가 둥지를 튼 집주인의 말은 몇 해 전부터 제비가 집을 짓고 있다고 했다. 한산한 거리가 풍기듯 이제 보은의 환경이 더 좋아지고 있다는 뜻도 되겠다. 그러나 문명이 썰물처럼 빠져나가고 있는 모습이 적이 쓸쓸해 보였다. 그것은 진보가 퇴보로 전환되면서 보인 현상들 때문일 것이다. 애당초 융성하지 않았더라면 보은은 그저 평화롭고 조용한 시골로 존재하지 않았을까 싶다. 우리는 무엇 때문에 문명을 추종하며 속도와 효율, 그딴 이익에 매달릴 수밖에 없는 것일까. 왜 그 문명이 쳐놓은 덫을 피하지 못하는 것일까. 얼마전 나는 한 혁명 시인의 시 전집 속을 헤집고 다녔다. 무수한 활자들이 때론 서슬 퍼렇게, 때론 다정하게, 때론 엄혹하게 나를 몰아세웠다. 그중 하나의 시는 이러하다.

바닷가 마을 백사장을 산책하던
젊은 사업가들이 두런거렸다
이렇게 아름다운 마을인데
사람들이 너무 게을러 탈이죠

고깃배 옆에 느긋하게 누워서 담배를 물고
차를 마시며 담소하고 있는 어부들에게
한심하다는 듯 사업가 한 명이 물었다

왜 고기를 안 잡는 거요?
"오늘 잡을 만큼은 다 잡았소"

날씨도 좋은데 왜 더 열심히 잡지 않나요?
"열심히 더 잡아서 뭘 하게요?"

돈을 벌어야지요, 그래야 모터 달린 배를 사서
더 먼 바다로 나가 고기를 더 많이 잡을 수 있잖소
그러면 당신은 돈을 모아 큰 배를 두 척, 세 척, 열 척,
선단을 거느리는 부자가 될 수 있을 거요
"그런 다음엔 뭘 하죠?"

우리처럼 비행기를 타고 이렇게 멋진 곳을 찾아
인생을 즐기는 거지요

"지금 우리가 뭘 하고 있다고 생각하시오?"

≪그러니 그대 사라지지 말아라≫ 「다 아는 이야기」 박노해

시에 있어 진부함은 곧 추락이요 절필의 사유로 작용한다. 그러함에도 모두가 아는 진부한 얘기를 시로 옮겨놓은 시인의 저의는 따져보지 않아도 알 수 있을 것 같다. 우리가 알게 된 것을 오늘 단박에 실행해 그것을 끊임없이 이어갈 수 있다면 어찌 종교가 만들어지고 성인이 추앙받을 수 있을까. 어느 책의 제목처럼 유치원에서 이미 모든 것을 배웠지 않았는가. 진부해져 더는 들을 필요가 없는 얘기가 시의 소재가 된 것은 결코 진실은 멀리 있지 않다는 사실을 강조하기 위한 시인의 의도 때문일 터다. 아주 평범한 누구나 '다 아는 이야기'에 진실은 있는데 우리는 이 사실을 잊어버리고 멀리 낯선 것에서 찾으려는 어리석음에 대한 맹렬한 추궁이리라. 더불어 행동으로 옮기지 못하는 말 앞섬에 대한 질타이리라.

　요즘 나는 친구라는 존재에 대해 곰곰이 생각해본다. 내게 친구란 어떤 의미를 품고 있는가. 나는 또 어떤 존재와 의미로 친구에게 부조되어 있는가. 도대체 다다를 수 없는 이상의 언덕에 친구를 놓아두고 그에 맞춰 행동해 주기를 바라며 관계하고 있지는 않은가 따위를 따져본다. 많은 수는 아니지만, 나에게도 여럿의 친구가 있다. 물론 어디까지나 내가 규정한 친구라는 범주에 속하는 이들이다. 내가 규정한 친구는 내가 이 세상을 떠나 광막한 우주로 자취 없이 사라졌을 때 그 부재를 진정으로 아쉬워하고 슬퍼할 수 있는 사람들이다. 만일 "탔던 배 꺼지는 시간 / 구명대 서로 사양하며 / '너만은 제발 살아다오' 할 / 그 사람을 그대는 가졌는가"(함석헌 「그대 그런 사람을 가졌는가」)로 친구를 규정한다면 나에게 친구는 대체 몇 명이나 남을까. 아니 나는 그런 친구가 되어줄 수는 있을까.

　이 밤 나는 두어 가지를 희구한다. 하나는 우리가 스스로 오랜 기간에 걸쳐 직조한 자본주의가 쏟아낸 물질문명이 많은 것을 잃게 하더라도 누구도 결코 친구만은 잃어버리고 살지 않기를 바란다. 또 하나는 진정 나의 부재를 슬퍼할 친구들만큼은 산출을 전혀 고려하지 않고 무한히 투입할 수 있는 우정을 보여줄 수 있기를, 그리고 내가 그런 친구가 되어줄 수 있기를 간구한다.

우포늪 아침이 건네는 것들

며칠 전 그녀의 남편은 교통사고로 자연으로 돌아갔습니다.

새벽의 빛은 한낮의 빛보다 더 아름답고 섬세합니다.

그녀가 그 연한 빛 속에 혼자 떠 있습니다.

어이없게도 렌즈 속에 비친 그녀는 평온해 보입니다.

남편을 따라 나온 그 모습 그대로입니다.

물결을 따라 장대를 저으며 그물을 던지고 있습니다.

그녀를 실은 배는 내면의 깊은 슬픔을 통과해 안개를 헤치고 나아갑니다.

드러나지 않은 슬픔 평온한 정적 늪 안의 여자.

그러나 렌즈는 그녀의 슬픔을 놓치지 않습니다.

오늘 새벽 그녀는 고기를 잡으러 나오고 싶지 않았을지도 모릅니다.

곤히 잠든 아이들을 보며 그녀는 울고 싶었을 겁니다.

새벽의 어스름 속에 그물을 쥐고 나오며 그녀는 무슨 생각을 했을까요.

니체는 "우리를 죽지 않게 하는 것 때문에 우리는 산다."라고 했습니다.―니체가 아닌 나는 우리를 죽지 않게 하는 것이 무엇인지 잘 모릅니다.

아마, 그건 일상이 아닐까요?

나는 그물을 던지고 있는 그녀를 통해 일상의 견고함을 보고 있습니다.

그녀가 가고 있는 물길을 잘 알고 있습니다.

남편과 함께 가던 물길, 고깃길입니다.

그녀는 그 길을 거슬러 다른 길로 가지 않습니다.

그녀가 알고 있던 남편의 길이기 때문입니다.

고기가 많든 적든, 그녀는 남편이 하던 대로, 그 길에서 다시 남편의 일을 이어가고 있습니다.

늪 날씨는 시시각각 변화무쌍하다. 이른 새벽 늪은 거대한 커피잔이 된다. 아마 세상에서 제일 큰 호수 같은 커피잔이라면 상상이 될 것이다. 그 커피잔에서 입김 같은 수증기가 피어오른다. 물안개. 이 물안개가 우포의 비경이라고 혹자들은 말한다. 입소문을 타고 많은 사진작가가 이 비경을 찍기 위해 카메라를 둘러메고 이른 새벽 우포를 찾아온다. 늪에서 마주치는 작가들은 내게 말한다. 작가님은 좋겠습니다. 이 아름다운 비경과 늘 함께 있으니까요. 나는 그들의 말에 어떤 말도 할 수 없다. 그들은 알지 못한다. 아름다움을 취하려면 내가 가진 한 부분을 내어놓아야 한다는 것을. 그들은 잠시 머물다가 떠나지만, 이곳에 머무는 나는 안개가 내 삶의 한 부분이다.

모닝커피가 간절해지는 이른 새벽, 커피 향 대신 늪에서 뿜어 나오는 향기 없는 입김을 온몸으로 맞으며 안갯속에서 촬영한다. 사진 작업이란 게 딱히 시간을 정해 놓고 어떤 장면을 찍는 것이 아니다. 심상에 그려지는 한 장면을 포착하기 위해서 무량 없는 시간을 찍고 또 찍어야 한다. 하루에 이천 컷에서 삼천 컷의 사진을 찍는다. 아침부터 밤까지 거의 매일 이런 작업은 거르지 않고 계속된다.

(≪우포의 편지≫ p38, 208 정봉채)

노랗게 익어가는 들판은 아직 휘연한 새벽에 잠겨있다. 들판 끝을 뒤덮고 있는 자욱한 안개로 가을날 이른 아침 들녘의 풍광은 몽환적이기까지 하다. 벼 이삭과 풀꽃들의 잎사귀에 핀 물안개가 반짝거린다. 시인들은 이걸 영롱하다고 표현한다. '광채가 찬란하다'

라는 뜻일 텐데 조금도 과한 표현이 아니다. 이른 아침에 나서서 만나보라. 풀잎에 맺힌 작은 물방울들이 뿜어내는 그 깊고 맑은 투명이 속마음까지 훤히 내비치는 모습을 어찌 다른 말로 옮길 수 있을까.

짙은 안개가 아직 늪의 수면을 미끄러지듯 흐르는 이 시각, 우포늪 주매둑에는 아무도 없다. 안개에 둘러싸인 화왕산도 머리만 가끔 보일 뿐 형체는 모습을 드러내지 않는다. 이럴 때 카메라와 삼각대는 무용지물이다. 시간이 끌어올 동살만이 화각을 터줄 것이다. 온도 높은 습한 공기와 땅의 찬 공기가 만나는 안정된 지역에서 안개를 자주 볼 수 있다. 그런 면에서 늪은 안개 생성지로 최적의 조건이다. 기온이 쌀쌀해지는 가을날 이른 아침 우포늪에서 짙은 안개에 파묻힌 풍광을 만나는 것은 그리 어렵지 않다.

다리를 휘감던 안개가 점차 사라지더니 늪이 장엄한 모습을 드러내기 시작한다. 방죽은 온통 젖어있다. 갖은 풀들의 잎사귀는 물방울을 머금은 채 늪이 만드는 무대 위로 들어서고 길고 가느다란 갈대꽃에도 갈피마다 이슬 꽃이 하얗게 피었다. 이미 어둠은 물러났다. 사실 우리가 보고 있는 어둠은 지구의 그림자다. 밟고 선 땅 위에서 만날 수 있는 가장 큰 그림자. 어둠이 최고조에 이르는 자정이 되면 우리는 하루 중 태양에서 가장 먼 곳에 기착한다. 태양의 인력이 가장 약해지는 지점에 다다른다. 대체로 깊은 밤에 꿈을 많이 꾸는 것은 태양과 거리가 멀어짐으로 인해 약해진 인력의 악력이 육체와 정신을 움켜잡지 못한 결과인지도 모른다. 태양과 점차 가까워지는 아침에 자연스레 몸을 일으키는 것은 인력의 악력이 세진 때문인지도 모를 일이다.

화왕산을 실루엣으로 처리한 붉은 광채 뒤로 어둠은 사라졌고 지금 우포는 안개를 열심히 물리는 중이다. 건너편 아름드리 이태리 포플러 두 그루에 붉은 햇살이 걸리고 있다. 새들의 날갯짓 소리가 여기 방죽까지 파동 친다. 늪이 보란 듯이 안개를 밀어내며 자신을 꼿꼿이 추켜세우기 시작하자 방죽 위의 곳곳에는 그새 모여든 셔터 소리의 발걸음들이 부산하다. 낯선 방문객들의 소란도 새들의 소리와 함께 늪의 풍광으로 스며든다. 풍광에 사람의 모습이 섞이지 않는다면 어찌 진정한 아름다움이 연출되겠는가. 사람 없는 자연이 아름다우면 얼마나 아름다울까. 알아주지 않으면 꾸밀 까닭이 없다. 아름다움은 마땅히 아름답다고 불러줘야 할 누군가가 필요한 것이다. 물론 이런 시선은 인간을 우주의 중심에 둔 이기적인 생각이라 만물이 평등하다는 사실을 무시하는 처사다.

우포의 아침 풍광을 보면서 노동을 생각한다. 노동은 일이다. 천지에, 생명에 기대는 것 중 일하지 않는 것은 아무것도 없다. 보이지 않지만, 나무와 풀들은 자신의 먹이를 만들기 위해 온몸으로 광합성의 공장을 돌린다. 햇살을 받기 위해 잎을 힘껏 펼치고 뿌리를 깊고 넓게 박아 물을 끌어 올리며 생산에 박차를 가한다. 만약 여건이 따르지 않으면 몸을 비틀어서라도 그 일을 해낸다. 이것은 나무와 풀들의 욕망이다. 이 욕망은 모두를 살리는 상생의 욕망이다. 끊임없이 흐르며 생물과 대지에 생명을 불어넣는 것은 물의 노동이다. 물이 지구 행성의 7할이라는 사실은 대부분 생명체가 물에 기대고 있음을 뜻한다. 물의 태업은 고임이다. 고임은 죽음을 의미한다. 물이 일하지 않는다면 그 결과는 일반적인 상상의 범주에 머무르지 않을 것이다. 자양분을 생산하고 저장하는 흙의 노동은 어떤

가. 분해는 흙이 해내는 노동의 핵심이다. 나무와 풀들이 저장하고 남긴 잉여가치는 낙엽이나 마른 잎사귀가 되어 흙으로 되돌아가야 한다. 그것이 자연계의 순환이자 생명계의 흐름이다. 그 과정에서 분해는 순환의 핵심 고리다. 썩지 않는다면 자연의 순환 고리는 절대 형성되지 않는다. 순환이 없는 곳에 태어남과 성장, 죽음은 없으며 정체만이 남는다. 정체는 멈춤이고 폐쇄이며 끝을 가리킨다. 바람은 대기에 에너지를 충전하고 운반한다. 대기가 품은 에너지는 뭇 생명의 진보를 이끈다. 풍화와 침식은 땅에서만 일어나지 않는다. 모든 생명계에도 뛰어든다. 그래서 적응력이 뛰어난 것들만이 존재를 이어가고 강한 종들이 남아 더욱 강건한 자연계를 형성한다. 바람의 노동은 결국 생명력 강한 것들을 남겨 촘촘한 그물망을 엮는 것이다.

이러한 만물들이 해내는 노동의 수요는 무엇일까. 동식물은 후대에 자신을 남기기 위한 처절한 경쟁이 수요일 것이다. 그러나 이들의 처절한 경쟁은 남을 딛고 일어서는 착취의 경쟁이 아니라 모두를 풍요롭게 만드는 상생의 경쟁이다. 후대의 번성은 곧 자연의 번성이고 이것이 이들이 하는 노동의 목적이다. 흙과 바람과 물은 이들의 번성에 기대 번성을 원하는 것이 아닐까 싶다. 이 우주에 쓸모없는 존재는 없다. 노동하지 않는 존재 또한 존재하지 않는다. 그러므로 노동은 숭고하고 장엄하다. 노동의 주체는 몸이고 노동하는 몸의 수고로움에서 감탄은 절로 부푼다. 농부의 거친 손바닥에서 고결함을 느끼고 어부의 주름진 이마에서 거룩함을 만나는 이유다. 늪의 아름다움이 나무와 풀과 흙, 바람과 물을 아우른 자연계가 행한 노동이 만든 장엄한 파노라마라면 나무와 풀, 흙과 바람 그리고 물은 자연계의 몸이기 때문일 터다. 이 숱한 노동의 수요 앞에서 줄곧 내가 하는 일의 의미를 떠올린다. '밥벌이의 지겨움'과 '실직의 두려움' 사이에서 잉태한 번민과 그로부터 헤어날 '경제의 자립'을 일의 의미 위에 줄 세워 본다. 과연 나의 일은 이 자연의 숭고한 노동으로 변모할 수 있을 것인가. 또 장엄한 파노라마를 만들 나의 노동은 무엇인가.

안개의 휘장을 활짝 열어젖힌 늪에는 벌써 가을을 맞이할 준비를 끝냈다. 왜가리와 중대백로, 쇠물닭이 제아무리 여름새라며 푸덕거리고 버텨도 이미 가을이 늪을 첨벙첨벙 건너오고 있다. 안개 걷히는 속도가 느린 것이 그렇고 곧이어 펼쳐질 높고 파란 하늘이 그러하며 꽃의 무게로 몸이 기울어지는 갈대가 입증한다. 가을은 기우는 계절이다. 해가 더 빨리 기울어지며 그에 따라 나무와 풀들도 성장의 욕망을 닫으며 점차 아래로 기운다. 그렇다. 죽을 것 같은 힘든 상황에 있더라도 더는 괘념치 않는 것이 좋겠다. 시뻘겋게 달궈진 칼을 들이대며 구슬땀을 요구하던 여름도 결국 가을의 기욺에 쓰러지고 있지 않은가. 절기란 자연계의 순환을 인위적 시간의 특성으로 구분한 분절일 뿐이다. 그런데도 절기의 오고 감은 자연스럽다. 인위적이지 않다. 절기는 철저히 자연계의 순환을 따르고 철저히 규칙을 지킨다. 절기의 순환이 위대성을 내포하는 배경이다. 여름 뒤에 가을이 오고 겨울이 시작되면 반드시 봄은 멀지 않음을 예측할 수 있는 것도 다 이 때문이다. 이것이 순환이 내포한 위대성의 정수다. 그리해 우리는 절기의 순환에서 이치 하나를 유추할 수 있다. 끝없는 여름과 가을이 존재하지 않듯이 삶에는 영원한 나락도 영원한 영광도 없다는 것을.

우포늪의 아침 안개는 쪽배를 밀고 뭍으로 들어오는 어부의 긴 장대 끝에서 완전히 자취를 감췄다. 예상대로 파란색의 하늘은 그지없이 맑고 깊다. 중대백로는 늪의 수면을 가득 채우며 동살에 하얀 깃털을 다듬느라 여념이 없다. 하루의 노동 준비는 이렇게 시작된다. 늪에 다시금 평온한 아침이 찾아든 것이다. 이제 나도 일상으로 돌아가야 할 시간이다. 오늘의 휴식은 여기까지다. 휴식은 노동이 만든 최고의 선물이자 노동의 양질을 담보한다. 휴식은 고된 노동을 숭엄한 행위로 바꾸는 마법이다. 신산한 삶에 지치거나 밥벌이의 노동이 지겹고 더없이 힘겹다면 속도를 늦추고 반 박자 쉴 타임이라는 시그널이다. 우포늪 아침 풍광을 찾아 나서라. 휴식을 취하면서 다시 한번 노동의 신성함에 대해 생각하자. 그리고 삶에는 영원한 고통도 행복도 없다는 것을 떠올리자.

쉬지 않는 산의 종말은 비상밖에 없다

- 울산 남산 '솔바람 길'에서

걷기는 자신을 세계로 열어 놓는 것이다. 발로, 다리로, 몸으로 걸으면서 인간은 자신의 실존에 대한 행복한 감정을 되찾는다. 발로 걸어가는 인간은 모든 감각기관의 모공을 활짝 열어 주는 능동적 형식의 명상으로 빠져든다. 걷는다는 것은 잠시 동안, 혹은 오랫동안 자신의 몸으로 사는 것이다. 숲이나 길, 혹은 오솔길에 몸을 맡기고 걷는다고 해서 무질서한 세상이 지워 주는 늘어만 가는 의무들을 면제받지는 못하지만, 그 덕분에 숨을 가다듬고 전신의 감각들을 예리하게 갈아 호기심을 새로이 할 기회가 된다.

걷는다는 것은 침묵을 횡단하는 것이며 주위에서 울려오는 소리를 음미하고 즐기는 것이다. 걷기는 세계 속으로 빠져들어 가는 방법론이며 스스로 거쳐 온 자연을 자기 속으로 흡수하고 일상적인 인식 및 지각방식으로는 접근할 수 없는 세계와 접촉하는 한 수단이다. 차츰차츰 앞으로 나아가는 동안 보행자는 세계에 대한 그의 시야를 확대하고 자신의 몸을 새로운 조건들 속으로 던져 넣는다.

(≪걷기 예찬≫ p9, 68 다비드 르 브르통)

올겨울은 유난히 차다. 바람도 차고 땅도 시리고 하늘마저 뻣뻣하게 메말라 있다. 겨울답다고들 하나 모두 옷깃을 세우고 추위에 성가신 표정들이다. 웅크린 어깨너머 짙푸른 하늘로 무심한 새떼가 산을 달고 날아오른다. 울렁출렁 산이 꿈틀대며 등뼈를 세우고 비상에 합류하자 잿빛의 산은 하얀 구름이 되고 바람에 실려 무한천공으로 점점이 사라진다. 고향 가는 열차의 뒤꽁무니가 산허리를 돌아 자취를 감추듯이 흐릿한 산이 시야에서 엷어진다. 흔적조차 남기지 않는 새들의 길이 다시금 고래 등 같은 능선을 쪼며 지상에 내려앉고, 태초의 산이 꿈틀거리며 제자리를 찾을 즈음 하늘은 해후의 비를 뿌린다. 비듬같이 푸석푸석 먼지를 날리던 산의 속살이 살포시 는개에 젖는다. 아직 산길 참나무 우듬지 밑 비탈 응달에는 겨우내 내린 잔설이 아무렇게나 쌓여 있지만 상관치 않고 비는 제 몸을 있는 그대로 산에 비비고, 물기 하나 없어 몸을 둥글게 말고 있던 참나무 잎이 금세 새초롬히 웃으며 땅에 눕는다. 산을 겉돌기만 하며 방황하던 메마른 나뭇잎들이 이제야 산과 하나가 되는 중이다. 산이 비상하고 다시금 비가 되어서 뿌려지고, 비속에 나른해지며 거친 나뭇잎들을 눕히고서는 비로소 산은 훌쩍 작년의 바지를 벗고 자라는 것이다. 산은 이렇게 자란다. 아무리 사람들이 산의 등을 밟고, 물러진 옆구리를 허물어도 꼿꼿이 나무를 밀어 올리며 한 해 한 해 남모르게 자라는 것이다. 비가 뭉쳐 흘러내리던 물은 결국 몸을 바꿔 수증기가 되어 제 고향으로 가지만, 산은 끊임없이 제 살을 뭉쳐 나이테를 만들며 하늘로 다가가는 것이다. 걷다가 부러지고 부러진 등뼈 속에 다시 살을 돋우며 나무는 산의 전령이 되어 끊임없이 시원을 향해 나아가는 것이다.

산은 혼자서만 크지 않는다. 산이 커져 나무가 무성해지면 세상 만물이 그 그늘에서 하나둘씩 뿌리를 내리며 산과 동참하며 산을 닮는다. 어느 순간 산은 새소리를 내고, 바람을 만들고, 햇살을 등에 지며 하루를 보내기도 한다. 비가 된 물은 몸으로 스며들어 녹색 빛의 수액을 제조한다. 이 모두가 산과 함께 자란다. 산이 가고자 하는 곳은 세상으로 오기 전에 있었던 시원이다. 누구나 고향으로 돌아가고자 하는 것처럼 산도 태어난 곳으로 가고 싶어 하는 것이다. 시나브로 한 걸음 한 걸음 하늘로 걸어 올라가는 산을 아무도 알지 못한다. 그저 나무가 자라는 것만 볼 뿐이다. 그러다 부러진 나무를 주워 아궁이 땔감으로만 사용할 뿐이다. 그 누구 하나 나무는 산이 몸을 바꿔 저 하늘 속으로 향하는 몸짓임을 알지 못한다. 알지 못하니 산은 그냥 산이고 나무는 그냥 나무이다. 나무에 나이테가 있는 것은 그렇게 산이 자라고 있음을 기록해 놓은 표시다. 한 해 한 해 작아진 바지를 벗으며 큰 옷을 챙겨 입는 아이들처럼 커가는 게다. 이것이 산의 내밀한 모습이자 성장의 실체다.

살포시 내리던 비는 이내 그치고 해가 드러난다. 저 아래 태화강이 얼었다. 결빙은 물이 흐르다 잠시 쉬는 상태라 하겠다. 흐르지 않는 물이 어디 물이랴. 강변 대숲에서 불어오는 바람이 쨍쨍하게 얼어붙은 강을 썰매 타듯 건너서는 그 관성으로 남산의 비탈을 때리며 솟구친다. 차다. 가슴까지 시리고 찬 기운은 회오리가 되어 생각 속을 휘젓는다. 순간 번민의 솔방울들이 우두둑 땅에 떨어진다. 제일 높은 남산의 은월봉에 턱 버티고 선 누각의 허리도 찬바람에 떨고 있다. 지붕의 기와가 들썩이며 바람의 결을 가른다. 남산의 등뼈를 에워싸고 있는 거친 껍질의 소나무 사이로 솔바람은 발자국을 남기며 걷고 있다. 간혹 햇살이 솔바람의 등을 따뜻하게 다독여주지만 걸음은 느려지지 않는다. '솔바람 길'이다. 솔바람이 만들어놓은 긴 길을 터벅터벅 바람과 함께 걷는다. 솔바람 길에서는 솔가리조차 바람에 일어서 걷고 있다. 결빙된 강변에 물 대신 물결치는 대숲만 푸르다. 대숲에서 불어온 솔바람이 청정한 건 그 때문이리라. 간혹 비탈을 따라 내리 걷기도 하고 오르막에서 찬찬히 숨을 돌리기도 하는 바람의 꼬리를 잡고 걷는 길에서 숲의 요정이 산다는 '수피아 길'이 있다. 숲의 요정은 어떤 모습일까. 부리를 다듬느라 딱딱- 따따따다- 쇠딱따구리 드러밍 소리에 깬 나무의 나이테가 솔숲으로 짙게 파문을 일으킨다. 거친 호흡 몇 번이면 이내 넓적한 둥근 '고래 등 길'에서 다리쉼을 할 수 있다. 깊은 남산 아래로 굽어진 저 태화강은 울산만의 밀물과 더불어 고래를 이곳까지 불러들였으리라. 하얗게 물보라를 일으키는 강은 깊기도 했겠지. 사람들이 둥글디둥근 고래 등에서 뿜어내는 분수를 여기 남산의 등뼈에서도 보았을 것이다. 아니 남산의 둥근 이 등뼈가 고래 등과 같이 들썩였으리라. 신기하고 머쓱했으리라. 그러니 등뼈같이 구부러진 이 산길이 '고래 등 길'인 것을 더 말해 무엇하랴. 급한 경사는 꼬리로 내려가는 길일 터, 제법 무릎이 시큰거리는 것은 천천히 천천히 늘어지는 오후가 되라는 것이다.

산에 서면 이런저런 생각이 옷을 적시는 땀처럼 스며들게 마련. 작은 소나무가 소담스레 길을 에워싼 곳에 '해윰 길'이 놓였다. 그야말로 생각하며 걷는 길이다. 수북한 솔가리가 겨울의 오후 햇살한 움큼 쥐고서는 생각에 잠겨있고 몇 마리의 박새가 우짖으며 생각한다. 포릉 포르르릉 날아오르며 생각을 타는 오후, 오솔길이 사색의 '해윰 길'로 탈바꿈하는 남산의 능선 길을 지나는 사람마다 모두 걸음걸이가 느릿느릿해서 좋은 길이다. 급한 산비탈임에도 꼿

꼿하게 버티고 선 참나무가 털어 버린 낙엽들이 밑동에 수북이 깔려있다. 산이 자라면서 벗어 놓은 지난 계절의 시간이다. 시간은 지나가면 이렇듯 죽는다. 아니 죽음으로써 살아나는 것이다. 시간은 때때로 과거보다 더 싱그럽게 부활한다. 그것은 시간의 흐름 속에서 성장할 때만이 만날 수 있다. 퇴보하거나 아니면 성장이 더디면 나이테는 흐릿한 모습으로 얼룩진다. 나무가 선명한 나이테를 갖고 있다는 것은 지나간 시간이 싱싱하게 되살아난다는 것. 나무가 잘 크는 것은 산이 품은 수액을 나무의 뿌리가 부지런히 받아들였음을 뜻한다. 산이 품은 수액이 많을수록 나무는 더 잘 자라고 숲은 우거진다. 산이 큰다는 것은 산이 품은 것을 얼마나 많이 내놓느냐가 결정한다. 준 만큼 받는 것, 이것이 자연의 마땅한 순리이리. 산이 품은 수액을 우리는 샘물이라 부른다. 샘은 수액이 산의 몸 밖으로 밀려 나오는 것이다. 샘을, 깊은 산속 수액을 마심으로써 우리가 건강을 되찾고 마음을 치유하며 깨끗이 털고 일어설 수 있다. 수만 년 동안 산을 살린 수액이 나무 한 그루의 크기에도 미치지 못하는 작은 사람 하나 짐승 하나 거두지 못할까. 샘을 찾아가는 길에 섰다. 산허리를 에두르며 내려가는 좁은 길. 그곳에는 '새미 길'이 있다. 생명의 길이고 치유와 회복의 길이요, 거친 숨을 축이는 쉼의 길이다.

한 시간을 넘게 걷는 산길은 고되다. 되돌아올 시간을 생각하면 발걸음은 가볍지 않다. 터벅터벅 고갯마루를 오르니 주위를 돌아볼 겨를이 없다. 허리는 뻐근하고 종아리는 자주 경련이 나면서 숨은 목을 넘어가 버릴 듯한 급경사 길. '된곡만디이' 위를 걷는다. 걷는다기보다 낭떠러지에 붙어 기어가는 것 같다. 된 고개다. 고개 끝에는 필시 펑퍼짐한 공터 같은 산정이 있으리라. '고개만디이'다. '고개만디이'는 고개 위에 있는 등성이를 말한다. 그러니 '된곡만디이'는 된 고개의 산마루다. '된곡만디이'에 서면 멀리 지나온 길을 되돌아볼 수 있다. 구불구불 그 끝에는 남산루가 이쪽을 한눈팔지 않고 지긋이 바라보고 있고, '고래 등 길'로 이어지는 '솔바람 길'이 갈맷빛의 소나무를 외투처럼 둘러쓴 채 구불구불하다. 굽어진 남산의 등뼈 아래 강이 그 굽어진 모양대로 결빙되어 있고, 대숲이 물이랑을 만들며 푸르게 강을 물들이고 있다. 이보다 더 겨울다운 모습을 담아낸 풍광이 어디 있을까. 아련한 심연에 가라앉았던 어떤 꿈틀거림이 물방울이 되어 수면으로 솟구친다. 수면으로 솟구친 방울은 어느새 비눗방울처럼 허공을 가르며 하늘로 퍼진다. 오색구름이 되어 하늘을 수놓는 방울들. 그것은 분명 잠재되어 있던 오랜 꿈의 형상들일 터. 꿈은 날고 싶어 한다. 비상을 꿈꾸는 것이다. 이곳을 걸으면 꿈의 방울들이 보이고, 비상하는 꿈의 세세한 용틀임을 만질 수 있다. 꿈이 있는 산책길 '하람 길'에 들면 무엇이든 이루지 못할 것은 없다. 상상을 불러일으키는 곳. 상상이 이루어지는 곳. 남산의 '하람 길'에선 누구나 다 꿈은 이루어진다.

지금도 산은 자란다. 지난 세월의 흔적을 나이테로 표시만 할 뿐 홀로 겨울 하늘로 뻗고 있는 나무는 늘 생동으로 들썩거린다. 해마다 조금씩 더디게 키운 몸집을 겨울 숲에서 몸을 정갈하게 드러내 놓고 스스로 반추하고 있다. 새들이 스스로 지은 집에서 새끼를 끼울 뿐 잠을 자지 않듯이 나무를 키운 산은 산에서 자지 않는다. 샘을 만들고, 길을 만들어 만물을 다 보듬고 키울 뿐이다. 그렇게 터벅터벅 쉬지 않고 걸어온 산이다. 쉬지 않는 산의 종말은 비상밖에 없다. 비상하는 산은 결국 우주의 시원으로 되돌아간다. 산이 가면 사람과 더불어 만물도 한 점으로 수렴한다. 그 한 점은 시작도 없고 끝도 없다. 우주의 시원 한 점. 그곳에 서면 극렬함이 뭉쳐 가슴이 터질 듯이 부풀어 오를 것이다. 큰 폭발을 예감하듯 뜨겁게 들끓을 것이다. 팽팽한 긴장이 끊어질 듯 아슬아슬 이어지고 있는 탄력의 본성. 산이 추구하는 것은 이것일지 모른다. 쉬지 않고 자란 산이 마지막으로 지향하는 한 점. 일시무시일(一始無始一) 일종무종일(一終無終一). 하나는 시작도 끝도 없다.

3장

삶에 관하여

무슨 일이든 시작과 처음에 실마리가 은닉해 있다. 일 년은 연초를, 한 달은 월초를, 하루는 아침을 중요하게 다뤄야 하는 이유이기도 하다. 시작은 항상 끝을 관류하고 있어 처음은 끝으로 이어지기 때문이다. 이를테면 시종일여(始終一如)다. 소원하고 바라는 바에 이르기 위해서는 내가 지닌 모든 시간과 역량을 초반에 쏟아부어 먼저 에너지를 축적하는 과정을 거치는 것은 현명한 전략이다. 그리고 축적된 에너지가 또 다른 에너지를 소환하는 임계점에 도달할 때까지 기어코 전력을 다해야 한다. '축적 후 발산'이다. 이러한 전략적 행동은 삶을 성공적으로 꾸리는 데 있어 반드시 요구되는 자질이다. 무턱대고 강물에 뛰어들어서야 어찌 꿰미에 고기로 가득 채울 수 있을까. 인생길에 누구에게나 통하는 왕도는 결단코 없다.

작고 소박하기를

올해 백목련의 흰 꽃에서 내가 배운 것은 그 꽃이 필 때 동시에 나도 핀다는 것이다. 백목련의 꽃이 피고, 다만 그것뿐인데 공연히 기쁘고 행복한 것은 무슨 이유 때문인가? 그것은 생각해보면 꽃이 핀다고 하는 그 하나의 현상이 내게 비치기 때문이다. 나는 곧 살아있는 카메라 속의 필름과 같은 존재로서, 바깥 세계의 대상을 받아들이며 그것에 따라 기뻐하기도 하고 슬퍼하기도 한다. 한편 그와 같은 감정이 일어나는 것은 필름이 살아있기 때문으로 꽃이 피면 나도 또한 피고, 꽃이 지면 나도 또한 지기 때문이 아닐까 싶다.

인간의 생명이라는 필름은 바깥 세계의 온갖 대상에 감응하며 기쁨과 분노와 슬픔과 즐거움 등의 다양한 감정을 느낀다. 그런데 그 감정은 생명의 가장 깊은 영역에서 작용하고 있는 '공명 현상'이란 본질에 뿌리를 두고 일어난다. 우리 몸속의 유전자에는 우리가 식물이었던 때의 기억이 분명히 남아있으므로 꽃 한 송이가 피면 이웃 가지의 꽃도 동시에 피는 것처럼 우리도 절로 꽃 피워지는 것이다.

(≪여기에 사는 즐거움≫ p252 야마오 산세이)

해가 뉘엿해지는 휴일 늦은 오후. 아파트 뒤편 작은 공원을 거닌다. 바람은 머리칼을 간간이 쓸어 넘길 정도로 적당한데 해거름의 바람이라 옷깃 사이로 선선해졌다. 산그늘 대신 아파트 그늘이 공원으로 어둠을 어둑어둑 밀어 넣는 저녁, 붐비던 작은 공원엔 드문드문 걷는 몇몇 외엔 한적하다. 아, 지금 가슴으로 물밀듯 밀려드는 저림은 분명 행복감이다. 간혹 찾아드는 낯선 손님 같은 행복의 순간은 이내 사라지고 여운은 짧다. 어쩌면 머무는 시간이 짧은 까닭에 지금 나는 행복하지 않다고 했을지도 모른다. 반면 번민의 근원인 욕망은 시간의 흐름을 움켜잡고 오래도록 머물려 한다. 끊어버리려는 특별한 노력이 없는 한 소유와 집착이 끝이 없다. 휴머니스트 장자는 이런 사실을 너무나 잘 알았다. 제17편 「추수(秋水)」에서 정치를 부탁하러 온 초나라의 대부에게 이른 말에는 그의 인생관이 고스란히 드러나 있다. 내용은 대략 이러하다.

"초나라에는 신령스러운 거북이 있는데, 죽은 지 이미 **3,000**년이 되었다고 알고 있소. 비단으로 싸서 상자에 넣어 묘당 위에 보관하고 있다는데, 당신이라면 죽어서 귀하게 대접받는 것을 바라는가. 아니면 진흙 속에 꼬리를 끌고 다닐지라도 살아있는 것이 좋겠는가. 나는 진흙 속에 꼬리를 끌고 다닐지언정 살아있기를 택하겠소."

감나무 잎만큼 예쁘게 단풍 물이 드는 것도 드물다. 떨어진 붉은 큰 잎사귀가 밟히며 메마른 소리를 낸다. 중국 단풍나무 잎은 여전히 푸름이 깊다. 하지만 이미 잎이 듬성듬성해진 산딸나무의 긴 열매 자루 끝에 달린 멍석딸기를 닮은 붉은 열매가 똑똑히 보이고, 얼마나 선연한지 선홍빛의 산수유 열매의 핏빛은 어둠발이 내려도 등불처럼 훤하다. 다 수확하지 못한 산수유 열매는 눈이 오는 겨울에도 내내 매달려있다. 안 그랬다면 저 유명한 김종길의 「성탄제(聖誕祭)」를 만나는 행운은 누릴 수 없었을 것이다.

어두운 방 안엔

바알간 숯불이 피고,

외로이 늙으신 할머니가
애처로이 잦아드는 어린 목숨을 지키고 계시었다.

이윽고 눈 속을
아버지가 약(藥)을 가지고 돌아오시었다.

아, 아버지가 눈을 헤치고 따 오신
그 붉은 산수유(山茱萸) 열매 -

나는 한 마리 어린 짐승,
젊은 아버지의 서늘한 옷자락에
열(熱)로 상기한 볼을 말없이 부비는 것이었다.

이따금 뒷문을 눈이 치고 있었다.
그 날 밤이 어쩌면 성탄제(聖誕祭)의 밤이었을지도 모른다.

어느새 나도
그때의 아버지만큼 나이를 먹었다.

옛것이란 거의 찾아볼 길 없는
성탄제(聖誕祭) 가까운 도시에는
이제 반가운 그 옛날의 것이 내리는데,

서러운 서른 살 나의 이마에
불현듯 아버지의 서느런 옷자락을 느끼는 것은,

눈 속에 따 오신 산수유(山茱萸) 붉은 알알이

아직도 내 혈액(血液) 속에 녹아 흐르는 까닭일까.

「성탄제(聖誕祭)」 전문

계절은 변화의 아이콘이다. 철마다 자연은 변모한다. 변모는 어제의 모습이 아닌 완전히 새로움을 뜻한다. 은행잎의 노란빛이 지난가을의 바로 그 빛깔이 결코 아니다. 여름의 진녹색이 바뀐 것도 아니다. 그냥 지금의 가을이 만든 것이다. 봄의 연둣빛은 말할 것도 없다. 해마다 갖은 색들을 피워 올리지만, 지난해의 연둣빛과는 사뭇 다르다. 봄에 마주하는 연녹색은 봄이 되면서 새롭게 태어난 것들이다. 이것을 그리스의 대철(大哲) 헤라클레이토스는 간단히 정리했다. "우리는 같은 강물에 두 번 발을 담글 수 없다." 그래서 변모와 변화가 늘 새로움인 이유고, 다가오는 계절마다 설렘이 고이는 까닭이다.

사람이 철드는 때가 제각각이듯 가을이 내려앉는 순서도 나무마다 다 다르다. 나는 오늘도 도도한 시간의 물줄기를 생각한다. 그 한가운데 유유히 떠가는 뗏목 위의 나를 상상한다. 짧은 순간에 머무는 행복과 긴 시간을 움켜잡는 욕망과 변화와 변모의 설렘과 새로움을 되새겨 본다. 그리고는 이내 편안해지는 어떤 평화로움 속으로 스며들고자 한다. 작고 소박한 것에 행복이 깃든다는 사실을 적어 도도한 강심에 띄운다. 아, 이 가을날 저녁, 그 누군가가 지금 이 순간의 행복 조각을 주워 담길 소원한다. 더 작고 소박해지기를 함께 꿈꾸고자 한다. 진흙 속에 꼬리를 끌지라도 살아있기를 희망한다.

질문, 새로운 길의 이정표

불현듯 잠에서 깼다. 새벽 두 시. 일찍 잠든 탓도 있겠지만 편치 않은 마음 탓일 것이다. 마흔에 들어서서 자주 겪는 일이다. 마흔에서 그것도 뒷줄로 갈수록 마주치는 많은 일 중 특히 일상에서 자주 부딪치는 뜻밖의 낯선 일들에 대한 저항력은 극히 떨어진다. 몸도 탄력과 유연성이 처지지만 이보다 마음은 변화와 일탈, 어떤 우발적인 침범에 더욱 무력하다. 다혈질의 사내도 저항은 거의 전무다. 왜 그럴까. 대체 마흔의 영역이 어떤 것이길래.

친구가 보낸 메시지를 열었다. '27일 오후 7시 58분'이란 시간이 또렷하다. 그러면 적어도 내가 잠자리에 든 것은 어제저녁 8시 이전이라는 얘기다. 그래도 수면 시간은 평소와 다르지 않다. 거실 식탁에 앉아 스탠드를 켜고 읽고 있던 몇 권의 책을 들고나와 폈다. 두어 장 넘기자 비가 내린다. 작은 공원에 들어찬 무성한 나뭇잎들을 두들기는 빗소리가 열어놓은 베란다 창으로 튀어 들어왔다. 계곡 숲을 헤집고 불어 젖히는 어느 한겨울의 밤바람 소리 같다. 창밖으로 내민 손바닥은 금방 젖는다. 제법 많은 비다. 유난히 무더웠던 여름의 마지막 뒷모습일 것이다. 아직도 짝을 찾지 못한 매미들은 울음을 접고 유충에서 시작한 기나긴 삶의 여정을 여기서 끝내게 되리라. 그 자리에는 온갖 풀벌레들이 다시 들어차리라.

칠레의 시인 파블로 네루다는 묻는 것으로 시작해서 물음으로 끝나는 시집 『질문의 책』을 냈다. 제목 자리에 숫자를 적은 시집은 삼라만상에 대한 갖은 물음으로부터 시를 꺼낸다. 아주 낯선, 도대체 연결되지 않는 물음과 반면 쉽게 유추가 가능한 질문들 따위로 시는 쉼 없이 이어지고 있다. 이를테면 이렇다.

23

나비가 변신을 한다면 / 그건 나는 물고기가 될까?

신이 달에게 살았다는 건 / 그럼 정말이 아니었나?

제비꽃의 푸른 울음의 / 냄새는 무슨 색깔일까?

하루에는 얼마나 많은 요인이 들어있고 / 한 달에는 얼마나 많은 해(年)가 들어있을까?

49

내가 바다를 한 번 더 볼 때 / 바다는 나를 본 것일까 아니면 보지 못했을까?

파도는 왜 내가 그들에게 물은 질문과 / 똑같은 걸 나한테 물을까?

그리고 왜 그들은 그다지도 낭비적인 / 열정으로 바위를 때릴까?

그들은 모래에게 하는 그들의 선언을 / 되풀이하는 데 지치지 않을까?

64

왜 내 낡은 옷들은 / 깃발처럼 펄럭일까?

나는 때때로 악한가 / 아니면 언제나 선한가?

우리는 친절을 배우나 / 아니면 친절의 탈을 배우나?

악의 장미나무는 희고 / 선의 꽃들은 검지 않은가?

누가 무수한 순결한 것들에게 / 이름과 숫자를 부여하는가?

역자 마종기 시인은 후기에 이렇게 써 놓았다. "질문한다는 것은 무엇인가? 그것은 모르는 자리로 돌아가는 것이며, 홀연히 '처음'의 시간 속에 있는 것이고, '끝없는 시작' 속에 있는 것이다." 참으로 공감하는 말이 아닐 수 없다. 이것에 부쳐 질문에 대해 나는 '질문이란 의문을 품는 곳에서 시발하는 새로운 길의 이정표다.'라고 정의해두었다. 그 길은 가는 실핏줄과 같아 줄곧 물고 늘어지지 않으면 곧 살 속에 묻혀 시야에서 사라지고 만다.

인간의 뇌는 질문을 받으면 끊임없이 답을 찾아내려는 성향을 지녔으므로 묻는 것만으로도 훌륭한 답을 만날 가능성이 크다는 뇌과학자들의 연구가 아니더라도 우리는 묻기만 하면 온 신경이 질문에 빨려 들어가는 것을 느낀다. 천편일률의 타성과 편견을 뒤집어 미지의 무언가를 찾아내려는 의지와 노력은 어떤 순간에서도 질문을 놓지 않을 때만 결실을 본다. 갖은 물음과 스스로를 향한 간단없는 주시로 성성히 깨어있을 때만 피안에 도달할 수 있다고 하는 불교의 화두선도 같은 이치다. 희구하지 않으면 열리지 않는 것은 법칙이다. 큰 물음이 큰 답을 돌려주는 것 또한 우주가 하는 일이다. 우수한 학생이 자신만의 공부법을 가진 것처럼 멋진 삶을 사는 이들에게는 삶에 대한 자신만의 훌륭한 질문법이 있다. 영성을 추구하는 종교가들과 삶에 의문을 품은 철학자들은 쉼 없이 물었다. '나는 왜 사는가? 삶의 목적은 무엇인가? 나는 누구인가? 우리는 어디서 와서 어디로 가는가?' 의문과 희구가 없는 곳에 물음은 솟구치지 않으며, 물음이 없는 곳에 한계를 넘어 새로운 길로 나아가는 가슴 뛰는 모험의 삶은 없다. 지금 홀연히 떠오르는 물음에 귀를 기울여 볼 일이다. 나도 나에게 묻는다.

내 의문의 대상들은 어떤 것들이며 내 삶이 가닿고자 하는 곳은 어디인가?

신으로부터 받은 단 한 번의 시간을 가슴 뛰는 모험과 도전으로 보내고 있는가?

베란다 창밖에 손을 내밀고 다시 비를 확인한다. 비는 그새 줄었다. 풀벌레 소리에 포박당한 듯 어둠 속에 웅크린 채 공원은 적요로 가득하다. 아직 새벽 어스름은 들어설 기미가 없다. 곧 땅거미를 걷어내며 여명이 찾아들 것이다. 여명은 하루의 아침을 들여놓고는 어둠을 따라 자신의 거처가 있는 지구의 반대편으로 옮겨갈 것이기에 어둠은 사라지는 것이 아니라 잠시 다른 곳으로 이동할 뿐이다. 우리는 그것을 종종 잊고 산다. 아침이 오면 어둠은 어디론가 사라지는 것이라고. 바야흐로 비가 지나가면 새벽바람은 선선해지리라. 말매미의 절규도 수굿해지겠지. 내일부터 기온이 30도가 넘지 않을 거라고 아내는 아침 식탁에서 기쁜 듯 전했다. 올해 더위는 유난스러웠다. 그러니 다가오는 청명한 가을을 예년처럼 흘려보낼 수는 없는 일이다. 지금부터 꼼꼼히 계획을 세워 제대로 한 번 가을을 반겨 맞고 싶다. 준비는 늘 제대로여야 한다. 준비가 곧 현현이어서다. 잊지 말아야 할 것은 준비는 반드시 질문으로부터 시작된다는 점이다.

삶에 왕도는 없지만, 바른길은 있다

물리학을 공부하면서 조서현은 자연이 목적함수를 가지고 행동한다
는 사실을 발견한다. 그가 찾아낸 바에 따르면, 자연은 시간 최소화
(minimization of time), 물자 최소화(minimization of raw materials),
그리고 에너지 최소화(minimization of energy)라는 목적함수를 가지고
행동한다.

일반적으로 인생살이, 기업 경영 등 삶의 모든 영역에서 목적함수의 유
무, 그리고 목적함수의 확실성 여하가 성공과 실패를 갈라놓는 것 같다.

눈에 보이는 최단 경로를 버리고 더 효율적인 길을 가야 한다. 이런
길을 우회로라고 부르자. 그런데 이런 우회로에서 목적함수를 최단시간
에 달성하기 위해서는 그에 적합한 수단 매체를 축적하는 전략이 필요
하다. 이런 전략을 '우회축적'이라고 정의하자.

(≪삶의 정도≫ p102, 116, 263 윤석철)

일상의 모든 것은 생각을 여과해서 행동으로 걸러진다. 세상의
위대한 업적이 모두 완벽한 여건과 환경에서 획득한 것은 아니다.
아무나 생각해 내지 못하는 유리된 공간에는 수많은 창의적 아이템
들이 있다. 그러나 그들을 현실로 데려올 수 없는 것은 생각을 행
동으로 바꾸는 화학적 반응을 유발하지 못했기 때문이다. 미흡한

준비와 불충분한 여건에서도 행동은 분명 모종의 결과를 불러오기 마련이다. 광막한 우주의 한 행성에 흔적을 남기는 장대한 일도, 이른 새벽 밤새 쌓인 눈 위에 발자국을 내는 왜소한 행동도 한낱 생각만으로 할 수 있는 일이 아니다. 세상을 매혹해 비범에 이른 이는 자신의 삶이 운명의 부름에 어쩔 수 없이 이끌려갈 때도 온몸을 내던져 모색하고 실험하는 것을 멈추지 않는다. 소아마비를 딛고 미국을 경제공황에서 건져낸 루스벨트의 호소는 그래서 거부할 수 없다. "성공한 보통 사람은 천재가 아니다. 평범한 자질이 있었을 뿐이다. 그러나 그 평범함을 비범함으로 발전시킨 사람이다."

그렇다면 일반적인 평범을 위대한 비범으로 바꾼 행동은 도대체 무엇으로부터 비롯된 것인가. 여러 상황과 여건, 기회의 우연 따위는 제쳐두자. 우리는 단박에 그것이 어떤 것을 획득하기 위한 명료한 '목적'에 있음을 직감한다. 좀 더 자기 계발적으로 표현하면 꿈과 희망, 비전 따위로 쓸 수 있겠다. 저자는 이러한 것들을 '목적함수'로 정립해 부르자고 한다. 이를테면 '계량화가 가능한 소망'이다. 품는 모든 소망이 반드시 올바르진 않다. 소망에도 선악이 존재한다. 그러므로 목적함수가 올바른 가치의 편에 서려면 '부단한 자기 수양과 미래 성찰을 통해 축적된 교양과 가치관의 결정'이어야 한다. 전제조건은 그러한 목적함수에 이르기까지 감수해야 하는 희생이다. 현실이 될 수 없는 꿈은 언제든 헛된 망상으로 변질될 프로그램을 내장하고 있기 때문이다.

인류사에서 자연을 인간의 삶 속으로 가장 데려오고 싶어 한 이는 노자였다. 노자에게 바람직한 삶의 태도는 자연의 운행 모습과 존재 형식의 모방이었다. 오랜 관찰 끝에 인위적으로 억지를 써서 무엇을 하려고 하지 않으면서도 모든 것을 다 이루는 것이 자연임을 간파했다. '무위무불위(無爲無不爲)'다. 이것은 노자가 생각해낸 사상의 핵심이다. 그런데 저자의 주장은 이런 자연의 무위에도 따르는 법칙이 있다고 말한다. '최소비용의 경제성'을 가리키는데 과연 노자가 오늘에 와서 이 말을 듣는다면 흔쾌히 동의해줄지 모르겠지만, 천지자연도 목적함수를 가진다면 추론하지 않더라도 자연의 한 부분인 인간 또한 당연히 목적함수를 갖지 않으면 안 된다. 어쨌든 계량화할 수 있는 소망을 품지 않았다면 이미 그것은 자연이 될 수 없고 더불어 인간일 수 없으니, 인생에서 목적함수를 찾지 못했다면 삶의 주체가 될 자격을 박탈당하게 된다.

가치 있는 소망을 품고 이루기를 도모했으니 다음 단계는 소망을 현실의 언어로 바꾸기 위한 전략을 모색해야 한다. 전략 수립은 '수단과 도구의 명료한 정의'를 필요로 한다. 그러므로 지혜로운 전략 수립의 관건은 앞으로 구축할 정형화된 모델에 접목할 수 있는 구체적인 실제 대상을 찾을 수 있느냐에 달렸다. 그래서 고리의 한 부분으로 인간을 포괄하는 자연은 전략 도모에 쓰일 무한한 재료의 보고일 수밖에 없다. 자연 현상의 이치를 터득하게 되면 그는 훌륭한 전략가가 될 수 있을 것이다. 인간이 창안한 역사도 철학도 운명도 비즈니스도 모두 자연의 질서와 시공간의 물줄기 위를 타고 흐르기 때문이다. 저자는 목적함수를 달성하기 위한 전략 수립에 있어 필요한 기간을 '전기'와 '후기'로 구분해서 접근하자고 한다. 전기에는 목적함수 달성에 필요한 수단 매체를 형성 '축적'하고, 후기에는 전기에서 축적한 수단 매체의 힘을 '발산'시키면서 목적함수를 최소의 시간에 달성하도록 하자는 것인데 이것이 '우회축적'

할 수 있는 길이며 성공 전략이라는 것이다. '매의 이론'은 후회축적 전략의 구체적 실제 대상으로 적확한 실례다. 매의 이론을 주창한 이는 파울 하이제(Paul Heyse, 1838-1914)다. 그는 독일 작가로 1910년에 노벨 문학상을 받았는데 문학의 한 형식으로 이 매의 이론을 만들어냈다고 한다. 내용을 간략히 살펴보자.

매는 사냥을 할 때 하늘 높이 떠서 정지한 채 먹잇감을 발견하면 수직에 가까운 급전직하로 속도를 높인 이후에는 거의 땅과 수평에 가깝게 날아 먹잇감을 낚아챈다. 그것은 중력을 이용하여 속도를 높여서 달아나는 먹잇감보다 더 빨리 날아 사냥하는 방법이다. 먹잇감과 거리가 가장 짧은 것은 대각선의 직선이지만 거리가 훨씬 긴 곡선으로 비행해 사냥하는 이유다. 매가 대각선으로 날면 속도는 168km/h이지만, 곡선으로 날면 직선 속도의 두 배에 가까운 320km/h가 된다. 그 이유는 매가 하늘 높이 떠 있다가 수직으로 급전직하하면서 속도를 높이는 것은 위치에너지를 축적하기 때문이다. 그렇게 축적된 위치에너지는 지상과의 거리가 절반쯤 되는 지점에서 지상과 평행을 이루면서 운동에너지로 전환되고 에너지가 최대로 발산된다. 반면 대각선으로 날면 위치에너지가 축적되기만 할 뿐 운동에너지로 전환하여 발산되지 못한다. 먹잇감에 도달할 때 에너지는 가장 많이 축적되지만 사용되지 않은 탓에 비행 속도가 더는 증가하지 않는다.

유년시절, 그러니까 7, 80년대 무렵 농촌에는 경운기가 본격 일손을 대체하기 시작했다. 들녘엔 느린 소 울음 대신 푸른 연기를 내뿜는 경운기들이 퉁탕거리며 소란스레 논을 갈아엎었다. 그런데 경운기는 시동을 거는 것이 쉽지 않았다. 몇 번을 시도한 끝에야 겨우 시동을 걸 수 있었는데 초반에 있는 힘을 다해 플라이휠을 돌려 회전력을 높여야 했다. 가한 힘으로 일정한 회전력을 얻은 이후에야 시동이 걸렸기 때문이다. 초반에 가한 힘이 누적돼 플라이휠이 스스로 회전할 정도가 되지 않으면 시동은 걸리지 않았다. 힘이 모자라는 사람은 연거푸 몇 번을 반복해야만 겨우 경운기를 움직일수 있었다. 그렇다. 지혜로운 삶에는 에너지 축적 기간이 반드시 요구된다. '우회축적'의 지혜가 아주 긴요한 것임을 지적한 이는 링컨이었다. "장작을 패는 데 쓸 수 있는 시간이 8시간이라면 나는 그중 6시간을 도끼날을 세우는 데 쓸 것이다." 전반에 가용할 수 있는 에너지의 팔 할을 초반에 쓰는 것이다. 언제 축적해야 에너지가 가장 효율적인가는 중요한 문제다.

무슨 일이든 시작과 처음에 실마리가 은닉해 있다. 일 년은 연초를, 한 달은 월초를, 하루는 아침을 중요하게 다뤄야 하는 이유이기도 하다. 시작은 항상 끝을 관류하고 있어 처음은 끝으로 이어지기 때문이다. 이를테면 시종일여(始終一如)다. 소원하고 바라는 바에 이르기 위해서는 내가 지닌 모든 시간과 역량을 초반에 쏟아부어 먼저 에너지를 축적하는 과정을 거치는 것은 현명한 전략이다. 그리고 축적된 에너지가 또 다른 에너지를 소환하는 임계점에 도달할 때까지 기어코 전력을 다해야 한다. '축적 후 발산'이다. 이러한 전략적 행동은 삶을 성공적으로 꾸리는 데 있어 반드시 요구되는 자질이다. 무턱대고 강물에 뛰어들어서야 어찌 꿰미에 고기로 가득 채울 수 있을까. 인생길에 누구에게나 통하는 왕도는 결단코 없다. 그러나 지혜로운 삶을 위해서는 누구나 마땅히 걸어야 하는 바른길은 있다. 살다 보니 절로 알게 된다.

범박한 일상에서 벗어나는 법

　바람을 타며 혹은 바람에 자신을 내주며 오월의 햇살 아래 흔들 흔들 자라는 저 연록의 세상 앞에서 오늘 하루를 소모하는 나는 무엇을 향해 나아가며 또 무엇이 되고자 하는가. 누구나 가끔은 하는 물음이다. 범박한 일상을 만든 욕망이 얽히고설켜 시간을 끌어가는 그 시간의 톱니바퀴에 꼼짝없이 갇힌 삶이란 얼마나 억울하고 부조리한가. 본래 천지자연은 자유로웠다. 그러나 세상의 형태를 갖출 즈음에 자유로움을 얽어매는 섭리와 필연의 인과가 뒤따랐고 인위의 질서가 자유로움을 대체했다. 그러한 질서는 안온한 자유를 제공했다. 무질서한 혼란을 잉태한 태초의 방만한 자유는 질서와 필연의 틀에 주형되었고 그것이 자연스레 자유가 되었다. 생활양식과 문화도 이와 같은 경로를 되풀이한다. 아이의 순박한 자유로움은 어느새 어른이 만든 문화와 인습의 굴레에 씌고 눌려 결국 그 굴레의 형태로 구부러지며 변모하고 만다. 변모로 인해 원형은 잊히고 복구는 요원하다.

　그러나 어느 순간 우리는 자유만이 존재하던 그 시기를 갈구하며 찾아 나선다. 그것은 함량 미달의 창의성으로 인해 삶이 허기로 흔들릴 때다. 예술인, 문학인, 비즈니스맨, 학생, 모두가 질서와 굴레의 벽에 갇혀 편협한 일상에서 벗어나지 못해 그들이 추구하는 삶이 지리멸렬할 때 드디어 시원과 태초의 빛나던 무질서의 자유를 향해 시선을 돌리기 시작한다. 하지만 귀향은 갈 곳만 정해졌을 뿐 도대체 돌아갈 길은 나 있지 않다. 떠나왔던 길임에도 발자취 같은 지난 흔적들은 좀체 발견할 수 없다. 묵은 길이고 잊힌 여정이다. 떠나온 지 너무나 오래된 탓이다. 이제 되돌아가는 길은 자신의 몫이요 스스로의 의지와 열정과 모색과 도모에 따라 수만 갈래가 될 것이다. 그럴싸한 답은 있을 리 없고 정확하고 마땅한 축적 지도 또한 존재하지 않는다. 다만 열정과 욕구의 정도와 인내만이 그 길로 나아갈 수 있는 회중전등이 되어줄 따름이다. 기존의 철학과 종교와 문학과 예술은 이미 식상해 구태의연하고 진부한 일상으로 전락했기에 더는 전범이 되지 못한다. 지식은 때로 그 자체로 새로운 세상으로 나아가는 걸림돌이 된다. 경험 또한 예외가 아니다. 굴레 씌워진 틀 안의 지식과 경험은 그 한계를 넘으려는 정신을 이해하지 못하고 고양을 부추기지도 못한다. 오히려 끊임없이 미늘을 세워 기존의 양식 속으로 끌어들이는 구심력으로 작용한다. 기어이 낯모르는 바깥을 향하는 원심력을 짓누르고 만다. '그대는 마땅히 해야 하노라.'의 용은 '나는 하고자 하노라.'의 사자를 거듭 주저앉혀 버린다.

그래서 일상을 잠시 밀쳐두고 어디론가 나서면 이미 마음은 설레고 들뜬다. 그것은 시원과 자유를 마주하기 위해 일상의 탄탄한 그물을 걷어 젖힘으로써 질서의 거부를 분명히 하는 데서 오는 감정이다. 구속과 제한으로 짜인 질서는 물질을 근간으로 하는 욕망의 보이지 않는 손길이 만든다. 누군가의 거대한 음모가 이 욕망 속에 똬리를 틀고 앉아 있다. 일상은 이들이 잡고 조종하는 막대기 끝에 달린 인형의 춤과 다름없다. 질서를 원하는 한, 변화를 꿈꾸지 않는 한, 혁명을 고통의 피로만 인식하고 거부하는 한, 범박한 일상은 인형의 춤을 그만두지 못한다. '보이지 않는 손'아귀에서 벗어날 수 없다. 언젠가 이 '보이지 않는 손'에 대해 일상에서 흥미롭게 찾아본 적이 있다.

　가끔 일하다 말고 창문 밖을 내려다봅니다. 사무실이 7층이니 길거리를 걸어가는 사람들의 모습을 또렷이 볼 수 있지요. 가만히 서서 지나치는 사람들의 모습을 바라보는 것은 사뭇 흥미롭습니다. 저기 검은 서류 가방을 옆구리에 끼고 가는 중년의 남자는 공무원 같아 보이는군요. 때마침 나란히 마주 걸어오는 젊은 남녀는 적당한 거리를 뒀으니 친한 사이는 아닌 것 같네요. 그러나 서로의 눈빛이 예사롭지 않은 걸 봐서 관심은 꽤 있는 듯합니다. 한참 뒤 캐주얼 차림의 몸집 큰 아주머니는 양산을 편 채 걷는 걸음이 아주 여유롭군요. 아마도 친구 모임에 가는지도 모르지요. 그 옆으로 앙증맞은 청반바지와 티셔츠를 걸쳐 입은, 양손으로 엄마를 잡은 두 아이는 팔을 펼쳐 매달리며 엄마와 장난을 치네요. 아이들과 엄마의 사이가 아주 좋아 보이는군요. 도로의 이쪽을 긴 머리를 나풀거리며 걷는 아가씨는 매력이 넘치네요. 싱그럽고 탄력 있는 젊음이 아침 햇살에 더욱 빛나고요. 길거리는 많은 이들이 오고 갑니다. 고개 떨군 심각한 얼굴들, 시선을 고정한 채 바쁜 걸음의 무표정들, 웃음을 활짝 머금고 활발히 걷는 밝은 몸놀림들이 서로 어울려 거리의 풍경은 연출됩니다.
　사무실 안의 모습 또한 흥미롭습니다. 박 과장은 전화로 이곳저곳으로 통화를 하고 있군요. 일 매무새가 좋은 만큼 움직임이 부산하네요. 사무를 담당하는 유 대리는 늘 그렇듯 자리를 벗어나는 일이 별로 없지요. 외근을 뛰는 김 과장은 다녀오겠다는 말을 남기고 막 활발한 발걸음으로 문을 밀치고 나가는군요. 역시 사무실의 주포답습니다. 사무실에서 가장 연장자인 배 선배는 오늘따라 준비할게 많은가 보네요. 유 대리와 얘기를 나누다가 다시 자리에 가서 전화를 들고 뭔가를 협의하는군요. 이미 전 파트장과 정 차장, 백과장은 외근을 나가 의자만 덩그러니 자리를 차지하고 있습니다. 이웃한 부서에서도 다들 하루를 맞느라 부산하기는 마찬가지네요. 사무실의 아침은 어제와 다름없이 보이지 않는 긴장감이 가득합니다. 가만히 생각해 봅니다. 도대체 거리의 저 많은 사람과 사무실 동료들을 소리 없이 이끄는 것은 무얼까. 무엇이 저토록 한 치의 흐트러짐 없이 촘촘히 그들의 시간을 끌고 가는 것일까. 애덤 스미스는 ≪국부론≫에서 이 '무엇'에 대해 핵심을 짚는 한 사례를 이야기합니다.

거의 모든 종류의 동물들은 일단 성숙하면 완전히 독립하여, 자연의 상태에서는 다른 동물의 도움이 필요하지 않다. 그러나 인간은 항상 동료들의 도움이 필요하지만, 그것을 그들의 자비심에만 기대한다면 그것은 헛수고이다. 자신이 유리해지도록 그들의 자애심을 움직이고, 그들에게 자기를 위해 해주는 것이, 그들에게도 이익이 된다는 것을 보여주는 것이 효과적이다.

타인에게 어떤 교역을 제안하는 자는 누구라도 그렇게 하려고 한다. '내가 원하는 그것을 나에게 주시오. 그러면 당신이 원하는 이것을 드리겠소.' 하는 것이 모든 제안의 의미이고, 우리는 그런 식으로 해서, 자신들이 필요로 하는 호의의 대부분을 손에 넣고 있다. 우리가 저녁 식사를 기대하는 것은, 푸줏간·술집·빵집의 자비심이 아니라, 그들 자신의 이해(利害)에 대한 배려이다. 우리는 그들의 인류애에 호소하는 것이 아니라 자애심에 호소하며, 그들에게 말하는 것은 결코 우리의 필요가 아니라 그들의 이익에 대해서다.

경제학의 아버지답게 그는 이 '무엇'을 '그들의 이익'으로 정의합니다. 그것이 '보이지 않는 손(invisible hand)'이라는 거지요. 하지만 그가 내린 정의는 너무나 옹색하고 편협합니다. 우리는 이미 이것보다 '더 큰 무엇'에 의해 이끌리고 있다는 것을 알기 때문입니다. 먼저 나의 의도와 아무런 상관없이 우린 태어납니다. 부정과 모혈이 만나 우리는 만들어지고 어느 순간 세상에 발을 들여놓게 되었습니다. "왜 나를 낳았냐?"라고 투정 부릴 때도 있지만 부모인들 '하마터면 왜 꼭 나'였는지 알 수 없는 일입니다. 운명은 또 어떤가요. 시도 때도 없이 예기치 않은 순간에 들이닥쳐 우리를 놀라게 합니다. 가끔 운명은 이미 누군가가 설계해 놓은 삶의 정해진 길이라는 생각이 들기도 합니다. 우리는 늙음을 피할 수 없고 죽음을 외면할 수 없습니다. 더 큰 무엇에 이끌려 나고 자란 지구별에서 사라질 것입니다. 철이 들면 이것이 참으로 마땅한 이치임을 깨닫습니다. 리처드 도킨스의 지적대로 우리를 이끌고 가는 것은 유전자의 책무일까요? 그래서 우리는 과연 유전자의 운반체에 불과할 뿐일까요? 종교인들이 주장하는 신의 명령이 우릴 이끄는 것일까요? 선도에서 말하는 기운일까요? 아니면 우주의 질서와 섭리가 이끄는 걸까요?

나는 오늘도 웃고 떠들고 인상을 쓰고 걱정하고 고민하며, 때론 안온과 즐거움으로 하루를 보냅니다. 아니 하루를 가로질러 이끌려 갑니다. 무엇이 나를 이끄는지 모릅니다. 그러나 그것이 비릿한 욕망과 얄팍한 이익만이 아니기를 소원합니다. 그 '보이지 않는 손'이 결코 작은 나의 편리만을 편애하지 않기를 간절히 희망합니다. 다소 불편하고 고달프더라도 나를 이끄는 것은 '다른 어떤 것'이기를 열망합니다. 그것에는 맑은 향내가 진동했으면 좋겠습니다. 어두침침하지 않고 누구에게나 환한 것이었으면 좋겠습니다. 더불어 모두가 행복할 수 있는 어떤 것이었으면 좋겠습니다. 과연 그것이 무엇일까요? 진정 무엇으로 이름 지을 수 있을까요? 배 선배가 건네준 아직 따끈한 김을 피워 올리던 찰옥수수 냄새가 코를 벌름거리게 하는 아침입니다.

될 수 있으면 탈주를 시도하고 거대한 음모에 맞서 더 큰 음모를 꿈꾸어야 한다. 꿈은 욕망의 손아귀에서 벗어날 수 있는 유일한 탈주 수단이다. 그러나 세속의 꿈은 꿈이 아니다. 범속한 희망은 더는 희망의 환한 빛을 낼 수 없다. 욕망을 넘어서는 것은 결국 욕망을 벗어나도록 하는 것뿐이다. '누군가를 부유하게 하고 싶다면, 그에게 돈을 더 주지 말고 그가 자신의 어떤 욕망에서 자유로워지게 해줘라.'라는 것이다. 절제와 검약이 아니라 아예 소유가 필요치 않은 '무소유'의 상태만이 더는 일상이 욕망에 빠져들지 않는 유일한 공간이다. 무중력에서는 어떠한 것들도 무게를 지니지 않는다. 무중력의 삶은 거대한 음모가 가장 두려워하는 삶이다. 비우고 퍼내면 결국 우리가 가닿는 곳은 무한한 자유가 존재하던 그 시원의 고향이다. 귀향은 드디어 완성되고 우리의 의지는 결실에 이른다. 자유만큼 자연스러운 것은 없다. 자유로움에는 그 어떤 속박과 구속이 미치지 않는다. 신도 그곳에서는 더는 할 일이 없다. 지극한 선은 일상의 삶을 벗어버리고 일상에서 욕망을 비워낼 때 이를 수 있는 범상 너머의 세계다. 범박한 일상이 숭고한 삶으로 거듭나는 것은 인식의 전환 따위의 정신적 작용만으로는 끌어낼 수 없는 일이다. 인식과 더불어 직접적인 지각에 따른 과감한 행위의 변혁이 실천될 때 자유가 충만한 무궁한 삶을 꾸릴 수 있다. 일상을 욕망으로 친친 둘러맨 오랏줄을 무소유로 일도양단할 수 있을 때 삶은 자유로이 빛나고 어느새 영혼은 광활해지고 부단한 새로운 창의의 세계를 구축할 것이다.

'나이 듦'에 대한 생각들

빗줄기가 주기적으로 세졌다, 가늘어졌다 반복하는 것은 장맛비의 속성이다. 어젯밤부터 내린 비는 온종일 내릴 것 같다. 이제부터 본격적인 장마철이다. 대체로 장마는 6월 중순부터 7월 중순까지 한 달에 걸쳐 전선을 형성하며 비를 뿌린다. 요즘은 날씨에 대한 예보가 있고 하천을 단단히 정비한 탓에 큰물로 물난리가 나는 경우는 드물지만 3, 40년 전 어릴 적, 장마 때가 되면 큰비로 홍수가 나고 둑이 터져 논밭을 휩쓸어 버리는 수해가 해마다 들이쳤다. 우리 집도 서너 번은 수해를 겪었다. 큰물이 휩쓸고 지나가면 둑들이 사라진 너른 들은 하천에서 쏟아져 들어온 돌들로 가득 찬 큰 자갈밭으로 변했다. 푸릇푸릇 힘주던 벼들은 남김없이 자갈 섞인 흙더미 아래에 깔려 한 포기도 볼 수가 없었다. 어마어마한 난리였다. 그러니 봄에 내리는 비는 누구나 기다리는 반가운 손님 대우를 받을 수 있지만, 농번기가 끝나고 열매를 키워야 하는 이 시점에 내리는 비는 그다지 반길 손님이 아니다.

사무실 창 너머로 두류 타워가 빗속에 구름을 두른 채 서 있다. 긴 장마를 알리는 첫 비지만 두류공원의 숲은 이미 여름의 거친 폭양을 겪은 듯 암녹색으로 짙푸르기만 하다. 장마가 끝나면 훨씬 숲은 짙어지고 무성해져 드센 갈맷빛이 될 것이다. 이것은 변치 않는 계절의 순환성을 지배하는 시간이 만드는 일이다. 시간의 역사는 자연의 역사이자 순환의 역사다. 우리네 삶 또한 시간의 끝없는 반복과 순환 아래 영속한다. 물론 삶이 영원하다는 것은 시간의 반복과 순환을 가리키고 생명 전체를 두고 하는 말일 뿐 개체의 삶은 결코 영원할 수 없다. 생명계에서 개체들은 탄생과 죽음을 거듭 반복한다. 개체의 하나인 우리도 일생에 한 번은 반드시 죽음을 맞는다. 그러므로 개체에서 전체로 확장하는 의식을 갖추지 않은 한, 누구나 나이 듦에 대해 생각이 많아지는 건 당연하다. 나이 듦은 주어진 삶의 시간을 소진하는 것이다. 하루가 지나면 하루만큼 죽음에 더 가까워진다. 그러므로 나이 듦은 죽음이고 죽음 또한 나이 듦의 또 다른 모습이다. 이것을 아주 적절히 표현한 이는 죽음의 수용소 아우슈비츠에서 기적적으로 생환한 빅터 프랭클이다. "죽음, 그것은 또한 삶에 관한 것이기도 하다. 왜냐하면, 삶의 순간들을 구성하고 있는 각각의 시간이 끊임없이 죽어가고 있으며, 지나간 순간은 다시는 돌아오지 않기 때문이다."

요즘 '나이 듦'에 대해 진지하게 생각하고 있다. '나이 듦'에 대한 생각은 대체로 오랜 경륜과 경험, 또 그 속에 고투를 틀고 있을 지혜를 고찰하는 것으로부터 풀어내야 한다. '나이를 먹었다고 좀 늙었다고 이루지 못할 것은 없다.' '오히려 적절한 연륜의 강점이 필요로 하는 곳은 얼마든지 있다.' 따위가 그것이다. 그런데 안타깝게도 요즘 자주 들이닥치는 생각은 '도대체 지난날에 당신이 이룬 것은 무엇인가.' '지금 일을 벗어나면 앞으로 살아갈 무슨 뾰족한 대책은 있는가.' 따위의 힐난이다.

힐난은 만족스럽지 않고 못마땅한 지금의 상태에 대한 표출이다. 그렇다면 내가 지금 '나이 듦'에 대해 생각하는 것 자체가 다른 무언가를 함의하고 있다는 뜻이다. 그것이 무엇일까. 어쩌면 믿음과 자신감에 있을지도 모르겠다. 믿음이 확고하지 못하니 두려움이 끼어들어 자신감을 떨어뜨리고, 확고함에 균열을 일으킴으로써 결단을 미루게 하고, 행동이 없으니 과거의 생각들이 후회에 발목이 잡혀 불만족의 힐난으로 바뀌는 것이 아닐까 싶다. 사실 도전을 끌어내는 확고한 믿음은 살아갈 날이 많은 젊은이만의 전유물은 아니다. 틀리고 실패하며 부서지면서 바라는 길을 찾아내는 데 요구되는 시간이 내게는 아직 충분하다. 치기 젊은 날을 빼면 겨우 30년을 지나왔을 뿐 여전히 삶은 많은 시간의 영역을 지나야 한다. 그러니 믿는 힘, 특히 자신을 믿는 힘을 잃어버리지 않는다면 도전과 결단의 감행은 그리 문제가 되지 않는다. 세상의 출중한 인물들은 모두 믿음의 힘을 알고 있을 것이다. 분명 사람을 믿고, 미래를 믿고, 꿈과 희망을 믿고, 자신을 믿는 힘으로 훌륭한 일들을 이루어냈을 것이다. 믿음 없이 불신과 의심으로 볼 수 있는 아름다운 풍광이 세상에 얼마나 있을까. 있기는 할까. 내가 꾸는 꿈이 실현되기를 믿고, 내 커다란 포부가 헛된 것이 아님을 믿고, 내게 들이닥칠 지난한 길을 견뎌내는 의지가 있음을 믿고, 늘 그렇듯이 훌륭히 잘해낼 것이라는 자신감을 믿을 때 나는 내가 원하는 바로 그 미래에 가닿을 수 있다.

삶의 시간이 삶의 영역을 더 많이 지날수록 나는 '생각'은 늘리되 점점 더 '말수'는 줄일 것이다. 꽤 오래전에 생각해둔 바다. 노쇠한 육체에 속박되지 않으면서 늙음이 힘들이지 않고 할 수 있는 영역이다. 그것이 에너지를 덜 소진하는 방법이다. 늙음에서 배태하는 노욕은 본능적으로 말수와 억지를 남발할 것이다. 그러함에도 간명해지리라 다짐하는 것은 나이를 먹을수록 후회를 회복할 가망이 점점 사라지는 까닭이다. 늙음과 죽음이 두려운 것이 아니라 의지의 쇠락 사이로 새 나오는 후회가 두려운 것이다. 노욕을 극복하는 것은 젊음이 넘치는 욕구와 충동을 자제하는 것과 같이 멋진 일이다. 소노 아야코는 ≪나는 이렇게 나이 들고 싶다≫에서 권하는 바도 별반 다르지 않다. '젊었을 때보다 자신에게 더욱 엄격해질 것. 지나간 이야기는 정도껏 한다. 뭔가 말을 남기고 떠나야지 하는 생각을 버린다. 보편적으로 자신이 옳다고 생각하지 않을 것.' 늙어서도 아름다워질 수 있다는 것은 장수를 빛나게 하는 믿음이다.

그리해 내가 '나이 듦'을 진지하게 생각한 것은 곧 믿음에 관한 생각이었음을 알았다. 믿음이 있다면 나이는 말 그대로 숫자에 불과할 뿐 도전과 결단에 장애로 작용하진 않을 것이다. 주저와 망설임을 극복하고 결단에 이르게 하는 것은 확고한 믿음임이 자명하다. 믿음은 내 앞날의 삶에 든든한 버팀목이 되어줄 것이 틀림없다.

오후가 되니 비는 그쳤다. 하늘은 여전히 먹장구름들로 가득하다. 간혹 구름 사이로 푸른 하늘이 드러나고 그 사이로 엷은 햇살이 내리비치기도 한다. 하지만 지금은 우기인 장마철이다. 이내 비는 다시 내릴 것이고 축축한 날은 이어질 것이다. 이 잠깐의 햇살이 장마가 끝난 것으로 착각하는 이는 없다. 장마는 길다는 것을 알고 또 그것을 믿고 있어서다. 지금 내가 해야 할 일은 이러한 장마도 머지 않아 폭양으로 바뀔 것이라는 점을 믿고 지내는 것이다. 믿음은 이렇게 잠시도 멈추지 않고 일상을 강력한 힘으로 지배하고 있다.

원하는 것은 아름다운 미학의 슬픔이다

'특혜'는 특별한 혜택이고 특별한 은혜다. 남이 받지 못하는 것을 특별히 받고 특별히 누리는 것이다. 우선 높은 자리에 앉는다는 것이 '특혜'다. 그 높은 자리는 아무나 앉을 수가 없다. 무수한 사람들, 그중에서도 극소수의 사람들, 그 극소수의 사람 중에서도 뽑히고 또 뽑힌 사람만이 앉는다. 높은 자리에 앉은 만큼 소득도 높다. 높은 자리 자체가 특혜인데, 거기에 높은 소득은 또 다른 특혜다. 높은 자리는 또 낮은 자리와는 비교할 수 없이 권력도 많이 갖는다. 권력은 의사결정권이며 자원 배분권이다. 그것이 바로 힘이다. 아랫사람을 복종시키고도 남는다. 이야말로 특혜이면서 동시에 특권이다.

이 특혜받고 특권을 누리는 사람들, 적어도 이 사람들만은 예외 없이 '문화인이고 윤리인'이어야 한다. 아니, 꼭 그렇게 되어야 할 의무가 있다. 앞서 말한 그 문화와 윤리가 내면화되어야 한다. 그것이 노블레스 오블리주다. 노블레스 오블리주는 특혜받고 특권 누리는 사람들의 사회적 의무며 사회적 책임을 말한다. 그만큼 특권을 누리고 있으니, 그만큼 의무와 책임을 다하라는 것이다. 국가나 사회의 어렵고 고된 일, 험하고 위험한 모든 일을 너희들이 있는 힘을 다해, 심지어 목숨까지 내걸고 성공리에 완수해내라는 것이다. 남이 못 가진 것을 그만큼 많이 갖고, 그만큼 부러움을 사기도 했으니 그만큼 대가를 지불하라는 사회적 요구다.

(≪특혜와 책임≫ p43, 송복)

수많은 입김이 주말마다 차가운 광화문 광장을 가득 메우고 있다. 입김은 서로의 벽을 녹이고 손에 든 촛불들은 이미 화염으로 변해 세상의 어둠을 잘라내는 중이다. 병렬로 연결된 따뜻한 가슴들은 좀체 식을 줄 모른다. 직렬은 강렬한 밝은 빛을 주지만 에너지의 소모는 극렬하다. 고리는 하나뿐이어서 하나만 끊어져도 이내 불은 꺼진다. 대신 병렬의 빛은 은은하면서 오래간다. 설령 하나가 빠져도 빛이 끊어지지 않는 수많은 고리로 얽히고설켜 있다. 서로 눈빛을 바라보며 서로의 가슴을 이해하는 믿음이 서로의 연결 고리여서다. 그리해 숱한 혁명 역사는 모두 병렬로 연결된 빛들의 기록이다.

나는 최근 두 종류의 슬픔을 생각하고 있다. 하나는 아름다운 미학적 슬픔이고 다른 하나는 비굴하고 졸렬함으로부터 유발된 추한 슬픔이다. 순수하고 신실한 믿음 위에 그간의 시간이 직조한 미학적 슬픔은 우리를 아름다운 추억과 감동의 그리움 속으로 이끌고 가며 삶이 자아낸 풍부성의 질료가 된다. 슬픔의 감정은 대체로 울음의 형태로 드러난다. 울음은 눈물을 야기한다. 눈물은 오감으로는 포획되지 않는 무형의 감정이 내면에서 액체로 응집되어 눈을 통해 내보인 유형의 물질이다. 감정이 몸속에 유형으로 실존한다는 것을 증명하는 직접적인 근거라 할 수 있다. 감정이 액체의 형태로 응결될 때 감정은 축적되면서 농도는 한껏 짙어진다. 가슴을 아리게 하고 어깨를 들썩이게 하던, 식욕의 유실과 불면의 밤이 되게 하던, 혹은 처절한 외로움의 고통으로 몸부림치게 하던 온갖 감정이 한곳에 모임으로써 제조된다. 그러므로 눈물을 흘리는 것은 내 속의 감정들을 몸 밖으로 내보내는 행위다. 무형의 탄식과 분노 같은 감정들을 배설하는 행위와는 다르다. 눈물은 직면한 현실의 고달픔과 관계에서 빚어지는 상처 따위를 견디고 이겨낼 든든한 구원군이 되고 치유로 작용한다. 형태가 있는 것은 언제든 실제로 감각되기 때문이다. 감정이 눈물의 형태로 빠져나갔음을 확인할 수 있으니 후련해질 수밖에 없다. 그런 까닭에 울지 않는 슬픔은 이로울리 없고 아름다울 리 없다. 저녁노을 짙게 내린 저문 강 위로 반짝이는 윤슬처럼 누군가의 눈물이 볼을 타고 내리며 반짝인다면 그모습은 슬픔이 직조한 아름다움이 될 것이다. 슬픔이 심미적 존재의 가치로 숭앙된다면 이 때문일 터다. 아주 깊은 슬픔에 빠졌다면더 열렬히 그리워하고 사랑했다는 표징이다.

반면 불순한 의도, 허위의 탐욕, 방만한 무책임이 부른 슬픔은추하다. 비굴하고 졸렬해 차라리 참담해지고 마는 슬픔이다. 생래적으로 슬픔이 지닌 믿음과 그리움, 감동과 치유 특성 따위의 가치를 훼손하면 슬픔을 안겨준 주체는 슬픔의 감정이 돌변한 저항과항거의 분노에 직면하게 된다. 감정은 야누스적 성향을 내포하고있기 때문이다. 사랑이 곧잘 미움이 되고 질투로 변한다. 슬픔은 슬픔 고유의 진동이 있어 진동수가 서로 다른 슬픔과는 공명하지 못하고 간섭을 일으키기 때문이다. 고유의 가치가 훼손된 슬픔은 공명할 수 없는 상황에서는 치유되지 못한 채, 격분과 저항으로 모습을 바꾼다. 그러므로 슬픔은 결코 가냘프거나 연약하지 않다. 강물이 순박하고 유유한 것은 거친 파란을 일으키는 환경을 만나지 않아서다. 강굽이가 급하게 휘돌거나 물의 흐름을 막는 거대한 바위앞에 이르게 되면 결코 강의 순종은 없다. 급류와 풍파는 강의 순리가 유실되었을 때 드러내는 강의 풍광이다.

국민이 자신을 대신해 쥐여준 것에는 다분히 통치의 속성이 있어 무수한 특혜가 주어진다. 하지만 통치자에게 부여된 특혜는 어떠한 경우라도 국민을 향해야 한다. 그게 민본의 본질이다. 더불어 책임과 반드시 짝을 이루는 명분을 지녀야 한다. 특혜는 과다하고 책임은 빈한하다면 땀은 국민에게 전가하고 다디단 열매만을 취하려는 탐욕적 태도다. 우리는 그것을 독재라 부른다. 반면 주어진 특혜는 옹색하고 책임이 무겁다면 헌신적이다. 민주사회라 부른다. 그러나 과도한 희생의 요구는 안 된다. 다수가 힘 전부를 소유하면 사회는 균형을 잃고 포퓰리즘의 낙후로 기운다. 인류 역사상 한쪽으로 쏠린 사회가 누대를 지속한 경우는 없다. 이것은 역사가 보여주는 자명한 이치다. 원심력과 구심력이 조화를 이룰 때 이 우주는 존재할 수 있다. 휘두르는 힘과 책임지는 힘이 균형을 이룰 때 공동체는 안녕과 발전을 지속할 것이다.

'정의가 모든 악을 물리칠 수는 없다.' 언젠가부터 정의는 이렇게 머릿속으로 들어와 머물고 있다. 그러함에도 정의가 어떠한 불의에도 그리 쉽게 패퇴하지 않을 것을 우리는 안다. 정의로운 것은 자연스럽고 정의롭지 않은 것은 부자연스러워서다. 자연스러움은 힘이 덜 드는 반면 부자연한 인위는 유지에 더 많은 힘을 소모하는 법이다. 힘의 소모는 그만큼 생명을 단축하기 마련이다. 광장의 불들이 진정으로 원하는 정의는 가닿을 수 없는 높은 이상이 아니다. 탐욕에 경도된 세계를 뒤집어엎자는 것이 아니다. 부의 편중이 만든 일그러진 자본사회를 유폐시키자는 것도 아니다. 정당하게 쌓은 부가 어디 비난받을 대상인가. 우리가 촛불로 외치는 것은 이치와 순리 위에서 누구나가 공정하게 자신의 능력을 발휘할 수 있는 세계로 이 세상을 밀고 가기 위함일 따름이다. 불의와 편취로 얻게 된 힘이 누구나 누려야 하는 따뜻한 햇볕을 혼자 독식하지 못하도록 프로세스를 일신하자는 것이다. 그렇지 않으면 상호신뢰는 바보들의 법칙이 되고 책임 없는 특혜는 일상을 송두리째 지배하게 될 것이다. 그리고 권력은 의당 국민의 것이니 국민을 지키지 못한 위탁받은 권력을 제자리에 되돌려 놓으라는 통지의 외침일 뿐이다. 자신만의 소리로 포효할 때 사자의 울음은 더 위엄을 갖는다. 자신들의 목소리로 자신들의 세상을 세울 수 있을 때 그 세계는 단단해진다. 통치자는 통치자대로 국민은 국민대로 가장 아름답게 빛날 때 불의는 설 곳을 잃고, 정의와 공정은 우리의 터전에서 되살아날 것이다. 그러나 항상 자신의 필요만을 오직 자기의 중심에 두고 살아가는 방식을 삶의 유일한 기준으로 생각하는 사람들이 많아지면 안타깝게도 그런 사회에서는 나와 네가 더불어 살아갈 수가 없다.

슬픔 속엔 반드시 그 슬픔을 도려낼 수 있는 희망이 있다. 그리해 우리는 촛불을 든다. 피로하고 팍팍한 일상을 제쳐둔 채 고단한 몸을 이끌고서 촛불들이 일렁이는 폭풍의 바다로 나아간다. 그곳엔 생래적 슬픔을 동경하고 공감하는 이들이 서로를 위로하며, 또 서로에게 위로를 받으며, 졸렬하고 추한 슬픔으로 본래의 기능을 잃은 세상을 향해 분노를 던지고 거대한 해일을 일으키려는 것이다. 그곳에서는 침묵을 절대 묵인하지 않는다. 우리는 '촛불의 불꽃 앞에서는 잠을 자지 않기' 때문이다. 시인이자 철학자 가스통 바슐라르는 ≪촛불의 미학≫에서 이렇게 전한다. "촛불 앞에서의 몽상은 한 폭의 그림 같은 모습을 이룬다. 불꽃은 우리를 깨어있게 한 저 몽상의 의식 속에 붙들어 놓는다. 사람은 불 앞에서는 잠을 자지만 촛불의 불꽃 앞에서는 잠을 자지 않기 때문이다." 그러므로 나 오늘도 '우리를 깨어있게 한 저 몽상의 의식 속'으로 촛불을 켜고 나선다. 시린 바람 속에서 담담히 옷깃을 세운다. 아름다운 미학의 슬픔을 생각하며.

누구의 말도 곧이곧대로 받아들이지 말라

　사방이 안개에 휩싸인 먼 산은 시야에서 사라져 분간할 수 없습니다. 남쪽에서 시작한 비는 오후가 되면 대구를 비롯한 중부내륙으로 번져 전국 대부분 지역으로 확산할 태세네요. 겨울비치고는 많은 양이라니 빗물이 언 땅속으로 스며들지도 모르겠습니다. 며칠 전 햇살이 따사로웠던 오후, 집 근처의 초등학교 담장에는 샛노란 개나리가 화들짝 피어있었습니다. 연이은 포근한 날에 나무는 제 꽃 피울 철을 잘못 읽은 것이지요. 사람이든 나무든 한동안 누긋하게 상황을 겪어보지 않은 채 성급히 판단하는 것은 착오를 일으킬 여지가 다분합니다.

　일시적인 것은 늘 한시적일 수밖에 없습니다. 하루하루도 마찬가지지요. 삶은 하루의 누적들이 만들어낸 결과물들의 총합입니다. 하루가 기쁘고 행복하다면 단명한 삶의 시간 또한 즐거움으로 가득 찰 것입니다. 성급하고 허술한, 내밀하지 않은 하루들이 만드는 탄탄한 미래는 단연코 삶에서 볼 수 없음은 자명하지요. 멋진 하루가 없는 멋진 인생은 존재하지 않아서입니다. 하루는 인생과 삶의 미래를 꼼꼼히 설계해 포개 넣은 씨앗입니다. 결국, 하루는 나의 의인화이고 더불어 나는 하루의 은유인 셈이지요.

나는 완벽하고 결함이 없는 내가 내 속에 들어있음을 알고 있습니다. 반짝이고 빛나며 새벽이슬인 양 영롱하고 투명해 세상의 모든 것들을 낱낱이 비추며 그 빛은 하도 환해 어느 구석도 스며들지 않는 곳이 없습니다. 내 속의 '진짜 나'는 지금의 나와는 비교할 수 없을 정도로 훌륭하지요. 물론 이 잉태가 나에게만 특별하게 해당하는 것은 아닙니다. 지구 위를 거니는 모든 이들의 속에도 엄연히 내재합니다. 문제는 그것을 알아차리는 이가 많지 않다는 점이지요. 자신이 보석을 품은 값비싼 보물이라는 것을 모릅니다. 이유는 아주 간단합니다. 지극히 완벽한 내 속의 내가 현실에 노출되는 경우가 별로 없는 탓이지요. 그간 살아온 세월의 더께와 시간을 교직하고 있는 갖은 습관들이 얼룩과 때로 완벽한 '참나(眞我)'를 뒤덮고 있기 때문입니다. 오늘 마땅히 내가 해야 할 일이 있다면 그중의 하나는 얼룩과 때를 말끔히 벗겨내 햇살 투명한 맑은 날 아침의 유리창처럼 하루를 만드는 것입니다.

하루의 위대함은 늘 새로운 시작에 있습니다. 시간은 항상 새롭고 기이하고 신비하지요. 정신이 깨어있어 예리하게 관찰할 수 있다면 시간은 가시와 가청의 영역에 머물러 있지 결코 느낄 수 없는 무감각의 비현실에 있지 않습니다. 시간은 지각이라는 현 위에서 뽑아내는 선율처럼 구현된 실체이지 허공에 뜬 몽상과 몽환이 아닙니다. 새롭게 보고 듣고 느끼고 감동하는 오늘 하루 속에 미래가 있지요. 기대하는 미래는 늘 오늘 지금 안에 있어야 그 미래에 우리는 가닿을 수 있습니다. 보잘것없는 오늘이 만들 훌륭한 미래는 결코 없습니다. 그러니 오늘 하루의 경영에 기어코 성공해야 하는 것이 제대로 살고자 하는 이들의 첫 번째 절박한 과제가 되지요.

그렇더라도 오늘 하루가 꼭 미래에 닿고자 하는 것이어야 하는 강박에 묶일 필요는 없습니다, 무엇이든 선(善)에 가까운 하루의 충일이라면 삶은 행복을 절로 낚아 올릴 것이 분명하겠지요.

어쨌든 삶의 지상 과제는 행복이 아니던가요. 그리해 내 오늘에 새로운 눈과 귀와 경험이 없다면 심히 엎드려 반성해야 할 일이겠지요. 노골적으로 과거와의 단절을 강조한 영국왕립학회의 좌우명을 새겨들을 필요가 있습니다. "누구의 말도 그대로 받아들이지 말라. Nullius in verba."

잘사는 삶의 기준

어느 날 '멋진 사람'을 규정하는 훌륭한 기준을 하나 포획했습니다. 그것은 '내가 서고 싶으면 그 사람을 먼저 세워주어라.'입니다. '받고 싶은 만큼 대접하라.'라는 황금률의 변형이지요. 어떤 종류의 기준이든 내면으로 받아들이게 되면 늘 스스로를 비춰볼 수 있게 돼 자신의 비틀린 행동을 곧잘 알아차리게 됩니다. 그래서 기준으로 정의된 것들은 때로는 의도와 달리 스스로를 옭아매는 통제와 속박으로 변해 참 불편해지지요. 더불어 심리적 갈등으로 번지는 때는 일상을 혼란에 빠뜨리기까지 합니다.

그런 연유로 추상적인 것들에는 정의를 내려 태그를 단단히 붙여 놓을 필요가 있습니다. 그렇지 않으면 방만과 방기로 우리가 삶을 허비토록 내몰지도 몰라섭니다. 절제가 요구되는 영역에는 특히 규정과 규범이 필요합니다. 아마 윤리적인 삶의 영역이 적절한 대상이 되겠지요. 새해에는 나도 '멋진 사람' 한 번 되어보려 합니다. 아직 정하지 못한 정유년의 바람들 속에다 끼워 넣어 한 해 내내 간단없이 되새겨볼까 합니다.

우리의 삶은 어떤 사람을 만나는가에 따라 그간의 궤적이 완전 달라지기도 하지요. 훌륭한 만남은 그 자체로 우리의 영혼을 풍요롭게 하여 더 나은 사람으로 성장시킵니다. 어떤 사람과 인생을 함께 보냈느냐는 그 사람의 인생이 어떤 것이었는지를 알려주는 결정적인 증거가 됩니다. 그래서 멋진 사람을 만났다고 생각 들면 그 사람에게 비칠 내 모습을 더욱 살뜰히 가꿔 어떤 경우에도 그 끈이 끊어지지 않고 이어지도록 해야 하지요. 어쩌면 그런 사람을 두 번 다시 만나지 못할 수도 있기 때문입니다. 삶의 끝에는 '사람'밖에 없다는 말을 자주 듣습니다. 사람이 사람을 존경하고 사람에게 숭앙받는 것보다 가치 있는 게 어디 있을까 싶습니다. 서로 어울려 함께 지낸 특별한 날들이 모여 삶을 만들기에 누구의 인생이든 사람으로 짜일 수밖에 없습니다.

나는 언젠가 잘사는 삶이 어떤 것인지를 써보고 싶었습니다. 될 수 있는 한 간명한 지침 같은 거였는데 쓰다 보니 제법 길어졌지요. 써 두고는 한동안 보질 않았는데 '멋진 사람'의 기준을 하나 마련하면서 '잘사는 삶의 기준'을 다시금 들여다보았습니다. 낡고 진부했지만 그리 무안치는 않았지요.

현재는 과거의 죽음 위에 세워졌다. 내일은 오늘의 죽음 위에 축조될 것이다.

그러니 죽은 과거를, 오지 않는 미래를 붙잡으려 애쓰지 마라.

강물에 빠진 이가 물을 잡고 뭍으로 나오려는 어리석음과 다르지 않다.

도전은 내가 하지 못하는 것을 하는 게 아니다.

지금 할 수 있는 것에 최선을 다하는 것이다.

물이 가진 부력을 버팀목으로 삼아 젖 먹던 힘까지 짜내어 두 발과 두 팔로 헤엄쳐라.

지금 이 순간 한 호흡에 삶이 스며있다. 죽음도 깃들어있다.
과거와 현재와 미래가 공존하는 곳은 바로 오늘밖에 없다.
오늘 하루는 신이 우리에게 준 마지막 축복의 선물인지도 모른다.
내 앞에 놓인 오늘 하루를 지당하고 당연한 것으로 여겨서는 안 된다.

내 삶에 오늘 하루밖에 남지 않았다고 생각하라.
그러고는 떠올려라. 무엇을 오늘 최우선 순위에 올려놓아야 할 것인지.
이것은 실낱같은 호흡에 기대 죽음을 목전에 둔 이들의 절실한 과제였다.

흘러간 어제와 도달하지 않은 내일이 아닌 오직 현실을 실어 나른 오늘에 집중하라.
삶은 오늘들이 빚은 변천의 역사다.

오늘을 방기하는 자, 인생을 유실한다.
그러므로 지금 당장 설레고 기뻐하고 감사하고 누려라. 그러지 못할 이유가 어디 있는가.
결코, 뒤로 미루지 마라.
미루어진 것들은 결국 시간의 흐름이 망각 속으로 휩쓸고 가버릴 것이다.

울고 싶으면 울고 웃고 싶으면 웃을 것.
뒹굴고 싶으면 뒹굴고 뛰고 싶으면 뛸 것.
그것도 지금 당장 할 것.

과거와 미래와 스스럼없이 결별하는 것.
이것만이 단명한 삶을 잘 사는 유일한 기준이 되게 하라.

일상에서 쓴 편지 9

나의 오늘이 어땠는지는 몸에 물어보라

"나의 세대가 이룩한 발견 중에서 가장 위대한 것은 습관을 바꾸는 것만으로도 자신의 인생을 바꿀 수 있다는 사실이다." 윌리엄 제임스의 그 많은 문장 중에 유독 눈을 붙들어 매는 글귑니다. 습관이란 곧 마음에 새로운 감정과 생각의 골을 깊이 파는 행위의 반복에서 생기지요. 감정과 생각을 내 의지대로 이끌 수 없다면 습관은 저 넓은 반대편 강안에 머무르고 맙니다. 이를테면 인생을 바꿀 수 있는 마스터키인 습관은 감정과 생각의 고삐를 틀어쥐고 마음의 벽에 자신만의 무늬를 돋을새김하는 행위의 반복에서 형성된다는 의미지요. 결국, 감정과 생각을 의지대로 할 수 있느냐 없느냐가 인생의 성공과 실패를 가름합니다.

그렇다면 감정과 생각을 내 의지의 반경 안에 붙잡아 둘 수 있는 것은 무엇인가. 그런 방법이 있기나 한가. 무릎을 치게 하는 윌리엄 제임스의 또 다른 글귀가 단초를 건넵니다. "행복해서 웃는 것이 아니고 웃기 때문에 행복하다." 웃기라는 몸의 행위로 인해 즐거움의 감정이 생기고 그로 인해 행복하다고 느끼게 된다는 말이지요. 감정과 생각을 바꾸려면 몸의 행위에 변화를 주면 되고, 몸의 에너지를 바꾸면 감정과 생각의 에너지가 변화하게 되면서 그로 인해 그것을 싸안고 있는 마음도 모양이 변한다는 겁니다. 신나게 걷거나 달려 흠뻑 땀을 흘린 후에 찌뿌둥하던 몸과 마음이 툭 터이고 상쾌해지는 경험을 한 번쯤은 해보지 않았나요.

몸의 에너지는 감정과 생각의 에너지보다 셉니다. 물질은 에너지의 집적으로 이루어져 있습니다. 형태는 고도의 에너지가 모여 만들어지기 때문이지요. 언제나 큰 에너지는 작은 에너지에 영향을 주고 또 그 영향은 지금과는 다른 변화로 수렴하지요. 그러니 몸의 행위를 바꾸면 마음의 에너지가 그 행위의 에너지 속에서 영향을 받는 것은 당연한 이칩니다.

이로써 우리는 아주 중요한 사실을 하나 추론할 수 있습니다. 감정과 생각은 몸의 움직임을 따르게 된다는 겁니다. 이것은 뇌과학자들의 연구에서도 찾아볼 수 있지요. 평소에 잘 쓰지 않는 근육을 움직이면 그 신호를 새롭게 인지한 뇌는 기존의 뇌 회로와 다른 새로운 회로를 생성합니다. 감정과 생각은 뇌의 변화를 즉각 수용하며 영향을 받게 됩니다. 뇌가 바뀌면 즉, 뇌의 전기신호가 달라지면 이전과 다른 자극이 가해지면서 그 끝에 있는 감정과 생각이 새로워지게 되는 거지요.

감정과 생각은 습관을 형성하고 그러한 습관이 인생을 바꾼다면 몸이 답이지요. 몸의 움직임에서 발생하는 에너지 속에 인생길이 숨어있습니다. 붓다는 전합니다. "몸 밖에서 찾지 마라. 깨달음은 몸 안에서 구해야 한다." 행복도 건강도 평화도 깨달음도 모두 몸을 통해 얻을 수 있습니다. 몸을 움직이기를 몹시 싫어하는 이를 게으른 자라 하지요. 게으른 자가 큰일을 이루었다는 말을 들어본 적이 있나요. 세상의 모든 성취는 몸이 결행한 정성에서 비롯되었습니다. 정성은 몸으로 이루어지지 마음속에 있는 감정과 생각만으로는 결코 가꿀 수 없습니다. 행동하지 않는 정성은 정성이 아니라 꿈꾼 것에 불과하지요.

　나의 오늘은 어땠는가. 행복했는가. 천국을 보았는가. 열락을 느꼈는가. 뇌에 물어보라. 아니 몸에 물어보라. 오늘 어떻게 움직였는지를 곰곰이 뒤돌아보라. 거기에 답이 있을진저.

생생한 상상이 실현된다

어느새 1월 중순으로 치닫고 있네요. 바람의 찬기가 제법 무디어 졌습니다. 찾아오는 밤은 늦어지고 새벽 여명은 일러졌습니다. 보름달이 빌딩 사이에서 옅은 숨을 쉬고 있네요. 설날이 한 달 남짓 남았나 봅니다. 곧 바람이 봄의 기운을 실어나르겠지요. 새로 부임한 부서에서 처음으로 회의를 했습니다. 시작이 반인지라 진중해집니다. 잘하는 것도 있고 미덥지 않은 부분도 더러 있겠지요. 뭐든 첫술에야 배가 부르겠는지요. 그래도 좀 더 좋았으면 하는 기대가 불쑥불쑥 성미를 부추기네요. 하지만 짓누르고 견뎌야 합니다. 조직에서 서로의 마찰은 불가피하지만 애써 마찰을 즐길 것까지야 있겠는지요. 새 신이 맞으려면 어느 정도의 시간이 필요한 법이지요.

조직의 무리는 주어진 과업을 수행하기 위해 한 공간에서 함께 지냅니다. 변화의 실패는 오로지 변화 그 자체만이 목적이 될 때 맞게 됩니다. 그러니 서로의 호흡을 맞추는 시간은 거센 저항을 다루는 데 있어 꼭 필요합니다. 성공적인 변화를 위해서는 없어서는 안 되는 것입니다. 조지프 캠벨의 말마따나 '진정한 변화의 과정은 내면 깊숙한 곳에서 보이지 않는 저항을 극복하고 세상을 변모시킬 힘을 다시 얻게 되는 여행'이기 때문이지요. 변화는 진화와 달리 천천히 보일 듯 말 듯 그렇게 일어나지 않습니다. 일순에 일어나야 합니다. 그리고 새로움은 그 변화에 올라탈 때 비로소 축조되기 시작합니다. 변화란 부단하게 그 존재 양태를 바꾸어가는 삶의 본질이며, 지금의 '나'가 아닌 훨씬 매력적인 다른 나로 변모할 수 있다는 염원 같은 거니까요.

익히 알고 있듯이 '추구하는 것'에 이르는 길은 수도 없이 많습니다. 어느 것 하나 이것이 유일하다고 단언할 수 있는 건 없습니다. 그렇지만 심리학자나 성공학자들은 '추구하는 것'에 이르기 위해서는 바라는 바를 실제처럼 마음속으로 떠올릴 수 있어야 한다고 입을 모으지요. 신 냄새가 물씬 나는 오렌지를 집어 들고 한입 가득 베어 무는 장면을 떠올리기만 해도 침이 가득 고입니다. 가위에 눌리는 꿈을 꾸고 나면 식은땀이 흐릅니다. 현실이 아니라 꿈인데도 몸이 반응하는 거지요. 생생하고 또렷한 상상은 뇌가 현실처럼 인식하도록 만들지요. 뇌과학에서는 이러한 현상은 현실과 상상을 구별하지 못하는 뇌의 고유성에서 비롯된다고 판단합니다.

그리해 우리는 바라는 것이 무엇이든 실제처럼 떠올릴 수 있다면 중도 포기를 훨씬 줄일 수 있습니다. 손에 잡힐 듯 눈앞에 바라던 것이 있는데 어찌 멈춰 서겠는지요. 시작 시점에 이미 이루어진 것처럼 행동하는 것도 이와 같은 맥락에서 이해할 수 있습니다. 윌리엄 제임스는 이렇게 전했지요. "심리학에는 한 가지 법칙이 있다. 이루고 싶은 모습을 마음속에 그린 다음 충분한 시간 동안 그 그림이 사라지지 않게 간직하고 있으면, 반드시 그대로 실현된다는 것이다." '꿈을 이루기 위해서는 R=VD 전문가가 되어라'라고 이지성은 《꿈꾸는 다락방》에서 피력합니다. 생생하게(Vivid) 꿈꾸면

(Dream) 이루어진다(Realization)는 거지요. 여기서 핵심은 흐릿한 꿈이 아니라 아주 생생하게 꿈꿔야 한다는 겁니다. 이를 위해서는 사진, 소리, 선언 등을 충분히 활용하라고 합니다. 꿈을 이룬 후의 삶을 생생하게 상상할 수 있어야 한다고도 밝힙니다. 그것도 실제처럼 아주 세세히 말이지요.

사람은 상상할 수 있는 이상의 것을 절대 만들 수 없고, 생각의 크기를 넘는 성장을 이루는 것은 쉬운 일이 아닙니다. 상상의 지평이 성장과 성숙이 존립하는 시공간입니다. 그래서 상상의 도면은 치밀하면 할수록 좋겠지요. 노먼 빈센트 필의 주장도 다르지 않습니다. "자신이 성공하고 있는 모습을 구상하여 그 그림을 마음속에 새겨라. 자신이 실패하는 모습은 절대로 상상하지 마라."

자. 이제 결론이 났지요. 바라는 것에 다다르고 싶다면 먼저 생생하게 상상부터 해야 합니다. 그것도 아주 실제인 양 또렷하도록. 다음엔 이미 이룬 사람처럼 행동하는 겁니다. 그러면 추구하는 것에 훨씬 가까이 다가서 있겠지요. 다들 계획 잘 세우셨지요? 계획에서 성취에 들뜬 웃음소리가 들리는가요?

훌륭함에 기대는 것이 훌륭함

"필연은 없다. 죽음 이외에는 삶의 모든 것은 우연이다."라고 한 자연 철학자 에피쿠로스의 말대로 세상의 일들이 이루어지는 과정에는 단 하나뿐인 지름길은 없습니다. 지름길이라고 하는 길에도 숱한 갈래가 있으니 지름길이 아닌 것과 같습니다. 마찬가지로 삶 또한 훌륭하게 살아가는 절대 비결은 없지요. 그러나 어디에서건 보편적으로 유통되는 길은 고려해 볼 수 있습니다. 이를테면 훌륭한 삶을 살고자 한다면 훌륭한 삶을 먼저 산 이들에 기대에 사는 거지요. '거인의 어깨 위'에 올라타는 방식입니다.

이것은 각본 없는 의탁과 예속이 아닙니다. 거인의 어깨 위에서 거인과 일심동체가 되어 움직이되 자신만의 뚜렷한 목적과 독특한 시선을 갖는 것을 이르지요. 거인보다 한 수 더 멀리 내다보는 것입니다. 인류의 더 나은 삶을 위해 산 철학자, 영성가, 문학가, 종교가, 과학자들이 추앙의 존재로 자리매김하는 연유입니다. 우리는 그들의 앞선 진보 위에서 우리가 나아가야 할 길을 살피는 것은 현명한 전략입니다. 그들의 어깨 위에 올라타기만 하면 되지요.

날마다 우리 앞에 놓이는 일도 이와 별반 다르지 않습니다. 늘 새로운 것을 찾아 헤매지만 아이러니하게도 기발함은 이미 평범함

속에 있고 그 평범의 변용과 변모, 통합일 뿐이지요. '새로운 생각'으로 덧칠되고 입힌 것 이상이 아닙니다. '해 아래 새로운 것은 없다.'라는 솔로몬의 식견을 상기할 필요가 있지요.

그러므로 우리는 유용한 '경험의 가치'를 구매하는 데 시간을 투자할 필요가 있습니다. 한 발 더 먼저 내디딘 이, 좀 더 다른 쪽으로 바라본 이, 전보다 고뇌와 고심을 더 한 이, 모색하고 실험을 더 많이 한 이들의 경험으로부터 현현한 결과와 실제 행동이 구매 대상입니다. 가까이서 보자면 두드러진 결과를 내는, 범상치 않은 아이디어를 스스럼없이 개진하는, 독특한 스타일로 움직이는, 도전과 모험에 머뭇거리지 않고 멈추지 않는 주변의 동료와 후배와 선배들이 지닌 것들이지요. 평범 속에 내장된 비범함이 표적입니다. 아주 작은 것들일지라도 가벼이 여기지 말아야 합니다. 혹 너무 단순해 하찮고 시시해 보여도 그냥 흘려보내서는 안 됩니다. 더불어 명심할 것은 우리가 곧바로 취해야 할 점은 한 수 더 내다보기 위해 그들의 어깨 위로 올라타려는 행동입니다. 사다리를 이용할 수도, 밧줄을 이용할 수도, 아니면 맨몸으로 오르는 것도 가능하지요. 역시 길은 수만 갈래입니다. 그러나 훌륭한 삶을 위한 보편적인 방도는 있지요. 실행 위에서만 모든 것이 축조됩니다.

일상에 뛰어든 새로움이 가져다주는 것

미루나무 잎이 바람에 부딪히며 내는 소리가 새벽 산 입새에 가 득 차 넘칩니다. 저 산곡 건너편에는 뻐꾸기가 이미 져버린 꽃들을 그리워하듯 숨이 가쁘네요. 직박구리는 역시 드세게 고성을 지르고 재기발랄한 박새들은 저만의 특유한 리듬으로 숲을 에워싸고 있군 요. 가끔 구슬프게 울어대는 멧비둘기는 지금이 오월임을 일깨웁니 다. 뭇 새들은 여지없이 다채로운 노래로 하루를 시작하고 녹음은 시나브로 짙어지고 있네요.

그런데 저 소리의 주인공은 대체 누구지? 잊지 않았다면 숱하게 오르던 이 산길에서 분명 처음 듣는 낯선 소리입니다. 알아봐야겠 지만 주인공을 알아내기 쉽지 않을 듯한 저 낭랑하고 경쾌한 노래 가 포플러나무 잎이 쏟아내는 폭포수 소리를 배경으로 더욱 돌올하 게 뿜어져 나오네요. 오감은 익숙한 것들 속에서는 제대로 기능을 발휘하지 못합니다. 윙윙 밤새 돌아가는 냉장고의 기계음 소리가 귀로 인지되지 않는 것이 그 예지요. 이것은 뇌의 특성과 조금도 다르지 않습니다. 자각하지 못하는 일상은 무심결에 스쳐 지나갑니 다. 좀체 인지되지 않고 기억되지 않지요. 그 순간 나는 그곳에서 사라지고 없습니다. 삶의 역사에서 완전히 자취를 감추어 버리지요.

원하는 스토리의 삶을 간절히 바란다면 익숙함은 반드시 제거해야 할 가장 큰 장애물입니다.

산정에는 작년에 깜찍한 모습으로 꽤 즐거움을 주었던 낮달맞이 꽃이 피기 시작했네요. 바로 옆에는 쥐똥나무가 흰 꽃을 내밀었고 벚나무의 버찌는 불그레한 빛깔로 한참 변모 중입니다. 닭의장풀의 잎사귀가 갈맷빛으로 탄탄해졌고 붓꽃은 이미 긴 꽃대 위에서 보라색과 흰색의 몸속을 활짝 열었습니다. 원추리는 아직도 연록의 잎이 부드러워 보이고 비비추는 무성한 잎으로 치장하고 있네요. 곧 흰 꽃들을 밀어 올리겠지요.

간간이 따라붙는 날 선 감정이 못마땅해 나는 나를 빤히 들여다봅니다. 감정이 내가 아님을 알면서도 오늘처럼 종종 감정에 흔들리고 휩쓸립니다. 아무런 의미 없는 이 감정의 소용돌이가 좀체 통제되지 않네요. 삶이 그려놓았던 대로 꾸려지지 않고 있다는 방증일 테지요. 마음만 이유를 알고 일으키는 반응들. 그러나 이내 이 감정들은 사라지겠지요. 감정은 뿌리가 없이 언제든 바람이 불면 날아가는 민들레 풀씨와 같습니다. 오늘 솟구쳤던 감정은 얼마 지나지 않아 이내 흔적조차 없이 사라집니다. 우리가 어리석은 것은 그 감정을 자신 스스로가 자기인 양 붙잡고 놓아주지 않는 데 있지요. 어느 누구도 붙잡으라고 지시하거나 부탁하지 않는데도 감정을 붙들고 괴로워합니다. 놓으면, 놓아버리면 그 즉시 사라질 풀씨를 말이지요.

확실히 알아내기 전까지 시한부의 작명을 받아든 '삐요새'의 소리를 휴대폰에 담았지요. 새롭지 않은 것이었다면 굳이 이렇게 부산스러울 리 없을 겁니다. 변함없는 일상은 어쩌면 죽은 날들일지 모릅니다. 들어도 보아도 그 대상들이 오감에 포획되지 않고 인지되지 않는다면 그들은 내 삶에 존재하지 않는 것들이지요. '삐요새'가 없었다면 분명 오늘 새벽은 그냥 스쳐 지나고 말았겠지요. 자전거를 타고 비탈길을 꾸역꾸역 오르는 저 부부와 포플러나무 잎들이 만든 폭포수 소리, 짙어지는 녹음의 모습, 찬찬히 되짚어 봐야 할 생각들을 알아차렸다면 그것은 일상에 뛰어든 새로움 때문입니다. '삐요새' 노래가 훨씬 경쾌하게 들린 까닭입니다. (탐문 끝에 그 소리의 주인공이 '꾀꼬리'임을 알아냈지요.)

4장

노동에 관하여

현재는 전체의 조망 속에 존재할 때 가치를 더한다. 전체를 고려하지 않는 현재는 갈 곳 잃은 배의 신세와 다르지 않다. 어디를 가는지 모르고 칠흑 속으로 떠나는 배는 얼마나 위험한가. 흘러가 버린 것을 결코 되돌릴 수 없는 것은 시간만이 아니다. 삶도 마찬가지다. 그러므로 성공적인 삶은 '인생 시계를 보는 눈'과 인생 스케줄인 '꿈을 그리는 능력'이 동시에 필요한 이유다.

고용 사회가 형성되기 전 인류는 늘 가난에 허덕였다. 부는 1%의 사람만이 지닐 수 있는 신성한 어떤 특권 같은 것이었고 특권은 그들만이 지니는 전유물이었다. 아무것도 아닌 사람이 '특권의 세상'으로 진입하는 것은 바늘구멍을 지나는 낙타보다 더 어려웠다. 그런 봉건사회는 한 방에 훅 가지는 않았다.

나는 지금 무엇을 준비해야 하는가?

답답하던 사무실을 벗어나 이미 어두워진 거리의 무리 속으로 스며들면 왠지 가슴 한쪽이 서운한 때가 더러 있다. 알 수 없는 서운함에 마음은 쓸쓸해진다. 조직 속에 오래 지내다 보니 생긴 직업병이거니 하지만 마흔의 끝이 보이는 요즘은 자주 드는 감정이다. 마땅히 해야 할 무언가를 놓치고 있다는 허전함이랄까. 뒤이어 찾아오는 건 몇몇 물음이다. 대체로 근원을 향한 의문 같은 것이다. 이를테면 오늘을 이렇게 사는 이유는 어디에 있는가? 지금 내가 하는 것들은 어떤 의미를 지니는가? 따위이다. 물음이 둔탁하면 발걸음도 더디다. 그러나 지혜로운 삶은 항상 물음을 유발한다. 물음이 어둠을 헤쳐나가는 데 등불이 되어줄 것이어서다. 위의 두 물음을 하나로 만들면 '도대체 세상은 지금 어디로 흘러가고 있는가?'로 바꿀 수 있겠다. 묻고 보니 참으로 궁금하다. 세상이 가닿고자 하는 곳은 어디일까? 나는 그 물결의 어디쯤 머물러 있는가?

현재는 전체의 조망 속에 존재할 때 가치를 더한다. 전체를 고려하지 않는 현재는 갈 곳 잃은 배의 신세와 다르지 않다. 어디를 가는지 모르고 칠흑 속으로 떠나는 배는 얼마나 위험한가. 흘러가 버린 것을 결코 되돌릴 수 없는 것은 시간만이 아니다. 삶도 마찬가지다. 그러므로 성공적인 삶은 '인생 시계를 보는 눈'과 인생 스케줄인 '꿈을 그리는 능력'이 동시에 필요한 이유다.

고용 사회가 형성되기 전 인류는 늘 가난에 허덕였다. 부는 1% 의 사람만이 지닐 수 있는 신성한 어떤 특권 같은 것이었고 특권은 그들만이 지니는 전유물이었다. 아무것도 아닌 사람이 '특권의 세 상'으로 진입하는 것은 바늘구멍을 지나는 낙타보다 더 어려웠다. 그런 봉건사회는 한 방에 훅 가지는 않았다. 최하위 계층이었던 농 노가 도망을 쳐 상업 자본을 축적해 새로운 집단이 생기는 등 이전 과는 판이한 사회가 태동하기 시작했지만, 봉건체제는 다소 삐걱댈 뿐 여전히 굳건했다. 그런 봉건사회의 붕괴에 일격을 가한 것은 다 름 아닌 기술의 출현이었다. 이른바 신기술이었다. 대표적인 것이 1776년의 증기기관이었다. 이로부터 사회는 격렬한 요동 속으로 빠 져들었다. 기존의 질서는 와해되고 새로운 질서가 준동했다. 혁명 이었다. 특권 귀족이 몰락해 하위 계층이 되고 그동안 소외되었던 직공이나 기술을 지녔던 이들이 지배 계층으로 올라섰다. 산업자본 은 이러한 사람들의 손으로 시나브로 쏟아져 들어갔다. 자본의 성 장은 괄목이었다.

드디어 때는 무르익었다. 산업자본가들은 신기술을 이용하기 시 작했다. 20세기에 들어서자 자동차 회사들이 세상에 모습을 드러냈 다. 1903년엔 포드자동차가, 1908년엔 GM이, 크라이슬러는 1909 년에 등장했다. 마침내 봉건사회는 완전히 절멸하고 새로운 사회가 만들어진 것이다. 자동차가 등장하기 이전에는 대부분 자영업 사회 였다. 태반이 농부이거나 상인이었고 의사, 회계사, 법조인이 약간 이었다. 그러나 자동차 회사들의 성공으로 사회는 고용 사회로 곧 바로 이행했다. 고용 사회는 인류에게 삶의 안정과 풍요를 안겨주 었다. 기술의 축적으로 생산성이 늘면서 일하는 시간은 줄어 생활은 더없이 윤택해졌다. 인류 역사상 구성원 대다수가 경제적인 힘을 누리게 되었다. 이유는 고용이 만든 고정적인 수입 때문이었다. 바야흐로 고용 사회는 인류가 지구를 석권한 이래 최고로 행복한 시기였다. 1870년엔 8퍼센트를 넘지 않았던 공장 노동자가 1930년 즈음엔 60퍼센트에 이르렀다. 노동자의 시대였다.

1900년 초 형성된 고용 사회는 70년이 지나자 균열을 보였다. 아이러니하게도 신기술이 이유였다. 신기술로 태동한 사회가 신기술로 저물게 된 것이다. 더 나은 신기술로 무장한 제품과 경쟁사들이 나타나면서 고용 사회의 주역이었던 몇몇 과점 기업들의 이익은 서서히 줄어들었다. 이익이 줄자 비용에 눈을 돌렸다. 인건비는 비용 중 가장 큰 항목을 차지하고 있었다. 해고는 비용을 줄이는 최고의 방안이 되었다. GE는 1980년에 들어서 5년 사이에 직원의 25퍼센트를 줄였다. 잭 웰치 회장은 재임 동안 10만 명을 해고했다. 고용 사회 붕괴의 조종이 울리기 시작한 것이다. 그로부터 40여 년이 흐른 지금은 어떤가. 사회는 모바일 기술 혁명 아래 하루가 다르게 바뀌는 엄청난 변화의 소용돌이에 직면해 있다. 모바일과 소셜 미디어의 확산으로 세상이 근본적으로 바뀌는 중이다. 고용 사회는 이제 확실히 저물고 있다. 인류 역사에서 인간의 노동은 점차 사라질 것이다. ≪노동의 종말≫에서 제러미 리프킨은 이렇게 전망한다. "아마도 2050년쯤이면 전통적인 산업 부분을 관리하고 운용하는 데 전체 성인 인구의 5퍼센트 정도밖에 필요하지 않게 될 것이다. 모든 나라에서 노동자가 거의 필요치 않은 농장, 공장과 사무실이 일반화될 것이다."

물결은 끊임없이 살아 움직인다. 물결은 도도하고 예측 불가능하다. 때론 굽이쳐 파란을 일으키고 또 어떤 때는 잔잔한 여울 속에 거대하게 흘러간다. 겨울이 되면 단단히 얼어 땅처럼 굳고 소리 죽여 밑으로만 흐른다. 언 강은 쩍쩍 갈라지는 소리를 내며 밤 깊은 강가의 정적을 깨기도 하지만 물결은 아무 소리를 내지르지 않는다. 언젠가 세상을 이끌어가는 도저한 '물결'에 대해 생각해 본 적이 있다.

같은 주파수는 서로 끌어당긴다. 힘들은 서로 부딪힘 없이 상생으로 작용한다. 마루는 더 높아지고 골은 더 깊어진다. 이른바 에너지 동조 현상이다. 같은 에너지는 서로 동조한다. 소리굽쇠를 이용하면 과학적으로 간단히 증명할 수 있는 공명 현상으로 설명할 수 있다. 그래서 비슷한 의식 에너지를 지니면 서로에게 호감을 지녀 쉽게 어울릴 수 있게 된다. 유유상종은 이러한 에너지 현상이 사람들의 관계에 드러난 것으로 볼 수 있다. 유유상종이 거리에 넘쳐나면 그것은 커다란 에너지의 흐름을 형성한다. 그 흐름은 서로 모방하고 흉내 내면서 더욱 커지고 한 시대의 대표 행동 양식이 된다. 트렌드가 만들어지는 메커니즘이다.

구체적으로 말하면 트렌드는 한데 모인 유사한 욕망이 도저한 흐름을 만들어 세상을 이끌어가며 흘러가는 것을 말한다. 작은 샛강이 모여 큰 강이 만들어지는 원리와 같다. 이 흐름은 거대해서 강렬한 에너지를 갖기 때문에 쉽게 바뀌지 않는다. 한 시대를 풍미하며 대표성을 띠기에 충분할 정도로 오래도록 지속한다. 트렌드의 생명력이 강인한 이유다. 트렌드를 따르면 다소간 마음이 안정됨을 느낀다. 안정감은 인간의 본능 중의 하나인 소속감을 채움으로써 얻게 되고 만족은 대체로 당당함으로 표출된다. 표정이 밝고 걸음 걸이가 활기찬 것은 트렌드에 참여함으로써 얻는 또 하나의 편익이 다. 이러한 트렌드는 강인한 생명력으로 큰 물줄기를 형성하여 드넓은 들판의 수많은 논밭을 적시며 그 생명력을 전파한다. 갖은 꽃들과 풀들은 이 생명력에 기대 성장을 거듭한다. 그리해 도저한 흐름에 스스로를 태우지 못한 꽃과 풀은 자신을 지키기가 그리 녹록지 않을 것이다. 그러나 모든 세상일이 그렇듯 그중에 도저한 물줄기를 외면하면서도 스스로의 생명을 피워 올리는 들풀도 반드시 존재할 것이다. 대체로 그들은 아주 독특할 것이다. 오로지 자신만이 그것을 추구할 수 있는 독특함을 지녔거나 변화하는 흐름에 따라 스스로의 방향을 바꾸는 뛰어난 적응력을 가졌으리라. 그들은 분명 물줄기의 강인한 생명력이 내뿜는 영향력 바깥에 머물 것이다. 그래서 스스로의 에너지를 곧추세우며 비슷한 에너지를 모으려 끊임없이 애쓸 것이다. 그 노력이 지금의 물줄기와 같은 커다란 에너지가 되면 그들은 새로운 세상의 흐름이 되어 이전의 물줄기를 바꿀 것이다. 세상의 승자는 이제 그들이다. 이것이 자본 세계의 패러다임이다.

그렇다면 이러한 트렌드를 존재하게 하는 것은 대체 무엇인가. 그 답은 트렌드가 욕망의 흐름이라는 사실에 있다. 자본주의 체제를 지탱하고 있는 아주 큰 부분은 이 욕망, 곧 돈이다. 돈은 갖은 욕망의 집적물이며 욕망이 좇는 궁극에는 대체로 물질의 풍요가 있다. 풍요란 지금보다 나은 편리함과 편익이다. 결국, 트렌드는 편리와 편익을 추구하는 욕망이 존재케 한 것이다. 트렌드가 바뀌는 것은 이러한 편리와 편익의 구성요소가 시대에 따라 바뀌는 탓이다.

욕망은 멈추지 않는다. 그것은 끊임없이 흐른다. 이리저리로 구불구불 흐르기도 하고 때론 끊겼다가 다른 곳에서 뜬금없이 다시 시작되기도 하지만 시간의 흐름처럼 절대 끊어지지 않는다. 트렌드가 끊임없이 이어지고 반복되는 이유이고 자본 세계에서 반드시 알려고 해야 하는 당위성이다.

세상의 물결 위 어딘가에 내가 있다. 나의 하루는 이 물결에 휩쓸려 떠내려가는 미욱한 존재다. 잠시 눈을 떼면 어디로 가는지 도대체 알아챌 수 없다. 물결이 흘러가는 곳을 놓치고 말 때 하루는 늘 그날그날 치러야 할 일들로 방향을 잃는다. 그러므로 하루는 통제되고 관리되어야 한다. 이것이 하루의 속성이다. 발밑도 봐야 하지만 가야 할 곳을 응시하며 항시 가슴에 품어야 한다. 하루 경영이 절대 필요한 이유다.

오늘 고용 사회의 끝물이 선사한 내 노동의 거처인 사무실을 나서며 나는 답답한 마음을 누를 길이 없다. 지금껏 견뎌내기도 얼마나 힘겨웠는가. 솔직히 힘에 부쳤다. 이런 날이 얼마 남지 않았음도 잘 알고 있다. 그래서 내 물음은 더 절박하고 간절하다. '지금 나를 끌고 가고 있는 세상의 물결은 어디를 향하는가?' '내가 준비해야 할 것은 무엇인가?' 짝을 맺도록 하는 것은 시너지다. 현재는 과거와 더불어 미래와 함께 나란히 존재할 때 유용성이 더 빛난다. 언제나 현재는 전체 속에서 간파되어야 한다. 과거와 미래가 이어진 길 위에 둥지를 틀 때 현재는 융성할 수 있다. 이 글을 쓰면서 나는 희망한다. 내 하루가 결코 아무런 이유 없이 저물지 않기를. 어떤 가치도 없이 저 산 너머로 사라지지 않기를.

시간이 꾸미는 거대한 음모

인간은 시간을 '통제할 수' 없다. 인간이 이런 의심스러운 표현을 사용하고 있다고 해도 현실은 그 반대이다. 즉 시간이 인간을 '통제'하는 것이다. 그런데 이런 현실은 자신이 나름대로 시간을 꾸려나가는 경영자라고 자부하고 있는 인간에게는 마음 상하는 일이다. 그래서 인간은 스스로 시간을 장악할 수 있다는 허구를 정당화시킨다. 그러면서 '시간의 지배자'가 되면 시간을 더욱 광범위하게 사용할 수 있으리라는 환상에 빠진다. 이런 파우스트적인 요구는 인간을 휴식도 모르고 쫓기는 인간으로-시간이 단순히 '거기' 존재한다면 시간을 얻기 위하여 악마와의 계약을 시도하며 시간 중독증에 걸리게-만든다.

'시간'이 무엇이며 무엇을 '의미'하는지, 그리고 우리가 시간 속에서 어떻게 살아야 하는지를 알고 싶은 사람은 시간을 인식하기 위해 시간과 거리를 두어야만 한다. 그것도 목적 없는 기대를 하고 그렇게 해야 한다. "그렇게 모든 것은 신이 원하는 대로 진행되며 우리는 살아간다" 그리고 그때 잊지 말아야 할 것은 "시간을 절대로 가지지 않은 사람들이 가장 한가롭다."라는 사실이다.

(≪시간≫ p78, 87 칼 하인츠 A. 가이슬러)

바람이 차가워지면서 기온이 훌쩍 내려갔다. 코끝이 따갑고 얼굴은 온통 찬바람에 팽창해 감각도 무뎌졌다. 눈으로 들어간 찬바람이 찔끔 눈물을 쏟게 한다. 어제까지만 해도 훈풍이 불어 늦가을을 붙들고 있는 듯했던 날씨가 매서워졌다. 어디 기온만 그럴까. 지금 오르는 이 시각 새벽의 산길은 어둠에 깊이 잠겨있다. 바람에 제 몸을 굴리는 낙엽이 가르랑거리며 길가로 흩어진다. 길가엔 낙엽이 수북하다. 하지만 지난여름 이 시각엔 날이 밝아 새끼손톱보다 작은 큰별꽃아재비도 훤히 보였고, 지난봄에는 강아지풀과 바랭이와 주름조개풀이 빼곡히 얼굴을 내밀고 있었다. 늦여름까지도 아침 햇살 속에 하늘거리며 무성했던 벚나무 잎들이 이젠 하나도 남김없이 가지를 떠나고 말았다. 바람에 서걱거리며 서늘한 기운을 느끼게 했던 산죽은 이제 바짝 메마른 소리로 바뀌어 마음을 더욱 시리게 만든다. 지금쯤이면 온 숲을 휘저으며 맑은 소리를 지르던 새들도 날이 차고 밤이 길어지면서 좀체 보이지 않는다. 이 시각의 새벽은 날은 차고 어둡고 메마르다.

그렇다. 분명 절기가 바뀌었다. 이렇듯 변화를 또렷이 체감하게 되는 것은 내가 늘 같은 시간에 이곳을 지나기 때문이다. 시간이 지닌 속성 탓이다. 시간의 흐름은 등속으로 변함없이 곧게 흐른다. 물론 중력에 따라 시간의 유속이 달라지고 시공간이 휘어질 수 있다는 물리학자들의 주장은 제쳐두자. 중요한 것은 이 순간 시간이 곧게 등속으로 흐른다는 점이다. 시간은 인간을 세상의 중심에 놓았다. 인간은 시간을 발견하면서 위대해졌다. 언제든 필요성에 따라 분절하더라도 속도와 곧음이 달라지지 않는 특성으로 인해 주변의 환경을 자신이 통제 가능한 틀에 가둘 수 있었다. 그럼으로써 예측하지 못해서 생기는 여러 불안에서 벗어나려 했다. 시작과 끝을 도대체 알지 못하는 자연과 삶에 대해 시간이란 도구를 들이댐으로써 갖가지 범주로 나누어 미지를 구속하려 한 것이다. 구속의 힘은 효율성 추구에 기반을 두고 있다. 가장 큰 단위는 년이고 다음이 월과 일이다. 다시 그것을 봄 여름 가을 겨울로 세분화했다. 결국, 시간이란 도구를 이용해 미래를 자신의 통제 아래 두면서 대부분의 우발적 불안을 거세하려고 끝없이 시도한 것이다. 어쩌면 이러한 도전으로 인해 인간은 위대해졌을지도 모른다. 그러나 어디 불안이 그리 쉽게 사라지던가. 시간의 구속은 점점 심화하고 있고, 좀체 빈틈을 찾아볼 수 없을 정도로 일상이 팍팍해지고 있다. 어제 보다 삶이 뻑적지근해지고 일상이 쉼 없는 고단함으로 이어지는 오늘의 현실을 보라. 결론적으로 인간은 시간을 발견하면서 위대해짐과 더불어 스스로를 고통의 늪 속으로 떠밀어 넣게 된 것이다.

자연은 늘 순환하며 변화한다. 순환과 변화의 중심에는 태양이 있다. 자연은 빛과 하나가 됨으로써 영속을 구가하려 한다. 동식물을 예외 없이 관류하고 있는 것이 주광성(走光性)인 이유다. 해가 짧아지는 추운 계절에는 꽃이 피지 않는다. 해가 길어지기를 인내하며 기다리고 또 기다린다. 기어코 자신을 아주 부드럽고 연한 꽃잎으로 피워 올리는 때는 이미 아침 일찍 떠오른 찬란한 햇빛이 아주 길어지는 시기다. 동물들 특히 새들은 해가 뜨고 지는 것에 맞춰 일어나고 노래 부르며 육추를 하고 잠을 잔다. 여름에는 더욱 일찍 일어나고 차가운 겨울이 되면 둥지에서 늦게 나온다. 다 태양의 움직임에 맞춰 일어나는 일들이다. 가만히 보면 새들의 삶은 자연 안에 있는 삼라만상이 따르는 법칙과 같은 질서를 지킨다. 유독 인간만이 이 질서를 거스른다. 이유는 앞에서 말한 것처럼 시간의 속성 탓이다. 시간은 기본적으로 효율성이 전제되어있다. 효율성은 빠름이고 절대성이 휘발된 상대성을 내포한다. 인간이 불을 밝혀

밤을 새우고 계절이 바뀌어 해가 짧아져도 일어나야 하는 시간이 늘 일정한 이유다. 시간을 발견했으나 그 위대함으로 인해 오히려 시간이 인간의 삶을 속박해 버렸다. 뒤처지지 않아야 하고 좀 더 많은 생산이 뒤따라야만 하는 인간의 근원적 욕망이 아니라 시간이 꾸미는 거대한 음모이자 거사다.

셰익스피어는 시집 ≪루크리스의 겁탈≫에서 시간을 이렇게 묘사했다. "민첩하고 교활한 파발마, 근심의 전달자, 추한 밤의 친구이자 꼴불견의 시간이여. 너는 청춘을 좀먹는 자, 거짓 즐거움의 못된 노예이며, 슬픔을 구경하는 천박한 자, 죄악을 짊어진 말이며, 미덕의 올가미다." 나는 여기에 하나를 더 추가하고자 한다. "시간은 위대한 힘을 지닌 위대한 자다. 그러나 거대한 거사를 꾸미는 쉼 없는 음모자의 배역도 맡고 있다."

이제 인간의 삶은 멈출 줄 모르는 가속의 폭주 기관차가 되었다. 그 배경에는 거대한 시간의 음모가 도사리고 있다. 시간을 버리지 않는 한 인간은 결코 여유와 느림의 삶을 추구할 수 없을 것이다. 지금의 질주는 더욱 가속화되고 가팔라질 것이다. 효율은 항상 상대성이기 때문이다. 인간의 삶이 나아지는 유일한 길은 시간의 포박에서 벗어나는 것뿐이다. 무엇이 그렇게 만들 수 있을 것인가. 어떻게 하면 될까.

새벽어둠이 물러가자 잎이 져 듬성듬성 성긴 숲 여기저기서 새들이 날아오른다. 직박구리, 곤줄박이, 참새, 어치, 쇠딱따구리, 까마귀, 까치, 박새가 보인다. 그 모습들은 싱싱하고 한결같이 소리가 맑다. 시간이 만든 질서의 예속에서 벗어나 자유롭게 허공에 비행선을 긋는다. 여유롭고 거침이 없다. 자유란 이런 것이다. 자연과 유연하게 동화하는 것이며 자연 속을 유영하는 것이다. 비결은 단하나. 시간을 좇는 것이 아니라 태양의 질서에 발맞추는 것이다. 이간단한 것을 인간들은 하지 못한다. 어쩌면 천지 만물 중 가장 어리석은 동물이 사람일지도 모르겠다.

앞으로는 그 돌을 넣을 수 없다

항상 그렇지만, 일할 시간보다는 추진해야 할 생산적인 일들이 언제나 더 많은 법이고, 그것을 감당할 사람의 숫자보다는 내일을 위한 기회들이 훨씬 더 많다. 그리고 문제와 위기가 언제나 넘쳐흐른다는 사실은 더 말할 나위가 없다. 그러므로 의사결정은 어떤 일을 최우선으로 해야 할 것인지, 그리고 어떤 일을 가장 덜 중요하게 다룰 것인지에 따른 분명한 관점에서 판단되어야 한다. 한 가지 문제는 누가 그 결정을 하는지다. 지식근로자인가, 아니면 주변 상황의 압력인가 하는 것이다. 그러나 어쨌든 과업은 이용할 수 있는 시간의 양에 맞추어야 하고, 기회는 그것을 담당하고 목표를 달성하는 인간의 존재 여부에 맞추어야만 할 것이다.

우선순위와 2차 순위를 결정할 때 가장 중요한 것은 이성적인 분석(analysis)이 아니라 용기(courage)다. 분석이 아니라 용기가 우선순위 결정에 있어 진정 중요한 몇 가지 법칙을 결정한다.
- 과거가 아니라 미래를 판단 기준으로 선택하라.
- 문제가 아니라 기회에 초점을 맞춰라.
- 자신의 독자적인 방향을 선택하라. 인기를 누리고 있는 것에 편승하지 마라.
- 「무난」하고 달성하기 쉬운 목표가 아니라, 뚜렷한 차이를 낼 수 있는 좀 더 높은 목표를 노려라.

(≪피터 드러커의 자기경영 노트≫ p140, 144 피터 드러커)

동장군이 제대로 성이 났다. 한파의 서슬 퍼런 공세가 어제부터 시작되더니 결국 오늘은 고개를 들고 다닐 수 없을 만큼 차디찬 바람을 뿌리면서 도시를 엄습했다. 서울의 체감온도가 영하 20℃를 넘었다고 하니 부산은 절반은 될 것이다. 지난여름 더위보다는 추위가 그나마 낫다고 말했다면 당장에 그 말을 주워 담으라. 지금 추위를 모르고 한 실언이었음을 시인하라. 겨울은 추워야 제맛이라고 떠든 이들도 물려야 할 것이다. 잠시만 서 있어도 온몸이 찬바람에 날려갈 것 같다. 근년에는 겪지 못한 한파의 위세다. 차들의 불빛만 바쁘게 도로를 흐를 뿐 평소에 붐비던 도시의 거리는 어둠이 들자 텅 비고 한산해졌다. 다들 어디로 피했는가.

우리는 한정된 시간 속에서 숱한 일을 해내며 살고 있다. 여기서 '한정된'이라는 말이 중요하다. 지상의 모든 일은 누군가의 우선순위에서 손꼽힌 것들이다. 오늘 한산한 이 거리가 사람들이 한파의 찬바람을 피한 탓이라면 오늘의 우선순위는 대피가 될 것이다. 근본적으로 인간의 행동은 효율과 효과라는 경제성을 전제하고 있다. 효율과 효과는 이것저것 따져보는 행동이며 이것은 최적의 선택으로 연결된다. 인간은 항상 우선순위를 고려해서 행동한다는 말이다. 인간의 뇌가 그렇게 생겨 먹었기 때문이라고 뇌과학자들은 주장하지만, 이유는 간단하다. 삶이 한정된 시간 안에서만 작동하는 타이머를 달고 있기 때문이다. 시간이란 근본적으로 '필요보다 공급이 적은 적자 상태'다. 주어진 시간이 지나면 더는 반주가 흘러나오지 않는 노래방기기가 곧 삶이다. 더 많이 가지려 하는 질주의 바쁨은 대체로 삶의 유한성에 기인한다. 영원 속에서는 바쁠 이유가 없고 더 가질 필요가 없다. 그래서 어쩌면 덧없는 욕망 속에서 허우적거리며 사는 것은 최선의 삶을 살고 있다는 표징일지도 모르며, 느긋하고 욕심 없이 유유자적하는 것은 오히려 삶을 방기하는 것이 될 수도 있다.

나는 우선순위를 정하지 않으면 일의 진척이 느리다. 일을 대하는 오랜 습관이다. 우선순위를 정하는 일은 일이 최선으로 진행될 방향을 가늠하는 것이다. 밑그림을 그려놓아야 채색이 손쉽듯 순위를 정해야 실행이 용이하고 추진력 또한 커진다. 가속은 말할 것도 없다. 일에서는 이렇게 우선순위를 명료하게 정해서 하면서도 막상 더 긴요한 삶을 대할 때 우리는 보통 그리하지 않는다. 물론 일과 달리 삶은 일생이라는 긴 기간을 다루는 문제이긴 하다. 그러나 일보다는 삶이 훨씬 중차대하고 다시는 되돌릴 수 없기에 반드시 우선순위를 두어야 한다. 사는 데 우선순위가 얼마나 중요한지를 말해주는 다소 진부한 훌륭한 예화가 있다.

어느 담임선생이 교탁 위에 유리 항아리 하나를 올려놓고 주먹만 한 돌들로 가득 채웠다. "이 항아리가 가득 찼나요?" 선생이 묻자 학생들은 "네"라고 대답했다.

슬며시 웃던 선생은 아무 일도 없었다는 듯 옆에 있던 모래 한 그릇을 들어 항아리에 쏟아부었다. 돌들 틈으로 작은 모래가 골고루 스며들도록 항아리를 흔들고는 다시 물었다. "자, 이제 가득 찼나요?" "……." 학생들이 대답하지 않자 선생은 이번에는 항아리에다 물을 가득 따라 부었다. 물은 점차 항아리 아래로 퍼지며 사라졌다.

"자, 이제 드디어 항아리가 다 찼군요. 지금 내가 여러분에게 보여준 것들이 무얼 의미하는지 아는 사람 있나요?"

학생 중 한 명이 손을 들었다. "아무리 스케줄이 꽉 찬 것 같아도, 언제든지 비어 있는 시간을 이용하면 더 많은 일을 할 수 있다는 것을 의미합니다."

선생은 고개를 좌우로 내저었다. "그렇게 생각할 수도 있겠군요. 하지만 오늘 우리가 이 실험을 통해 배워야 할 것은 이것입니다. 가장 큰 돌을 먼저 넣지 않는다면 앞으로 그 돌은 결코 넣을 수 없다는 거지요."

그렇다. 우선순위는 효율과 효과의 경제성만을 뜻하지 않는다. 어떠한 기회도 놓치지 않는다는 결연함을 담고 있다. 수없이 많은 기회를 담고 있는 인생 앞에서 우리는 빈손으로 서 있는 경우가 허다하다. 몰라서 기회를 흘려보내고 알면서도 기회를 붙잡지 못하기도 한다.

항아리를 채우는 것은 돌과 모래와 물이 아니다. 그것은 순서다. 이미 널리 알려진 우선순위의 기본 원칙은 중요하고 시급한 것이 먼저요, 중요하지만 시급하지 않은 것이 둘째다. 중요하지 않지만 시급한 것이 셋째고 중요하지도 않고 시급하지도 않은 것이 네 번째다. 물론 원칙이란 번번이 융통성에 자리를 내줘야 할 때도 있는 법이다. 하지만 우선순위를 제대로 정하지 못한다면 삶에는 의도치 않는 엉뚱한 것이 들어차 주인 행세를 해버릴 수도 있다. 그리해 원하는 것을 채우기에는 항아리가 턱없이 작다고 늘 투덜대고 있는 자신을 발견하게 될지도 모른다. 그런 일은 결코 없어야 한다. 삶이 이미 정해진 타이머를 작동시키고 있기 때문이다.

바람은 세고 차다. 고즈넉한 밤은 시리다. 한파의 위세는 여전히 꺾이지 않는다. '함부로 계절에 대해 떠들지 말라. 계절은 모두 한 칼이 있다. 한칼에 베이면 상처는 크고 깊다.'라고 경고장을 날리는 중이다. 상대가 화나면 피하는 것이 훌륭한 전략이다. 줄행랑은 기우는 전세에서도 반전을 도모할 수 있다고 본 병법서 ≪삼십육계≫가 최후의 보루로 마지막에 채택했던 병법이었다.

내 마흔의 최고 타이밍

별빛들만 주위에 옹송그릴 뿐 그 밝던 달은 흔적이 없다. 보름에서 시작한 달빛은 차츰 줄어들어 그믐이 되어서야 기어코 빛을 어둠 속에 인멸해버렸다. 하지만 달은 절대 사라지지 않는다. 어둠 안에 축적된 빛은 결국 손톱 달이 되어 또다시 떠오를 것이다. 날마다 달라지는 달의 명멸을 보며 늘 생각이 깊던 이들은 심오한 철학을 빚었다. 묘용은 해가 아니라 달에 있음을 알아낸 것이다. 이들의 추론은 이러했다. '끊임없이 변화하는 무상의 삶에 영원한 행복도 영원한 불행도 없다!' 조그마한 낚시 가게에 기대고 사는 작은형네의 전화 속 목소리는 무척 바빴다. 요즘이 삼치 철이라는 거다. 조사들의 발길이 분주한 이때를 놓치면 시골 생활은 궁핍할 수밖에 없다. 어부들의 조업 또한 철에 맞춰 이뤄진다. 지금 용호만의 먼바다는 불빛 밝은 집어등들로 빼곡하다. 새벽임에도 멈출 줄 모른다. 오징어를 비롯한 고기들은 불빛을 향해 모여든다. 그러므로 밤이 아니라면 집어등은 무효하다. 해가 뜨면 집어등은 이내 기능을 잃을 것이다.

성공적 변화의 고려 요소 중에 중요한 몇 가지가 있다.

시간은 변화를 관류하지만, 변화의 승패는 적확한 타이밍에 좌우된다. 변화의 성공은 반드시 적절한 때가 있다는 사실이 첫 번째다. '인생은 타이밍이다. 도달할 수 없는 것에 도달할 수 있게 되고, 이용할 수 없던 것을 이용할 수 있게 되며, 얻을 수 없는 것을 얻을 수 있게 된다.' 따위의 권면을 굳이 들먹일 필요도 없다. ≪전국책≫ 「중산책」에 실려 있는 이야기다.

중산군이라는 사람이 있었다. 하루는 가신들을 불러 커다란 잔치를 벌였는데 사마자기도 초청을 받아 잔치에 참석했다. 잔치는 풍성했고 여러 가지 음식들이 오고 갔다. 이윽고 양고기국을 먹을 차례가 되었다. 그러나 마침 국물이 떨어져 사마자기에게는 그 몫이 돌아가지 않았다. 이것을 자신에 대한 모욕이라고 여긴 사마자기는 중산군을 버리고 이웃 나라인 초나라로 가서 벼슬을 했다. 그 후 그는 초나라 왕을 설득하여 중산군을 공격했고 수세에 몰린 중산군은 피신하게 되었다. 그런데 전에 한 번도 만난 적이 없던 젊은 형제 두 사람이 창을 들고 따르며 목숨을 걸고 중산군을 지켜주는 것이 아닌가. 이상히 여긴 중산군은 그들에게 자신을 그토록 보호하는 이유를 물었다. 그들이 답하기를.

"저희 부친께서 아직 살아 계실 때의 일입니다. 어느 날 부친이 배가 고파 쓰러져 있을 때, 중산군께서 친히 밥 한 덩이를 주셨습니다. 저희 부친은 그 찬밥 한 덩이로 목숨을 건졌습니다. 부친께서 돌아가실 때 '만일 중산군께서 어려운 일에 처하게 되면 목숨을 걸고 보답하라' 이르셨습니다." 이 말을 듣고 중산군은 하늘을 우러러보며 탄식했다.

"타인에게 베푼다는 것은 많고 적음의 문제가 아니다. 상대방이 정말 어려울 때 돕는 것이 중요하다. 상대방의 원한을 사는 것 역시 크고 적음의 문제가 아니다. 상대방의 마음을 상하게 하는 데 있다. 나는 한 그릇의 양고기 국물로 인하여 나라를 잃었고, 한 덩이의 찬밥 때문에 목숨을 구했구나"

그렇다. '알맞을 때의 한 바늘이 아홉 바늘을 절약한다.' 모든 것에는 저마다의 때가 있고 그때 비로소 말을 하는 법이다. 나무와 꽃이 그렇고 계절이 그러하다. 거친 어부의 주름진 손이 밝힌 집어등이 말해준다. 우리네 삶을 더 말해 무엇할까.

두 번째는 성공 변화의 밑바탕은 내가 가진 것에 있다는 사실이다. 내가 갖지 않은 것으로는 변화를 도모할 수 없다. 이를테면 달의 변화는 태양이 비추는 빛의 받아들임에 따른 것이지 달 자체의 변화가 아니다. 실체가 바뀐다면 그것은 변화가 아니라 변질이다. 달이 바뀌면 이미 그건 달이 아니다. 그래서 자신의 오랜 선호가 만든 굳은살 위에 땀을 쏟아야 한다. 잘할 수 있고 오래 해도 물리거나 지치지 않는 나의 그 부분에 집어등을 켜야 성공적인 변화를 획득할 수 있다. 변화의 아이콘이었던 구본형은 언젠가 자신이 변화의 전문가로 인정받게 된 이유를 이렇게 밝혔다.

"나의 전문 분야는 변화경영입니다. 경영학을 하는 사람들 가운데 변화라는 주제를 전문으로 다루는 사람들은 상대적으로 매우 적습니다. 그리고 기업체에서 전문성을 쌓거나 경영 컨설턴트의 경력을 가지고 있는 사람들이 태반이지요. 그 가운데 글로 자신을 표현할 만한 사람은 더욱 드물지요. 글쓰기에서 보면, 변화경영이라는 전문 분야를 대중이 즐겨 읽고 실천할 수 있도록 된장 풀고 고추장 넣어 먹을 만하게 끓여준다는 생각은 시도할 만한 일이었습니다."

변화는 절로 일어나는 것이 아니라 처한 현실에 대한 불만과 스스로에 대한 못마땅함을 향한 자기 분노가 촉진제다. 졸렬한 현재의 나를 위대한 나로 바꾸는 연금술이다. 위대함은 오로지 스스로 자신을 영웅으로 추켜세울 수 있을 때 가능하다. 타인의 말에 현혹되거나 타인으로부터 강요된 변화는 성공할 수 없으며 그것은 남의 옷을 입고 나를 드러내려고 하는 어리석음과 다르지 않다. 절박함과 간절함이 더는 어찌할 수 없는 당위성으로 스스로를 몰아세워 진보로 나아갈 때 그제야 변화는 성공의 첫걸음을 떼는 것이다. 절박함과 간절함, 이것이 성공 변화의 세 번째 고려 요소다. 변화의 목적은 삶의 융성이고 번영이고 모든 변화의 시선은 진보로 수렴하기 때문이다.

그러므로 변화는 사는 데 필요한 물목이 아니라 삶 그 자체라 할수 있다. 매번 뒤로 돌아다보기만 하는 삶은 그다지 바람직하지 않다. 성찰은 훌륭한 삶의 필요 요소일 수 있으나 절대 요소는 아니다. 훌륭한 삶의 거처는 늘 '지금 여기'에 있어서다. 지금 여기는 정신이 깨어있을 때만 자각할 수 있는 인식의 지평이다. 익숙해져 신고 있는지조차 모르는 무감각의 신발은 이제 벗어야 할 때가 도래했음을 암시한다. 깨어있지 못한 무감각은 '지금 여기'라는 삶의 거처에서 융성과 번영이 이미 떠났음을 가리키기 때문이다. 무감각 속에서 완성되는 변화는 있을 수 없다. 자연스러움은 이 무감각과는 다르다. 자연스러움은 현자가 궁구하는 가장 이상적 삶이지만 무감각은 정신의 태업이다. 현자가 늘 깨어있기를 스스로에게 다그치는 이유다. 깨어있는 삶은 일상에서 무감각을 제거할 때 비로소 '바로 여기'에 구현되는 탓이다.

그리해 변화된 깨어있는 삶을 위해서는 익숙한 신발을 벗고 새

신발로 갈아 신어야 한다. 그리고 '지금 여기'에 삶을 머물도록 해야 한다. 뻣뻣한 피혁이 다소간 발을 고통스럽게 할지라도 변화는 무감각한 일상에 숨을 불어넣고 순간순간 살아있음을 자각하게 할 것이다. '변화는 익숙함에 만족하지 않는 현실에 대한 불만족과 증오가 촉발한다'는 명제는 훌륭하다. 현실과 바라는 것과의 격차를 현실로 불러들여 수용하지 못하는, 그 불편을 못 견뎌 하는 이들의 '주제'이자, 자신이 처한 지금의 제 처지를 스스로 깨어있는 눈으로 바라보는 각성에 이른 자들의 '관심사'다. 잠에 취한 사람 앞에 나타나는 것은 깨면 사라져버리는 허망한 꿈뿐이다. 새벽은 오롯이 새벽에 깨어있는 자들만이 볼 수 있다. 신화학자 조지프 캠벨은 전한다.

"변화하는 사람은 거의 누구든지 옛 허물을 벗어 버리는 경험을 하게 마련이다. 여러분이 뱀처럼 허물을 벗는데, 하필이면 그중 일부를 꽁무니에 그대로 남겨 놓고 싶다고 치자. 이것은 중대한 문제가 아닐 수 없다. 그렇게 뒤에 매달린 것이 바로 근심이다. 여러분은 그걸 떼어내 버릴 수 있어야 한다. 여러분은 거기 매달려있는 것이 무엇인지 알아야 한다. 그건 마치 털은 건드리지도 않고 반창고만 벗겨내듯이 점진적으로 조금씩 조금씩 벗겨져 나가는 옛 허물일 뿐이다."

그러니 이제 변화를 막아서는 가장 강력한 적은 변화에 뒤따르는 두려움이라는 변명 따위는 유통기간이 지났음을 자각할 필요가 있다. 벗어놓은 헤진 뱀의 허물을 보고서 실제 뱀인 양 떠올리며 겁내는 것은 어리석은 짓이다.

시리도록 밝은 상현은 곧 산등성이 위에서 빛날 것이다. 달은 역시 가을 새벽달이다. 아직 기척이 없는 아침은 그믐달 빛을 숨긴 어둠 속에서 서늘하기만 하다. 그러나 맑은 수액 같은 흰 달빛이 짙은 어둠의 뿌리를 밀치며 새벽을 끌어당기는 것을 보는 데는 단 며칠의 기다림만으로도 충분하다. 오래전 새벽에 대해 이런 글을 써두었다.

차가운 달빛이 푸르게 녹슨 칼로 어둠을 위협하고는
산등성이를 넘을 때쯤에 시-익 배를 가르고,
흘러내린 시린 창자로 속살 검게 탄 나무뿌리서부터 여명의 기운을 감아올리는
수액 같은 새벽을 맞이하고 있다…

수액의 푸른 새벽 달빛, 그 묘용을 황령산에서 즐기는 요즘이다. 때가 되면 할 수 있게 되지만 때가 차지 않으면 될 일도 되지 않는 법이다. 변화를 생각하며 내 마흔의 최고 타이밍을 가늠한다. 하늘이 맑고 깊으니 새벽 별빛은 더 초롱초롱하다. 10월은 확실히 추월양명휘(秋月揚明輝)다.

메타 인지의 힘. 낯설고 다르게 보기

간혹 우리는 컴퓨터에 내가 원하는 정보가 있는지를 알아보기 위해 검색 기능을 사용한다. 만일 찾으려는 파일이 컴퓨터에 있다면 그 파일의 제목과 위치를 우리에게 보여준다.

하지만 그 파일이 컴퓨터에 없다면 어떻게 되는가? 상당한 시간을 소모하면서 하드디스크를 끝까지 검색해본 후에야 "그런 파일은 없습니다." 혹은 "파일을 찾지 못했습니다."와 같은 메시지를 보여준다. 이 메시지는 결코 파일을 찾았을 때의 메시지보다 빠르지 않다. 컴퓨터는 "아니요, 모릅니다."라는 대답을 "네, 알고 있습니다"보다 언제나 느리게 할 수밖에 없다.

그와 달리 인간은 모른다는 대답 또한 안다는 대답과 같은 속도로 할 수 있다. 인간은 모른다는 대답을 할 때 뇌 전체를 '스캔'하지는 않기 때문이다. 그렇다면 무엇 때문에 빠르게 판단할 수 있을까? 바로 '메타 인지' 덕분이다. 메타 인지는 자신의 인지 활동에 대한 지식과 조절을 의미하는 것으로, 내가 무엇을 알고 모르는지에 대해 아는 것에서부터 자신이 모르는 부분까지 보완하기 위한 계획과 그 계획의 실행 과정을 평가하는 전반을 의미한다. 즉, 무엇을 배우거나 실행할 때 자신이 아는 것과 모르는 것을 정확히 파악할 수 있는 능력이다.

(≪지혜의 심리학≫ p103, 104 김경일)

최근 트렌드 중 하나가 '사람들이 돈을 쓰는 이유가 재화에서 서비스로 이동'한다는 것이다. 서비스가 '덤'이라는 기존 관념이 무시되고 꼬리에 해당하는 서비스가 몸통을 흔드는 'wag the dog' 현상이 구매시장 전반에 확산하고 있다는 말이다. 서비스가 구매의 결정적 요인이라는 것이다. 이 보조에 맞춰 기존 제품은 서비스를 강화하고 신산업에서는 서비스가 비즈니스모델의 중심이 되고 있다. 웅진코웨이의 홈케어 사업과 같은 제품보다 서비스에 중점을 옮긴 것이나, 식자재 배송부터 아예 잘 짜인 식단을 정기적으로 배송하는 서비스인 '푸드테크' 시장이 급성장하고 있는 것은 서비스 강화의 좋은 예라 할 수 있다. 안마의자와 고급 캐리어와 샤넬 백 렌탈, 승용차 공유 우버와 카셰어링 쏘카의 확산, 세탁기를 공유하는 셀프빨래방, 옷도 음악처럼 소유하지 않고 그때그때 즐기는 패션 스트리밍 따위의 구독경제가 신산업 서비스의 대표적 흐름이다. (≪트렌드 코리아 2018≫ 김난도 참고) 이런 현상을 마주하면 여러 생각을 하게 된다. 지금보다 더 제공할 수 있는 서비스는 없는가? 판매상품을 서비스처럼 변용할 수는 없는가? 강점을 근거로 새로운 서비스를 창출할 수 있는가? 당장 할 수 있는 것은 무엇인가? 오랜 직업병이다.

인간은 아주 높은 인지력을 지니고 있다. 자신 안에는 또 다른 자신, 자기 생각을 보는 더 높은 생각이 존재하는데 그것을 '메타 인지(Meta-cognition)'라고 한다. 자신 안에서 자신의 능력과 지식, 앎의 정도를 모니터링하는 역할이다. 인간이 반성과 관조, 성찰하는 삶을 살아갈 수 있는 이유이기도 하다. 메타 인지는 입력된 어떤 정보에 대해 '친한가, 친하지 않은가'만 확인한다. 이를테면 yes or not인데 우리가 '모른다'라는 판단을 곧바로 내릴 수 있는 것은 바로 메타 인지 덕이다. 그래서 친한 정도가 어중간한 정보를 우리는 더 어려워한다. 자신의 정보를 총동원해 결국 모른다는 판단을 내리기까지 꽤 오랜 시간을 들여 확인해야 하기 때문이다. 어쨌든 인간은 아주 짧은 시간 내에 끝없는 일들을 마무리 지을 수 있는 엄청난 메타 인지를 하고 있다. 인공지능이 인간의 일상을 바꾸고 있는 요즘이지만 인간이 인공지능보다 확실히 우위에 있는 능력은 '모른다는 것을 바로 안다'라는 것이다. '안다는 점에서는 이미 컴퓨터에 졌지만, 모른다는 영역에서는 인간이 절대 승자다.' 앞으로도 이 사실은 변함없을 것이다. 모른다는 것은 다음 행동을 즉시 시도할 수 있음을 가리킨다. 우리는 유한한 삶임에도 무한한 일을 할 수 있다. 다 이 메타 인지가 가져다준 능력이다.

세상은 늘 변해왔고 변해 갈 것이지만 변화의 폭과 질도 때마다 변화무쌍하다. 오늘과 내일이 다르고 이달과 다음 달이, 올해와 내년이 또 다를 것이다. 올해는 더 매서운 변화의 한파가 들이닥칠 것이다. 그러함에도 변화를 반겨 맞고 즐기며 보낸다면 그는 살아가는 방식을 관장하고 행동을 좌우하는 분명한 자신만의 '지배 가치(governing values)'를 지니고 있다는 것을 의미한다. 상반되거나 상충하는 선택지 앞에서 우선순위를 정해 원하는 삶을 살도록 하는 원칙 말이다. 가치관이고 관점이고 태도고 자세 같은 것이자 세상을 바라보는 자신만의 프레임이다. 알다시피 사람은 변하지 않는다는 것이 심리학계의 정론이자 결론이다. 성격은 더 그렇다고 한다. 그러니 어떤 한 사람을 바꾼다는 것은 기적에 가깝다. 하지만 참으로 다행히도 우리의 '지배 가치'는 쉽게 건드려볼 수 있고 또한 바꿀 수도 있다. 작은 변화로도 사람마다 큰 차이를 만들어낸다. 지배 가치는 레버리지가 크다는 뜻이다. 특히 중요한 점은 창의성, 리더십, 통찰력 따위가 성격보다는 관점과 태도, 가치관과 자세와 더 밀접한 관계를 맺고 있다는 사실이다.

세상의 위대한 혁신들은 거대한 변화가 아니라 아주 작은 변화에서 비롯됐다. '다르고 낯설게 보기'라는 메타 인지의 강력함 덕이다. 연구 결과에 의하면 우리는 얼마든지 타인의 메타 인지와 자신의 메타 인지까지 발전시킬 수 있다고 한다. 태도, 자세, 프레임, 가치관 따위는 딱딱히 굳은 것이 아니라 언제든 모양을 바꿀 수 있는 무른 진흙과 같다. 그래서 삶에는 늘 살아갈 희망이 사라지지 않을 것이다.

나를 바꾸는 것이 진정한 혁명

진정한 혁명은 개인으로서의 당신이 다른 사람들과의 관계 속에서 자신에 대해 눈을 떴을 때만 일어날 수 있는 것입니다. 당신과 다른 사람들-당신의 아내와 아이들, 그리고 회사의 상사나 이웃 사람들-과의 관계의 총화가 사회입니다. 사회란 그 자체로서 독립하여 존재하는 것이 아닙니다. 사회는 '당신'과 '나'의 관계가 만들어낸 것입니다.

'나'는 '당신'과의 관계에 있어서 나 자신을 이해하고 있지 않은 한, 사회에서의 의미 있는 어떤 개조나 수정은 있을 수 없다는 것입니다.

근본적으로 '나 자신'을 바꾸지 않으면 사회의 본질적 기능의 변화도 있을 수 없다는 것입니다. 우리가 사회의 변화를 가져오기 위해 어떤 방식에 의존한다는 것은 문제 자체를 회피하고 있는 데 불과합니다.

(《자기로부터의 혁명 1》 p23, 24 크리슈나무르티)

이미 조직은 밑밥을 뿌리기 시작했다. 올해는 30퍼센트의 인원 감축과 조직에 큰 변화가 있다는 풍문이 들린다. 불안은 이미 조직 전반에 스며들기 시작했다. 구성원들은 힘없이 바람에 흔들린다. 조직이 소문을 퍼뜨리며 간을 보는 건 예상 밖 혹 있을지도 모르는 강력한 카운터펀치 때문일 것이다. 그러나 구성원들에게 몰래 갈고 닦아 숨겨둔 카운터펀치는 없다. 여전히 그들은 주먹을 내지르는 과감한 반란을 일으키지 못한다. 이미 이러한 여러 번의 경험으로 학습된 무기력에 휩싸인 탓이다. 반면 다르게 보면 조직은 훌륭한

(?) 능력을 지녔다고 할 수 있다.

이것은 졸렬하다. 결코, 공정한 게임일 수 없다. 애당초 조직은 개개의 구성원들이 쌓아 올리고 둘레를 치며 터를 잡아 일으켰다. 구성원들의 에너지와 열정, 충성이 조직을 더 넓은 영역으로 이끌었고 아무에게나 호락호락하게 허물어지지 않을 단단한 성채를 그곳에 쌓았다. 그들이 오로지 밥벌이 때문이었다면 그렇게 하지 않았을 것이다. 밥벌이 이상의 그 무엇을 가슴에 담지 않고는 어려운 일이다. 조직을 위해서라면 고단하고 힘들어도 뛰고 또 뛰었다. 조직이 곧 그들이고 그들이 곧 조직이었다. 고단해도 버틸 수 있었던 이유였다. 이제는 아무도 넘볼 수 없는 성을 가진 조직이 구성원을 보살피고 지켜야 할 차례다. 결초보은은 사람에게만 해당하지 않는다. 그게 인지상정이고 그간 쌓아온 서로 간의 신뢰를 저버리지 않는 길이다. 그러나 조직은 지금 온몸을 던져 자신을 세우고 오늘을 있게 한 그들을 단칼에 쳐버리려 한다. 더는 그들이 필요치 않다고 말한다. 다른 예비 구성원들을 그들보다 훨씬 더 젊고 저렴하게 쓸 수 있으며 그들의 역량은 이제 유효기간이 지났다고 믿는다. 효율과 이익은 조직을 관류하는 유일한 사상으로 신봉된다. 자본의 조직 세계에서 보편적으로 통용되는 흐름이다. 흐름은 이어지고 굽이쳐 확장하는 특성이 있다. 흐름이 쉬이 바뀌지 않은 이유다. 이쯤에서 나는 나를 울린 구본형의 호소를 떠올린다.

사람을 섬겨야지
어떤 모임에 가면
모임만 있고 사람은 없어
자발적 즐거움은 없고

이익을 위한 결집만 남아
모임이 사람을 섬겨야지
사람이 모임을 섬기면 안 돼

어떤 조직에 가면
조직만 있고 사람은 없어
일만 있고 존재는 없어
조직이 사람을 섬겨야지
사람이 조직을 섬기면 안 돼
사회가 사람을 섬겨야지
사람이 사회를 섬기면 안 돼

모든 사회는 사람을 섬기기 위해 있어
사람이 사회를 섬기게 되면
무서운 괴물이 인육을 제물로 삼키는 것과 같아
거대하고 잔인하고 냉혹한 괴물
세계를 위협하는 거대한 이빨
뜨겁고 더러운 숨결

모든 악은 사람을 수단으로 쓰려는 마음에서 시작하고
비극은 목적이 되지 못한 사람들의 눈물
오늘 하루
한 사람을 위한 손길
내 편이 아닌 한 사람을 위한 손길
부디 내게 그 손을 내밀 용기
남아있기를

≪나는 이렇게 될 것이다≫「사람을 섬겨야지」 구본형

그리해 나는 혁명을 기꺼이 이루고자 한다. 때려 부수고 허무는 파괴와 유혈의 낭자가 아니다. 그런 혁명은 조직의 '더러운 숨결'과 하나도 다르지 않다. 이에는 이가 아닌 부드러움으로, 눈에는 눈이 아니라 아름다움을 일깨워 반란을 일으키는 혁명을 성공리에 완수하고자 한다. 이를테면 털주머니 속의 날카로운 송곳이 어느 때 튀어나올지 모르는 것처럼 그 누구도 예측할 수 없는 혁명을 말한다. 수많은 대원 중의 한 사람이 아니라 깃발을 높이 들고 앞서 달리는 과감한 선구자를 상상한다. 늘 그렇듯 혁명은 내 모든 것을 던져 내 안에서 빛나는 영웅이 되려는 것이다. 내가 나를 빛내지 못하면서 빛나게 할 수 있는 어떤 것은 세상에 없다. 이것은 세계를 지배하는 엄연한 질서요 순리다. 공기처럼 자연스러운 일이다.

새로움은 지난 모든 것들을 태워 없앰으로써 드러난다. 위대한 자연은 늘 스스로에게 절멸의 사태를 일으킨 후에 새로운 종들이 맞이했다. 나는 지난 나를 태워 없앰으로써 새로움이 만들어지기를 원한다. 나를 자르고 분해하고 모색하고 적용해 지금과는 다른 세계를 열어젖히길 꿈꾼다. 조직이 흐름을 바꾸지 않는다면 나를 완전히 바꾸는 것이 내가 원하는 혁명이다. 관념을 바꾸고 전례를 불태우며 생각과 삶의 질서를 깡그리 전복시키는 것이야말로 혁명의 완수가 반드시 감내해야 할 것들이다. 그러므로 나는 이 세상에 내놓고자 하는 혁명은 이런 것이어야 마땅하다.

어떤 특정 대상들에게만 가능한 것을 누구에게나 해당하는 보편타당한 것으로 바꾸는 것이다.

현혹하는 감언이설이 아닌 진정성이 보장된 어떤 것이다.

누구나가 실행함에 어려움이 없어야 한다. 더욱 쉬워야 한다.

또한, 효율적이며 성공도가 높아야 한다. 내가 잘하는 것으로 승부할 수 있어야 한다. 이것은 리스크를 극적으로 감소시킬 수 있는 유일한 방안이다.

더불어 늘 해왔고 또 앞으로도 계속할 수 있는 것을 대상으로 한다.

인위적이지 않고 물 흐르듯 자연스러워야 한다. 자연스러움은 모든 인위에 앞선다.

좀체 낯설지 않고 어색하지 않은 어떤 것이다. 이것으로 삶은 이어져 왔고 앞으로도 그럴 것이다. 늘 언제나 항상 있었던 것을 새롭게 바라볼 수 있는 눈을 갖게 한다.

아직 나는 이것을 명징하게 한 문장으로 쓰지 못한다. 개념을 바꿈으로써 해석이 달라지고 세계가 변화해 이전의 삶을 깡그리 바꾸는 것. 물의 흐름을 바라고 원하는 곳으로 돌려 쉼 없이 흐르게 할 수 있는 것. 누구에게나 공평하게 적용되고 스스로를 바꿀 수 있는 것. 결국에는 조직이 본연의 모습을 되찾아 구성원들을 껴안는 손길을 내밀 수밖에 없도록 하는 것. 나는 그것을 지금부터 찾아보려 한다. 기어코 혁명의 선구자로 변모하고자 한다. 어쩌면 이 지상에서 완전히 절멸할 것이라고 여기는 '평생직업'과 관련된 것일지도 모르겠다. 답답하고 지루한 하루다.

5장

사람에 관하여

아이의 앞에는 수많은 길이 있다. 거기에 부모의 계산이 깔리면 길은 하나로 수렴한다. 우월한 지위, 안정된 미래, 경제적 여유가 부모들의 선택을 하나의 길로 강제한 인자들이다. 부모는 아이의 행동에서 자신이 걸어온 자취를 줄곧 유추해 낸다. 결단코 과거로 되돌아갈 수 없기에 자신의 야망을 줄곧 자식에게 투영하며 아이를 바라다본다. 그러고는 아이의 삶에 코뚜레를 꿰는 폭압을 서슴지 않는다. 하나의 길로 똑같은 모습을 한 아이들이 수없이 몰리는 이유다. 부모의 얄팍한 계산은 순진무구한 아이의 세상에 그렇게 끼어들며 아이의 미래를 지배하고 통제한다.

나는 오늘 세상과 화해를 원한다

내 경험에 따르면 인생의 고통은 현실을 회피하는 데서 시작된다. 그리고 많은 인생의 고통은 현실을 인정할 때 극복된다. 미국 정신과의 스트레스 센터에서 회원들에게 가르치는 기도문이 있다.

"주여, 제가 '바꿀 수 있는 일'은 바꿀 수 있도록 힘을 주옵소서. 그러나 제가 '바꿀 수 없는 일'은 그것을 받아들일 수 있는 인내심을 주옵소서. 그리고 제게 '바꿀 수 없는 것'과 '바꿀 수 있는 것'을 구별할 줄 아는 지혜를 주옵소서."

공감이 가는 기도문이다. 바꿀 수 없는 현실을 그대로 받아들일 때 스트레스가 극복된다. 이는 휴의 경우에서도 볼 수 있다. 휴는 자신의 어린 시절의 경험을 인정하고 받아들였다. 형을 편애하는 아버지와 그것을 누리는 형을 인정했다. 그것이 현실이었다. 유년기의 아버지를 끝내 인정하지 못하고 원망하거나 보상받으려고 매달리면 마음속의 아이로 살 수밖에 없다. 그 아이로부터 해방될 수 없다. 머리로만이 아니라 가슴으로 받아들여야 한다. 불만족스러운 자신의 모습을 볼 때도 '너 왜 그 모양이니?' 하고 비난하지 말고, '나름대로 너는 최선을 다했어' 라고 인정해 주는 게 좋다. 현실을 인정하고 받아들이지 않으면 고통에서 벗어날 수 없다.

(《마음의 평안과 자유를 얻은 30년 만의 휴식》 p251, 252 이무석)

꺼이꺼이 운다. 안타까워서 울고 불쌍해서 눈물을 훔친다. 내 삶이 그렇고 주변이 그렇고 세상이 또한 그러하다. 가끔은 서탁으로 뚝뚝 떨어지는 눈물을 맞기도 하지만 대체로 누구에게도 들키지 않는다. 혼자서만 울기 때문이다. 아침을 앞에 두고서도 눈시울이 붉어지고 늦은 고요한 밤 이부자리에서도 훌쩍이기도 한다. 시시때때로 격해지는 감정은 쉽게 옅은 분노로 바뀌고 걷잡을 수 없는 슬픔에 채이다가 또 언제 그랬냐는 듯 평상심으로 돌아온다. 쏠림과 평정의 반복 주기가 더 짧아지고 심도는 깊어졌다. 일상에서 균형추 역할이 제대로 작동하지 않고 있음을 의미한다. 몸이 감정에 휘둘리는 것이다. 마흔을 넘어서면서 자주 만나는 일상이다.

지금 통제되지 않는 내 안의 온갖 내물(內物)들은 그동안 수 없는 다독임과 억누름으로 짓눌려 왔다. 스스로를 구속하는 것은 언제나 외물(外物)들이다. 내물을 강제한 것은 환경과 이목이었을 것이다. 자신이 아닌 바깥으로 비교 대상을 바꾸면서 고통은 찾아든다. 삶은 주위의 관례와 규칙에 통제되고 타인의 평가에 쉽게 흔들리기 때문이다. 눌린 풍선은 언젠가 다시 튀어 오르기 마련. 통제하던 에너지가 소진되면 풍선은 결국 손아귀 사이로 삐져나온다. 인위는 어떤 상황에서도 자연을 이길 수 없다. 노자는 아둔한 우리에게 전한다. "만족할 줄 모르는 것만큼 큰 화가 없고 욕심을 내어 얻고자 하는 것만큼 큰 허물은 없다(禍莫大於不知足 咎莫大於慾得)." 홀로 아침을 두고 숟가락을 들자 울컥 목이 메었다. 일순 감정의 쏠림이 또 일어난 것이다. 격한 감정의 솟구침은 사실 내물이 외물과의 화해를 청하라는 무언의 권유다. 균형의 깨어짐은 욕망과 이기심이 수용할 수 있는 한계를 채우고 넘친 탓이다. 그러므로 아프게 했다면 그 원인에게로 다가가 화해의 손을 내밀어 욕망의 헛됨을 비우고, 상처를 줬다면 이기심을 덜고 용서를 빌어 혼을 치유하고, 고통스러웠다면 이제껏 짓눌러 왔던 이목과 환경을 무시해 보라는 충고로 해석하는 것이 좋겠다. 마흔을 지나고 있는 이들에게 반드시 삶의 철학이 필요한 이유다.

철학은 스스로에게 묻는 것에서 태동한다. 남의 것을 주워들은 것으로는 결코 자신이 원하는 삶의 문으로 들어서지 못한다. 내가 누군지를 알지 못하면 세상과 조화를 이루고 화해할 수 없다. 보고자 하는 것만 보여주는 것이 세상의 이치이기 때문이다. "나는 나에게 묻는다." 플라톤과 아리스토텔레스, 스토아학파 그리고 마르쿠스 아우렐리우스가 따랐고, 근대 철학자들, 이른바 괴테와 헤겔, 니체와 칼 융 그리고 마르틴 부버 같은 이들에게 큰 영향을 끼친 2500년 전의 고대 그리스 철학자 헤라클레이토스가 늘 자신에게 던진 물음이다(헤라클레이토스는 철학의 차원을 넘어선 뛰어난 영성가에 가까웠다. 사실 아리스토텔레스는 자신의 합리와 논리로는 결코 도달할 수 없는 영역에 그가 있었음을 인정할 정도였다.). 자신이 만족하지 못하는 답으로 어찌 세상을 설득할 수 있을까. 현재 내가 서 있는 곳을 알 수 없다면 앞으로 나아가고자 하는 방향을 가늠할 수 없다. 나를 찾는 것으로부터 시작해서 온전히 나를 찾으며 끝나는 것이 삶이다. 어쩌면 스스로에 관한 탐구가 지구를 방문한 진정한 목적일지 모른다. 살아가는 것은 오로지 나 자신의 몫이기에 더 그럴 것이다.

밤은 어두운데 고요를 살라 먹는 소음은 더 커진다. 마음은 번민을 놓지 않고 갈피를 잡지 못한다. 평정을 깨뜨린 욕망이 일상을 흔든다. 이 욕망은 순전히 내가 만든 감정의 격한 놀림임을 알고 있다. 스스로 그리되어도 아무렇지 않으리라고 기대했던 그 어떤 욕망이었다. 그러나 욕망은 감정을 덮쳐 연약함과 우울이란 엉뚱한 사생아를 낳고 있다. 통제되지 않은 감정은 늦은 밤에도 좁은 방을 휘젓고 다닌다. 아, 견디지 못한 나는 헤라클레이토스의 지혜를 빌려 절박하게 묻는다.

내가 격한 감정에 휩쓸린 까닭의 근원은 무엇인가?
지금 서 있는 곳은 어디란 말인가?
올곧게 삶을 견뎌낼 수 있게 하는 것은 대체 어떤 것인가?

나는 오늘 세상과 화해를 원한다. 싸움은 항상 승자나 패자나 모두에게 씻기지 않는 상흔을 남긴다. 결코, 화해가 굴종이 아닌 이유다. 덧없는 내 비릿한 욕망과 평상심을 맹렬히 조화시키려는 것이다. 손을 내밀어 평화로운 삶의 옷자락을 결사코 움켜잡으려는 것일 뿐이다.

부모와 자식

두어 달을 일찍 집을 나서 연습을 했다. 토요일에도 모이는 것 같았다. 고돼 보이지만 싫은 기색은 없었다. 그렇게 싫은 낯빛 없이 연습해낸다는 것은 스스로 즐기고 있다는 의미다. 자발적 선택이기에 힘듦을 이겨낼 수 있었겠지.

관심은 오로지 등 번호 10번 선수다. 잘하건 못하건 그다지 중요치 않다. 경험이 또 다른 선생님임을 몸으로 깨닫길 바란다. 길을 선택하고 부단히 방향을 수정하면서 걸어야 하는 것은 오로지 아이의 몫이다. 그 누구도 대신해 줄 수 없다. 부모도 예외는 아니다. 어떤 선택을 하더라도 그 선택에 최선을 다하는 것이 자신이 가장 잘할 수 있는 길이라는 것을 교과목으로는 배울 수 없다. 지식이 단편적인 기술을 끌어올릴지는 모르나 삶의 태도를 이끌지는 못한다. 삶이 되는 것은 대부분 몸으로 익힌 어떤 것들이다. 결과적으로 환경이 바뀌어 결정을 바꿀 수밖에 없는 상황에 몰리게 될지라도 올바른 길이라면 쉽게 포기하지 않는 삶의 자세에 대한 단초를 경기를 하면서 발견하기를 희망한다. 응원은 그 메시지를 전달하기 위해 부모로서 지닌 최소한의 표현이다.

서로의 등을 두들기며 의지하면서 친구의 손발이 나와 무관한 것이 아니라 곧 나의 손발임을 알게 될 것이다. 격려보다 더 큰 에너지는 없다는 사실을 깨달을 것이고, 서로가 함께하면 무슨 일이든 해낼 수 있음을 느끼게 될 것이다. 전략과 약속은 이행 속에 있을 때 빛나는 것임을, 당당한 역할을 수행하는 주체로서 몫과 책임의 중요성을 몸으로 익히는 기회가 되리라.

세 번의 예선을 치르고 결선으로 진출했다. 상기된 선생님들과 아이의 모습은 보기 좋았다. 살면서 스스로 뭔가를 해낼 수 있음을 증명하는 것은 곧 자신의 존재감을 확인하는 행위다. 그래서 어쩌면 존재감은 타인에게 자신을 내세우는 과시다. 비즈니스의 가치를 대변하는 막대한 광고가 과할 정도로 노출되는 세상에서 과시는 당연한 욕망 중 하나일 수 있다. 대체로 존재감의 크기는 상대적 격차에서 빚어진다. 네 편과 내 편 정확히 이분으로 갈린 경기에서 승리는 존재감을 명징하게 드러내 준다. 한쪽이 웃으면 다른 쪽이 울어야 하는 제로섬의 자본주의 등가 속성을 빼다 박았다.

그리해 승리의 기쁨이 상대편의 아픔을 딛고 선 상대성이 아니라 절대성의 기쁨인지를 자신에게 질문을 던질 수 있도록 아이의 시선을 넓혀줘야 한다. 진정한 기쁨은 마땅히 최선을 다한 땀에서 피어나야 옳다. 꽃의 가치를 상대적 아름다움에서 찾아야 할 것이 아니라 자연계에서 퇴출되지 않고 식물이 번성할 수 있도록 영속성을 제공한다는 절대적 의미에서 찾아야 할 것이다. 상대성이 아니라 절대성이 아이의 삶에 만발하도록 하는 것은 오로지 부모의 의무다. 그렇다고 꽃의 아름다움이 어디로도 사라지지 않는다. 반대로 아무리 칭송한들 꽃이 더 아름다워질 리 없다. 쳐다보는 사람의 마음에 따라 다를 뿐 꽃의 아름다움은 변함없이 그대로다.

아이의 앞에는 수많은 길이 있다. 거기에 부모의 계산이 깔리면 길은 하나로 수렴한다. 우월한 지위, 안정된 미래, 경제적 여유가 부모들의 선택을 하나의 길로 강제한 인자들이다. 부모는 아이의 행동에서 자신이 걸어온 자취를 줄곧 유추해 낸다. 결단코 과거로 되돌아갈 수 없기에 자신의 야망을 줄곧 자식에게 투영하며 아이를 바라다본다. 그러고는 아이의 삶에 코뚜레를 꿰는 폭압을 서슴지 않는다. 하나의 길로 똑같은 모습을 한 아이들이 수없이 몰리는 이유다. 부모의 얄팍한 계산은 순진무구한 아이의 세상에 그렇게 끼어들며 아이의 미래를 지배하고 통제한다. 길이 단 하나뿐이라면 아이의 미래는 얼마나 답답하고 참담할 것인가.

큰아이는 지금 고빗사위에 있다. 말하지 않아도 거뭇해진 코밑만큼 고민이 보이고 들린다. 나도 그 길을 거쳐 왔다. 성적과 멀어지면 자존감과 존재감에 큰 상처가 날 것이라는 두려움에 이러지도 저러지도 못해 속은 무시로 들끓을 것이다. 지금 아이가 배우는 책에는 길이 하나 밖에 나 있지 않기 때문이다. 계산은 집착이고 이기다. 계산기를 손에서 내려놓는 순간 드디어 상대의 얼굴과 처지가 보이기 마련이다. 용기였다. 어쩌면 돌이킬 수 없는 만용이었을 수도 있다. 청송 고택에서 하루를 보내면서 아이에게 다는 아니어도 내 생각을 꾸밈없이 전했다. 아직 가보지 않은 길에서는 선뜻 확신을 가질 수 없다. 생각한 바를 모두 전하지 못했을지도 모른다. 믿을 것은 진심과 사랑밖에 없다. 본래 부모는 선생보다 영향력에서 절대 약자 아닌가.

"세상에는 수많은 길이 있다. 그 하나하나 의미 없는 길은 없다. 모두가 잘살고 있다. 비교하지 마라. 귀천은 있으나 내가 인정하지 않은 한 결코 없다.

결코, 주눅 들지 마라. 어떤 길을 가든 자신감을 갖는 것이 무엇보다 중요하다. 내가 선택한 길은 해야 하는 길이 아니라 하고 싶은 길이다. 그러니 자신감만이 최적의 인생이다.

내가 선택한 길에서는 자신만의 브랜드를 갖추어야 한다. 그냥 오락과 취미가 되어서는 자급을 해결할 수 없다. 나의 영향력은 구축한 브랜드에서 비롯된다. 영향력은 곧 내가 세상을 위해 일할 수 있는 최소한의 힘이니 브랜드는 존재 이유의 큰 바탕이 된다는 점을 잊지 마라."

거창고에는 '직업선택의 십계'가 있다. 분명 인성교육이 거창고의 가치를 드높였을 것이다. 교실 뒤에는 십계가 크게 붙어 있어 항상 아이들의 눈에 띄게 해놓았다. 그것은 자연스레 잠재의식에 스며들 것이다. 그렇게 "다 맞추어 살 순 없었지만, 인생의 중대한 고비마다 선택의 기준이 되고 삶의 거울이 된 것은 분명 직업선택의 십계였다."라고 거창고 졸업생들은 하나같이 말한다고 한다.

하나, 월급이 적은 쪽을 택하라.
둘, 내가 원하는 곳이 아니라 나를 필요로 하는 곳을 택하라.
셋, 승진 기회가 거의 없는 곳을 택하라.
넷, 모든 조건이 갖추어진 곳을 피하고 처음부터 시작해야 하는 황무지를 택하라.
다섯, 앞을 다투어 모여드는 곳은 절대 가지 마라. 아무도 가지 않는 곳으로 가라.
여섯, 장래성이 전혀 없다고 생각되는 곳으로 가라.
일곱, 사회적 존경 같은 건 바라볼 수 없는 곳으로 가라.
여덟, 한가운데가 아니라 가장자리로 가라.

아홉, 부모나 아내나 약혼자가 결사반대하는 곳이면 틀림이 없다. 의심치 말고 가라.

열, 왕관이 아니라 단두대가 기다리고 있는 곳으로 가라.

이 글을 쓰고 있을 즈음에 작은 아이의 팀이 학교 대항 피구대회 결선에서 탈락했다는 소식이 날아들었다. 친구 몇몇은 아쉬움에 눈물을 흘렸다고 했다. 그러나 내일이면 언제 그랬냐는 듯 밝은 얼굴로 돌아올 것이다. 마땅히 아이들은 그래야 한다. 가치는 지식이 아니라 행위로만 전해진다. 그냥 즐거운 경험이고 몸으로 체득하는 배움이면 충분하다. 결과만이 아이를 지배하게 해서는 안 된다. 결과의 지배는 어른들의 졸렬한 술수이자 헤게모니에 불과하기 때문이다.

"내 사랑하는 아들아! 딸아! 너희들의 선택을 믿는다. 공부와 성적이 전부가 아니다. 무엇보다 최선이 최고다. 인생의 목표는 이것이 되어야 한다. 행복은 최선에서 피어오른다는 사실을 오래 기억하거라."

이제껏 너는 뭐든 거뜬히 해냈잖아

우리가 분명히 할 것은 숙명과 인과관계를 혼동하지 말아야 한다. 과거의 업이라 할지라도 현재의 의지적인 노력으로 얼마든지 극복할 수 있음을 알아야 한다. 인과관계란 과거로만 소급할 것이 아니라, 지금 새로 지어서 지급 받을 수도 있다.

지난날 과로나 무절제한 생활로 인해 병이 들었을 경우, 그걸 운명이나 숙명으로 돌린 나머지 좌절하고 만다면 그 병은 나을 가망이 없을 것이다. 그러나 병의 원인을 자세히 살펴 과로에서 온 피로를 풀고 무절제한 생활을 청산, 절제된 새로운 생활습관을 꾸준히 익힌다면 다시 건강한 삶을 얼마든지 누릴 수 있다.

우리가 순간순간 사는 일은 자기 생애의 소모인 동시에, 새로운 자신을 형성하고 실현하는 일로도 받아들여야 한다. 사람은 좌절하지 않고 노력하고 있는 한 자기 삶을 얼마든지 개선할 수 있는 무한한 잠재력을 지닌 그런 존재다. 우리가 산다는 것은 거듭거듭 새롭게 시작하고 형성한다는 뜻이기도 하다.

(≪텅 빈 충만≫ p175 법정)

직장 후배가 건강이 좋지 않다. 퇴근길에 잠시 만나는 내내 태연한 척했지만, 오히려 찰색은 더 불안해 보였다. 왜 안 그럴까. 건강에 관해 걱정이라곤 없던 여전히 젊은 그가 검진에서 알게 된 의외의 결과는 큰 충격을 주었으리라. 아직 어린 자식들을 생각하면 두

다리가 힘없이 풀리며 풀썩 주저앉았을 것이다. 병이 초기라 그 다행을 위안 삼지 않았다면 사무실 생활은 생각조차 못 했을 것이다. 후배는 병원에서 권유한 몇몇 치료법 중 어느 것을 선택해야 할지 고민 중이라고 했다.

사람의 몸에는 항상성이 있다. 면역체계다. 바다의 자정작용처럼 몸은 생명을 유지하기 위해 생체 기능을 항상 효율적인 범위 내에서 머무르게 하는데 어떤 연유든 생체 기능이 그 범위를 벗어나게 되면 건강과는 멀어진다. 한의학에서는 기혈순환의 문제로 따지며 기와 혈의 흐름이 원활하지 않아서 병이 생겼다고 진단한다. 몸은 에너지 덩어리로 된 에너지장을 갖고 있고 개개의 장기는 특유의 에너지와 파장을 내뿜는다. 장기의 에너지들이 서로 공명하며 조화로운 상태를 이루고 있으면 건강하다는 것을 의미한다. 카를리안 사진기로 보면 건강한 사람의 몸은 붉은색이 고르게 퍼져있고 환자는 곳곳이 파란색을 보인다. 붉은색은 에너지가 높고 조화롭다는 것이고 파란색은 낮은 에너지의 차가운 파장이 만들며 몸이 조화를 잃었다는 시그널이다.

한 생각이 다른 생각과 중첩될 수 없는 것이 에너지가 가진 특성이다. 심리학에서는 사람은 부정적인 생각과 긍정적인 생각을 동시에 할 수 없다고 전한다. 그래서 한 번 깨진 에너지의 조화는 좀체 예전으로 회복이 안 된다. 병은 곧잘 재발한다. 건강은 두 에너지가 병립할 수 없는 에너지 차원의 문제이기에 그렇다. 그러므로 부분의 부조화가 전체의 조화를 흐트러뜨리면 부분을 되돌리기보다는 전체의 에너지를 통째로 바꿀 때 건강을 되돌리는 근본적인 처방이 된다. 데이비드 호킨스 박사는 ≪의식혁명≫에서 이렇게 말하고 있다.

"원칙에 입각할 때 나타나는 생리적 반응은 아주 현저하다. 높은 에너지와 결합하면 건강이 오고, 낮은 에너지와 결합하면 질병이 초래된다. 높은 에너지 패턴은 인간을 강화하고 낮은 에너지 패턴은 약화한다. 이는 거듭된 우리의 시험 결과 확실하게 증명되었다. 일반적으로 말하자면, 정신과 육체의 건강은 긍정적인 태도와 밀접한 관계가 있는 반면, 정신과 육체의 질병은 노여움·시기·적대감·자기연민·공포 같은 부정적인 태도와 관계가 있다. 높은 에너지장에 자신을 노출하는 것만으로도 그 사람의 내적 태도가 자연스럽게 바뀌기 시작한다."

자연은 선형적이다. 인과의 법칙을 그대로 반영한다. 인풋이 그대로면 아웃풋은 바뀌지 않는다. 새로운 에너지는 어제의 자기 질서와는 다른 변화를 줌으로써 끌어올 수 있다. 기존의 프로세스를 깡그리 지우고 새로운 프로세스로 탈바꿈하는 수준이 되어야 에너지를 대체할 수 있다. 새로운 삶이 새로운 자기 질서를 요구하는 이유다. 입고 있는 옷을 벗지 않고는 새 옷으로 갈아입을 수 없다. 처음부터 새로 시작하는 것은 마땅히 새로운 자기 질서의 재편이 꿰어야 하는 첫 단추다.

그렇다면 새로운 자기 질서의 구축으로 더 맑은 에너지를 끌어오기 위해서는 어떻게 해야 할까. 기본적으로 두 가지 정도로 정리할 수 있을 것 같다.

먼저 정형화된 계획을 마련해야 한다. 하루 2시간을 운동에 투자하기를 원한다면 하루의 계획에 이것이 녹아있어야 한다. 새벽이든 저녁이든 아니면 새벽과 저녁에 나누어서 하든 상관없다. 또 그것이 걷기에서 수영으로, 요가에서 조깅으로 바뀌어도 문제가 되지 않는다. 다만 땀을 짜낼 수 있는 운동이 반드시 하루에 깊숙이 둥지를 틀고 있어야 한다. 의지와 생각이 있는 곳에 에너지가 몰리기 마련이다.

다음은 규칙적인 반복이 필요하다. 냄비의 물은 한참에 끓지 않는다. 가해진 열이 누적되어 서서히 온도를 높이고 아주 작은 한 점에서 기어코 기포를 밀어 올리기 시작하면서 물이 끓는다. 진전의 특성도 이와 같이 점진성이다. 규칙적인 반복의 누적이 없이는 진전의 힘은 만들어지지 않는다. 여기서 '규칙적인 반복'이라는 말은 어제와 동일하다는 것이 아니다. 다음의 문장이 생략되어 있다. '반복하되 기존의 행동에 작은 변화를 주고 의식을 점차 넓히고 키워야 한다.' 본질적인 변화는 거듭되는 진전의 반복이 만든다. 이런 변화가 끌어낸 에너지는 높을 것이 당연하다.

후배는 뭐든 열정을 쏟는 적극형이다. 몇 해 전 그와 함께 두 해를 보내면서 한 번도 그의 열정을 헐값으로 평한 적이 없다. 동료보다 빠른 승급도 그 열정의 뜨거움이 한몫을 했다. 치료법 선택을 놓고 후배의 고민은 꽤 깊었다. 어떻게 해야 할지 모르겠다는 말에는 막막한 두려움마저 설핏 스쳤다. 듣고 있는 내내 어떻게 해줄 수 없는 내 처지가 안쓰럽고 답답했다.

"만일 내가 지금의 네 자리에 있다면 먼저 하루의 일상을 바꾸지 않겠나 싶어. 지난날의 섭생과 습관, 마음가짐들이 지금 드러난 것이라면, 건강을 위해서는 이전의 일상을 새롭게 바꾸는 것이 먼저 해야 할 일이 아니겠어. 초기니까 여유도 있고. 치료법은 새로 세운 일상과 가능한 병행할 수 있는 것으로 하면 좋지 않을까."

　이것이 그의 절박함을 결코 대신할 수 없는 내가 해줄 수 있는 전부였다. 누구나가 건넬 수 있는 일반적 얘기가 쏙 드는 답이 될 리는 만무하다. 무슨 말이 그에게 위안이 되어줄 수 있겠는가. 어두운 거리로 나서는 후배의 어깨가 불안하고 무척 외로워 보였다. '남이 아프면 나도 아프다'라는 유마의 사자후가 가슴을 훑고 지나갔다. "언제 점심 한 끼 해."라는 말끝에 그의 등 뒤로 한 마디를 더 보탰다. "너무 걱정하거나 상심하지 말고. 반드시 건강 회복할 거니까. 이제껏 너는 뭐든 거뜬히 해냈잖아."

살면 다 살아지는 기라. 맘 단단히 묵거래이!

극북의 들판을 여행하는 카리부, 그리고 이 땅에 사는 사람들의 삶을 생각할 때면 나는 늘 한 늙은 인디언을 생각한다. 케니스 누콘. 마을을 떠나 유콘 지류에서 혼자 사는 아사바스칸 인디언. 아마 케니스는 전통적인 생활을 고수하는 최후의 인디언일 것이다. 카리부 떼는 가을철 계절이동 때면 케니스가 사는 들판을 지나간다. 유전 개발은 그 카리부 무리의 앞날에 어떠한 영향을 미치게 될 것이다. 그리고 케니스는 그런 사정일랑 전혀 알지 못한다. 시대의 소용돌이는 카리부에 의존하는 이 인디언의 삶을 돌아볼 틈도 없이 휘몰아갈 것이다.

이 여행은 나에게 한 가지 사실을 가르쳐주었다. 땅끝인 줄로만 알았던 곳에도 사람들의 생활이 있다는 당연한 사실. 사람의 생활과 살아가는 모습의 다양함에 매혹되어갔다. 어떤 민족이라도, 아무리 다른 환경에서 살아도, 인간은 한 가지 공통점에서는 전혀 다르지 않다. 그것은 누구나 더없이 소중한 인생을 꼭 한 번만 산다는 것이다. 세계는 그런 무수한 점들로 이루어져 있다는 것이다. 쉬스마레프 마을에서 보낸 여름 한 철은 시간이 흐를수록 나에게 그런 생각을 심어주었다.

(≪알래스카, 바람 같은 이야기≫ p62, 239 호시노 미치오)

지글거리던 대기가 물러서고 있다. 여전히 볕은 따갑고 체감온도는 후텁지근하지만, 가끔 그늘에서 불어오는 선선한 바람으로 성난 여름의 흥분은 점차 가라앉고 있다. 그렇게 극악하게 울어대던 말매미도 몇몇 단말마뿐 모두 수그러들었다. 새벽 달빛은 청명해지고 공원 풀숲에서 들려오는 풀벌레는 제법 목청이 커졌다. 이제 절기가 바뀌고 새로운 기운이 일어나고 있다. 올여름은 유난히 더웠고 폭염의 농도도 짙었다. 폭양에 휩싸인 채 아지랑이처럼 열기를 피워 올리며 뜨거운 바람을 내뿜던 도시의 모습은 숨을 턱턱 막히게 했다. 문이란 문은 모두 꽁꽁 닫아 열기의 침범을 막는 것이 아침나절이면 시작하는 의례였다. 숨 막히는 열기보다는 답답함이 그나마 견딜 만했다. 가끔 알고 지내던 사람들은 인사치레 차 위로의 말을 건넨다. "아이고 그 더운 대구에서 어찌 삽니까?"

어릴 적 고향 동네에서는 머구리를 나갔다가 퉁퉁 부어 검게 변한 얼굴로 죽어 돌아오는 일이 더러 있었다. 두 친구의 아버지도 그렇게 돌아가셨는데 나는 그 처참한 모습을 딱 한 번 보았다. 큰일을 치르고 나면 이제 삶의 몫은 온전히 남은 자의 것이다. 가장이 바뀌고 삶은 굴곡이 지며 더는 생활이 편편하게 뻗지 못한다는 것을 누구나 잘 알고 있었다. 숟가락 숫자까지도 훤하던 동네 사람들이 가졌던 남은 자에 대한 연민은 더없이 깊고 애절했다. 그러니 그들의 위로는 남은 자에게 보내는 것이 아니라 같은 처지의 스스로에게 다짐하는 확언 같은 것이 될 수밖에 없었다. 그들은 운명에 순응하고자 했으며 부침의 삶을 살아가기를 원하지 않았다. 질긴 목숨을 믿었고 의지를 믿었다. 잘 될 것이라는 긍정성과 경험으로 체득한 부단한 삶의 본능에 기댔다. 대부분 남은 자에게 보내는 이웃의 말은 이랬다. 내 어머니도 다르지 않았다. "살면 다 살아지는 기라. 마음 단단히 묵거래이!"

살아 숨 쉬는 모든 생물은 변화와 적응의 산물이다. 이것은 진화론자들이 주장하는 핵심내용이다. 진화론이 거부감 없이 받아들여 진다면 어떠한 생명체도 정체성을 지니지 않을 것이다. 이겨내든 적응하든 환경이 곧 생명의 삶을 지배하고 삶의 변천을 이끌기 때 문이다. 올여름 집 앞 작은 공원에는 참매미의 울음소리가 제법 요란스러웠다. 십여 년 전 한여름에도 참매미의 흔적은 없었다. 그러 다 어느 해부터 참매미의 소리가 간간이 들렸다. 주의를 기울이지 않으면 알아채지 못할 정도로 빈도와 강도는 적고 낮았다. 이 일들 이 또렷한 기억으로 남아있는 것은 찌를 듯한 말매미들의 거친 소 리 속에서 맑은 참매미 소리가 아련한 추억의 어린 날로 이끈 탓이 었다. 그런 참매미가 올해 요란스러울 수 있었던 것은 거기에 참매 미의 지혜로운 묘수가 숨어 있었다.

　사실 매미는 6, 7년을 유충으로 살다가 땅을 헤집고 나와 성충이 되면 바깥에서 사는 기간은 단 한 달뿐이다. 대개 7, 8월에 짝짓기 하고 알을 낳고는 죽는다. 땅 밖으로 나오는 유일한 목적은 단지 후대를 잇기 위함이다. 울음은 수컷이 짝짓기 상대인 암컷에게 잘 보이기 위한 처절한 유혹의 몸짓이다. 처절해진다는 것은 성공하지 못하면 자신을 이을 분신들이 절멸에 이른다는 절박함을 생래적으 로 체득하고 있어서다. 울음이 클수록 짝짓기 성공률은 높다. 도시 공원의 나무 아래를 지나면 귀청을 찢을 듯 울어대는 말매미를 성 가시게 생각해서는 안 되는 까닭이다. 피 튀기는 생존 경쟁의 장은 늘 그런 법이지 않은가.

　참매미는 자신의 소리가 말매미에 비견할 바가 못 된다는 것을 안 것 같다. 분명 환경이 그리 만들었으리라. 중음의 참매미가 주야 장천 고성으로 울어대는 말매미의 틈을 비집고 들어간다는 것은 거의 불가능하다. 하지만 참매미는 결코, 포기하지 않았으리라. 처절한 생존 경쟁에서 자신의 성을 견고히 구축하기 위해서는 자신만의 독특한 전략과 차별화된 수단이 필요하다는 것 또한 알았으리라. 결국, 참매미의 수컷은 절묘한 한 수를 찾아냈을 것이다. 그것은 밤낮으로 울어대던 말매미가 지쳐 잠시 쉬는 틈을 타 자신의 존재를 알리는 것이 최적의 전략과 수단이라는 것을.

교교한 달빛이 이울기 전 이른 새벽, 아직 어둠이 한창인데 참매미의 울음은 공원을 채우기 시작했다. 그것도 한두 마리가 아니라 여럿이 함께하는 합창이다. 리듬은 부드럽고 가느다란 소리는 물결처럼 위아래로 이어진다. 협연은 날이 밝아질 때까지 계속되고 밤새 눅눅한 더위가 내려앉았던 공원은 일순 생기가 돈다. 잎사귀를 축 늘어뜨렸던 맥문동과 비비추, 모감주, 팽나무, 느티나무, 산수유도 팽팽한 긴장으로 되살아난 듯하다. 이러한 장면은 날마다 펼쳐지고 있다. 참매미의 절대 승리다. 싸우지 않고도 당당히 살아가는 것. 절묘한 전략이 이룩한 삶의 묘미다. 손자는 싸워서 이기는 것은 차선이요 싸우지 않고 이기는 전법을 최고로 쳤다. "백 번 싸워 백 번 이기는 것은 잘된 것 중에 잘된 용병이 아니며, 싸우지 않고 적을 굴복시키는 용병이 잘된 것 중의 잘된 용병이다."

삶은 누구에게나 통용되는 보편성을 차용해 쓰고 있다. 인간의 삶이든 곤충의 삶이든 다르지 않다. 그것이 삶의 위대함이다. 우리는 그것을 '진리'라 부르기도 하고 '이치'라 혼용하기도 한다. 이 사람도 저 사람도, 이것에도 저것에도 스며있다면 수용하지 못할 이유가 어디 있겠는가. 언젠가 법정 스님은 참고 견디는 삶을 이렇게 소개했다.

"역경을 이겨내지 못하면 자신이 지닌 생명의 씨앗을 꽃 피울 수가 없습니다. 저마다 자기 나름대로 꽃이 있어요. 다 꽃씨를 지니고 있다고요. 그런데 역경을 이겨내지 못하면 그 꽃을 피워낼 수가 없습니다. 하나의 씨앗이 움트기 위해서는 흙 속에 묻혀서 참고 견디는 그런 인내가 필요해요. 그래서 참고 견디라는 겁니다. 거기에 감추어진 삶의 묘미가 있습니다. 우리가 살아가는 이 세상이 사바세계라는 사실을 다시 한번 상기해 주시길 바랍니다. 극락도 지옥도 아니라는 거예요. 사바세계. 참고 견딜만한 세상. 여기에 삶의 묘미가 있습니다."

난 어릴 적 어른들의 입에서 입으로 누누이 전해지던 말을 떠올린다. 앞날의 불안과 해보지 않은 것들에 대한 두려움에 망설이고 고민에 휩싸일 때마다 되뇔 것이다. 그간 겪어보지 못한 어려움 속에서 몸부림치게 되면 주술처럼 읊조리리라. "살면 다 살아지는 기라. 맘 단단히 묵거래이!"

부치지 않은 편지

아이만 생각하면 숨이 턱 막히고 다리에 힘이 빠진다. 가슴 한 곳이 늘 답답한 것은 큰아이의 가시가 박힌 탓이다. 뭘 어떻게 해야 할지 도무지 묘안이 떠오르지 않는다. 모든 부모에게 자식은 짐이라는 말이 허투루 들리지 않는다. 그러함에도 기다려야 한다는 고언을 결코 놓을 수 없다. 기다리는 것밖에 지금 내가 부모로서 할 수 있는 일은 없을 듯하다. 그래서 얹힌 듯 답답하고 무거운 짐을 진 듯 힘든 것이다. 기다림은 시간의 제약 아래 있다. 일정한 시간이 축적되어야 댐처럼 시간에도 에너지가 모인다. 시간의 위대성이다. 이 위대함의 힘을 빌려 아이가 지금의 혼란을 간단히 이겨내고 기어코 자신만의 꽃을 피우는 성장을 일구길 바란다. 한 시인의 말처럼 '시간의 혈통'은 어디서든 같다는 것을 믿기 때문이다.

일어나라! 아들. 그리고 너만의 아름다운 꽃을 당당히 피워라. 스스로 겪지 않은 것은 나의 지혜가 되지 못하는 법. 세상의 모든 꽃이 연약함을 이겨내고 힘든 환경을 넘어선 것은 스스로의 강인함으로 싸웠기 때문이다. 너를 이 지구로 초대한 위대한 의미가 분명히 있을지니 그것을 믿고 찾기를 멈추지 마라. 일찍 찾는다면 좀 더 나을 수 있지만 좀 늦어졌다고 불리하지는 않다. 삶은 시시한 투쟁 따위가 아니다. '세상의 모든 것들은 결코 하나의 의미로만 존재하지 않는다. 슬픔도 그리고 기쁨까지도. 힘겨워도 견디고 또 견디다

보면 슬픔도 언젠가는 아름다운 노래가 된다.'라는 말도 기억하자. 아주 늦게 삶의 의미를 찾은 세상의 위대한 이들을 찾는 것은 길가의 돌멩이만큼 흔한 일이다. 그러니 아들아, 노심초사 흔들리지 말고 담대하고 굳건하게 스스로를 믿고 꾸준히 나아가라. 포기하지 않는다면 결단코 끝난 것은 없다.

어느 날 새벽. 일어나자마자 아이에게 편지를 썼다. 되도록 길게 쓰고 싶었으나 말과 표현은 짧을수록 좋다는 누군가의 견해를 따랐다.

오늘은 바람이 많이 부는구나. 바람에 휘어지며 흔들리는 나무들이 새벽을 깨우고 있다. 바다 위로는 짙은 구름이 수놓아 아름다움으로 장관이구나. 아침 해는 붉은 햇살을 밀어 올리며 곧 구름을 물들일 것이다. 어디에서건 늘 그곳을 물들이는 것이 하나쯤은 있지. 세상은 그를 주인공이라 부르고 주변은 조연이라 부른다. 사실 주인공은 몇 안 되지. 대부분 조연이고 배경이 되는 거야. 주인공을 도드라지게 하는 역할을 맡지. 자신이 주인공이 되지 않으면 안달하고 괴로워하는 이유야.

그러나 햇살이 비끼지 않은 구름 한 점 없는 날에 떠오르는 태양을 상상해 보려무나. 그 광경은 얼마나 밋밋하고 지루하겠느냐. 빈 하늘에 걸려있는 태양은 무척 단조롭고 식상할 것이다. 해가 솟구치는 아침과 저녁노을이 가슴 사무치게 아름다운 것은 구름과 바다와 산이 배경이 되기 때문이 아니겠냐. 지금 저 아침 풍광을 황홀하게 하는 것은 붉은 구름과 무채색의 바다가 만든 거란다. 주인공을 돌올하게 하는 것은 결국 조연과 배경이다.

그러니 내가 주인공이 되지 못해 도드라지지 않는다고 또 눈에 띄지 않는 배경이 될 뿐이라서 불행해하거나 괴로워할 필요가 없다는 거야. 주인공이든 조연이든 맡은 자리에서 묵묵히 소임을 해낼 때가 가장 빛나는 삶을 사는 순간이란 걸 기억했으면 좋겠구나.

절기가 변하니 먼저 피는 꽃들이 달라지는구나. 여름날 내리막 길가에 우북이 피었던 보랏빛 비비추가 있던 자리에 지금은 홍자색의 꽃무릇이 한창이다. 비비추는 뜨거운 여름이 제철이고 꽃무릇은 자신의 때가 가을인 게지. 아들아, 누구든 자신을 활짝 피우는 계절은 따로 있단다. 조금 일찍 피는 꽃도 있고, 어떤 꽃은 계절의 한가운데서 꽃망울을 터뜨리고, 절기를 놓쳐버린 듯 꽃대를 아주 늦게 올리는 지각생도 있다. 우리가 해야 할 일은 언젠가 꼭 한 번은 내 꽃도 핀다는 걸 믿고 그때를 묵묵히 참고 기다리며 꽃피울 준비를 하는 것이다. 기회는 때를 알고 대비하는 자에게 주어지는 예약된 행운임을 명심하거라.

아픔은 곧 성숙이다. 칼날 같은 찬바람과 에일 듯한 추위를 견디지 않은 꽃들은 없다. 봄은 겨울의 계곡을 건넘으로써 더욱 강인한 씨앗을 틔울 수 있다. 지금 걷고 있는데 힘이 들지 않는다면 어쩌면 내리막길을 가고 있는지도 모른다. 내가 존경하는 구본형 선생은 ≪마지막 편지≫(p19, 51)에서 이렇게 전한다.

네 안에 들어있는 무수한 아마추어들에 맞서라. 나는 사람들이 종종 한 길을 갈 때 필연적으로 나타나는 언덕과 가파른 계곡 앞에서 되돌아오는 것을 자주 보았다. 많은 재능을 가지고 있어 그 길로 가면 참 좋은 전문가가 될 수 있겠다 여긴 사람들이 바로 그 자리에서 흥미를 잃고 다른 길로 접어드는 것을 자주 보았다. 그들 자신도 그걸 안다. 이 고개, 이 바위를 넘으면 더 나아갈 수 있고, 더 잘하게 되리라는 것을 알고 있지만, 이때부터 찾아오기 시작하는 훈련과 땀을 두려워하는 것이다.

　모든 상처는 인생의 약이 되나니, 상처받는 것을 두려워하지 마라. 꽃이 온 들판에 가득할 때, 커다란 모자를 쓰고, 반바지를 입고, 그 환한 들판을 쏘다닐 때조차, 다리엔 온통 억새가 만들어 낸 크고 작은 상처로 따갑다. 가장 아름답고 즐거울 때조차, 그 순간을 지나는 상흔과 자취가 남는 것이니, 아픔을 두려워하지 마라. 그것이 살아있음이니.

　주위를 혼동케 하고 스스로를 고통스럽게 내몰던 아픔과 방황은 결국 나를 더욱 단단하고 견고하게 만드는 연단과 같은 것이다. 삶은 직선이 아니라 곡선이라고들 한다. 굽이진 굴곡 위를 걷다 보면 예측할 수 없는 다양한 상황을 만난다. 때론 걱정으로 잠 못 이루고 가끔은 기대치 않은 행운에 두 무릎을 치기도 할 테지. 어떤 날은 너무나 억울해 분기탱천해 울분에 휩싸이기도 하고 또 어떤 날은 천금 같은 귀인의 도움으로 기사회생을 만나기도 할 것이다.

　아들아, 삶은 그런 것이다. 주인공이 아니어도 행복할 수 있고, 운 좋게 주인공이 되었어도 행복할 수 없기도 하단다. 늦게 피는 꽃도 반드시 제철이 있어 세상에 자신을 알릴 기회는 있고, 예측할 수 없기에 흥미진진하고 충분히 참고 견딜 만한 것이 삶임을 기억하자꾸나. 표정에는 보이지 않지만 네가 무척 힘들고 불안한 시기를 지나고 있다는 걸 안다. 가끔은 표정 밖으로 실의와 포기를 내비칠 땐 땅이 꺼지는 듯 한숨이 나는구나. 그러나 감정은 언제나 믿을 게 못 되는 거품 같은 허상임을, 실체 없는 그림자와 다르지 않다는 것을 노트 귀퉁이에 기록하자.

오늘 네게 이 편지를 쓰는 건 네가 안타까워서도 안쓰러워서도 아니다. 그건 내가 나에게 쓰는 반성문이다. 너의 아픔이 곧 나의 잘못과 책임에도 이어져 있다는 것을 알기 때문이다. 아들아, 나는 변함없이 너의 영혼마저 사랑함을 멈추지 않는다. 몸과 의식이 허락하는 날까지 언제나 눈에 넣어도 아프지 않을 품속의 내 아이야. 너는 나의 사랑이다.

그러나 다 써놓고서도 편지를 부치지 않았다. 편지는 그리움이 요청하는 것이지 기다림이 요구되는 처지에서는 무용지물이란 사실이 쓰고 난 뒤에 불현듯 찾아들었기 때문이었다. 기다림은 보이지 않는 곳에서 지긋이 바라보는 응원 같은 것이어야 한다는 생각에서였다. 이 편지는 지금도 내 서랍에서 우표를 기다리고 있다.

지게를 진 아버지와 하얀 수건을 쓴 어머니

손이 터서 쓰리면 우리는 어머니에게 갔다. 어머니는 꼭 젖을 짜서 발라주었다. 젖꼭지 가까이에 손바닥을 대면 어머니는 쪼르륵쪼르륵 짜주었다. 젖이 많을 때는 주사기에서 나올 때처럼 찍찍 나왔고 젖이 적을 때는 한 방울씩 똑똑 떨어져 손바닥에 고였다. 그 새하얀 젖을 손등에다 발랐다. 그러면 잠깐은 쓰렸지만, 손은 금방 보드라워졌다. 어머니의 젖은 또 눈에 티가 들어갔을 때나 눈이 아플 때도 쓰였다. 우리를 반듯이 뉘어놓고 어머니는 젖꼭지를 눈 가까이 들이대고 젖을 한 방울 뚝 떨어뜨렸다. 그러면 우리는 얼른 눈을 끔벅끔벅해서 젖이 눈에 고루 퍼지게 했다. 그러면 눈도 역시 보드라워지곤 했다. 한겨울이나 이른 봄 손등이 쩍쩍 갈라져 속살이 보이면 어머니는 늘 젖을 짜주었다. 이웃집 사촌 누님들도 이따금 그렇게 어머니 젖을 크림 대신 쓰곤 했다.

(≪그리운 것들은 산 뒤에 있다≫ p63 김용택)

시간은 하염없이 흐르고 계절은 시나브로 지고 또 피기를 반복한다. 진다는 것은 떨어져 사라지는 꽃과 달리 사라지는 것이 아니다. 지금 활짝 핀 계절 안에 함께 어우러져 있다. 흔히 여름에 가을꽃이 피기도 한다. 이 자연의 순환은 거대한 우주에서부터 보이지 않는 먼지의 세계에 이르기까지 작용하는 것에 조금의 망설임도 없다. 냉정하고도 철저하다. 우주의 품 안에서는 작은 것이 큰 것이고 큼이 곧 작음이다. 미시의 법칙이 곧 거시에도 그대로 이어진다. 이 때문에 물리학과 천문학은 밀접히 상통하는 학문이다. 여름이 코를 벌름거리며 피고 있다. 사무실 뒷문에 서 있는 감탕나무잎이 따가운 햇볕에 윤기를 머금은 채 바람에 흔들린다. 빌딩 사이로 불어오는 바람은 건조해서 더 서늘하고 시원하다. 오. 점심을 먹은 후 그늘진 빌딩 숲 사이에서 걸터앉아 이마에 맞는 바람의 시원함이란. 겨울보다 여름이 바람에 실린 온도에 더 민감해지는 것은 꺼입은 문명을 벗어 더 자연에 가까워지기 때문이다. 더위가 불러오는 것은 불쾌지수만이 아니라 자연으로 돌아가려는 원시반본의 감정도 있다. 사랑이 뜨거운 여름에 아름답고 여름밤에 추억이 훨씬 많은 것은 필시 자연과 더불어 지내는 날들이 많은 탓일지도 모를 일이다.

지금쯤 고향 동네 뒤 산비탈로 난 좁은 고샅길에는 하얀 찔레꽃이 흐드러졌겠지. 상큼한 꽃향기는 잔잔한 오월의 저녁 날을 휘감으며 작은 산곡을 가득 채우겠지. 지게를 진 아버지와 하얀 수건을 쓴 어머니는 밭일을 끝내고 어둑어둑 땅거미가 내리면 꽃내음 물씬한 그 길로 돌아오시곤 했다. 이따금 후드득 새들이 산곡을 가로지르며 건너편 숲으로 숨어드는 모습은 오월의 저녁 풍광 한 귀퉁이에 그려지고, 산곡을 점잖게 울리던 아버지의 기침 소리도 풍광의 한 부분이 되어주었다. 언젠가 나는 두 촌로에 대해 간단히 적어두었는데 시를 읽다 득달같이 포박한 기억들이다.

손택수의 「아버지의 등을 밀며」에 부쳐
밭일을 끝낸 여름날 초저녁, 짐 가득한 아버지의 바지게 한 귀퉁이에 하얀 도라지꽃이 뿌리째 환한 향기를 풍기며 얹혀 있곤 했다. 봄에는 연분홍 진달래가 그 자리에서 하늘거리며 아버지의 발걸음을 따라 춤추었다. 쉴 새 없는 논·밭일이 허리에 파스를 떠나게 하지 않았지만, 그 고된 노동도 아버지의 질박한 낭만을 뭉개지는 못했다. 낭만 없는 삶은 얼마나 초라하고 건조한가. 분주하고 근심 젖은 일상에는 자리를 틀지 않는 것이 낭만의 속성이다. 구질구질하고 잡스러운 것들에는 피어오르지 않는다. 낭만은 순결하고 깨끗한 자리를 고른다. 지금, 물질은 풍요로울지 모르나 낭만의 아름다움은 찾아보기 쉽지 않다. 주위에서 낭만주의자를 만나기 어려운 까닭이다.

재수한답시고 빈둥거리며 지내고 있던, 허연 찔레꽃이 흐드러진 어느 늦은 봄날, 면내 이발하러 다녀오신 아버지가 손가락 마디마디 반창고 두른 손으로 불쑥 내미신 것은 뜻밖에 목소리 좋은 성우들이 녹음한 낭송 시 카세트테이프였다. 애너벨리, 낙화, 꽃, 사랑하였으므로 행복하였네라, 님의 침묵, 목마와 숙녀…. 대체로 교과서에서 보았던 시들이었지만 맑은 선율 위로 흘러가며 성우의 목소리에 담긴 시들은 느낌이 완전히 달랐다. 테이프가 늘어져 소리를 들을 수 없을 때까지 틈나는 대로 듣고 또 들었다. 아버지가 처음이자 마지막으로 내게 주신 선물이어서가 아니었다. 성우가 낭송하는 시를 어떻게 들어보시고 사셨는지 모르겠지만 정말 멋진 테이프였다.

나이가 들어 두 아이의 아버지가 되었을 때 그제야 처음으로 아버지를 모시고 목욕탕엘 갔다. 어릴 적에는 동네에 목욕탕이 없어서 그랬고 커서는 밥벌이에 바쁜 핑계 탓이었다. 굽은 등위로 툭툭 불거진 척추 마디 때문에 때 밀기가 수월치 않았다. 푸른 핏줄로 꿈틀거리던 장딴지는 볼품없이 쭈글쭈글 늘어져 있었다. 굳은살은 여전히 두껍게 갈라진 채로 뒤꿈치에 붙어 있었고 테이프를 건네주던 투박한 손은 이제 앙상했다. 결코, 무너지지 않을 것 같았던 당당한 '아버지의 성(城)'은 허물어질 대로 허물어져 노쇠한 모습 그대로였다. 두어 번을 밀자 "야야. 됐다. 팔 아프다. 그만하면 됐다. 썩을 몸뚱인데 그리 힘쓸 거 없다." 가느다란 아버지의 목소리가 탕 안에서 힘없이 울렸다.

솔직히 '부모란 이렇듯 아이와 한배를 탄 좋은 벗이 되어 그저 믿음의 침묵으로 지켜보고 삶으로 보여주며 이 지구별 위를 잠시 동행하는 사이'라고 쓴 어느 혁명 시인의 글에는 내 한 표를 던지고 싶은 마음이 조금도 없다. 어찌 아버지와 아들이 한배를 탄 좋은 벗이며 동행하는 사이일 수 있는가. 처자를 먹여 살리기 위해 쉬지 못한 채 고단하게 노를 젓고, 한 움큼의 사심도 없이 자신의 모든 걸 내놓는 아버지는 인류의 성자(聖者)가 아니던가. 그래서 아버지의 성은 결코 볼품없이 허물어진 성이 아니다. 성은 위대하고 웅장한 세상보다 더 높은 산이다. 아버지의 등은 위대한 역사요 가르침이다. 언젠가는 썩을 그 등은 인류의 영광이자 기쁨이다. 적어도 내게는 그렇다. 소풀 가득 짊어지고 대문으로 들어서시던 아버지가 너무 그리운, 꽃 피는 봄날 저녁이다. 이것이 지금 내 소원이다.

고두현의 「늦게 온 소포」에 부쳐

학창 시절 달에 한 번 주말에는 집으로 왔다. 향토장학금(?)을 받아야 했다. 하루 머물다 다시 도시로 떠나야 하는 발걸음은 늘 가볍지 못했다. 손가락마다 하얀 반창고를 두른 어머니의 거친 손이 쥐여준 꼬깃꼬깃한 지폐 때문만은 아니었다. 동구 밖까지 배웅을 받고 버스에 오르면 비포장 먼지 속에 한참이나 서 계시던 그 눈길 때문이었다.

결혼을 하고는 두어 달에 한 번꼴로 집에 들렀다. 아이들 장난기 조차 받아주기 버거워진 기력에도 도시에 가면 먹기 어렵다고 주섬주섬 챙겨주면서 "야야. 좀 더 있다, 가면 안 되나. 무슨 일이 그리 많노." 한결같이 묻던 그 목소리가 이젠 발길을 무겁게 했다. 평생 고생을 등에 지고 오로지 마을이 삶의 한계였던 촌로. 지금 영천 호국원 국립묘지에서 쉬신다. 어쩌면 그 좋아하시던 밭을 하늘에서도 일구고 계실지 모른다. 그렇다면 지금 흰 수건을 벗어 털며 밭일을 마칠 시간. 이제 내가 마중 나갈 차례다.

고영민의 「볍씨 말리는 길」에 부쳐

온 가족이 달려들어 베어 눕힌 누런 나락을 자글자글한 가을볕에 말립니다. 바짝 마른 벼는 볏단으로 묶어 논둑에 차곡차곡 쌓지요. 근동에 있는 탈곡기는 고작 한 대뿐이었습니다. 타작의 순서는 예외 없는 순번제였습니다. 그래서 타작 날짜는 탈곡기 차례가 해당하는 날에 잡혔지요. 운이 나빠 잡힌 날에 날씨가 궂기라도 하면 큰 근심거리가 되기도 했습니다.

동이 트기도 전 어둑한 이른 새벽에 탈곡기가 논 한가운데에 자리를 잡으면 드디어 타작이 시작되지요. 타작은 철저히 분업과 협조로 이루어집니다. 논둑에 쌓아놓았던 볏단을 탈곡기 옆으로 옮기는 일은 아이들 몫입니다. 아버지는 탈곡 끝난 볏단을 넓은 마지기에다 커다랗고 둥근 짚가리를 멋있게 만듭니다. 어머니는 알곡을 바가지에 퍼 담아 낟알에 묻은 티끌과 쭉정이를 바람에 까부릅니다. 검부러기가 눈썹과 머리에 눈처럼 내리 쌓이고 온몸은 뿌연 먼지로 뒤덮이는 늦은 밤이 되어서야 타작은 끝이 나지요. 그제야 허리를 펴고 하늘을 봅니다. 변함없이 초롱초롱 빛나는 별들은 칠흑의 하늘에 보석처럼 반짝였습니다.

여기저기 던져놓은 나락 포대들을 차에 옮겨 실으면서 아버지는 그해 농사에 대해 품평을 내립니다. 아버지의 셈의 기준은 늘 최고의 풍년이었을 어느 해와 작년 소출이었습니다.

"이만하면 풍년이지만 그해보다는 한참 모자라네. 올해는 가물어 벼멸구가 심하더니 작년보다 못 미쳤어."

다음날 어젯밤 아무렇게나 쌓아놓은 나락 포대를 내리고 우케를 넙니다. 누런 낟알이 마당과 길가 여기저기에서 이랑을 지으며 가을볕에 몸을 말립니다. 더 잘 말리기 위해 가끔 알곡들을 써레로 쓸고 맨발로 휘휘 젓는 것은 대부분 어머니가 맡았지요. 흰 수건을 쓰고 뒷짐을 진 어머니가 낟알 속에 깊이 발을 묻은 채 왔다 갔다 하는 모습은 참으로 여유로웠습니다. 그 옆에 말리는 태양초 고추는 어찌나 붉었던지요. 이젠 더는 그 행복한 풍경을 보려야 볼 수 없습니다. 인공의 건조장이 그 일을 대신하기 때문이지요.

며칠 뒤 바짝 말린 알곡이 담긴 포대가 농협창고로 옮겨지고 보라색 등급 도장이 포대에 선명히 찍히는 날이면 아버지는 불쾌해진 얼굴을 하고 돌아왔습니다. 두둑한 주머니에는 신문지로 둘둘 싼 그해 매상 대금이 들어있었지요. 이제야 고된 가을걷이가 끝난 것입니다. 분주하던 들은 텅 비어 허허롭고 논둑의 풀들은 울긋불긋 단풍으로 절정입니다. 앙상한 감나무의 몇몇 감들은 선홍빛으로 터질 듯했지요. 그러나 그것은 석과불식(碩果不食)입니다. 곤줄박이와 까치의 몫입니다.

　때마침 가을비가 두어 번 내리면 가을은 이제 제 할 일을 끝내고 이내 훌훌 떠나갑니다. 최선을 다한 그 모습은 늘 넉넉하고 당당합니다. 누가 가을의 뒷모습을 쓸쓸하다 하는가요. 이별의 계절이라고 부르나요. 오늘 가을이 떠나가는 고즈넉한 그 길을 걷습니다. '허리를 구부려 마음 자락에 떨어진 이삭 하나' 줍습니다. 가을의 메타포는 쓸쓸함이 아니라 철저히 당당함이란 걸 마음 자락에 새겨 넣고 말이지요.

　이 좋은 계절에 며칠을 통증에 붙잡혀 고생하고 있다. 통증은 몸을 불편하게 하고 마음을 성가시게 한다. 걸을 때마다 몸을 끌어당겨 절룩거리게 하고 신경을 곤두서게 해 잠시도 통증의 괴로움에서 벗어나지 못하게 만든다. 몸의 항상성으로, 몸이 자가 치유를 위해 심신의 에너지를 끌어당기려 해서 일어나는 현상이다. 부조화된 몸의 한 부분에서 비롯되는 통증은 질병이 인자이지 통증 자체가 병이 되진 않는다. 통증은 신경의 통각과 감각 장애로부터 생기는데 몸이 자신을 방어하기 위해 보내는 강력한 경고신호다. 통증이 심하다면 그만큼 몸이 건강하다는 것을 방증한다. 반면 균형을 잃어 통증이 발생했는데도 몸에 아무런 자각증상이 없다면 이미 그 기능을 잃었을 가능성이 크다. 간단하다고 알려진 하지정맥 수술은 실제로는 무척 고통스럽다. 걷거나 움직이면 제어할 수 없는 통증이 들이닥치면서 신음을 토하게 만든다. 자세를 고치면 허벅지에서 욱신거리는 통증이 한참이나 머무른다. 자다가 자세를 바꾸려 몸을 뒤틀기라도 하면 그야말로 신경이 곤두서서 잠은 어느새 쫓겨 달아

나버린다. 숙면 없는 밤이 요 며칠 지속이다. '고통의 제거가 바로 쾌락(행복)'이라고 한 에피쿠로스를 이해하겠다.

고통은 상황을 맞서지 않고 피하게 만드는 게 태생적 목적이다. 생존을 위한 몸의 장치인지라 너무나 당연한 이치다. 불편하고 아픈 감정을 그 누가 일부러 껴안으려 하겠는가. 하지만 외면하고 회피하면 점점 커지는 것이 고통이다. 두려움과 공포의 감정도 이와 같다. 옛 현자들은 고통이나 두려움을 이겨내는 방법으로 그것에 정면으로 맞서라고 한다. 수동이 되지 말고 능동으로 고통을 응시하라는 말이다. 통증이 일어날 때 가만히 그곳에 신경을 집중하고 온 마음으로 바라보면 희한하게도 고통이 줄어드는 것을 느낄 수 있다. 아마도 공포나 두려움처럼 고통도 감정의 하나이기 때문일 터다. 계속해서 오랫동안 지켜보면 실체가 없는 감정들은 어디론가 사라져버린다. 그것을 '관(觀)한다'라고 한다.

내 유월의 저녁들은 고즈넉하고 잔잔한 기억으로 빼곡하다. 가슴 저리게 그립다. 과거로 돌아갈 수 있다면 기어코 그 시간으로 되찾아 가리라. 그리곤 몇 날 며칠을 기억에 흥건히 취하리라. 지금의 작은 통증을 잠시도 떠올리지 않으리라. 그리해 더 자유로운 낭만의 추억들로 유월을 가득 채우리.

아들아, 날마다 네 꿈을 포스팅하거라

  네가 양계를 한다고 들었는데 양계란 참으로 좋은 일이긴 하지만 이 것에도 품위 있는 것과 비천한 것, 깨끗한 것과 더러운 것의 차이가 있다. 농서를 잘 읽어서 좋은 방법을 골라 시험해보아라. 색깔을 나누어 길러도 보고, 닭이 앉은 홰를 다르게도 만들어보면서 다른 집 닭보다 살찌고 알을 잘 낳을 수 있도록 길러야 한다. 또 때로는 닭의 정경을 시로 지어보면서 짐승들의 실태를 파악해보아야 하느니, 이것이야말로 책을 읽는 사람만이 할 수 있는 양계다. 만약 이(利)만 보고 의(義)를 보지 못하며, 가축을 기를 줄만 알지 그 취미는 모르면서, 애쓰고 억지 쓰면서 이웃의 채소 가꾸는 사람들과 아침저녁으로 다투기나 한다면 이 것은 서너 집 사는 산골의 못난 사람들이 하는 양계다. 너는 어떤 식으로 하고 있는지 모르겠구나. 이미 닭을 기르고 있으니 아무쪼록 앞으로 많은 책 중에서 닭 기르는 법에 관한 이론을 뽑아내어 차례로 정리하여 '계경(鷄經)' 같은 책을 하나 만든다면, 육우라는 사람의 『다경(茶經)』, 혜풍 유득공의 『연경(烟經)』과 같은 좋은 책이 될 것이다. 속사에 종사 하면서도 선비의 깨끗한 취미를 갖고 지내려면 언제나 이런 식으로 하면 된다.

  (≪유배지에서 보낸 편지≫ p90 정약용)

민욱에게.

  너를 만나고 돌아와서 한동안 마음이 편안했다. 혹 군 생활 적응에 애로를 겪을까 노심초사했던 걱정들이 네 늠름한 모습에 감내할 수 있을 정도가 되었다는 것이다. 세상 어느 부모인들 자식의 힘듦을 외면할 수 있을까마는 자식들에 대해 애착이 강한 부모들은 고초 속의 자식들을 대할 때면 유독 너스레를 떨게 된다. 그것이 동물적 본능인지 리처드 도킨스라는 생물학자가 주장하는 DNA의 '이기적 행동', 즉 자신의 존재를 영속시키기 위해 몸이라는 운반체를 활용하기 때문인지 알 순 없지만 어쨌든 부모는 필요 이상으로 자식들에 대해 보호 본능을 가지고 있음이 틀림없다. 네 엄마와 나도 전혀 다를 바 없다.

수료식 며칠 전부터 너를 본다는 생각에 마음이 달떴다. 설레는 감정을 느껴본 지가 얼마 만인지 모른다. 기대와 보고 싶음이 설렘의 질료라면 일정한 헤어짐의 간격은 설렘을 일으키는 촉매제가 될 것이다. 만남의 감회가 특히 남달랐다면 이별의 간격이 아주 적절했다는 의미다. 그런 면에서 5주는 설렘을 극대화하는 기간이었다. 물론 앞으로 극대화 기간은 차츰 늘어나겠지. 상황에 익숙해지면 뇌도 그 상황에 적응하기 때문에 보고 싶음을 어느 정도 참을 수 있게 되기 때문이다. 그렇더라도 네 엄마와 나는 너와 만나는 간격을 5주 내외로 지킬 것이다. 말하자면 넉 달에 세 번, 즉 네가 군에 몸담은 동안 이번을 포함해서 열여덟 번은 면회 가겠다는 뜻이다. 어쩌면 이것은 자식에 대해 지닌 부모의 마땅한 사랑이라기보다는 내 아들을 향한 사랑을 다른 부모와 다르게 전하겠다는 의미에 방점을 둔 결정이다. 부모로서 조금의 경쟁심과 의무감도 작용했음을 밝힌다. 결국, 어떤 종류든 사랑은 표현함으로써 완성되기에 그러하다. '사랑은 표현'이라는 말을 오래 기억하거라. 말없이 가슴에만 품는 사랑은 반쪽 이상이 될 수 없다. 만나고 보듬고 대화하고 정을 나누는 사이에 사랑이 온전해지고 또 그렇게 전해지는 것이다. 먼 친척보다 가까운 이웃이 더 낫다는 말이 생긴 이유일 것이다.

네가 알다시피 나는 궁벽한 시골에서 자랐다. 고향 읍천은 원자력발전소가 들어오기 전에는 아주 한적하고 조용한 작은 시골이었다. 바다는 맑고 투명한 남빛이었고 하늘은 티 없이 깊었다. 밤이 되면 전기가 들어오지 않은 터라 밤하늘 별빛이 군더더기 하나 없이 초롱초롱 빛났다. 계절에 구애치 않고 사선을 그으며 떨어지는 별똥별은 심심찮게 볼 수 있었고 여름에는 별들의 무리인 은하수가 길게 서쪽 하늘을 가로지르며 물결처럼 흘렀지. 시리도록 밝은 달이 뜬 날은 어둠 속 시골이 우리들의 놀이 소리로 떠들썩해 밤늦도록 잠들지 못했다. 그런데도 나는 별자리들의 이름을 몰랐다. 부끄럽게도 카시오페이아와 북두칠성은 중학교를 들어가서야 알게 되었지. 그것은 천문에 관한 책을 읽지 않은 탓이기도 했거니와 별이 너무 흔했기에 그다지 의미를 두지 않아서였을 것이다. 어쨌든 내가 천문에 관심을 가지기 시작한 것은 적어도 대학 이전에는 없었다. 그것도 아주 우연한 기회에 하늘을 다시 보기 시작했지.

네가 알고 있는지 모르겠지만 나는 대학 생활을 기숙사에서 보냈다. 입학 그해 하반기가 되어서야 기숙사가 완공되어 들어갔다. 그전에는 울산에서 부산까지 버스를 타고 통학했다. 지금 네 울산 고모가 당시에 나를 거두어주고 있었다. 그래서 나는 항상 네 울산 고모의 고마움을 잊지 않고 있다. 경제적으로 여유가 된다면 가장 먼저 가까이하고 싶은 분이다. 네가 알다시피 형제라고는 현이와 단둘인 너와는 달리 나는 형 둘과 누나 둘이 있다. 당시로는 그다지 많지 않은 형제지만 터울이 커 가까이 살갑게 지냈던 사람은 대체로 바로 위의 형과 누나였다. 낚시 가게를 하는 작은 큰아버지와 울산 네 고모가 그분들이다. 사실 터울이 큰 읍천 큰아버지와 감포 큰고모에 대해서는 별다른 애틋한 기억이 없다. 그래서 '가장 먼저'라는 말을 쓴 것이다. 굳이 순서를 따진다면 그렇다는 것이지 부모와 형제의 사랑에 우열이 어디 있겠냐.

얘기가 옆길로 샜구나. 반년을 울산에서 통학하다가 맞이한 기숙사 생활은 여러모로 만족스러웠다. 여러 사람이 한 방에서 생활해야 하는, 말하자면 독립적인 공간이 없는 생활이 다소 불편하기는 했지만 다른 사람의 생활을 가까이서 지켜볼 수 있다는 것, 그리해 내 생활을 반추해 볼 수 있다는 것은 불편을 훨씬 뛰어넘는 이점이기도 했다. 기숙사에는 2인 1실과 4인 1실이 있었는데 나는 4인 1실에 배정되었다. 출입문 양쪽 벽에 2층 침대가 마주 보며 자리했다. 대체로 난 1층 침대를 썼는데 2층보다는 독립적이진 않았지만 오르내리지 않아서 좋았다. 해마다 같은 방 동료는 추첨을 통해 결정되었다. 집에서 다닌 동창들보다 친구가 더 많다면 분명 기숙사 생활 덕분이었을 것이다. 가족처럼 아주 친하게 지내는 이가 점차 많아지니 학교생활이 윤택하지 않을 수 없었다. 그래서 총학생회 산하 사회과학부 간부가 되기도 했고 학과 전체 총무를 지내기도 했다. 덕분에 교수님들과 아주 가까운 사이가 되었지. 윗사람과 가까워진다는 것은 학교생활에서 좀 더 유리한 입지에 있다는 의미다. 조직에서 영향력이 커진다는 뜻이지. 뭐 학생이 영향력이 있어 봐야 얼마나 크겠느냐마는 귀여움을 많이 받은 기억은 있다.

여하튼 만족스러운 기숙사 생활을 시작할 때 만난 한 선배가 있었다. 얼굴이 동안이라 도대체 나이를 먹었을 것 같지 않았는데 군대를 갔다 온 예비역이었다. 좀 특이했지. 당시 1학년 같은 과 동창 50여 명 중에는 예비역이 서너 명에 불과할 정도로 적었다. 그런데 한방을 쓰는 식구 네 명 중 한 명이 예비역이었으니 비중으로 치면 상당했다. 선배는 작은 체구에다 무척 조용한 성격이었는데 억양조차 서울말이어서 더욱 자분자분한 분위기를 풍겼다. 어쩌다 단둘이 있을 때는 서로 사소한 얘기까지 하기 마련인데, 어느 날 얘기를 나누던 중에 천문에 관심이 아주 많다는 사실을 털어놓았다. 그때 난 말로만 듣던 천문분야에 관심 둔 이가 가까이 같이 있다는 사실에 의외의 자극을 받았던 것 같다. 선배는 밤이면 기숙사 옥상을 올라갔다가 새벽이 되어서야 방으로 돌아오곤 했다. 하지만 난 한 번도 그를 따라 옥상에 간 적이 없었는데, 별은 자라면서 갈증 없이 보았던 탓이기도 했고 학생이라는 처지에 천문이라는 다소 엉뚱하고 생경한 것보다는 대학 생활 자체에 훨씬 관심이 많았기 때문이기도 했다. 또 당시에는 군부를 등에 업은 전두환과 노태우 정권의 연이은 독재에 항거하는 학생 시위가 날마다 벌어진 것도 별에 관심을 덜 둔 까닭이었지. 우리는 2학년이 되자 다른 방으로 배정되면서 헤어졌는데 천문학과가 있는 대학으로 다시 가고 싶다던 선배가 더는 기억에 없는 걸 봐서 선배는 2학년이 되자마자 자신의 길을 갔을지도 모르겠다. 왜 그가 그 이후로 기억에 없는지는 알 수 없지만, 천문에 대한 일상의 기억만은 또렷하다.

그러다 하늘에 다시금 관심을 두기 시작한 것은 그로부터 10여 년이 훌쩍 지나서였다. 너와 현이가 태어난 뒤였다. 어느 날 책을 읽다 느닷없이 별자리가 궁금했고 천문분야를 더 알고 싶게 되었다. 하늘과 관련된 몇 권의 책을 더 흥미롭게 읽은 이유였다. 아마 기억이 날 것이다. 부산 삼익타워아파트에 살 때였다. 바람이 몹시 찬 겨울날 늦은 밤 너희 둘을 데리고 김해 천문대에 올랐었다. 현이는 네 엄마 등에 업혔고, 너는 시린 달빛이 환하게 내리는 족히 20분이나 걸리는 비포장 고갯길을 투정 없이 잘도 걸어서 갔다. 천문대 실내 천장에 그려진 많은 별자리를 의자를 젖힌 채 누워 경이롭게 보았고, 옥상에 올라가서는 지구로부터 수십억 킬로미터(실제로는 약 11억 9,550만~16억 5,850만km) 떨어진 곳에서 희미하게 토해내는 모래알만 한 토성의 가녀린 빛을 실제 망원경으로 보았지.

그런데 이 모든 얘기는 하늘의 별에 관한 책 읽기가 없었다면 애당초 꺼낼 수도 없을 것이다. 아들아, 책은 오로지 학문을 위해서만 존재하는 것이 아니다. 독서는 세상의 다양한 경험에 자신을 노출해 풍요로운 삶을 살아가도록 하는 것에 목적이 있다. 경험만큼 훌륭한 인생의 자산은 없기 때문이다. 물론 독서는 직접경험이 아니라 간접이긴 하지만. 주어진 한정된 시간 안에 실제 삶으로 경험할 수 있는 것이 대체 얼마나 되겠냐. 더욱이 수많은 경험을 직접 하기에는 우리에게 주어진 시간은 턱없이 짧을 수밖에 없다. 여기서 독서의 가치는 더 두드러진다. 독서는 오로지 학문을 궁구하기 위함만이 아니라 한 번밖에 없는 유일한 내 삶을, 누구도 대신 살아줄 수 없는 빛나는 나만의 인생을 살기 위해서 반드시 갖추어야 할 태도이자 습관이다. 책에는 분명 길이 있다. 네가 찾고 싶은 길은 모두 책에 있다고 해도 결코 틀린 말이 아니다. 이건 내 짧은 독서 경험으로도 뚜렷이 증명할 수 있는 사실이다. 틈만 나면 책을 손에 들어라. 훌륭하고 빛나는 유일무이한 네 인생은 이 작은 행동으로부터 비롯될 거라는 사실을 오래 기억하길 바란다. 천문에 대해 이리 장황하게 얘기한 것은 네가 화천 골짜기에 떠오른 그 많은 별 중에 오리온자리를 정확히 알고 있었다는 것에 적이 놀란 탓이다. 그건 적어도 네가 별자리에 관심이 있다는 의미이고 가끔 하늘을 곰곰이 쳐다본다는 얘기 아니겠냐. 사실 오리온자리를 아는 사람은 그리 많지 않다. 대부분 '오리온 초코파이' 겉봉지에 그려져 있는 모양을 오리온으로 알고 있을 것이다. 나는 언젠가 블로그에 별자리에 관한 책, 쳇 레이모의 ≪아름다운 밤하늘≫을 소개하면서 이렇게 쓴 적이 있다.

오리온이 어떻게 생겼는지 알고 계시는가.
혹 초코파이에 그려진 모습으로 알고 있진 않으신가.
깊은 겨울밤에 천문대는 가보셨는가.
아이의 손을 잡고 밤하늘의 별을 헤아린 적이 몇 번이신가.
무슨 별자리를 손으로 가리키셨는가.
우리가 실제로 어디서 왔는지 생각해 본 적이 있으신가.
여름밤 평상에 누워 어두운 밤하늘의 별들을 바라보면 왜 그렇게 마음이 편안한지 아시는가.
질문에 곤혹스럽다면 쳇 레이모에게 물어보라. 그가 슬쩍 알려줄지도 모르니까.

강원도는 아직 오염이 덜해 밤이 맑고 깨끗할 것이다. 우리 땅 어느 곳보다 또렷이 별을 볼 수 있는 곳이다. 늦은 밤 보초를 설 때나 가끔 있을 야간 훈련이 있을 때 밤하늘을 수놓은 별들이 쏟아내는 초롱초롱한 이야기에 가슴을 기울이는 순수하고 낭만적인 초병이 되어보는 건 어떠냐. 어쩌면 네 인생에서 최고의 호사를 누리는 기회가 될지도 모를 일이다. 의지와 무관하게 주어진 어쩔 수 없는 여건이라면 억지 환경에 눌리지 말고 그 속에서도 환경을 요긴하게 활용할 수 있는 방법을 찾는 것이 지혜로운 삶이 아니겠냐.

이제 네가 읽고 있는 이 편지(기록)에 관해 얘기를 나눠보자. 모든 문명의 역사는 기록에서 시작하고 마무리된다. 기록한 것들은 엄연히 남지만 기록하지 않은 것들은 모두 사라지는 문명에 속하게 되기 마련이다. 우리가 마주치고 배우고 또 알고 있는 역사는 모두 기록된 것들의 일부에 불과하다. 사실 기록으로 전해진 것보다 훨씬 많은 역사가 우리 손에 닿기도 전에 멸실하거나 훼손, 왜곡되었을 거라는 건 쉽게 추정할 수 있다. 단 하나의 낱말과 문장을 바꿈으로써 역사가 달라지는 기록들이 여러 이견 속에 여전히 많이 존재한다. 기록의 중요성을 역사만큼 요구하는 곳은 없다. 수천수만 년의 후대에도 전해지기 때문이다. 일제 강점기 일본이 가장 극악하게 손을 댄 것은 우리 역사(고대 상고사)였고, 지금 중국이 나부대는 동북공정 또한 우리 역사를 심대하게 왜곡하고 훼손하는 한심한 소행이라는 걸 너도 잘 알 것이다. 아리랑이 자기 민족의 노래라고 하니 기가 막힐 일이지.

개인 또한 별반 다르지 않다. 민족의 역사처럼 개인에게도 개인의 역사가 존재한다. 다만 민족의 역사는 사실들이 기록된 책의 형태로 존재하지만, 일상범백사가 기록된 개인 역사는 여러 형태로 실재한다. 또한, 민족의 역사는 장대한 시간을 압축해 전달해야 하는 만큼 편년체와 기전체라는 서술 방식을 사용하지만, 개인은 다양한 저장방식을 이용하는 차이가 있다. 누군가는 책에다 저장하고 다른 누군가는 일상화된 블로그와 홈피, 카페 따위의 클라우드에 저장한다. 더러는 여전히 종이 노트를 활용하는 이도 있다. 형태는 가지가지다. 어떤 이는 시로 남기고 또 다른 이는 긴 문장으로 남기기도 하지. 아무튼, 민족이든 개인이든 역사는 쓰는 행위로부터 만들어지고 존재하며 세세 대대 전해지고 있다. 그것을 우리는 문명이라 부른다.

개인의 역사는 민족 역사보다 관찰하고 기록하는 기간이 실로 단명한 순간에 불과하다. 100년도 안 되는 짧은 기간을 지상에 머물다 떠나는 한 사람의 기록이란 것이 얼마나 유용하며 가치가 있을까 싶기도 하다. 더욱이 그 기록들이 과연 누구에게 지침으로 써질 것인가를 생각하면 회의도 든다. 그러함에도 개인의 기록은 쓰는 행위 자체만으로도 여러 이로움을 건네주는 것은 분명한 사실이다. 대체로 이타적 공적 쓰임새라기보다는 나를 중심으로 한 개인적 가치에 지나지 않지만, 그 이로움 몇 가지를 써보면 이렇다.

먼저, 종류와 내용이 어떻든 간에 글쓰기는 자신의 문명을 꽃피울 삶의 터를 일구는 데 일조할 것이다. 하루를 삼킨 삶을 붙잡고 이리저리 살펴보고 곱씹고 반추하며 세세히 관찰하는 관찰자가 됨으로써 더욱 명철한 삶의 잣대를 갖추게 된다. 세상의 모든 창조는 앞서 치열한 관찰이 있었다. 문학, 예술, 과학, 철학 따위의 존재는 관찰의 결과물이다. 자세한 관찰로부터 기어이 일상사는 훌륭한 발명과 문학의 아름다움과 심미적 예술의 심상으로 변모한다. 관찰은 사각(死角)에 있던 평범함을 눈앞 시야의 세계로 끌고 와 두드러지게 하는 탓이다. 기록은 그러한 관찰의 흔적들을 담아 창조성을 배태하고 독특한 작품을 낳는다. 대부분의 통찰은 세밀히 기록하는 과정에서 획득되는 것이다. 쓰지 않으면 훌륭한 삶의 문명은 모습을 절대 드러내지 않는 근거다. 민욱아, 어떤 것도 '쓰면 이루어지고 만개한다'라는 사실을 온전히 소화한 뒤에야 드잡이했던 네 젊고 탄탄한 하루의 멱살을 놓아주는 습관을 들였으면 좋겠구나. 그냥 흘려버리기에 네 젊은 하루는 너무나 소중하기 때문이다.

두 번째를 꼽아보자. 글쓰기는 한적하고 조용한 테이블로 불러낸 자신과 진솔한 대화를 가질 기회를 제공할 것이다. 남을 위해서 쓰는 것이 아니라 자기 자신을 위해 쓰기에 그러하다. 오늘의 충격적인 화제가 내일이면 흔적조차 없이 사라지는 이 바쁜 세상에 누구도 타인에게 지속해서 관심을 가지는 것은 불가능에 가깝다. 그러나 대부분 사람은 다른 사람의 관심을 받기 위해 죽도록 애를 쓴다. 어쩌면 삶을 살면서 겪게 되는 갈등과 혼란은 대체로 관심을 끌려는 욕망으로부터 기인하는지도 모른다. 살다 보면 알게 된다. 타인의 마음을 얻는다는 것은 지극히 어렵고 힘든 일이라는 사실을. 더불어 남이 나를 높여주는 것에는 한계가 있다. 글쓰기는 외부를 향한 마음을 자기 자신에게 쏟게 만든다. 메타 인지가 있는 한, 사람은 결코 외떨어진 혼자가 아니다. 자신은 늘 자기와 함께 존재한다. 그것은 너무나 자연스러워 오히려 무감각하게 대하는 없어서는 안 될 공기와 같다. 공기의 소중함을 늘 자각하지 않듯이 자신의 존재 또한 그렇게 대한다. 하지만 자신만큼 스스로에게 위로해주며 용기를 주고 존귀하게 받드는 존재는 사실 그 어디에도 없다. 아무런 가면을 쓰지 않고 꾸밈없는 민낯으로 마주 앉게 하는 것이 쓰기다. 관계 속의 행동에는 가끔 자기기만이 따를 수 있지만 글쓰기에는 그러한 것들의 접근이 원천적으로 차단된다. 저자도 자신이고 독자도 자신인데 속일 이유가 없잖느냐. 온전히 자신의 삶에 헌사하고 봉헌하는 것이 글쓰기다. 자신의 모든 것을 가감 없이 쏟을 수 있는 유일한 시간이자, 남이 하는 이야기가 아니라 오로지 내 목소리로 내가 하는 이야기를 들을 수 있는 유일한 공간이지. 적어도 나는 글쓰기를 그리 생각하고 있다.

세 번째로는 자신에게 거침없는 자유를 선사한다는 점이다. 우리가 이 세상에 태어나는 순간은 전혀 경험해보지 않은 낯선 환경들 속으로 뛰어드는 날이다. 육체적이든 정신적이든 환경은 제약을 의미한다. 그러니 우리에게 생명을 지속시켜주는 것은 수많은 제약의 억압일 수도 있다는 추론이 가능하다. 통제를 벗어난 방만한 자유는 생명의 보존에 그리 유용한 것이 못 된다. 어떤 면에서는 치명적이다. 그래서 인간의 몸은 방어기능이 있는 호르몬 따위의 화학물질들을 분비해 행동을 통제한다. 아주 높은 곳에 서면 다리가 후들거리고 정신이 아찔해지는 공포의 감정은 우리를 그런 위험한 곳에 가지 않도록 막는 것이다. 이것이 육체적인 제약이라면 정신적 제약은 법과 문화, 관습과 관례 따위일 것이다. 육체의 제약과 마찬가지로 정신의 제약 또한 삶에 긍정적인 영향을 미친다. 법은 강자들의 이익을 대변하는 도구라는 주장도 있지만, 약자를 지켜주는 보호 장치라는 일리 있는 주장도 건재하다. 결과야 어떻든 법은 우리의 삶을 제약한다. 문화와 관습도 이와 다르지 않다. 어른을 보면 내 기분과 상관없이 인사를 하고 존댓말을 써야 하며 군법의 강제가 아니더라도 상관이나 선임에게는 어른이나 선배로서 대우해주는 것은 모두 관습과 문화의 영향 탓이다. 그러나 제약의 긍정적인 면을 부인할 수 없지만, 제약이 부른 억제가 삶에 미친 영향 또한 무시할 수 없다. 우리가 남의 시선에 자유롭지 못한 것은 순전히 정신적 제약 때문이다. 늘 누군가를 살피고 그에 맞추다 보니 우리는 진정 자신의 존재와 멀어지고 무관심하게 됐다. 내가 누군지를 잊고 있으니 삶은 겉돌고 늘 불안할 수밖에 없다. 흔들리고 불안한 삶에 어찌 행복이 깃들 수가 있을까. 단단한 곳에 기둥을 세우지 않고 어찌 훌륭한 집을 지을 수 있을까. 그렇다. 쓰기는 이러한 수많은 제약에서 벗어나는 해방구다. 글을 쓰는 동안 무엇이든 될 수 있고 어디로든 떠날 수 있으며 어떤 것이든 벗어버릴 수 있다. 네가 완벽히 통제된 군인이지만 군장 대신에 배낭을 짊어진 자유로운 여행가, 소총 대신에 엽총을 들고 들판을 찾아 나서는 매서운 사냥꾼, 군화 대신에 등산화를 신고 암벽을 오르는 열혈 등반가, 저녁 점호 대신에 스님들과 더불어 좌선하는 템플스테이 명상가가 될 수도 있다. 이를테면 시공간의 지배를 벗어나 오로지 네가 원하고 바라는 대로 만끽하며 사는 자유의 삶이 가능하다는 얘기지. 아들아, 쓰기를 당장 실천해 보아라. 내가 지금 주절주절하는 이 말들의 뜻을 금방 공감할 수 있을 것이다.

넷째로는 성장하고 있음을 스스로 체감하는 기쁨을 누리게 된다. 시간은 분절되지 않는 연속성의 특성이 있다. 시나브로 변화되는 것은 좀체 알아차릴 수 없다. 이어지는 완만한 변화의 연속은 어떤 기점에서 분절해 비교해보지 않으면 변화된 정도를 감지하기란 쉽지 않다. 그래서 변화는 점진성이다. 급변은 존재물들이 요구하는 환경이 아니다. 특히 인간을 위시한 생물들은 서서히 변하는 가운데 태어나고 성장하고 소멸해 왔다. 성공적인 진화에는 급변이 끼어들 여지가 있을 수 없다. 사태의 급변은 종의 절멸로 데려가기 때문이다. 이를테면 여름과 가을날 흔히 겪는 태풍은 기온과 기압의 급변이 원인이다. 태풍이 지나간 자리에는 훼손과 파괴가 난무한다. 그곳에 생동하는 생명의 아우성이 설 자리는 없다. 이보다 더 영향이 큰 기후 따위의 환경 급변은 더 말할 필요가 있겠냐. 연속성을 지닌 시간은 점진적인 진화의 내용을 모두 내포하고 있다. 그러므로 시간을 분절하여 그 단면을 보지 않으면 이제껏 벌어진 변화의 정도를 알 길이 없지. 글쓰기는 이 시간의 분절을 가능케 한다. 더불어 변화가 이루어낸 성장과 성숙의 정도를 충분히 가늠하게 만든다. 네가 매일 글을 썼다면 올 1월의 것을 지금 볼 수 있고 지난해 1월의 글도 볼 수 있을 것이다. 말하자면 올 1월과 지난해 1월을 툭 잘라 꺼내 보는 것이 가능하다는 얘기다. 그리고 서로 비교도 해 볼 수 있다는 것이다. 비교만큼 변화와 성장을 측정할 수 있는 것은 없다. 나쁜 것이 아니라면 어떤 것이든 성장은 우리에게 기쁨을 안긴다. 인간은 태어나면서 죽을 때까지 성장하는 DNA를 지니고 있고 그것이 살아가는 목적이기 때문이다. 글쓰기는 자신의 성장을 언제든 확인해 볼 수 있고 그에 따른 기쁨을 누릴 수 있다. 행복은 큰 기쁨이 아니라 보잘것없이 아주 자잘한 기쁨에서 더 많이 얻을 수 있다는 사실을 살아가면서 점차 알게 될 것이다. 민욱! 오늘부터 당장 글을 써보는 것이 어떠냐. 그것도 날마다 꾸준히! 나의 권유를 다시 한번 진지하게 헤아려보길 바란다.

마지막 글쓰기의 이로움이다. 이것은 네 번째 이로움의 연장선에 있다. 오래도록 글을 쓰면 미래의 어느 날 지금과는 전혀 다른 자신이 되어있음에 매우 놀라게 될 것이다. 인간은 겉으로 드러나는 육체의 변화보다는 내면의 정신적 탈바꿈에 훨씬 영향을 많이 받는 존재다. 고대 철학자들의 말이 아니더라도 우리는 분명 동물들과 달리 어떤 '지적 정신'을 소유하고 있다는 것을 안다. 이것을 영혼이라고 하든, 신성(神性)이라고 하든, 육체와 병립하는 사유라고 하든 그다지 부름이 중요하지는 않다. 중요한 것은 정신적 활동이 우리의 성장과 성숙을 좌우한다는 점이다. 글을 쓰는 행위는 육체적인 움직임과 더불어 정신의 기동을 요구한다. 특히 정신의 작용을 의미하는 사유는 글쓰기 대부분이라고 해도 그르지 않다. 달리 말하면 글쓰기는 곧 사유가 훑고 지나간 흔적들을 활자로 남긴 것이다. 쓰기가 깊어지고 넓어졌다면 사유의 지평이 그만큼 심화하고 확장했다는 의미다. 결국, 사유는 글쓰기의 요구에 정확히 부응한다는 말이다. 삶은 사유에 크게 영향을 받는다. 어떤 생각으로 하루를 맞이하고 보내느냐가 하루의 가치를 결정하듯 어떤 사유로 세상을 살아가느냐가 삶의 질로 연결된다. 삶은 어떤 경우에도 그 사람이 지닌 사유의 필터를 투과하기 마련이다. 생각과 감정의 건반 줄 끝에 삶의 일상이 연결되어 있다. 이러한 사유의 지평은 절로 깊어지고 넓어지지 않는다. 사유는 좀체 자신의 형태를 바꾸려 하지 않는 탓이다. 끊임없이 생각하고 또 그것을 겉으로 드러내서 정련하게 가다듬는 일련의 반복을 통해서만 변태가 가능하다. 사유에 상응하는 쓰기가 무엇보다 중요한 까닭이다. 꾸준한 글쓰기를 통해 사유는 증폭하고 확대한다. 성장은 이러한 사유의 변태가 남긴 유물이지. 전과 다른 생각을 한다면 이제 '다른 사람'이 되었음을 뜻한다. '다른'이라는 형용사는 이미 성장과 성숙이라는 뜻을 함의하고 있다. 사랑하는 아들아, 쓰기의 이로움은 어찌 이뿐이겠냐. 필시 효과라는 것은 사람마다 다르고 처해 있는 상황에 따라 다양할 것이다. 내 표현이 졸렬하여 몇 가지를 꼽아보았으나 이것조차 확실한 것은 아니니 참고만 하고 네가 직접 쓰기의 효과를 체험하기를 권장한다. 하루의 일과가 빈틈없이 채워진 군 생활만큼 글쓰기 재료가 풍부한 경우는 별로 없다. 충실히 쓰고 또 더해서 날마다 자유롭게 성장했으면 좋겠구나.

그렇다면 이제 어떻게 하면 쓰기를 잘할 수 있을까만 남았구나. 그에 답은 대체로 한결같다. 유명세를 구가하는 작가들도 그렇고 글쓰기를 가르치는 이들의 화답도 이에 수렴한다. 그것은 바로 다독(多讀), 다작(多作), 다상량(多商量) 이 세 가지다. 많이 읽고, 많이 쓰고, 많이 헤아려야(생각) 한다는 것이다. 물론 이 세 가지는 서로 맞물리는 까닭에 순서에 그리 집착할 필요는 없다. 그러나 작가 조정래는 굳이 순서를 정한다면 다독, 다상량, 다작이라고 했다. 먼저 많이 읽고, 읽은 것의 의미를 헤아리고, 그다음에 많이 쓰는 것이 올바른 차례라고 제시한다. 이 삼다론(三多論)은 송나라 당송팔대가의 한 사람인 구양수라는 정치인이자 시인 겸 학자가 학문하는 자세에서 주장한 비결이라고 전해진다. 비결이라고 하니 거창하게 여겨지지만 사실 누구나 쉽게 받아들여 내 것으로 삼을 수 있는 범상한 방편이다. 알 수 없는 것에 대해 표현할 수 없는 것은 아주 당연하기 때문이다. 보고 듣거나 읽어서 알지 못하면 어떻게 말하거나 쓸 수 있겠냐. 말은 사람이 하는 말로부터 배우고 쓰기는 써놓은 글로부터 배우는 것은 자명한 이치가 아니겠냐.

민욱. 너를 위해 몇 권의 책을 준비했다. 그중 두 권은 책장에서 꺼내 먼지를 턴 것이고 나머지는 인터넷서점에서 구매했다. 다소 읽기가 부담스럽지 않을까 염려도 있었지만, 너라면 충분히 읽어내리라 판단했고 마땅히 읽게 해야 하는 부모로서의 권면도 작용했음을 밝힌다. 몇 권은 우편으로 보내고 나머지는 면회 때 가져갈 것이다. 얼마 되지 않지만, 등기료를 고려했다. 수동적인 일과라 더 고되겠지만 앞서 말한 것처럼 피할 수 없다면 상황을 잘 활용한다는 태도로 매사를 능동적으로 받아들이는 것이 고된 일상을 유용하게 보내는 방법임을 잊지 마라. 그러니 틈틈이 읽어라. 일상에는 죽어 있는 시간이 의외로 많다. 그 시간을 살려내면 읽는 시간은 충분할 것이다. 더불어 쓰기도 병행하면 더 좋겠지. 독서에도 효율적인 나름의 방법이 있는데 그것은 차후에 논해보자. 읽기에 대한 간단히 한 가지 방법을 들어보면 이렇다. 한 권을 끝까지 통독하고 난 뒤에 다른 책을 펼치는 것보다 여러 권의 책을 동시에 읽어나가는 것이다. 대체로 다독가들이 하는 형태인데 나도 이 방법을 빌려 쓴다. 그래서 서로 다른 분야의 책들을 골랐다. 물론 이러한 것들은 권유이지 결코 강권이 아니다. 무릇 세상의 일들은 스스로 결정하고 선택하는 것 이상으로 자신의 열정과 호기심을 불러일으키는 것이 없지 않더냐?

글쓰기에 대한 여러 작가의 견해를 옮긴다. 도움이 될 것이다. 이러한 글들은 독서를 통해 내가 한곳에 모아놓은 것들의 일부이다. 정보는 모였을 때 힘을 발휘하는데 모으는 기술에 대해서도 나중에 얘기할 기회가 있을 것이다.

글 쓰는 일을 하다 보니, 아주 흥미로운 경험을 하게 됩니다. 내가 느낀 것을 글로 표현하면 그 글을 읽는 사람이 내가 글을 쓸 때 느꼈던 감정을 똑같이 느낀다는 사실입니다. 만약 내가 아주 즐겁게 글을 쓰면, 그 글을 읽는 사람도 똑같이 즐거워합니다. 내가 아주 억지로 마지못해 글을 쓰면, 그 글을 읽는 사람도 아주 지겨워합니다. 이런 현상을 '외화 (外化)'라고 합니다. 외적인 것을 '내면화'하는 것과 반대되는 과정입니다. 그래서 글을 쓸 때, 나는 가능한 한 즐거운 상태에서 시작하려고 애를 씁니다. 즐거운 생각을 하고, 향기 나는 커피를 끓이고, 조명도 우아하게 해놓고 글을 씁니다. 클래식이나 가벼운 재즈를 항상 틀어놓습니다. (김정운)

내가 이제는 더 이상 기억하지 못하게 된 삶의 소소한 일 중에서 내가 가장 아쉽게 느끼는 것은 여행일기를 적어두지 않았다는 것이다. (루소)

글쓰기에도 약간의 오기, 즉 당신의 글은 당신의 글대로 맛이 있고, 내 글은 내 글대로 맛이 있다, 내 글이 좋지 않으면 좋지 않은 대로 맛이 있고, 내 글도 역시 글이니 글이 아니라고 할 수 없다는 식의 오기가 있어야 합니다. 스스로 이런 크고 굳센 기백을 길러야 합니다. (남회근)

사람들은 너무도 쉽게 자신의 평범함에 굴복한다. 삶이란 결국 자신을 발견하고 자신과 가장 잘 어울리는 인생을 살아보는 것일 텐데, 너무도 쉽게 다른 사람들의 삶과 다를 바 없는 대중의 삶 속에 자신의 삶을 처박아 버리곤 한다. 나는 그 쉬운 포기에 분개한다. 책을 쓴다는 것은 세상에 대한 도전이다. (구본형)

뭔가를 쓴다는 것은 기억의 부실함에 대한 보완이며, 모든 잊힘과 덧없음, 곧 사라지는 것에 대한 처절한 항거이다. (장석주)

좋은 문장을 쓰기 위해서는 '만물을 사랑하라'라고 가르친다. 만물과 자주 대화를 해야 한다. 그러면 금세 달라진다. 본인은 잘 모르는데 객관적으로 볼 때 굉장히 빠르게 글쓰기가 향상된다. (이외수)

창작 활동의 비결이 뭐냐고 묻는 사람들에게 대답하자면 그것은 무슨 일이 있어도 매일 정해진 시간에 책상에 앉는 것이다. (헤밍웨이)

천지간에 외롭게 서 있는 내가 운명적으로 의지할 곳이라곤 오로지 책과 붓뿐이다. (정약용)

수료식을 마치고 돌아오던 날 둥근달이 고속도로 건너편 산 위로 떠오르고 있었다. 달은 네가 입소한 날 연병장 위에서 쳐다보던 바로 그 낮달이었고 정월 대보름날 아파트 공원을 환하게 비추며 내 소원을 들어주던 그 보름달이었다. 곁눈질로 바라보며 피곤한 것도 잊은 채 내달렸다. 밤늦게 도착해서는 다시 하늘을 보았다. 유난히 훤칠하고 장대한 달이 말끔히 떠올라 어둠 속을 흐르고 있었다. 그렇다. 외롭고 깜깜한 밤에는 달이 있다. 신산하고 힘든 날들에도 달과 같이 지켜줄 그 무엇이 있을 것이다. 우주에 신이 있다면 분명 그의 설계도 한 자리를 차지하고 있을 그 무엇. 나는 그것을 꿈이라 부르고 싶다. 죽을 것 같은 고통으로 막막한 날에도 꿈은 달과 같이 빛을 뿌리며 환하게 존재할 것이다. 사랑하는 아들아, 부디 네 꿈이 색이 바래지 않도록 밤마다 떠오르는 저 달에다 묶어두고, 날마다 그 꿈에 대해 포스팅하는 것을 네 일과에다 필히 추가하거라. 그러고는 떠오른 꿈을 향해 던지는 네 열정을 기록으로 남겨라. 그 꿈의 대답도 남김없이 적어라. 부디 네가 읽고 쓰기를 통해 네 위대한 문명을 남기길 바란다. 이것이 지금 아버지로서 내가 네게 바라는 전부다.

비가 온 뒤라 차가운 날. 그러나 벚꽃이 환하게 피기 시작하는 설레는 봄날에. 아버지가 사랑하는 아들 민욱에게 쓰다. (일과 후 휴식 때 느긋이 보내는 데 도움 되라고 좀 길고 장황하게 썼음을 이해해라.)

필요가 만남과 관계를 형성한다.

비가 그치자 거리를 수놓던 그 많은 우산이 사라졌습니다. 다시금 비가 내리면 그들은 변함없이 쏟아져 나와 하늘을 가리며 거리를 활보할 것이 틀림없겠지만, 지금은 신발장이나 보관함에 꽂혀있거나 구석진 곳에 나뒹굴겠지요. 우산은 비와 더불어 존재하는 또 다른 실체입니다. 실체가 또 다른 실체에 막대한 영향력을 갖는 것, 우리는 그 둘이 존재하는 양태를 관계라 정의합니다. 물론 둘의 태생적 목적은 다릅니다. 비는 자연의 한 현상일 뿐이며 우산은 비가 야기한 필요로 만들어진 인위적인 물건이지요. 그런데도 이들은 필연적이고 자연스러운 관계를 맺고 있습니다. 필요가 이들의 원활한 연결을 잇는 매개체인 탓이지요.

조금 확대하면 세상의 물물들의 관계는 대체로 이 필요로부터 파생되었습니다. 필요가 소멸하면 필요를 충족해주던 것들도 자취를 감춥니다. 자연 만물과 환경처럼 그 관계는 긴밀합니다. 필요는 욕구의 이면입니다. 세상은 욕구들의 표출과 공급으로 채워져 있지요. 하여 욕구의 인드라망입니다. 사람 사이의 관계도 예외일 수 없습니다. 필요와 욕구가 만남을 부추기고 관계를 형성합니다.

후배와 영등포의 허름한 건물에서 한 협회장을 만났습니다. 물론 비즈니스 때문이었지요. 재빠르게 그를 훑었습니다. 그는 나이가 좀 들었고 눈빛은 약간 노쇠했었지요. 그다지 까다로운 인상은 아니었습니다. 경험에 따르면 인상과 성정은 대체로 한 방향으로 움직입니다. 관상이 여전히 살아 있는 학문인 이유일 겁니다. 적절한 가치를 내보일 수 있다면 방문 목적을 이룰 수 있을 것이라는 느낌이 들었습니다. 감정은 늘 이성 앞에서 쪽을 못 쓰지만 언제나 인식과 판단을 재빠르게 하는 것은 이성이 아니라 감정입니다.

만남은 필연적으로 거래를 전제하지요. 비즈니스든 가까운 친구든 별반 다르지 않습니다. 거래는 서로의 필요와 욕구를 주고받아 셈법이 맞을 때 성사됩니다. 거래에 있어 교착과 답보는 교차하지 못하는 평행의 주장이 억지를 피울 때 발생하지요. 대체로 거래라는 것은 순수한 인간적 관심을 바탕에 두지 않고 각자 이익을 위한 목적 지향적 만남이기 때문입니다. 봉지 커피를 앞에 두고 십여 분이 흘렀을 때 다행스럽게 우리는 원하는 결말에 함께 섰습니다. 서로의 필요가 치러야 할 비용을 초과하는 잉여를 확신한 탓이었지요. 잉여는 자본주의의 근본적인 지향점입니다. 내게 남는 것이 없으면 자본의 움직임은 절대 일어나지 않지요.

비가 내린 하늘은 맑고 훤하네요. 공기는 상쾌하고 멀리 건물들도 또렷합니다. 비에 씻긴 도로도 깨끗해졌고 살랑거리는 가로수의 잎들도 연록이 도드라집니다. 형형색색의 우산들이 사라진 거리는 이제 한산하고 그 여백 사이로 차들은 빠르네요. 이 모든 것들의 존재에는 필요가 얽혀 있겠지요. 필요는 세상을 떠받치는 거대한 그 무엇입니다. "필요와 이익이 모든 존재의 근거다."라고 한 겸애주의자 묵자의 주장이 예사롭지 않은 하루였습니다.

무엇으로 유명해질 것인가?

두려움과 고통에 짓눌리고 동료들이 하나둘 죽어 나갈 때도 자신이 살아야 할 의미를 붙잡고자 했습니다. 고통에는 분명한 어떤 의미가 있을 것이고 그것을 연구하는 것이 살고자 하는 이유였지요. 빅터 프랭클은 죽음의 수용소인 아우슈비츠에서 스스로를 시험 대상으로 삼아 로고테라피 원형을 주조했습니다. 그가 쓴 ≪죽음의 수용소에서≫에는 눈여겨 둘 만한 사례 하나가 실려있습니다.

"머리가 희끗희끗한 나이 든 한 노인이 어깨를 축 늘어뜨린 채 상담을 받으러 왔다. 이 년 전에 세상을 떠난 아내를 잊지 못하고 크나큰 상실감으로 인해 우울증에 걸렸기 때문이었다. 노인은 이 세상 누구보다도 아내를 사랑했다.

빅터 프랭클은 간단히 질문을 건넨 후에 대답을 기다렸다. '선생님, 만약 선생께서 먼저 죽고 아내가 살아남았다면 어떻게 되었을까요?'

노인이 말했다. '오 세상에! 아내에게는 아주 끔찍한 일이었을 겁니다. 그걸 어떻게 견디겠어요?'

그가 말했다. '그것 보세요. 선생님. 부인께서는 그런 고통을 면하신 겁니다. 부인에게 그런 고통을 면하게 해주신 분이 바로 선생님이십니다. 그 대가로 선생께서 살아남아 부인을 애도하는 것이 틀림없습니다.' 노인은 조용히 일어나 악수를 청한 후 진료실을 나갔다."

'왜 살아야 하는지 아는 사람은 어떤 상황도 견딜 수 있다.'라는 니체의 말은 로고테라피의 핵심이자 뼈대입니다. 정체성이란 자신이 스스로에게 부여한 의미가 타자가 갖는 이미지와 동일한 선상에서 교감을 이룰 때 더 또렷해집니다. 오직 하나의 삶이 자신을 지배할 때 정체성은 페르소나를 대체하지요. 일터에서 아침을 맞고 해가 진 저녁이 되어서야 하루를 마감하는 직장인이라면 호주머니 속의 명함이 곧 자신의 정체성이겠지요. 그러나 이는 자신의 의지와는 아무런 상관없이 회사로부터 주어진 의미(역할)일 뿐입니다. 울안에서 유효기간에만 유통되는 명함에 쓰인 회사와 직책이 그동안에는 정체성이자 페르소나일 수는 있으나 결코 자기 브랜드가 되지는 못합니다. 의미는 오직 스스로가 부여할 때 깊어지고 두터워지면서 자신의 세계를 단단히 구축하기 때문이지요. 그런 점에서 직장인은 곧 반인반수에 해당합니다. 프로 반 아마추어 반인 거지요. 어린아이의 식견을 가진 자가 온전한 어른일 수 없듯 아마추어 안목을 가진 자는 프로로 불릴 수는 없는 법이지요.

브랜드는 프로의 또 다른 메타포입니다. 브랜드란 세상이 자신을 찾게 만드는 그 무엇입니다. '무엇으로 유명해질 것인가'란 문장으로 정의해두어도 무방하지요. 질문은 뇌가 의미를 탐구할 수 있도록 유도하는 가장 빠른 방법입니다. 이 '무엇'을 '무엇'으로 채워야 하는가? 곧 인생 2막의 인터미션에 당면한 이들에게 절박한 문제이지요. 이것은 남의 일이 아니라 바로 내 문제이기에 더 그러합니다. 누구나 인정하고 자연스레 설득되는 논리들이 상품이 되어 세상에 먹힐 때 브랜드파워는 형성되기 시작합니다. 브랜드는 미래를 불확정의 공간에서 가능성의 안정 공간으로 이동시킵니다. 그것은 그냥 실현되지 않지요. '오늘은 어제의 나를 이기고, 내일은 오늘의 나를 이기는' 강력한 변화의 노력이 선행될 때만 가능할 겁니다. 하지만 노력 이전에 반드시 갖춰야 할 것으로 변화경영 사상가 구본형이 요구하는 것은 이러합니다.

"먼저 지식의 습득이다. 특정 분야에 대한 지식은 독서와 공부를 통해 습득된다. 자신이 선택한 분야의 좋은 책을 골라 읽고, 줄을 치고, 자신의 언어로 정리해야 한다. 독학 없이는 전문가로 입문할 수 없다.

둘째는 현장에서의 깨우침이다. 책에서 읽은 지식을 현장에서 다듬어 가는 과정이다. 이때는 많은 정성을 필요로 한다. 정성을 들임으로써 일이 자신의 비밀을 스스로 털어놓게 만드는 과정이다. 이것을 깨달으면 가히 전문가라 불릴 수 있다.

셋째는 자신을 세상에 알리는 것이다. 옛날에는 자신을 판다는 말은 나쁜 말이었다. 그러나 이제는 자신을 팔지 못하면 위험하다. 글을 잘 쓰는 사람은 기고나 책을 저술함으로써 자신을 알리는 것이 좋다. 말을 잘하는 사람은 세미나 좌담회나 강연 등을 통해 자신을 알려도 좋다. 자신의 홈페이지를 만들어 이용하는 것이 가장 보편적이다. 또 10명 정도의 관련 분야 전문가들과 휴먼 네트워크를 만들어 활용하면 서로 배울 수 있다. 그리고 서로 추천해 줄 수 있다."

세상이 자신을 찾게 하는 그 '무엇'은 제각각일 겁니다. 사람마다 다르지만 '무엇'은 반드시 자신 안에 똬리를 틀고 있습니다. 브랜드는 삶의 의미 속에 들어있지요. 발견은 시기의 문제일 뿐 뒤지고 찾고 끄집어내려고 애타는 자만이 먼저 보게 되고 건지게 될 테지요. '무엇으로 유명해질 것인가.' 물음 앞에 서면 자꾸만 초조해집니다. 그렇다고 위축되진 말아야겠습니다. 니체의 말을 되뇌어볼까요? 그리고 함께 곱씹어볼까요?

"왜 살아야 하는지 아는 사람은 어떤 상황도 견딜 수 있다"

누군가와 함께한다는 것

성곽길을 걸었습니다. 뒤틀리고 굽은 소나무 사이로 탁 트인 서울의 풍광을 보며 겨울 찬바람을 따라 걷는 길은 꽤 운치가 있었지요. 땅은 얼어 메마르고 바람은 건조했지만 대기는 맑고 상쾌했습니다. 몇 번의 오르막을 지나면서 말소리는 줄었고 이마는 촉촉해졌습니다. 걷는 것은 어떤 사유 속을 헤집고 들어가 실마리를 거머쥐려는 거지요. 오늘 회사 동료들이 함께 걷는 것도 그 목적을 벗어나지 않습니다. 십시일반 의중을 모아 해결책의 출구를 함께 더듬는 거지요.

세상에는 남의 힘을 빌리지 않고 홀로 다 할 수 있는 일은 많지 않습니다. 찬바람으로부터 내 몸을 지켜주는 외투 한 벌도 혼자 만들기는 거의 불가능에 가깝지요. 그러므로 세상이 얽히고설킨 것은 서로의 손들이 얼마나 필요한가를 분명하게 역설하고 있는 겁니다. '삶이란 관계의 조각들이다. 조각마다 특정한 사람과 공유되어 있고 그 조각들은 모두 모여 내 삶 전체를 형성하고 있다.' 그러므로 내 존재 근거는 내 안에 있는 게 아니라 상대와의 관계 속에 있습니다. 함께한다는 것은 애당초 다른 데 두었던 시선들을 한곳으로 모으는 관계를 맺는다는 의미지요. 연루되고 결속하면서 서로의 성장과 도약에 영향을 주고받습니다. 관계는 나와 그를 우리로 만드는 것입니다. 그러려면 나를 이해하고 그들을 이해해야 합니다.

사람은 사람을 통해 성장합니다. 우리는 생각이 같은 사람들을 통해 격려와 지지를 받고, 생각을 달리하는 사람들을 통해서 성장하게 됩니다. 사제지간이든 선후배든 친구 사이든 회사 동료 간이든 서로 상대로부터 영향을 받습니다. 때로 상대의 삶에 미치는 영향력은 절대적이고 압도적이지요. 이때 그 사람은 진정한 스승의 역할을 합니다. 이 역할을 담당해 줄 결정적인 상대를 마주하지 못하면 뛰어난 재능은 그저 길거리에 버려져 나뒹구는 폐지에 지나지 않지요. 올곧은 관계 속으로 자신을 데려다 놓을 때, 상대로부터 얻은 확고한 지지와 조력으로 새로운 세계를 건너뛸 수 있습니다. 그러므로 함께한다는 건 같은 목적을 향해 서로가 서로에 기대 나아가는 거지요. 보폭이 서로 다르면 줄이고 늘리면서 한 호흡이 되어 함께 상황을 헤쳐나가지요. 같은 도정의 도저한 강줄기가 되어 바다로 흘러들어 모두가 바다가 되는 것이 함께한다는 진정한 의미입니다. 협력이란 나를 희생시키는 것이 아닙니다. 서로가 서로에 의존해 존립하는 사회 방식이자 그것을 통해 서로가 이익을 얻는 바람직한 삶의 양식이지요. 각자 차별적 역량을 발휘해 서로의 성공에 공헌함으로써 함께 승리자가 되는 전략입니다. 아침 편지 배달부 고도원이 좋은 동행자의 요건으로 꼽는 것은 이렇습니다.

"늘 밝은 마음으로 하루를 시작할 것, 상대방의 여행 방식을 비판하거나 평가하려 들지 말 것, 함께 길을 걷더라도 각자의 여행을 할 것, 가장 어려울 때 힘이 될 것."

공원 담벼락에 노란 개나리가 피다 시든 채 얼어있었습니다. 기온이 푹해진 어느 날 먼저 핀 꽃일 테지요. 잠시의 이탈이 부른 참 사입니다. 다른 개나리와 함께했다면 여름과 가을 내내 참고 참아 아껴두었던 꽃눈을 저리 쉬이 헛된 죽음으로 내몰진 않았겠지요. 함께 산길을 걸은 동료들은 같은 목표를 두고 함께 헤쳐나가야 합 니다. 서로 힘이 되고 배려하며 서로의 길을 꿋꿋이 가는 것이 함 께하는 자들의 올바른 자세지요. 나는 그런 마음을 지녔는가. 좋은 동행자의 요건을 가졌는가. 일모도원(日暮途遠). 날은 저물고 갈 길 은 멉니다.

우연은 결코 우연이 아니다

이른 새벽 창문을 열어 내리는 비를 보고는 기분 좋게 다시 자리에 누웠습니다. 밤새 내린 비로 땅이 폭삭 젖었군요. 봄비가 제대로 온 거지요. 출근길에도 비는 계속됩니다. 오후가 되어서야 비는 그치고 잔뜩 뒤덮은 먹장구름이 사위를 어둑어둑하게 만드네요. 흐린 날은 늘 고적한 편안함을 들이밀지요. 비는 언제 어디서 올지 아무도 모릅니다. 그냥 무작정 내리지요. 우리는 살면서 얼마나 많은 비를 맞는지요. 기갈로 비쩍 마른 봄 가뭄에는 그야말로 농부에게 비는 신의 선물이지요. 목숨이고 삶 그 자체입니다. 반면 여름철 둑을 흘러넘치며 논밭을 휩쓰는 시뻘건 홍수는 원망이고 고통이고 눈물이지요. 비는 목적 없이 우연히 내리지만, 빗속에서는 많은 일이 일어납니다.

"나는 가난한 탁발승이오. 내가 가진 거라고는 물레와 교도소에서 쓰던 밥그릇과 염소젖 한 깡통, 허름한 숄 두 장, 수건 그리고 대단치도 않은 평판, 이것뿐이오."

인도의 정신적 지도자, 비폭력 저항의 인물 마하트마 간디가 1931년 9월 런던에서 열린 제2차 원탁회의에 참석하기 위해 가던 도중 마르세유 세관원에게 소지품을 펼쳐 보이며 한 말입니다. 누구나 흔히 겪는 우연한 일이 그에게도 일어나지요. 남아프리카 마리츠버그 역 어느 겨울. '유색인종은 1등 칸에서 타고 갈 수 없으니 화물칸으로 가'라는 역무원의 강압을 거부하다 경찰에 의해 강제로 역에 내리게 됩니다. 역에서 밤새 떨며 보낸 간디는 자신의 의무에 대해 골똘히 생각하지요. 인종차별은 늘 있는 일이라 그냥 몇 번만 참으면 그뿐이었지만 그는 그 일로 사명감의 세계로 들어섭니다. 당시 변호사였던 그는 가슴 깊은 곳에서 울리는 자신의 목소리를 듣게 됩니다. 불의에 항거하고 자신의 권리를 찾아야 한다는 천명 같은 울림이었지요. 우여곡절 끝에 목적지 프리토리아에 도착한 그는 인도인에 대한 부당한 대우에 항거하기 위해 동족들을 모으고 규합합니다. 규합은 성공적이었고 결국 '인도인도 옷차림이 적절하다면 일등실이나 이등실에서 여행할 수 있게' 되지요. 그 일로 그는 일약 정치적 지도자로 전환하는 계기를 맞습니다. 아주 작은 우연이 필연적 운명으로 탈바꿈하고 결국엔 타고르로부터 '위대한 영혼'이라는 뜻이 있는 '마하트마'라는 칭호까지 받습니다. 아주 우연한 작은 사건이 그를 위대함으로 이끈 단초가 된 거지요. 훗날 인도의 정신적 지도자가 된 후 무릎을 꿇고 기도합니다.

"어찌하여 제가 이 길을 걷게 되었는지 모릅니다. 그저 우연의 모습으로 나타난 필연에 의해 제게 부여된 역할을 알게 되었고 그 길을 가게 되었습니다."

하지만 우주 질서에 '우연'은 없습니다. 원인 없는 결과는 없기 때문이지요. 우연을 필연으로 당기는 자성(磁性)이 부족할 뿐 그냥 무연히 지나는 우연은 존재하지 않습니다. 자신의 무의식 속에 불의에 저항하는 정의의 씨앗을 조금도 가지고 있지 않았다면 간디는 위대한 성인은 될 수 없었겠지요. 한 톨의 작은 자성이 자라 거대한 우연을 끌어당기는 강력한 자력으로 작용했을 겁니다. 공허한 가슴에 싹을 틔우는 우연은 결코 없습니다. 적어도 사람 사는 세상에서는 그러하지요. 간디는 기도를 계속합니다.

"당신이 기뻐하며 제게 열 걸음 다가와 당신의 은총을 보이신 것이겠지요. 그리고 그 잔을 제게 내미신 것입니다. 그 잔이 제게 왔을 때 무섭고 두려웠지만, 그 잔을 들게 하고, 그 우주적 떨림에 의지하여 제 길을 더듬어 갈 수 있게 된 것을 감사합니다."

늦은 오후가 되어서도 구름은 여전히 하늘을 떠나지 않고 있네요. 저 구름이 언제 또 비가 되어 내릴지 누구도 알 수 없지요. 늘 그렇듯 비는 누구에게는 한낱 우연으로 땅으로 스며들 것이지만 다른 누구에게는 '운명적 사건'이 될 수 있을 테지요. 그렇습니다. 일상을 사는 우리에게도 얼마나 많은 우연을 가장한 기회가 앞을 지나는지 모릅니다. 그러나 보려고 하는 이에게만 보이고, 들으려고 하는 이에게만 들리는 법이지요. 우연을 훌륭한 도약 기회로 이어지게 하려면 반드시 우연을 직시할 깨어있는 의식이 뒤따라야 합니다. 늘 현실을 명징하게 자각할 때 우연이 필연으로 변모하는 모습을 마주하게 되는 거지요. 우연에 대한 구본형의 간단한 정리는 이렇습니다.

"우연은 누구에게나 일어난다. 그러나 어떤 사람에게 그것은 우연이 아니라 필연적 만남이 된다. 그 우연에 민감하게 반응할 태세가 되어있지 않은 사람에게는 그 우연은 그저 우연으로 지나가고 말 것이다. 오직 그것을 받아들일 준비가 된 사람들만이 자신에게 다가온 우연을 인생의 변곡점으로 잡아둘 힘을 가지게 된다."

누구도 그 길 위에 서보지 않는 한 그 길을 알 수 없다

이달에도 출장이 여러 번이었네요. 출장지는 엇비슷해서 출발지는 늘 동대구역입니다. 대체로 동대구를 찾는 시간은 오전이지요. 동대구역은 지금 한창 성형 중이어서 어수선하고 산만해 조금 불편합니다. 차에서 내려 역 건물로 들어서는데도 족히 십 분은 걸어야 할 정도로 대공사입니다. 그 십 분 동안에 늘 내 시선을 끄는 풍경이 하나 있습니다. 따가운 여름 볕 속을 오가는 사람들로부터 한 치 정도 벗어난 간이 철골에 잇대어 만든 임시 길옆 담장에 붙박이처럼 앉아 텁텁한 탄내를 풍기며 이마에 세월의 주름을 잔뜩 걸친 채 밤을 구워내고 있는 몇몇 노파입니다.

역으로 갈 때마다 보는 한결같은 모습입니다. 열기를 내뿜는 등 그런 화덕을 앞에 두고 아무 말도 없이 노랗게 구워낸 밤을 화덕 한 모서리에 쌓아놓고 있지요. 제법 많은 밤껍질이 화덕 주위에 어지러이 흩어져있는 것으로 봐서는 이른 아침부터 밤을 구웠을 것입니다. 특이한 점은 밤을 사 가는 사람을 좀체 볼 수 없다는 것입니다. 물론 나 또한 그 밤이 먹고 싶다고 느낀 적이 없었습니다. 내가 지나치는 그 시간 외에 누군가가 밤을 사 가는지는 알 수 없지만, 손님이 없다면 이 여름날 그렇게 날마다 뜨거운 열기 덩어리인 화덕을 끼고 있을 이유는 없겠지요. 대체 어떤 사람들이 그 밤을 사가는 것일까? 남루한 옷차림새의 노파들이 무엇 때문에 밤을 굽고 있을까?

삶이 특정한 사람들과 공유된 관계들의 모둠이듯 세상은 수많은 길의 집합체이지요. 얽히고설킨 길들은 길 위에 선 자들의 꿈을 부단히 실어 나르고 있습니다. 길은 이어지고 또 교차하면서 교환과 소통을 통해 서로의 필요를 부풀리기도 하고 쇠하기도 하지요. 길들에 대한 정보가 많아지면서 인식의 지평 또한 넓어지기도 합니다. 그런데도 여전히 세상에 대해 알지 못하는 것들은 너무 많습니다. 내가 걷는 길에 대해서는 다른 이들보다 좀 더 밝을 수는 있겠으나 그 길은 실 꾸러미 중 한 오라기의 실일 뿐이니 우리는 여전히 세상에 대해 무지할 수밖에 없지요. 이 순간에도 수많은 길이 새로 생기고 또 시간과 역사 속으로 자취를 감추기도 할 것입니다. 길은 끝없이 복잡다단한 세상을 만들고 있지요. 그러나 수요가 없는 길은 더는 만들어지지 않을 터, 내가 알지 못한다고 해서 존재하지 말아야 할 까닭은 없습니다. 내가 출장을 가면서 철도를 이용하듯 노파들은 밤을 굽는 길을 통하여 이 만만치 않은 세상을 타넘고 있을지 모릅니다. 무엇 때문에 그 길을 걷는지 궁금하지만, 알 수는 없는 일입니다. 그 길 위에 서보지 않는 한 그 길은 인지 불가능의 영역에 있는 거지요. 어쩌면 세상의 다른 모든 길과 일들이 그러한 영역에 똬리를 튼 채 칩거하고 있을지도 모릅니다. 그러므로 세상에 무지한 것이 너무 당연한 일이니 모른다고, 알 수 없다고, 인지 불가능의 영역이 많다고 초조하거나 낙심할 필요는 없지요. 세상살이가 그러하기 때문입니다.

밤새 바람이 불지 않아 무더웠습니다. 오늘에서야 폭염을 벗어나 서늘해진다고 하네요. 비가 흩날린 하늘은 옅은 회색빛 구름으로 쫙 깔려있습니다. 지금은 바람이 불고 곧 비가 내릴 듯 어둑합니다. 어쨌든 올여름의 더위가 물러간다는 예봅니다. 세상의 길 위에 뿌려졌던 따가운 여름 햇볕을 시간이 시나브로 거둬들이고 있는 거지요. 누군가는 기뻐 반겨 맞을 일이고 또 다른 누구에게는 물러가는 더위가 아쉽기도 하겠지요. 이렇게 세상은 자신만의 길을 가고 있습니다. 그리해 세상은 수많은 길로 뭉쳐진 거대한 또 하나의 길이 되지요. 이것이 그대와 내가 많은 것을 알 수 없는 이유입니다. 더불어 여러 무지에 대해 불안해하고 초조해하지 말아야 하는 까닭입니다.

시니피앙(signifiant) 시니피에(signifié)

휴일. 집으로 돌아온 나는 식구들과 오랜만에 아침을 맞습니다. 대체로 부족한 잠을 채우기 위해 늦게 누워있지만, 가끔 적당히 이른 시간에 잠에서 깨 아내와 이런저런 얘기를 하다가 일어나기도 합니다. 아내는 부엌에서 아침을 준비하고 나는 안방에 그대로 앉아 못다 읽은 책을 듭니다.

그 사이 부엌에서 들려오는 소리가 어찌나 편안하게 들리는지 모릅니다. 쏟아지는 싱크대 물소리, 칼끝 닿는 도마 소리, 그릇 부딪치는 소리, 얼큰한 찌개가 끓는 소리, 여닫는 찬장 문소리, 식탁에 그릇과 숟갈 젓갈 놓는 소리, 그리고 마지막에 아침 준비 다 됐다고 아내가 부르는 소리가 그렇습니다. 맛있게 차려진 음식을 쩝쩝거리며 먹는 아이들의 소리는 말할 필요도 없습니다. 살면서 가장 듣기 좋은 소리를 들라면 이 소리를 적어도 다섯 손가락 안에는 꼽지 않겠나 싶습니다.

스위스 제네바 출신으로 현대 언어학의 기초를 닦은 페르디낭 드 소쉬르(Ferdinand de Saussure)라는 사람이 있습니다. 이 사람은 언어를 기호라고 말합니다. '언어는 개념 즉, 뜻이나 의미가 소리 이미지와 합쳐진 기호'라는 거지요. 이때 개념을 '시니피에(signifié)'

라 하고 소리 이미지 즉, 청각영상을 '시니피앙(signifiant)'이라고 했습니다. 구체적으로 살펴보면 이렇습니다. 나비는 nabi(나비)라는 소리 이미지와 접(蝶, 나비 '접')이라는 뜻이 합쳐져서 '나비'라는 언어기호가 만들어집니다. 소쉬르는 이 언어기호는 자의적이라고 주장합니다. 시니피에와 시니피앙의 결합이 제멋대로라는 말이지요. 우리는 '접'이라는 개념을 가진 곤충을 'nabi'라는 소리와 합치지만, 영국 사람들은 접의 개념을 버터플라이와 합칩니다. 'butterfly'라 부르지요. 독일 사람은 '슈메털링(schmetterling)', 스페인에서는 '마리포사(mariposa)'라고 합니다. 접이라는 시니피에가 nabi와도 결합하고 schmetterling과도 결합하는 제멋대로란 겁니다. 알고 보면 너무나 당연한 얘기를 소쉬르는 하고 있습니다. 하지만 소쉬르 이전에는 그 누구도 언어기호를 이렇게 정의하지 못했습니다. 소쉬르가 처음이었던 거지요. 소쉬르가 언어학에 있어서 가장 큰 영향을 끼친 학자로 불리는 이유입니다.

지금 아내는 부엌에서 정갈한 아침을 준비하느라 분주합니다. 아까부터 싱크대로 쏟아지는 물소리는 여전하고 식탁에 그릇이 놓이는 소리며, 찌개 끓는 소리는 묘한 리듬을 지닌 듯 들립니다. 소쉬르의 말을 억지로 빌리면 이 소리는 시니피앙이라 부를 수 있을 겁니다. 물론 언어는 아니기에 억지로 붙여본 겁니다. 세상 어디에서도 이 소리는 같을 겁니다. 의미는 어떨까요? 독일 남자는 이 소리를 어떻게 들을까요? 영국은요? 또 스페인 남자는 나처럼 살면서 가장 듣고 싶은 소리로 꼽을까요? 소쉬르는 언어를 설명하면서 시니피앙과 시니피에가 다르지 않은 예외적인 경우가 있다고 합니다. 이를테면 감탄사 같은 거지요. 놀라거나 감탄할 때 저절로 나오는

'아' 같은 말입니다. 감정을 표출하는 소리는 어디에서나 같다는 주장입니다. 의성어, 의태어가 그렇다는 겁니다. 이런 경우 언어가 자의적이지 않다는 것이지요.

언제나 들어도 따분하고 지겹지 않은, 항상 풍만한 행복감과 안온함을 전하는 소리는 오늘도 부엌에서 들립니다. 나는 언어학자가 아닙니다. 시니피앙이면 어떻고 시니피에면 또 어떤가요. 아내의 손끝에서 쏟아지는 소리는 분명 언어 이상의 깊은 의미로 내게 다가옵니다. 부드럽고 따뜻하며 편안한 저 소리. 어찌 이 소리를 사랑하지 않고 견딜 수 있겠는지요. 아, 약간의 허기가 사랑스러운 아침입니다.

6장

인문에 관하여

오만하게도 내가 보기에 주역의 핵심은 두 문장으로 집약된다. '궁즉변(窮卽變) 변즉통(變卽通) 통즉구(通卽久)'와 '음중양(陰中陽) 양중음(陽中陰)'이다. 세상은 오로지 변화 속에 있으며 세상의 모든 것에는 변화의 속성이 서로 뒤섞여 있다. 오래도록 궁구하면 궁극에는 변하게 되고, 변하면 서로 통하게 되며 이치를 통한 것들은 오래갈 수밖에 없다. 물론 깨달은 이치 또한 변화의 순환을 다시금 거치게 됨은 당연하다. 음 속에 양이 양 속에 음이 혼재되어 있다. 저 홀로 순일한 것은 변화의 불씨로 쓰이지 못한다. 건위천(☰)과 곤위지(☷)가 자신의 자리에서 머물 때 존재하기만 할 뿐 묘용은 일어나지 않는다. 땅이 하늘로 오르고 하늘이 땅으로 내려오는 뒤바뀜이 생길 때, 즉 음 속에 양이 들고 양 속에 음이 드는 지천태(䷊)가 될 때 비로소 변화는 시작된다.

먼 일상의 소중한 기억들

누그러졌던 찬기가 다시 들이닥쳤다. '깜짝' 한파란다. 깜짝이란 낱말이 한파 앞에 붙었다. 긴 겨울날 중 단 며칠만 춥다는 얘긴데 '깜짝'에는 반가움과 놀라움의 뜻이 함께 내포되어 있어서 갑작스러운 추위를 나타내는 낱말로 옳은 쓰임인지는 모르겠다. 어쨌든 놀라게 할 정도의 추위를 이르는 말로는 적절하다 하겠다.

어쩌다 회사로부터 받은 약간의 격려금으로 책값치고는 비싼 두어 권의 책을 샀다. 김기찬 사진집과 추사 김정희의 작품집. 추사에 관한 책은 유홍준의 《추사 김정희 평전》을 읽으며 더 알고 싶었고, 김기찬 사진집은 《잃어버린 풍경》 《역전 풍경》이라는 제목에서 느껴지듯이 갖은 삶의 신산함마저 이미 오랜 세월에 발효되어버린 아련한 옛 기억과 거기에 담긴 사진들이 품고 있을 서사들을 호출해 가파른 현실이 내뿜는 고단함을 위로받고 싶어서였다. 과거는 이미 확인 가능한 결정된 사건들이기에 거기에는 안도와 평온이 스며있을 테지만 현실은 여전히 비결정적이고 불확실함으로 가득하기에 과거를 회상함으로써 다소간의 불안을 잠재울 수 있다. 이를테면 사진에는 사진가가 찍음으로써 전유하게 된 대상이 있고, 수전 손택의 말처럼 '자기 자신과 세계가 특정한 관계를 맺게 하는 것'이 사진을 찍는 의미이고, 그 '과정을 통해서 마치 자기가 어떤 지식을 얻은 듯, 그래서 어떤 힘을 얻은 듯 느끼게' 하는 무언가가 있다고 확신하기 때문이다. 어떤 만남이라도 거기에는 약간의 운명이 간섭하기 마련이다. 어쩌면 내 속에서 죽은 듯 존재하던 그 무언가가 필연적으로 이 두 책에 손을 뻗게 했을 것이다. 그렇지 않다면 그 많은 책 중 하필이면 이들을 골랐을 리가 없다. 운명은 기복적 우연보다는 숙명적 필연에 더 가깝다. 이런 면에서 나는 모든 것의 유래에 '필연성'보다는 '우연성'을 제기한 에피쿠로스를 따를 수 없다.

사진은 기술에 있어서 보편적으로 빛을 다루는 예술로 정의하지만, 시간이란 측면에서 보면 순간순간의 장면과 풍광을 시간의 흐름에서 잘라내 물리적으로 저장하는 시간 축조 기술이다. 그래서 '실재하지 않는 과거를 상상적으로 소유'할 수 있고, '잘 알지 못하는 공간까지 가도록' 만들었다. 우포늪에서 17년을 머물며 사진을 찍어온 사진가 정봉채는 《우포의 편지》에서 사진에 대해 이렇게 전한다.

"사진은 시간 예술입니다. 그러나 같은 시간 같은 장소에서 같은 피사체를 찍었다 해서 같은 사진이 나오지 않습니다. 진정한 사진가라면 시간의 변화를 감지할 것이고 공간이 시간을 호흡하고 있다는 것을 인식할 것입니다. 시간의 흐름 속에 시시각각 변화하는 대상의 심상을 볼 것입니다. 대상의 심상은 곧 작가 심상의 전이이기도 합니다. 그러나 그 전이는 피사체가 서 있는 공간과 시간의 현재성 안에서 만들어지는 그 무엇입니다. 그 무엇을 나의 작품이라고 말하고 싶습니다. 아름다움이란 상대적입니다. 미의 경계도 모호합니다.

진정한 사진가는 결코 시간에 묶인 찰나적인 아름다움만을 추구하지 않을 것입니다. 시간에 묶이는 사진가가 될 때 비참해집니다. 시간에 묶인 사진가는 생경하고 신비한 그 무언가를 기대하고 우포를 찾아옵니다. 그들은 내게 묻습니다. 우포는 언제가 사진 찍기에 좋습니까, 우포 비경은 어디입니까, 그들의 기준은 황홀하고, 몽환적인 우포 풍경에만 머물러있습니다."

수십 년이 흘러도 변하지 않는 그 순간의 장면들은 시간의 흐름에서 도려낸 것이지만 생명에서 탈선해 메말라 죽은 낙엽이 아니라 엄연히 바람에 나부끼며 살아있는 생생한 잎들이다. 그렇지 않다면 어찌 사진 한 장이 저리 가슴을 부풀리거나 혹은 저리게 만들 수 있을까. 죽은 것에는 엄숙한 숙연함이 있을지언정 감격과 감탄, 아련함 따위의 감정은 없다. 사진 한 장에서 위로를 받는다면 그건 사진이 살아있다는 분명하고도 명백한 증거다. 아니 오히려 그것은 지금은 결코 가질 수 없는 현실의 부재를 선명히 공표한 데서 오는 감정일지도 모를 일이다. 늘 든 자리보다 난 자리가 감정의 동요를 더 안기지 않던가.

김기찬은 시대의 담론을 담아내는 사진을 찍지 않았다. 그의 사진은 기억하지 않으면 잊힐 평범하고 자잘한 일상의 모습들을 담았다. ≪골목 안 풍경≫ 사진도 그러하다. 그러나 눈여겨보지 않으면 캐낼 수 없는 의미심장한 장면들이다. 서울 강남의 외딴 마을을 점령한 산업 문명의 아파트가 논과 밭 사이로 들어서면서 파헤쳐진 묘 옆으로 묘를 지키던 망부석이 나뒹구는 한 장면은 그저 지나간 시절의 다큐멘터리 사진으로만 머물지 않는다. 문명과 공동체 삶의 치열한 격전이 있었던 바로 그 현장의 모습이다. 논으로 먼지를 풀풀 날리는 길이 나고 그 옆으로 부동산 중개소의 간판이 걸리며, 높이 치솟은 생뚱맞은 아파트 단지를 배경으로 연을 날리는 아이들의 천진난만이 앵글 속에서 결코 평화롭게 놓여 있진 않다. 서로가 밀고 밀리지 않으려는 절박한 경쟁의 순간들을 포착하고 있다. 결국, 기억과 추억 속으로 사라진 것은 따뜻한 공동체의 삶이다. 역사상 싸움에서 문명이 진 싸움은 없다. 지금 강남의 옛 자취는 그 어디에도 없다. 물질과 문명의 광풍만이 표지석을 남긴 채 저 혼자 하늘로 치솟고 있을 뿐이다.

김기찬의 사진에는 대부분 인물을 찍은 스냅숏들이 많다. 인물의 표정과 모습은 일상을 가장 잘 표현하는 탓일 것이다. 인물사진에서 일가를 이룬 사진가 최민식은 ≪사진이란 무엇인가≫에서 인물사진에 대해 이렇게 얘기한다.

"인물사진의 가치는 그 인물이 살아온 인생의 총체적 경험을 어떻게 집약하느냐에 달려 있다. 인물사진은 삶의 의미를 풍부하고 자유롭게 표현할 수 있어야 한다. 인간의 삶을 표현하는 사진은 인간의 실제 생활과 밀착되어 있어야 하기 때문이다. 한 장의 인물사진은 그냥 적당히 만들어지지 않는다."

사진 속의 주인공들을 보며 내 삶의 현재를 톺아본다. 나는 저들의 꿈을 생각한다. 치열하게 살고자 했던 저들의 삶에는 무슨 꿈이 똬리를 틀고 있었을까. 어떤 꿈들이었기에 저리 고단한 현실을 지탱하며 또 건너게 했을까. 대체 저들이 꿈꾸었던 욕망과 다른 것이 나에게 있기나 한가. 배경만 다를 뿐 저 주인공이 곧 나와 다르지 않다. 이미 주인공들은 대부분 지상에서 사라지고 없다. 저 주름진 촌로의 생의 의지가 내가 살고자 하는 의지와 다른 것은 무엇인가. 저 단단한 생의 의지도 끝내 사라지고 없어지지 않는가. 그런데도 걱정과 불안, 고민, 갈등들로 이 순간의 시간을 채우며 사는 삶이 올바르다 할 수 있을까.

"사실상 리얼리즘이라는 사진의 강령이 암시하는 바는 단 하나다. 현실은 은폐되어 있고, 은폐되어 있으니 드러내야만 하는 어떤 것이라는 믿음이 바로 그것이다. 무엇을 기록하든지 카메라는 드러낸다. ─ 지각 불가능한 것, 한순간의 움직임, 육안으로는 인식할 수 없는 질서, 고양된 현실, 띄엄띄엄 바라본 현실, 그 무엇이든지 간에 말이다. 사진의 관점에서 보면, 무엇이 됐든 어떤 것을 보여준다는 것은 곧 그것이 은폐되어 있다는 점을 보여준다는 뜻이다." (수전 손택 ≪사진에 관하여≫)

그렇구나. 사진이 드러내고자 하는 것은 '삶의 순간성'이었구나. 이 순간을 놓치면 삶을 방기하는 것이니 이 순간을 즐기면 즐거운 것이고 괴로워하면 삶을 괴로워하는 것이라는 말이겠다. 그리해 즐거워하며 기쁘게 삶을 살지 않을 까닭이 무엇이랴. 빛으로 채우면 세상은 환한 낮이 되고 어둠으로 채우면 캄캄한 밤이 되는 것 외에 달리 존재하는 것이 있더냐. 이 이상 더 무엇을 바라며 아등바등 살려고 하느냐. 그것은 헛된 욕망일 뿐 올바른 삶일 수 없다. '여몽환포영(如夢幻泡影) 여로역여전(如露亦如電)'. 생은 꿈, 환상, 물거품, 이슬, 그림자, 번개 이상이 아니다. 어찌 영원할 것처럼 하루를 보낸단 말인가. 오늘 당장 웃어라. 그리고 순간순간을 즐겨라. 무엇이 살아가는 데 이보다 더 필요한가. 김기찬의 사진은 말해 주고 있다. 흑백의 정갈한 사진들이 카르페 디엠을 외치고 있다.

작은 풀씨의 생존 도모는 훌륭하고 찬연하다

대개 나의 사진 찍기는 즉흥적이다. 촬영 대상을 목표로 억척스럽게 찾아다니는 덕후가 아니다. 그저 좋은 날이라 생각 들면 그냥 가까운 교외로 나들이처럼 나가 조리개를 열고 천연스레 담는 정도다. 틀림없는 아마추어다. 프로들이 의도하며 쫓는 신선한 예술적 심미성은 가당치도 않다. 내게 그런 실력과 심미안이 없음을 너무 잘 안다. 그래서 느낌이 오면 그냥 느끼는 대로 보이는 대로 찍는다. 별다른 테크닉도 쓰지 않는다. 사실 테크닉을 잘 구사하지도 못한다. 대체로 평범한 풍경이나 풀꽃들이 담기의 대상일 수밖에 없는 이유다. 그러함에도 카메라를 들 때의 설렘과 행복은 남다르다. 다른 어떤 것과 비견할 수 없다. 책 읽기와 글쓰기 이상으로 성취감과 존재감을 가져다준다. 이를테면 살아있음을 느끼는 몇 안 되는 순간이다.

며칠 전 여름휴가를 내고 아내와 나들이를 나서다가 평소 눈여겨 보아두었던 풀꽃을 담았다. 아파트 보도블록 사이의 작은 틈에서 앙증맞게 피어 있는 주름잎이었다. 흰색과 보라색이 잘 어울린 화사한 주름잎 꽃은 비가 온 뒤라서 그런지 생기가 넘쳤다. 주위를 둘러싼 단단한 보도블록 때문에 훨씬 생생하고 기운차 보였다. 사진을 담으면서 '문명'과 '생명력'이란 키워드가 스쳤으나 긁적이지 않았다. 익숙해 식상한 주제의 글은 써지지도 않을뿐더러 흥미도 일어나지 않는다. 그러고는 며칠을 더 보냈다. 그러다 오늘에야 노트북을 열고 생각 밖으로 쏟아지는 '영혼'들을 붙잡기 시작했다. 손에 들고 있던 책과 오버랩되면서 자연스럽게 그리되었다. 최진석은 《인간이 그리는 무늬》에서 이렇게 말하고 있다.

"글자는 영혼이 세상에 직접 강림하기 어려워 머릿속에서 몇 번 저마한 후, 팔뚝을 거쳐 팔목을 타고 흐르다가 하얀 종이 위에 떨어져 여러 가지 모양으로 응고된 것입니다. 영혼의 세속화죠. 그래서 글을 쓴다는 것은 바로 자기 자신을 표현하는 일입니다. 몸속에만 머물기 버거운 영혼이 밖으로 뛰쳐나온 것, 그것이 바로 글이죠. 글은 솔직하게 써야 제대로 나옵니다. 진실하게 텅 빈 마음으로 자기를 드러나게 할 때라야 제대로 된 글이 나오죠."

사실 《인간이 그리는 무늬》는 글쓰기에 관한 책이 아니다. 인문 길라잡이다. 그런데 여느 전개와는 색다른 방식으로 독자를 이끈다. 혁명가의 구호처럼 과격하게 주장하는 듯하지만, 내용에서는 아주 섬세하고 구체적이며 정연한 논리로 설득한다. 읽다 보면 어느새 나도 모르게 그의 주장에 선동되어 있음을 발견한다. 그래서 아주 불온한 책이다. 기존의 질서와 가치, 이념, 지식 신념으로는 더는 성장과 발전을 기대할 수 없다고 선동한다. 행복은 물론 가치 있는 삶도 바랄 수 없다. 그러니 작금의 틀에서 벗어나 진정한 자기로 살아야 행복한 삶을 살 수 있다는 것이 그의 지론이다. 그런 까닭에 함부로 권유하기에는 부담스럽다. 과감히 버릇없는 놈이 되라고 부추긴다. 버릇없음은 익숙한 관습과 질서, 관념에 대해 고개를 쳐들어 저항하는 것을 의미한다. 버릇없어질 때 비로소 인문의 시선이 작동한다는 것이다. 이 모든 것들의 추동력은 바로 자신의 욕망. 욕망은 호기심을 일으키고, 호기심은 굳어 명사화된 세상의 문제를 찾아내고, 문제는 질문을 유발하며, 질문은 집단 속의 자기가 아니라 본래의 자기로 존재케 한다. 인문의 통찰력이 작동하면 세상의 명사들이 동사로 대체되는 이유다. 세상의 실상은 부단히 움직이는 동사의 존재이니 기존의 명사로는 정확히 묘사되지 않는다. 더욱이 그는 욕망을 절제와 제거의 대상으로 삼는 여타 종교들과 달리 부단히 욕망을 '욕망하라'라고 압박한다. 아주 이상하고 별난 느낌의 책이다. 익숙한 기존의 체계에서 벗어나야 상상과 창의가 발현되면서 종속적인 삶이 아니라 주체적인 삶을 살 수 있다고 끊임없이 주입한다. 낯섦, 익숙함과의 결별이 아니라면 살 가치가 있느냐는 따위의 극단적 강압이다. 읽노라면 이제껏 살아온 내 삶이 도대체 얼마나 누추하고 초라한 것이었는지를 자문하게 된다. 진짜 기분 별로다. 축 늘어져 있던 반골 기질에 어김없이 불을 붙여 발화시킨다. 책을 덮고 나서도 씩씩거리며 좀체 흥분이 삭지 않는다. 꾹꾹 몸의 이곳저곳을 마구 찔러댄다. 욱신거리고 거북하다. 후련함이라고는 눈 씻고 찾아봐도 보이지 않는다. 그래서 잘 그러지도 않지만 두 번 보기에는 대단한 만용이 요구되는 책이다.

그렇다. 그 무엇이든 너무 적나라한 것은 불편하다. 진실이 특히 그러하다. 그래서 '불편한 진실이' 만들어지는 것이다. 그런데도 책에는 온통 빼곡히 밑줄이 그어졌다. 밑줄 없는 문장이 오히려 더 도드라진다. 물론 그의 지론과 주장들이 또 하나의 틀이고 관념이 아니라고 말할 순 없다는 것도 안다. 끝내 그가 던진 몇몇 물음의 일갈에 이르러서는 더는 버틸 수 없었다. 허리를 굽히고 무릎을 꿇고 결국 고개마저 떨굴 수밖에 없었음을 고백한다.

여러분은 지식이 증가하고 경험이 늘어남에 따라서 더 자유로워졌습니까?

여러분은 지식이 증가하고 경험이 늘어남에 따라서 더 행복해졌습니까?

여러분은 지식이 증가하고 경험이 늘어남에 따라서 더 유연해졌습니까?

여러분은 지식이 증가하고 경험이 늘어남에 따라서 더 관용적인 사람이 되었습니까?

여러분은 지식이 증가하고 경험이 늘어남에 따라서 가족이나 이웃들과 더 잘 지니게 되었습니까?

여러분은 지식이 증가하고 경험이 늘어남에 따라서 눈매가 더 그윽해졌습니까?

여러분은 지식이 증가하고 경험이 늘어남에 따라서 더 생기발랄해졌습니까?

여러분은 지식이 증가하고 경험이 늘어남에 따라서 상상력과 창의성도 더불어 늘어났습니까?

(≪인간이 그리는 무늬≫ p156, 157 최진석)

보도블록 틈을 비집고 자라는 주름잎 사진은 최진석의 지론이 돼 결국 그가 주장하는 메타포의 매개물로 변모했다. 견고하고 위압적인 회색의 문명과 사회적 체계가 들이대는 보편과 가치, 관념과 이념, 신념 따위에 둘러싸인 연약한 주름잎이 지금의 우리 처지와 절대 다르지 않다는 점을 보여주고 있다. 이 상태로는 더는 성장할 수 없는 주름잎의 상황. 생존전략은 두 가지다. 스스로가 단단히 뿌리 내려 생명력을 더 높이든지 아니면 보도블록이 없는 곳으로 씨를 날려 보내 새 영토를 개척하는 것이다.

주체성과 종속성은 동시에 존재하지 않는다. 기존의 질서에 용해되지 않고 개개인이 주체성에 생명력을 굳건히 불어넣으면 사회적 틀들이 강제하는 종속성은 힘을 잃는다. 의식조차 하지 않게 된다. 이용하지 않는 것은 사라지기 마련. 주름잎의 첫 번째 생존전략이다. '무리는 원심력'을 갖는다. 더 힘을 키우고 영역을 넓히고자 한다. 당연하다. 그러니 무리를 짓고 더 큰 무리가 되려는 것이다. 주체성이 강한 무리로 들어가 새로운 삶을 사는 것은 또 다른 현명한 삶의 방법이다. 상상과 창의가 일상이 된 세상에 살면 어찌 그런 부류의 인간이 되지 않을 것인가. 그러한 부토에서는 어떤 씨앗이라도 발아할 것이다. 그리되지 않기도 어렵다. 환경은 언제나 구성인자에 영향을 행사한다. 이것이 주름잎의 두 번째 전략이다.

자연의 위대함은 그곳이 어디든 생명을 꾀한다는 점이다. 그래서 작은 풀씨의 생존 도모는 훌륭하고 찬연하다. 앙증맞은 주름잎은 더러 밟히긴 했지만 따가운 햇볕 아래서 해찰스레 여전히 잘 자라고 있다. 누가 보든 말든 자신만의 색으로 꽃을 피워 올리고 있다. 들이대던 렌즈를 쳐다보며 아내가 물었다. "이 풀이 무슨 풀이죠? 참 작네요. 어떻게 여기에 자리 잡았지?" "응 주름잎이라는 풀이야. 몇 번이나 찍고 싶었는데 이제야 담게 되네. 예쁘지 않아?"

상황의 불가항력을 해소하려면

　가끔은 맞닥뜨린 어떤 하나의 상황 앞에서 어쩔 수 없는 심성으로 좌절키도 하고 상황을 얕잡아보며 교만과 건방으로 거드름을 피우기도 한다. 상황은 그대로인데 그 상황을 바라보는 태도(혹은 해석)가 그리 만드는 것이다. 그러므로 아무런 궁구함이 없이 있는 그대로 받아들일 때 상황이 드러내고 보여주는 것은 아무것도 없다.

　'스스로 그러한' 자연은 늘 그대로 있다. 그것은 어떠한 것에도 오염됨이 없는 순수함의 결정체다. 그러나 자연이 자연의 순수 그 자체로만 존재할 때 지니는 의미는 찾기 어렵다. 우주의 존재 형식과 삶의 이치로 의미를 확대할 수 있을 때 노자와 장자가 말하는 '자연의 경지'를 음미할 수 있다. 뷰파인더로 들여다보고 나름의 해석을 더 해야 평범한 일상의 풍광은 한 장의 수려한 사진으로 변모한다. "초승달을 서서 보면 그달 내내 바쁘게 지낸다네." 늦은 밤 안면도에 떠오른 초승달을 바라보며 들릴락 말락 낮은 톤으로 건네시던 장모님의 말씀이 예사롭지 않았던 이유다. 그래서 그런지 5월에는 주말이 되면 늘 그 말씀이 떠올라 지금이 분주한 일상인지를 되돌아보게 된다. 꽤 오래전에 써놓았던 글을 다시 보았다. 역시 새롭다. 내게 '상황에 대한 해석'은 다음과 같이 명징한 것으로 인식되어 있다.

세상에는 수많은 인생이 있다. 얼굴 생김새만큼이나 다양하고 뒤섞인 서로 다른 욕망만큼이나 가지가지다. 똑같은 모양으로 겹치는 인생이란 없다. 인생은 모색이고 늘 새로운 하루의 모습으로 다가온다. 하루를 살고 보내며 또 새로운 하루를 맞이한다. 그래서 하루는 하나의 새 인생이 된다. 어느 하루 새롭지 않은 하루가 있던가. 어제가 다르며 오늘이 다르며 오지 않은 내일의 인생 또한 같지 않다. 한 달은 '30개의 인생'이 있으며 일 년에는 '365개의 인생'을 마주한다. 한 사람은 대략 '25,000개의 인생'을 살고 죽는다. 모색을 멈추지 않는 한 인생은 헤아릴 수 없는 저 빛나는 별들만큼이나 많다.

심리학에는 '정서에 대한 ABC 이론'이란 게 있다. A(Activating Event)는 자신에게 일어난 선행 사건을 이르고, B(Belief)는 사건을 바라보는 자신의 신념, 생각, 사고를 통칭한다. 그리고 C(Consequence)는 B를 통해 일어난 결과를 말하는데, C(결과)는 A(사건) 자체 때문에 만들어지는 것이 아니라 B(신념)로 인해 생긴다. A는 항상 그대로 있기에, B를 바꾸면 C는 완전히 달라진다는 것이다. 이를테면 아침 출근 시간에 평소와 달리 차가 막혀 꼼짝하지도 못하는 상황(A)에 봉착했다면 대부분 짜증을 낼(C) 것이다. 차가 막혀서 짜증이 날 것 같지만 그렇지 않다. 왜 짜증이 나는지를 곰곰이 살펴보면, 도로 정체는 지각이란 상황을 만들고 의도치 않은 지각은 하루 내내 상사와 동료들의 불편한 눈치 속에 놓이게 한다. 짜증은 바로 그 불편한 상황을 맞닥뜨리기 싫다는 생각(B) 때문에 생긴 것이다. 화나고 짜증 나는 것은 그런 일이나 사건이 아니라 우리의 생각이라는 사실이다. 이때의 생각(신념, 사고)은 '스스로 규정한 해석'

이라는 필터를 통과한 침전물과 같다. 순수한지 혼합물이 섞여 불순한지는 필터가 결정한다. 해석이 어떠한 일의 결과에 큰 영향을 미치는 중요 인자임을 확인시켜주는 이론이다.

애꾸눈 왕은 살아생전에 자신의 멋진 초상화를 남기고 싶어 나라 안의 유명한 화가들을 모두 불러모았다. "나는 너희들에게 부귀영화를 누릴 기회를 주겠다. 나의 초상화를 그려라. 가장 멋진 초상화를 그린 자에게 여기 이 황금 소를 상으로 줄 것이니!" 정직한 화가는 왕의 모습을 애꾸눈이 있는 그대로 그렸다. 아부에 능한 화가는 두 눈이 성한 왕의 초상화를 그렸다. 아부를 잘하는 화가가 그린 눈이 성한 그림은 보기엔 좋았지만, 거짓이라 싫었고, 정직한 그림은 진짜였지만 애꾸라서 싫었다. 짜증 난 왕은 화가들이 그린 초상화를 내팽개치며 크게 화를 냈다. "다 보기 싫다. 어찌 이렇게밖에 그리지 못한단 말이냐? 썩 물러들 가라!" 이때 보기에도 남루하고 초라하기 짝이 없는 사람이 화가 난 왕 앞으로 성큼성큼 나아갔다. "왕이시여, 저에게도 기회를 한번 주시오. 제가 한번 그려봐도 되겠나이까?" 화가도 아닌 그가 그린 초상화를 보고 왕은 두 손을 뻗쳐 그림을 뽑아 들고서 탄성을 질렀다. "그래 이거야 이거. 이것이 내가 그토록 바라던 바로 그 그림이야!" 초상화에는 선한 눈이 있는 왕의 옆모습이 멋지게 담겨있었다. 그 남루한 사람은 거짓말을 하지 않고도 오매불망 왕이 바라던 초상화를 그려낸 것이었다.

대체로 인생은 상황에 좌우된다. 상황에 따라 끊임없이 뒤틀리고 꺾이고 바뀌며 인생이 달라진다. 상황의 힘은 불가항력이다. 어제는 지나갔고 오늘은 살아있으며 내일은 아직 태어나지 않았다. 이 상황은 바꿀 수도 바뀌지도 않는다. 인생에서 하루 경영이 중요한 이유다. 상황은 외부에 대한 종속변수다. 외부 변수를 바꾸지 않는 한 상황은 바뀌지 않는다. 우리는 절대 외부 변수의 인자가 될 수 없다. 어쩌면 인생은 어찌할 수 없는 것인지도 모른다. 그러나 다분히 역설적이어서 쉽게 동의하지 않을지 모르지만 우리는 상황을 바꿀 수 있다. 어떻게 바꾸는가. 자신의 내면이 받아들이는 인식을 바꾸면 된다. 인식을 바꾸면 부여되는 의미가 달라지면서 조금 전까지 지각하고 있던 상황에 일대 반란이 일어난다. 이 반란은 대체로 성공한다. 우리는 모두 직장인이라는 같은 상황에 처해 있다. 어떤 이는 이 상황을 그냥 품삯을 위한 월급쟁이로 받아들인다. 반면 다른 누군가는 맡은 업무에서만큼은 스스로를 CEO로 임명해 변화에 변화를 거듭함으로써 훌륭한 전문가로 변신하는 것에 성공했다. 누구에게는 여전히 '전화기'일 뿐이지만 다른 누군가는 그것을 '손안의 컴퓨터'로 인식해 세상의 질서와 인류의 문화를 크게 뒤흔들어 놓았다. 받아들이는 내부적인 인식은 외부의 상황과 상관관계가 전혀 없는 완전 독립 인자다. 그런데도 인식은 상황을 바꾸고 변화시킨다. 그것은 상황이 바뀌는 것이 아니라 내가 바뀌는 방식을 적용하기 때문이다. 인식이란 자신 스스로가 규정한 해석이다. 해석은 상황의 불가항력을 해소하는 가장 명확한 방식이다. 우리가 누리는 많은 성공은 처한 상황에 대한 해석의 성공으로부터 기인했다. 상황을 경영한 것이다. 이를테면 상황경영(狀況經營)이다.

오늘도 밤하늘에는 여전히 헤아릴 수 없는 수많은 별이 반짝이며 떠오를 것이다. 내 인생은 수많은 빛 중 그저 평범한 하나일 것이다. 이 상황은 변치 않는 사실이다. 그러나 이 평범한 여린 빛이 여러 행성을 거느리면서 뿜어내는 어느 행성계의 태양이라는 사실을 인식하는 순간 빛은 예사롭게 보이지 않는다. 저 여리게 빛나는 빛이 미지의 어느 행성계의 중심이며 행성 간의 조화와 질서를 주관하고 있을지도 모르는 지구와 같은 생명별을 키우는 에너지원이라는 해석으로 이어지면 내 인생도 아주 특별한 인생으로 바뀐다. 그동안 애꾸였던 내 모습이 단박에 성한 눈을 지닌 훌륭한 모습(이것은 원래부터 지니고 있던 나의 본 모습이다)으로 바뀌어 탄성을 지르고 쾌재를 부르게 되는 것이다. 상황경영은 곧 성공적인 인생경영이다.

전조, 반복된 패턴이 내보이는 실체의 흔적

일음일양지위도(一陰一陽之謂道) 한 번 음하고 한 번 양하는 것을 이르되 도라고 한다.

一陰一陽之謂道라는 말은 하나는 음이요, 하나는 양이라는 뜻이 아닙니다. 한 번은 음이고 한 번은 양인 것이 도라는 것은, 한 번은 낮이고 한 번은 밤인 것이 도라는 말과 같습니다. 낮이 따로 있고 밤이 따로 있는 게 아닙니다. 저기 가면 낮이고 여기 오면 밤이 아닙니다. 한 번은 낮이 되고 한 번은 밤이 됩니다. 이것이 一陰之하고 一陽之하는 겁니다. 태극이 운동하는데 한 번 움직이면 一陽之이고, 한 번 고요해지면 一陰之이니 이렇게 해서 태극의 운동이 자연스럽게 一陰之하고 一陽之합니다.

太極에서 一陰之, 一陽之의 음양이 아니면 음양이 또 음양을 낳아 사상이 되고, 팔괘가 되는 '生生之謂易'의 만물이 나올 수 없는 것입니다. 음양이 서로 사귀는 데서 모든 것이 나오는 것이죠. 이렇듯 음양은 사귀고 변해야 하므로 陽陰이라 하지 않고 陰陽이라고 합니다. 양 따로 음 따로 놀면, 하늘 따로 땅 따로 있게 되어 天地否卦이지요. 그렇게 되면 막히는 것입니다. 그러나 땅을 먼저 얘기하고 하늘을 나중에 얘기하면 땅 기운은 올라가고 하늘 기운은 내려오게 되어 地天泰가 이루어져서, 땅 기운은 위에서 내려오고 하늘 기운은 아래에서 올라가게 되어 천지가 사귀죠. 천지가 사귀는 것이 바로 음양이 사귀는 이치입니다. 천지가 사귀는데도 陰卦인 땅 괘부터 먼저 말하고 陽卦인 하늘 괘를 나중에 말해 地天泰가 되기에 一陽一陰之라 하지 않고 一陰一陽之라고 한 것이죠. 그래서 우리는 음양이라는 그 말의 순서를 확실히 알 수 있는 것입니다.

(≪대산주역강의 3≫ p55 김석진)

　오전 내내 진행한 회의를 끝내고 조금 늦은 시간에 부산 동료들과 점심을 했다. 며칠 만에 내리쬐는 햇볕이 따가워 자꾸만 그늘을 찾는다. 햇살 속에 가만히 있으면 뜨끈뜨끈한 난로에 몸이 데워지는 것 같은 열기지만 아직은 그리 불쾌하지 않다. 파랗게 열린 하늘에는 포말을 일으킨 구름이 마치 끝도 없이 펼쳐진 푸른 대양의 파도를 연상시킨다. 아무래도 이번 주말에 들이닥칠 태풍이 지나면 장마는 마무리될 듯하다.

　서울 동료의 문상 한 군데를 들렀다가 대구로 차를 돌렸다. 산을 뚫고 놓인 부산 대구 사이의 55번 고속도로는 도로 주변의 풍광이 좋아 올라서면 늘 생각이 맑아진다. 끝없이 이어지는 아련한 능선이 좋고 도로변 가까이서 산이 내보이는 녹음의 숲을 볼 수 있어서 때로는 차를 몰고 숲으로 들어서는 듯한 착각이 들기도 한다. 늦은 오후이지만 청도에 가까워지면서 여전히 눅눅한 햇살이 폭발하듯 구름 사이로 더위를 쏟아냈다. 어찌나 더운지 에어컨을 켰지만 그리 시원하지 않았다. 언제고 파르르 은빛을 내며 힘차게 떨던 은사시나무 이파리가 아래로 처져 하늘거림은 느리고, 넓은 칡 이파리는 햇살에 풀이 죽어 제법 부는 바람에도 흐느적거림이 없다. 바람에 온몸을 뒤집으며 맹렬히 하늘거리는 아까시나무와 신갈나무의 모습이 아직은 힘이 남아있는 듯 보이지만 폭양의 햇살에 결국 드센 기운을 소진하고 말 것이다. 기어코 긴급 재난 메시지가 휴대폰을 흔들었다. '[국민안전처] 폭염주의보, 노약자 야외활동 자제, 충분한 수분섭취, 물놀이 안전 등에 유의하세요.' 대구에 들어서자 하늘은 다시 짙은 구름이 해를 감추었다. 해가 사라진 사위는 항상 어둑하고 스산하다. 곧 뭔가 사단이 날 것 같은 전조가 전해오는 탓이다. 팔공산 쪽 하늘은 시커먼 먹장구름이 몰려들고 있었다. 이십여 분이 지나자 이윽고 내가 있는 곳에도 먹장구름이 드리워지면서 일순 거센 바람이 일기 시작했다. 가로수들은 바람에 이리저리 가지를 휘날렸다. 거리를 거닐던 사람들은 종종걸음으로 바뀌고 막 집을 나서는 이들의 손에는 저마다 우산이 들렸다. 짙은 먹장구름이 드리운 시커먼 하늘, 어둑해진 스산한 사위, 거센 바람, 멀리 산에서 들려오는 나직한 천둥소리, 갑자기 서늘해진 기운. 이 모두는 이내 한바탕 소나기가 쏟아질 전조가 틀림없었다. 자연과 마찬가지로 자연의 지배 안에 있는 모든 세상사에도 그 일이 일어나기 전에 어떠한 전조를 띤다. 전조는 어떤 반복된 사건의 패턴이 내보이는 실체의 흔적이다. 인간의 마음 또한 예외는 아니어서 우리는 어떤 전조로 섣불리 사태를 예단하기도 한다. 물론 예단이 온전히 신뢰할 수 있는 결과를 내놓는 것은 아니다. 그러함에도 반복된 전조에는 분명 오랜 경험으로 찾아낸 어떤 지혜 같은 사실이 스며있다. 오래전에 《주역》을 주마간산 들여다보면서 생각한 바를 적어두었다.

우주 대자연을 관류하고 있는 섭리는 이미 물리학자들에 의해 몇 가지 힘으로 꾸려져 있음이 밝혀져 있다. 물론 불가지론자들의 주장처럼 인간의 인식 영역 밖에서 여전히 미지로 남아있는 것들도 여럿 있을 것이다. 그러한 것들은 말 그대로 '밝혀지지' 않았을 뿐 존재의 가능성은 충분하다. 지금까지 밝혀진 힘들은 이러하다. 만유인력, 전자기력, 약력, 강력에다 최근에야 실체가 드러난 척력이다. 우주는 탄생 이후 이 순간에도 팽창을 거듭하고 있다. 암흑에너지(Dark energy), 즉 척력의 작용 때문이다. 밤하늘에 볼 수 있는 북두칠성은 조만간 그 형체가 달라져 더는 국자의 모양을 만들 수 없고 큰 곰 자리, 카시오페이아, 오리온 따위도 예외는 아니다. 달도 지금보다 훨씬 작게 보일 것이고 태양으로부터 받는 열도 더는 따뜻하지 않게 될 수도 있다. 반짝이는 별들 또한 언젠가는 인간의 시야에서 사라져 저 높은 밤하늘은 깜깜한 적막으로 변하리라. 그리되면 지구는 참으로 외로워질 것이다. 마땅히 지금 우리는 사라지고 없을 것이지만 후손들은 어둠의 밤하늘을 보며 무엇을 생각할까. 어쨌든 팽창은 우주 공간이 적당량의 물질이 들어차면서 증가하는 인력이 척력을 넘어설 때까지 무진장 진행될 것이다.

그러함에도 우주에는 변하지 않는 또 다른 차원의 섭리가 있다. 그것은 모든 존재가 명백히 순환한다는 점이다. 공전과 자전이 행성들을 존재케 하는 근거라면 순환은 그에 따른 필연적인 결과일 것이다. 하루는 밤낮으로 순환하고, 한 달은 30일을 주기로 순환하며, 일 년은 사계절로 순환한다. 하루라고 정의하든 사계절로 명명하든 우주 본질적 존재인 순환은 탄생 이래로 변함없다. 오랜 관찰 끝에 인간은 그것을 밝혔고 몇몇 이름을 갖다 붙였을 뿐이다. 이러한 시간의 순환에 따라 모든 만상은 일정한 사이클을 가지게 된다. 생물의 사이클은 생로병사이며 물질은 성주괴공(成住壞空)의 사이클로 순환한다. 자연의 한 고리에 지나지 않은 인간의 운은 말할 것도 없다. 빛나던 운은 언젠가 힘을 잃고 소진하기 마련이며, 기진

한 운은 다시금 힘찬 기세로 일어나기 마련이다. 이러한 운의 순환은 끊임없이 일어난다. 우리가 지금의 처지에 자만할 것도 없고 의기소침해질 이유도 없다.

그리해 인간은 앞날을 어느 정도 예측할 수 있고 순환의 반복에 기대 지적 능력을 축적해 인식의 지평을 확장할 수 있었다. 인류 문명과 역사가 '순환의 산물'로 간단명료하게 정의되는 이유다. 개인의 삶 역시 순환에서 지혜를 찾는 것을 최고로 여겼다. 사물의 묘리를 터득하면 앞날을 내다볼 수 있다는 강력한 욕구는 인류 탄생 때부터 있었던 본능적인 욕구다. 공자가 삶의 이치를 깨달은 후 머리맡에 두고 평생 읽기를 멈추지 않았던 주역은 이러한 인간의 욕구로부터 기인한 소산이었다. 음양을 바탕으로 64괘의 형태로 사물의 존재 이치를 밝혀 놓은 주역의 핵심은 만물의 순환성에 있다. 끝없는 앞으로의 전진만 있다면 응전의 지혜는 축적될 수 없다. 어제의 경험이 미래에 적용될 수 있을 때 지혜가 만들어지는 탓이다. 늘 새롭기만 하다면 과거는 의미를 지닐 수 없으며 역사의 수요도 없을 것이다. 응전의 지혜가 없다면 어찌 종교와 정치, 철학과 역사 따위가 존재할 수 있겠는가.

5000년의 역사를 가진 주역은 지금껏 지혜의 보고라고 여겨져 왔다. 물론 어디까지나 주역을 통한 사물의 묘리 터득에 방점을 둔 얘기다. 음양론과 오행론도 있지만, 주역이 그만큼 심오한 이치를 지녔다는 방증이다.

오만하게도 내가 보기에 주역의 핵심은 두 문장으로 집약된다. '궁즉변(窮卽變) 변즉통(變卽通) 통즉구(通卽久)'와 '음중양(陰中陽) 양중음(陽中陰)'이다. 세상은 오로지 변화 속에 있으며 세상의 모든 것에는 변화의 속성이 서로 뒤섞여 있다. 오래도록 궁구하면 궁극에는 변하게 되고, 변하면 서로 통하게 되며 이치를 통한 것들은 오래갈 수밖에 없다. 물론 깨달은 이치 또한 변화의 순환을 다시금 거치게 됨은 당연하다. 음 속에 양이 양 속에 음이 혼재되어 있다. 저 홀로 순일한 것은 변화의 불씨로 쓰이지 못한다. 건위천(䷀)과 곤위지(䷁)가 자신의 자리에서 머물 때 존재하기만 할 뿐 묘용은 일어나지 않는다. 땅이 하늘로 오르고 하늘이 땅으로 내려오는 뒤바꿈이 생길 때, 즉 음 속에 양이 들고 양 속에 음이 드는 지천태(䷊)가 될 때 비로소 변화는 시작된다.

읽고는 있지만, 자꾸 잡은 문장을 놓쳐 무슨 의미인지를 이해하지 못한다면 이제 책을 그만 읽으라는 전조다. 아무런 이유 없이 갑자기 사람과의 관계에 싫증을 느꼈다면 잠시 떨어져 있으라는 전조다. 하는 일이 지루하고 진행 자체가 이미 반복적 타성으로 굳어졌다면 의미를 새롭게 찾아내든지 아니면 일터를 바꿔야 할 때가 되었다는 전조다. 보낸 하루가 충만하지 않고 자꾸만 공허하고 허전하게 다가온다면 지금부터 새로운 것을 모색하고 도전하는 삶으로 바꿔보라는 전조다. 반면 어떤 상상을 떠올리기만 해도 가슴으로 설렘이 잔잔히 밀려오고 행복에 겨워진다면 그것은 분명 하늘이 정해준 순명이라는 전조다. 만나면 반갑고 우연이라도 자주 마주치기를 기대하게 된다면 그 사람은 내 삶의 중심에 선 운명이라는 전조다.

멀리 거뭇한 산에서 들려오는 천둥소리는 변함이 없는데 가득 전조를 풀어냈던 하늘은 바람이 잦아들면서 결국 비를 쏟지 않고 원래의 제 모습으로 돌아갔다. 여전히 사위는 스산하고 눅눅한 공기가 잔뜩 누르고 있지만 이미 비구름은 옅어지기 시작했다. 틈이 더 벌어지면서 파란 하늘의 면적이 넓어졌다. 그렇다. 아무렴 모든 전조가 반드시 사태와 결과로 이어지라는 법은 없다. 전조는 얼마든지 전조로만 끝날 수 있다. 말 그대로 전조는 '어떤 일이 생길 기미'일 뿐이다. 좋지 않은 전조는 범람하지 않도록 더 높은 방죽을 쌓아 막고, 좋은 일들은 전조의 옷자락에 불을 댕겨 훌륭한 결과로 확산시키는 것이 옳다.

최근 나는 어떤 설레고 부푼 새로운 전조에 불을 지피고 있다. 지난 토요일에는 쏟아지는 비를 맞으며 지리산 둘레길을 걸었다. 비는 점심때를 제외하고는 소강상태 없이 줄곧 내렸다. 웃옷을 벗어 젖지 않도록 카메라를 둘러싸기만 했을 뿐 있는 그대로 비를 맞으며 내내 빗속을 걸었다. 살갗으로 파고드는 비는 서늘했고 모자챙에 고여 떨어지는 빗방울은 더없이 싱그러웠다. 줄기차게 내리는 빗속에서도 가슴에서 이는 '새로운 전조'의 불꽃은 절대 사그라지지 않았다. 오히려 점차 맹렬히 타올랐다. 그렇지 않았다면 굳이 얼마 전에 보아두었던 곳을 궂은 비를 맞으면서 찾아가 주인장의 얘기에 귀 기울이고 또 구석구석을 살펴보지 않았을 것이다.

'새로운 전조'가 내가 그토록 찾아 헤매던 소명이자 하늘의 순명을 보인 것이라면 나는 결코 이 전조를 거부하지 않을 것이다. 더불어 전조가 이후 훌륭한 내 삶을 살라는 의미를 가리킨다면 내 가슴에서 타오르는 지금의 불길이 오래도록 꺼지지 않기를 희망할 것이다. 아니 그 불길이 번져 세상을 남김없이 다 태워 버리길 발원해 보리라.

내가 아는 노자 이야기

이야기 하나. 유무상생(有無相生)

자연의 순환이 아니라 억지와 욕망이 혼합된 인위의 순환에는 행복이 깃들 자리가 없다. 톱니 하나하나가 모두 어떤 것을 향한 목적에 맞춰져 있다. '목적'의 목적은 어떤 것의 가치 추구다. 가치란 일정한 기준과 잣대로 세계에 혼재된 무가치를 걸러내고 남은 것이다. 일찍이 세계가 대립하는 가치들의 꼬임으로 이루어져 있음을 간파한 이는 노자였다.

> 有無相生(유무상생) 難易相成(난이상성)
> 長短相較(장단비교) 高下相傾(고하상경)
> 音聲相和(음성상화) 前後相隨(전후상수) 恒也(항야)
> 유와 무는 서로 살게 해 주고, 어려움과 쉬움은 서로 이뤄주며,
> 길고 짧음은 서로 비교하고, 높음과 낮음은 서로 기울며,
> 음과 성은 서로 조화를 이루고, 앞과 뒤는 서로 따르니 이것이 세계
> 의 항상 그러한 모습이다.

걸러진 것들과 걸러지지 않은 것들의 분류는 결국 이 세계를 경쟁과 투쟁의 장으로 이끈다. 기준에 부합되는 것들은 받들고, 기준에 미치지 못하는 것들은 존재의 가치를 폄하하면 그런 곳에는 갈등과 모순이 회오리칠 수밖에 없다. 기준 이하와 기준 이상은 결코

병립 불가능하다. 갈등과 화합은 대극인 탓이다. 그리해 어떤 가치를 목전에 두고 지향하는 인위의 순환은 도가 추구할 대상이 되지 못한다.

이야기 둘. 거피취차(去彼取此)

행복이 머무는 거처는 미래가 아니라 지금 여기에 있다. 관념의 세계가 아닌 현실의 언어로 쓸 수 있을 때 행복은 찾아든다. 그러므로 내일과 훗날을 기약하는 곳에는 행복이 존재하지 않는다. 이 자리에서 구체적이고 직접 느낄 수 있는 감정이 행복이기 때문이다. 도달을 예단할 수 없는 불확실한 곳, 이를테면 모호한 이상의 세계에다 상정한 행복은 느낄 수 없다. 행복은 구체적이고 명료한 현실과 등가 관계에 있다. 행복이 발현되는 메커니즘이다.

그리해 언제든 행복은 내가 서 있는 주변이 거처다. 대체로 감사함으로 은닉되어 있다. 감사가 많을수록 행복한 이유다. 가만히 누워서 생각해본다. 수많은 동료와 선후배가 이러저러한 이유로 무리를 떠났다. 자의보다는 대부분 타의에 의한 방출이었다. 무리생활 30여 년 중에도 여전히 떠나지 않겠다는 내 의지가 받아들여지는 것은 얼마나 감사한 일인가. 가족과 나 자신을 건사할 수 있음에 감사한다. 비록 먼 타지에서 일상을 보내지만 그런데도 감사함이 줄어드는 것은 아니다.

是以聖人(시이성인) 爲服不爲目(위복불위목)
故去彼取此(고거피취차)
그런 까닭에 성인은 배를 위하지, 눈을 위하지 않는다.
저것을 버리고 이것을 취한다.

배는 직접적이고 직설적인 육체의 은유다. 먹지 않으면 배가 고프고 많이 먹으면 배는 부르다. 본능은 천연덕스럽고 또한 자연스럽다. 배고픔과 부름은 위선일 수 없다. 육체가 이상이 아니라 구체적 현실인 이유다. 반면 무엇인가를 보는 눈은 격리를 요구한다. 본다는 것은 주변의 여럿을 버리고 보고자 하는 대상만을 도려냄을 뜻한다. 목적을 위해 여분을 배제하고 억압하는 것이다. 인위적이며 자연스럽지 못하다. 그것은 늘 갈등을 촉발한다. 그러므로 깨달은 자는 눈보다는 배를 더 높이 대한다. 인위는 결코 자연스러움보다 더 높은 층차에 존재할 수 없기 때문이다.

이야기 셋. 자지자명(自知者明)

우리는 누군가가 겪고 있을 아픔과 시련 속의 일들을 속속들이 알아채지 못한다. 고달픈 삶일수록 겉으로 드러내놓고 떠들 일들은 많지 않다. 내 모든 것들을 내보여도 될 이들은 친구이거나 아주 가까운 몇몇 이웃뿐이다. 그러함에도 드러난 외면의 모습으로 상대를 판단하고 예단하며 관계를 구축한다. 모든 것을 터놓는 진솔한 관계란 사실 없음을 의미한다.

나의 아픔과 문제는 너무나 또렷이 드러난다. 늘 문제와 사단 속에 나는 있다. 그리해 나는 낮고 거칠고 조악하며, 남은 숭고하고 세련되며 훌륭하다. 남은 매사 행복하고 여유가 있으며, 나는 불행하고 조급하다. 도대체 나는 어느 것 하나도 나은 구석이 없다. 자신에 대한 비하나 비난은 이렇듯 남의 드러난 겉에다 가치를 더 두는 데서 비롯된다. 내면이 어떻든지 간에.

知人者智(지인자지) 自知者明(자지자명)
勝人者有力(승인자유력) 自勝者强(자승자강)
타인을 아는 자는 지혜로울 뿐이지만, 자신을 아는 자라야 명철하다.
타인을 이기는 자는 힘이 센 데 불과하지만, 자신을 이기는 자라야
진정한 강자이다.

허물어진 자존감의 복구는 남들도 나와 마찬가지로 수고로운 일들이 많다는 사실을 인정함으로써 가능해진다. 내가 맞닥뜨린 고통과 좌절은 나만의 고통이 아니다. 나만 그런 게 아니라 '누구나 고통을 겪고 있다'라는 현실의 평범함을 인정하고 공감할 때 '나는 왜 이럴까'라는 자책과 비하가 자취를 감춘다. 사람은 누구나 자신 앞에 놓인 무언가를 견디며 살기 마련이다. 무리에 있을 때 누구나가 안온하다. 안락할 때 자신에게 겸허해지고 너그러워진다.

이야기 넷. 필고장지(必固張之)

세상의 의도한 모든 퍼포먼스는 '투입과 산출'이라는 간단한 요소로 정립된다. 인풋과 아웃풋 사이의 상관성은 대체로 프로세스에 의해 증폭되거나 반감되기도 하지만 둘의 상관성은 매우 긴밀한 영향 아래 있다. 산출을 늘리고 싶다면 필연적으로 투입이 많아야 한다. 그래서 어떠한 상황에도 이전과 다른 변화들은 투입의 변화가 끌어내는 것이다. 변화의 가장 간명한 정의는 조크에 섞여 뱉어지는 말속에 있다. '세상에는 공짜가 없다.'

將欲歙之(장욕흡지) 必固張之(필고장지)
將欲弱之(장욕약지) 必固强之(필고강지)

將欲廢之(장욕폐지) 必固興之(필고흥지)

將欲奪之(장욕탈지) 必固與之(필고여지)

장차 접고 싶으면 먼저 펴 주어야 한다.

장차 약화하고 싶으면 먼저 강화해 주어야 한다.

장차 폐지하고 싶으면 먼저 잘 되게 해 주어야 한다.

장차 뺏고 싶으면 먼저 주어야 한다.

내일 내가 바꾸기를 도모하는 것이 있다면 오늘 투입의 정도를 살피는 게 핵심이다. 간에 기별이라도 줄 수 있는 성과를 바란다면 내 전략은 이 시간부터 어떤 투입을 선택하느냐에 있다. 물론 투입된 요소들이 서로 교차반응을 일으킬 프로세스도 점검의 대상이다. 비즈니스에 있어 프로세스는 실행이다. 실행의 정도가 산출의 규모를 결정하는 건 상상하기 그리 어렵지 않다. 투입, 실행, 산출. 이 세 요소의 조합과 양을 가늠하는 정도의 융합으로부터 성과는 실현된다. 마땅한 이치이자 논리다. 무임승차는 없다. 적어도 몸의 격렬함이 만들어내는 비즈니스 세계에서는 더 그렇다.

이야기 다섯. 기미조이모(其未兆易謨)

굳이 불만과 부정적 생각을 유용한 것으로 해석해준다면 그 국면은 변화의 당위성을 끌어낼 때 정도다. 딛고 선 현실에서 도저히 벗어나기 어려울 때 돌파구 마련을 위한 변화는 현실의 막막함이 야기하는 불안과 불만 따위를 절박함으로 바꾸는 것이 최선의 전략이기 때문이다. 일상의 불만을 스스로 부여한 절박함으로 대체하지 못하면 새로운 변화의 기회는 없다. 간절함만이 가히 변화의 추동력이다. 여러 변화 전문가들이 말하는 한결같은 논조다.

숫자의 세계에서 예상은 늘 부정적으로 흐른다. 경제는 언제 어느 때고 위기이며 정체이자 허리띠를 졸라매야 하는 어려움으로 표현한다. 그것이 사실인지 아닌지는 그리 중요하지 않다. 그런 의도한 부정적 분위기 만연으로 기대하는 것은 작금의 현실 인식에 대한 변화의 물꼬를 트는 데 있다. 그러므로 우리의 인식에 절박함을 더 쉽게 발 들여놓을 수 있는 건 이러한 부정적인 예단을 믿는 것이다. 믿음의 유용성은 믿을 수 없는 것을 믿을 때 구현된다.

어쨌든 예정된 부정적인 상황을 헤쳐나갈 답을 마련하지 않으면 부정적인 상황은 언젠가는 험악한 얼굴로 되돌아와 정신적 물리적 책임을 묻는다. 명료한 답을 내놓지 못하는 구성원을 적극적으로 보호하려는 조직은 비즈니스 세계 그 어디에도 존재하지 않는다. 경험으로 익히 알고 있는 사실이다. 조직은 항상 일이 우선이다. 변화가 지극히 필요한 이유다.

其安易持(기안이지) 其未兆易謨(기미조이모)
其脆易泮(기취이반) 其微易散(이미이산)
爲之於未有(위지어미유) 治之於未亂(치지어미란)
合抱之木(합포지목) 生於毫末(생어호말)
九層之臺(구층지대) 起於累土(기어루토)
千里之行(천리지행) 始於足下(시어족하)
안정되어 있을 때 유지하기가 쉽고, 아직 무슨 조짐이 보이지 않을 때 도모하기 쉽다.
취약할 때 나누기가 쉽고, 미세할 때 흐트러뜨리기가 쉽다.
그래서 무슨 사태가 아직 발생하지 않았을 때 잘 다스려야 한다.
몇 아름이나 되는 나무라도 작은 싹으로부터 자라나고,
아주 높은 건물이라도 삼태기 하나 분량의 흙으로 시작되며,

천 리나 가는 먼 길도 한 발자국에서 시작된다.

변화를 요구하는 혼란의 시기가 인접했다. 원하든 원치 않든 상황은 개개의 의지와 사태에 대한 인식을 도열시키지 않은 채 휘몰아칠 것이다. 혼란은 말 그대로 정신없음을 이른다. 정신을 쏙 빼놓을 것이다. 응전의 태세가 불비하면 휩쓸릴 수밖에 없다. 폭풍우로 변해 휩쓸고 나서야, 연약함을 삼키고 나서야 혼란은 잠잠해지는 폭력성을 지니고 있다. 준비할 때 변화는 반기는 손님이 될 것이나, 대비하지 않으면 침몰을 강요하는 폭군으로 바뀔 것이다.

결국, 이러한 작금의 상황에 대한 방점은 간명하다. '두려움은 두려움에 대한 두려움만으로 증폭된다.' 그러니 두려움을 절박함으로 전환해 스스로를 설득하고 혼란의 변화에 뛰어들어야 한다. 흠뻑 젖고 나서야 비에 옷이 젖는 두려움은 사라지게 마련이다. 변화를 정면으로 응시할 때 마침내 시키는 대로 사는 타성의 벌이에서 능란한 사업가로 변모할 기회를 잡아챌 수 있다. 그간 누적해온 자신의 역량이 내다 파는 자신의 상품이 될 것이다. 감히 이러한 구성원을 내칠 조직은 지구상 그 어디에도 없다.

내가 아는 장자 이야기

이야기 하나. 죽음에 대하여

바람은 기분 좋게 시원하고 꽃이 떠나간 잎은 연녹색으로 하늘거린다. 안개 섞인 푸른 이내가 산허리를 에두르며 구름 사이로 뿜어내는 이른 아침의 붉은 동살을 마주하고 있으면 아, 행복의 희열이 벅차오른다. 조금 전까지도 따라붙으며 끈적거리던 생각들은 흔적조차 없고 오, 가슴은 탁 트여 말끔하여라.

감정은 타자(他者)와 관계 속에서 위아래로 출렁거리며 끊임없이 행불행을 물결친다. 여물고 촘촘하면서 탄력이 있다면 좋은 감정을 불러일으키고, 듬성듬성 구멍이 뚫려 부석거리면 그다지 좋지 않은 감정들로 관계는 소용돌이칠 것이다. 삶이 바라는 종착역이 행복이라면 행복은 분명 관계에서 나오는 것이라고 단언하리라. 그런데 소박한 이 아침 행복을 담은 쪽박이 산산조각 박살 나고 말았다. 지난겨울 새벽 내내 전망대 근처를 맴돌며 놀람과 흥분, 위로와 친구가 되어주었던 그가 오늘 길가에서 싸늘한 잿빛 죽음으로 변해있었다. 갑작스러운 상황에 놀란 가슴은 벌렁거렸다. 밤사이 차량 불빛에 잘못 뛰어든 것이었을까. 외상은 없었지만, 등 쪽 털은 군데군데 푹 뽑혀 쓰러진 주검 주위에 흩어져 날리고 있었다. 새벽 산길에 들어서면 기침 소리에 깜짝 놀라 후다닥 달아나며 깜짝 놀라게 하기도 하고, 아직 이울지 않은 그믐달이 중턱에 걸터앉은 새벽 산을 차갑게 홀로 거닐면 스무 걸음 정도 떨어진 곳에서 묵묵히 지켜봐 주기도 했다. 산에는 여러 마리가 있는 듯했지만 늘 주위를 서성였던 것은 앳된 그 노루였다. 어둠이 막 걷히던 휘연한 어느 새벽엔 산속 공터에서 마주쳐 미동도 없이 깊은 눈을 한참이나 본 적도 있었다. 그날은 얼마나 흥분에 들떠 하루를 지냈는지 모른다. 그런 그가 이 아침에 고개를 축 늘어뜨리고 눈을 감은 죽음으로 느닷없이 나타난 것이다. 아, 가여운 그 모습에 가슴이 아리고 쓰라렸다. 떨어지지 않은 발길로 오월의 산에서 내려오면서 몇 번이나 고개가 뒤로 돌아갔다.

장자는 아내의 죽음에 춤을 추고 노래를 불렀다. 두 다리를 뻗고 앉아 질그릇을 두드리며 노래를 부르고 있을 때 문상을 간 혜자가 말했다.

"자네는 아내와 살면서 아이들을 키우고 이제 늙은 처지가 아닌가. 어찌 아내가 죽었는데 곡은 하지 않고 질그릇을 두드리며 춤추고 노래를 하는가. 너무 하지 않은가?"

장자가 대답했다.

"나라고 어찌 슬프지 않겠나? 하지만 시작을 곰곰이 따져보았지. 본래 삶이란 없었지. 본래 없었을 뿐 아니라 형체도 없었지. 본래 형체만 없었던 게 아니라 기(氣)도 없었던 것이지. 그저 어둠 속에 있다가 변하여 기가 되고, 기가 변하여 형체가 되고, 형체가 변하여 삶이 되었지. 이제 다시 변해 죽음이 된 것인데, 마치 봄 여름 가을 겨울의 흐름과 맞먹는 일이네. 아내는 지금 '큰 방'에 편안히 누워있지. 내가 시끄럽게 울고불고한다는 것은 운명을 모르는 일이지 않은가. 그래서 울기를 그만둔 것이라네."

(≪장자≫ 「지락至樂」)

죽음은 관계의 단절이고 잊힘이자 상실이다. 죽음이 슬픔과 어두움, 두려움으로 인식되는 근거다. 죽음을 맞이하고 아픈 눈물을 쏟아내는 것은 이런 끊어짐과 망각을 받아들이지 못한다는 몸과 마음의 반응이다. 결국, 흘러가고 씻겨 일상을 되찾겠지만 당장은 격렬한 관계의 상실에 따른 두려움에 휩쓸리는 것은 감정의 자연스러운 모습이다. 문제는 지금의 강렬한 감정이 언제나 지속할 것 같다고 느끼는 데 있다. 하늘을 가린 것이 손바닥이라는 사실을 알고 벗어나기가 쉽지 않다. 그러한 일은 어쩌면 '대인(大人)'의 경지에서나 가능한 일일지도 모른다. 유자(儒者)들은 두려움의 감정들을 예(禮)로 포장했다. 3년이나 무덤에 머물게 함으로써 자연스레 상실에서 벗어나게 했다. 의(義)와 예로 포장된 감정은 상황을 더욱 쉽게 받아들이기 때문이다. 죽음의 두려움 앞에서도 이웃과 나라와 민족을 위해서 용감하게 행동한 이들은 많지 않지만 늘 있는 이유다.

오월의 싱그런 아침 녹음과 안개 섞인 푸른 이내를 뚫고 일어서던 붉은 동살, 벅차오르던 희열은 사라지고 이제 그 어디에도 없다. 오로지 앳된 노루의 애잔한 모습만 앞을 가렸다. 그간 그와의 실팍한 관계만 뭉글뭉글 피어올랐다. 이 순간만큼은 죽음 앞에 노래 부르는 장자가 아닌, 작은 사람(小人)인 것이 부끄럽지 않구나.

이야기 둘. 비움과 채움에 대하여

한 사람이 배를 타고 강을 건너다가 빈 배가 그의 작은 배와 부딪치면
그가 비록 나쁜 기질의 사람일지라도 그는 화내지 않을 것이다.
그러나 배 안에 사람이 있으면 그는 그에게 피하라고 소리칠 것이다.
그래도 듣지 못하면 다시 소리칠 것이고

마침내는 욕설을 퍼붓기 시작할 것이다.

이 모든 일은 그 배 안에 누군가 있으므로 일어난다.

그러나 그 배가 비어있다면 그는 소리치지 않을 것이고 화내지 않을 것이다.

세상의 강을 건너는 그대 자신의 배를

그대가 빈 배로 만들 수 있다면

아무도 그대와 맞서지 않을 것이다. 아무도 그대를 상처 입히려 하지 않을 것이다.

곧은 나무는 맨 먼저 잘려나간다. 맑은 샘물은 맨 먼저 길어져 바닥 날 것이다.

만일 그대가 자신의 지혜를 내세우고 무지를 부끄러워한다면

자신의 특별함을 드러내고 다른 이들보다 돋보이기를 원한다면

빛이 그대 둘레에 내리비칠 것이다. 마치 그대가 태양과 달을 삼킨 것처럼.

그렇게 되면 그대가 재난을 피할 길이 없다.

현자는 말했다.

'스스로에게 만족하는 자는 쓸모없는 일을 한다.

구하고자 하는 마음은 잃음의 시작이고 이를 얻고자 하는 마음은 이름 잃음의 시작이다.'

그러한 이가 완전한 이다. 그의 배는 비어있다.

(≪삶의 길 흰 구름의 길≫ p10, 11, 12 오쇼 라즈니쉬)

삶을 거꾸로 뒤집어 떨어지는 어떤 것들로부터 어마어마한 통찰을 끄집어내는 장자의 지혜를 따를 자는 없다. 그가 말하는 지혜의

정수는 비움이다. 세상의 모든 근심과 고통, 불안, 상처, 비난과 재난은 배(舟) 안이 꽉 채워져 있는 것에서 기인한다. 채워진 어떤 것들은 특별함이 되고 돋보이는 것이 된다. 그것들은 칼이 되어 돌아온다. 곧은 나무는 맨 먼저 잘리고, 맑은 샘물이 맨 먼저 거덜난다. 유용(有用)이 곧 무용(無用)인 것이다. 그러니 완전한 자의 배는 텅 비어있다.

삶에 배지 않는 앎은 참다운 앎이 아니다. 나를 포함한 세상의 장삼이사들이 지닌 공통점은 알지만 행하지 못하는 것에 있다. 현실은 항상 넘어서기에 복잡하고 난해하고 힘든 것투성이다. 당장 '먹고 사는 일'이 눈앞에 산적하고 해치워야 할 문제들이 파도처럼 끝없이 밀려오는 와중에 서 있으면 앎은 그림일 뿐 행동은 현실에 깊숙이 빠져 옴짝달싹하지 못한다. 불교식으로 말하면 무명(無明)에 빠진 것이다. 빛이 없으니 허우적거리며 불안한 삶이 되는 것은 너무나 당연하다. 불안은 더 큰 초조와 불안을 부르며 온통 삶을 에워싼다. 그래서 현자와 달리 범부들은 현실적인 것에서 지혜를 구하고 길을 찾아 나선다. 비움이 아니라 적당한 채움에 올바른 삶의 방점을 찍는 것이다. 이를테면 이렇다.

나는 바닷가에서 자랐다. 학업을 위해 고향을 떠나기 전까지는 잔잔하고 거칠고, 쪽빛이고 짙푸르던, 잠시도 머뭇거리지 않던 바다는 항상 내 삶 속을 피와 함께 흐르고 있었다. 어느 날 나는 아버지와 작은 목선을 탔다. 우리 가족의 생계가 달린 애지중지하는 배였다. 왜 탔는지 기억에는 없다. 아마 돌에 붙은 미역을 채취하기 위해 탔을 것이다. 또렷이 떠오르는 건 배의 가운데 칸에 어른 주먹 크기의 구멍이 뚫려 짙푸른 바닷물이 그곳으로 무섭게 솟구쳐

들어오고 있었다는 것이다. 바닥을 다 채우고 손목 정도가 되었을 때 아버지는 아무 일도 아니라는 듯 구멍을 나무로 만든 마개로 막았다. 노을 저을 때마다 배는 흔들렸고 물은 이리저리 쏠리면서 찰랑거렸다. 나중에 더 커서야 그게 바닥짐이라는 것을 알았지만, 그때는 물이 없으면 훨씬 배가 가벼워서 노 젓기가 편할 텐데 하며 갸우뚱거렸다. 바닥짐이 없으면 가벼워서 몰기는 쉽겠지만 너울이 쳐 가벼운 배가 심하게 흔들리면 오히려 배 위에서 움직임이 제한돼 작업이 더디게 된다. 바닥짐은 배의 균형을 잡아 큰 너울에도 뒤집히는 위험을 줄여준다는 사실을 이미 경험으로 체득하신 것이다. 얼마 전 국민을 큰 아픔에 빠뜨렸던 세월호참사도 알량한 짐을 더 실으려고 바닥짐인 평형수를 들어낸 것이 원인이었다. 그러므로 비움은 불안과 위태로움이요 적당한 채움이 곧 안정과 균형을 보장하는 셈이다.

장자의 허주(虛舟)는 우리네 삶을 지적하는 최고의 메타포다. '비우고 또 비워라. 비움이 시비를 없애고 먼저 잘려나가지 않으며 먼저 마르지 않게 하리라.' 얼마나 멋진 사유인가. 얼마나 훌륭한 삶의 지침인가. 그런데 어찌 이리 현실과 다르단 말인가. 나는 쉬이 그것에 손을 내밀어 악수를 청하지 못한다. 밥벌이의 고단함을 떠올리면 그 지침에 고개를 절로 젓는다. 자본주의가 줄기차게 요구하는 것은 새로움과 차별화다. 남보다 특별하고 두드러진 독특함이 없는 경영은 비즈니스 세계에서 배제되는 1순위다. 경영의 궁극이 이익, 즉 돈이라고 할 때(물론 경영의 정의는 무수하다) 돈은 뛰어남에서 나온다. 남과 다름없는 그저 평범함으로 성공한 비즈니스 경영의 예는 흔하지 않다. 이게 현실인 거다.

그렇다. 우리는 아무것도 채우지 않고는 이 세계를 헤쳐나갈 수 없다. 빈 배는 아무래도 조마조마하고 위험하다. 아무도 거들떠보지 않고 맞서지 않아 상처 하나 없는 온전한 삶이 될는지 모르겠지만 결코 '먹고사는 문제'를 해결해주지는 못한다. 현실의 언어로 쓸 수 없는 앎은 이상적 관념과 지식에 지나지 않는다. 현실과 괴리된 그런 앎은 보잘것없고 객쩍을 수밖에 없다. 세상에 장자와 같이 사는 이를 찾기 힘든 바로 그 이유다. 우리가 사는 우주는 엄정한 조화로 구축된 세계다. 텅 빔과 꽉 참이 조화와 균형을 이루는 한 점. 앎과 실천의 교차점. 꿈과 먹고사는 문제가 더불어 해결되는 공간. 그곳에 바닥짐과 평형수가 있다. 적당한 채움이야말로 최선의 지혜일 수 있다. 그것을 사람들은 실용이라 부른다. 나는 이 점에서 장자와 시선이 다르다.

진정 나를 설득한 하루였는가?

자연언어를 길들이려는 시도는 비트겐슈타인이 처음은 아니다. 늦게 잡아도 부케팔로스를 길들였던 알렉산드로스의 스승 아리스토텔레스가 『오르가논』을 쓰면서부터 본격적으로 시작되었다. 이전에도 이런 시도가 전혀 없었던 것은 아니지만 누구도 성공하진 못했다. 아리스토텔레스가 자연언어라는 야생마를 길들이기 시작한 최초의 인간이다. 그리고 이것은 논리학의 출발이기도 했다.

(≪설득의 논리학≫ 2020, p189~190 김용규)

주말 내내 혹한의 한파다. 마음이 시리니 날은 더 날카롭다. 글도 쓰는 둥 마는 둥 느슨함 그 자체다. 제대로 마음이 조율되지 않는 까닭은 쓸데없는 앞날에 대한 과도한 걱정 탓이다. 신실한 하루로 나를 내몰지 못하는 것은 결국 내가 나를 설득하지 못해서 생긴 고민 때문이다. 분명 고민과 걱정은 삶의 귀퉁이를 점차 허물어뜨려 예전의 모습과 빛을 앗는다. 행동하지 못하고 생각에만 머물게 함으로써 일상을 수동적이고 피동적인 상황으로 몰고 간다. 뭐 하나 제대로 되는 게 없다고 투덜대는 것은 이러한 상황이 만든 것이다. 그래서 인생에서 가장 쓸데없고 쓸모없는 것으로 걱정과 고민을 꼽는 게 절대 대수롭지 않다.

하고자 했던 바를 향해 과감하게 행동으로 옮기게 하는 것은 반드시 행동해야 하는 마땅함의 절실함이다. 간절함과 절실함은 추구하는 것의 이유를 자신에게 완전히 설득시킬 수 있을 때 지니게 되는 의지와 같다. 결국, 실행은 추구하는 바와 그것을 이루려는 의지를 서로 교차토록 하는 설득의 힘이 질료다. 자신감 또한 이와 다르지 않다. 스스로를 믿는 힘이 자신감이라면 자신감은 어떤 행동이 원하는 바를 자신에게 설득할 때 야기되기 때문이다. 설득되지 않은 것들이 마음을 부추겨 믿음을 일으키는 일은 없다. 작금은 이성의 시대다. 해명되지 않고 이해되지 않는 것들은 받아들이지 않는다. 대체로 감각되는 가시의 세계만이 존재의 가치를 지닌다. 그것이 문명의 퇴보를 뜻하든 인성의 쇠락을 의미하든 중요하지 않다. 이성은 인간이 지닌 지식과 판단의 영역에 거처한다. 지식의 한계성과 판단의 불완전성이 뒤따르더라도 이성에는 합리성이 내포되어 있다. 합리성은 진리와 다르다. 서로의 이치에 맞으면 언제든 합리성을 획득할 수 있다. 영원히 변치 않는 것, 이를테면 진리 같은 것에 그다지 무게를 두지 않는다. 언제든 상황에 따라 변할 수 있으며 그것에 맞게 서로의 추구하는 바를 맞추면 그뿐이다. 합리의 편에 서서 바라본 이성은 지고지순한 숭배의 대상이다. 그래서 원하는 바를 이루는 삶의 최고 방편으로서 설득력을 곧바로 추인할 수 있다.

설득은 상대를 나의 길로 초대하는 것이다. 그리해 상대의 힘을 내가 원하는 바에 활용할 수 있게 한다. 대체로 혼자보다는 여럿이 낫다. 상대를 설득하는 비결은 고대 이래 인간의 주된 관심사였다. 수사학과 논리는 이런 관심의 산물이다. 고대인들은 토론을 즐겼다. 지식을 얻고 얻은 지식을 검정하는 것으로 토론만 한 것이 없었다.

토론장은 특히 설득의 힘이 지배하는 곳이었다. 이성의 시대에 설득은 최고의 도구였다. 설득은 범용적이고 보편적 사실 즉, 합리성에 기대고 있다. 누구에게나 이해되고 통용되는 범용성과 보편성은 높은 설득력에 극히 요구되는 특성이다. 한쪽으로 치우친 편향성과 특수성은 대체로 설득의 힘이 될 수 없다. 그래서 설득력은 늘 대중 다수를 따른다. 여기 역사를 움직인 최고의 두 연설이 있다. 카이사르를 죽인 친구 브루투스와 충실한 후계인 안토니우스의 것이다.

기원전 44년 3월 15일, 카이사르는 사흘 뒤에 있을 파르티아 원정을 앞두고 원로원으로 향하고 있었다. 아내가 불길한 꿈을 꾸었다고 했으나 그 정도의 이유로는 빠질 수 없는 중요한 회의였다. 원정으로 로마를 비우는 2년 동안, 통치를 맡을 책임자를 공표할 수 있는 마지막 자리였기 때문이었다. 카이사르가 막 원로원 회의장에 이르렀을 때, 주름 많은 토가 안쪽에 단검을 숨기고 숨어 있던 의원 한 무리가 그를 덮쳤다. 모두 열네 명이 칼로 스무 세 곳을 찔렀다. 그 무리에는 며칠 전 그가 법무관이라는 요직에 임명했던 친구 마르쿠스 브루투스(마르쿠스 부르투스가 아니라 데키우스 브루투스라고 주장하는 연구자도 많다.)도 끼어 있었다. 가슴에 받은 두 번째 상처가 치명적이었다. 카이사르는 브루투스가 마지막으로 칼을 꽂자 "브루투스, 너마저! 그러면 끝이다." 하며 허망하게 쓰러졌다. 카이사르의 암살 소식이 전해진 로마는 충격으로 발칵 뒤집혔다. "이유를 밝혀라. 밝혀!" 흥분하며 외치는 수많은 시민 앞에 브루투스가 의연히 섰다. 그리고 다음과 같이 외쳤다. (아래 인용한 두 연설문은 셰익스피어 ≪줄리어스 시저≫가 원작이나, 김용규의 글을 옮긴다.)

"로마인이여! 동포들이여! 친구들이여! 나의 이유를 들어주시오. 듣기 위해서 조용히 해주시오. 나의 명예를 생각하고 나를 믿어주시오. 믿기 위해서 나의 명예를 생각해주시오. 여러분이 현명하게 나를 판단해주시오. 현명하게 판단하기 위해 여러분의 지혜를 일깨워주시오. 만일 여러분 중에 카이사르의 친구가 있다면, 나는 그에게 이렇게 말하고 싶소. 카이사르에 대한 브루투스의 사랑도 그이의 것만 못하지 않다고. 왜 브루투스가 카이사르에게 반기를 들었느냐고 묻거든, 이것이 나의 대답이오. 내가 카이사르를 덜 사랑했기 때문이 아니라 로마를 더 사랑했기 때문이라고.

여러분은 카이사르가 죽고 만인이 자유롭게 사는 것보다 카이사르가 살고 만인이 노예처럼 죽임당하는 것을 원하시오? 카이사르가 나를 사랑한 만큼 나는 그를 위해 울고, 카이사르에게 행운이 따랐던 만큼 나는 그것을 기뻐하고, 카이사르가 용감했던 만큼 나는 그를 존경하오. 그러나 그가 야심을 품었던 까닭에 그를 죽인 것이오. 그의 사랑에는 눈물이 있고, 그의 행운에는 기쁨이 있고, 그의 용기에는 존경이 있고, 그의 야심에는 죽음이 있소. 여러분 중에 노예가 되길 원하는 비굴한 사람이 있소? 있으면 말하시오. 나는 그에게 잘못을 저질렀소. 여러분 중에 로마인이 되길 원하지 않는 야만적인 사람이 있소? 있으면 말하시오. 나는 그에게 잘못을 저질렀소. 여러분 중에 조국을 사랑하지 않는 비열한 사람이 있소? 있으면 말하시오. 나는 그에게 잘못을 저질렀소. 나는 이제 말을 멈추고 대답을 기다리겠소." 연설이 끝나자 사람들은 모두 "브루투스 만세, 만세, 만세!"라고 외쳤다.

(≪설득의 논리학≫ 2020, p55∼57)

군중 속에서 브루투스의 연설을 잠자코 듣고 있던 집정관 안토니우스가 이어 단상에 올랐다. 그는 운집한 수많은 사람을 찬찬히 둘러보며 준비한 연설을 시작했다.

"나는 카이사르의 장례식에 조의를 표하러 왔습니다. 카이사르는 나의 친구였고, 진실했고 공정했습니다. 그런데 브루투스는 그를 야심가라고 했습니다. 그럼에도 브루투스는 인격이 높으신 분입니다. 카이사르는 많은 포로들을 로마로 데려왔습니다. 그 배상금은 모두 국고로 귀속되었습니다. 이것이 카이사르가 야심가다운 것입니까? 가난한 사람들이 굶주려 울면 카이사르도 함께 울었습니다. 야심이란 좀 더 냉혹한 마음에서 생기는 겁니다. 그런데 브루투스는 그를 야심가라고 했습니다. 그럼에도 브루투스는 인격이 높으신 분입니다. 여러분은 루페르칼리아 축제 때 내가 세 차례나 카이사르에게 왕관을 바쳤는데도, 그가 전부 거절한 것을 보았습니다. 이것이 야심입니까? 그런데 브루투스는 그를 야심가라고 했습니다. 그럼에도 브루투스는 확실히 인격이 높으신 분입니다. 나는 브루투스의 말을 반박하려는 것이 아닙니다. 다만 내가 아는 것을 이야기할 따름입니다." 연설이 끝나자 불과 차 한 잔 마실 시간 전에 "브루투스 만세, 만세, 만세!"라고 외치던 로마 시민들의 태도가 삽시에 바뀌었다. "복수다. 찔러 죽여라! 반역자들은 한 놈도 살려두지 말자!"라고 앞다퉈 부르짖었다.

(같은 책 p61~64)

설득의 힘은 이렇듯 강하다. 논리와 합리는 이성을 붙잡아 매는 매혹적인 향료다. 향료는 때로는 은은하게 때로는 강렬하게 믿음을 선동하고 행동을 획책한다. 설득은 이성적이고 감정은 늘 흔들리고 변하기 때문이다. 행동 없이 내가 바라는 바를 현실에 데려올 수 있는 것은 없다. 오늘도 나는 나에게 묻는다. 내가 설득하려 한 것은 무엇인가. 나는 진정 나를 설득한 하루였는가. 더불어 내가 영원히 설득당하고 싶은 것을 찾기는 했는가. 현실은 설득이 도모한 결과들의 현현이자 설득당한 절실함이 한 땀 한 땀 누벼 만든 이루어진 꿈들이다. 바람은 여전히 귓불을 시리게 훑고는 굽이진 골목길로 제 몸을 숨기며 사라진다.

7장

꿈에 관하여

언젠가는 산 가까이에서 살며 아궁이에 군불을 때서 구들장을 덥히고 데워진 물로 머리를 감고 세수를 하고 발을 씻을 것이다. 해가 져 산그늘이 밀려들면 검게 변하는 겨울 산을 바라보며 칼칼한 찬바람 속에 하루를 갈무리할 것이다. 따뜻해진 방 안에서 책을 읽고 글을 쓰며 긴 겨울을 보낼 것이다. 때때로 검은 산을 뒤덮을 정도로 눈이 내리면 살며시 방문을 열고 시나브로 세상을 지우는 눈의 작업을 지켜볼 것이다.

찔레꽃 향기 물씬 나는 오뉴월에는

바람에 뒤집힌 잎들이 바르르 떨며 온 산에 은빛을 뿌리고 있다. 아, 나는 저 풍광을 마주하면 언제나 가슴이 뛰며 설렌다. 나날이 짙푸르지는 산에 은빛이 대비를 이뤄 녹음은 더욱 깊다. 철 맞은 밤꽃 향기마저 에워싸여 산은 그야말로 온통 싱싱한 '젊음'이다. 촤르르 촤르르- 한껏 부풀어 올라 두꺼워진 잎사귀들이 바람에 흔들리며 내는 저 소리는 폭포수 소리 외에 연상되는 게 없다. 파란 하늘과 솜구름이 내비치는 논에는 갓 모내기를 끝낸 벼들이 가냘프고 논둑은 말끔히 정리되어 시골은 한층 정갈하다. 논길 옆 하얀 찔레꽃은 무리 지어 피어 찔레 향 상큼하고 무논의 개구리 소리는 지천이다. 곧 산그늘이 들어서겠지. 이렇듯 오뉴월은 녹음의 한 가운데 있어 산천이 짙고 싱그럽다. 삼사월이 꽃으로 상징된다면 오뉴월은 여린 잎들의 유약함이 드세지면서 잎은 두꺼워지고 온갖 과실들이 자리를 잡는 계절이다. 만일 누군가가 자연을 훼손하려 한다면 이 오뉴월에 상처를 내면 된다. 짙푸른 녹음이 시든다면 금방 드러나기 때문에 원하는 바를 바로 확인할 수 있을 것이다. 오뉴월에는 바다까지도 남빛으로 짙어진다. 갈맷빛의 산처럼 에메랄드의 연초록에서 푸른 남빛으로 변한다. 뜨거운 여름을 겪어내기 위해 자연은 특히 오뉴월에 재빠르게 만물을 변화시키는 것 같다.

뒤 공원의 느티나무도 잎사귀가 무성해졌다. 수형이 멋진 팽나무는 빼곡히 알을 맺었고, 꽃산딸나무의 잎은 더 넓어지고 화려해졌다. 산수유는 촘촘히 씨알을 달았고, 하얀 등불로 공원을 환하게 밝히던 백목련은 잎이 손바닥보다 커져 제법 그늘이 졌다. 꽃사과나무는 벌써 잎을 드세게 피웠다. 짙은 분홍빛으로 화사하게 삼월을 물들였던 박태기나무도 촘촘히 잎만 붙들고 있고, 큐티클로 윤기가 나는 감 이파리들이 바람에도 움직임 없이 오뉴월 햇살에 반짝거린다. 잎이 붉그레한 남천은 수수 모양의 하얀 꽃을 이제 피워 올렸고, 시큼한 냄새를 풍기는 쥐똥나무가 있는 울타리는 빈 곳 하나 없이 빽빽하다. 은은한 노란 꽃이 잘 어울렸던 모감주나무는 이제 제법 커다란 그늘을 드리웠고, 회화나무 키 큰 잎들은 보기 좋게 자라서 공원을 굽어본다. 너무 키가 커 전지를 당해 안타까움을 안겼던 메타세쿼이아는 굵은 줄기에서 잎을 밀어내며 어김없는 생명력을 보여주고 있다. 이미 잎이 자줏빛을 내는 서양 자두나무도 가지마다 잎들이 빈틈없이 둘러싸고 있다. 중국단풍은 언제나 모양 좋은 잎들을 달고 있고, 늘 푸른 히말라야시다도 바늘잎이 더 뾰족해졌다. 나무 그늘에도 맥문동은 썩 잘 자라고, 조랑조랑 연보랏빛 꽃을 달고 있는 비비추의 잎 둘레 하얀 띠는 더욱 선명하다. 은행나무의 잎은 깊은 녹빛으로 자라고, 꽃차례가 듬성듬성 성근 수수 꽃다리가 바람에 하늘거린다. 봄의 전령 역할을 다했던 매화는 어찌나 튼실한 매실을 품었는지. 능소화는 넝쿨 곳곳에 꽃을 피우며 지나는 사람들을 반갑게 맞이하고, 화단 울타리를 휘감으며 뻗어 오르는 등나무 여린 줄기는 햇살에 속까지 훤히 내비친다. 어찌 살만한 세상이라 하지 않을 수 있을까.

세상이 온통 싱그런 녹음으로 가득하다. 배낭 하나 달랑 메고 산과 들로 정처 없이 떠나고 싶은 마음이 절로 드는 계절이다. 짙푸른 산에 들어 우거진 숲 아래에 흐르는 맑은 계곡 옆 바위 위에 굴피집을 짓고, 새소리 가득한 오솔길을 걷다가 지치면 되돌아와 툇마루에 누워 때마침 건너편 산을 걸치며 지나는 구름을 바라보는 안빈낙도의 삶을 절로 동경하게 하는 오뉴월. 겨울이 동면하는 계절이라 쉴 수 있다고 하지만 나에겐 갈맷빛이 자리 잡기 시작하는 오뉴월이 충만한 쉼을 제공한다. 아무런 욕심 없이 그저 '되는' 마음이 들도록 하는 계절이 이어서다. 오뉴월은 한 해의 절반에 해당하는 시기로 가장 깊숙이 들어왔고 심신은 앞으로 있을 피로를 대비할 것이다. 이때의 오뉴월은 지나온 길을 되돌아보게 하며 앞으로 무성하고 억센 여름을 향해 갈 길을 셈하면서 쉬게 하는 것이다. 피톤치드를 비롯해 녹음이 내뿜는 갖가지 정유 물질은 어쩌면 이 휴식을 위한 숲의 선물인지도 모른다.

오뉴월, 내 유년의 오뉴월에는 아릿한 첫사랑이 물씬거린다. 산딸기와 오디가 지천이던 그 외딴 마을의 밤하늘은 어찌 그리 맑고 깊었던가. 단발머리 짙은 눈썹에 동그란 웃음 띤 까만 눈망울은 어찌 그리 사랑스러웠을까. 모내기를 끝낸 산골의 밤은 숨죽이듯 평화로운데 사위 가득 풀벌레 소리가 없었다면 떨리던 그 손길을 어찌 감당할 수 있었으랴. 후일 나는 이때의 두근대던 기억을 송찬호의 시 「찔레꽃」에 부쳐 대체로 소상하게 적어두었다.

아, 나는 그날 오월 밤바람 속의 찔레꽃 향기와 깊고 깊던 까만 눈방울을 하고선 살며시 떨며 건네던 그 귀여운 조막손과 탐스럽게 빛나던 농익어 붉은 명석딸기 촉감을 어찌 잊을 수 있으랴. 중학교

2학년 때 우린 처음 만났다. 시골이라지만 학생 수는 적지 않았다. 간혹 몇 명을 제외하고는 인근의 초등학교 졸업생은 대부분 우리 중학교로 모여들었다. 학년은 남녀 각각 두 반이었다. 한 반에 60명 내외였으니 동기는 남학생 120명, 여학생 120명이었다. 평소 남학생과 여학생이 각기 떨어진 교실에서 수업했기 때문에 만날 기회가 없어 출신 초등학교가 다른 이들은 서로를 잘 알지 못했다. 초등학교가 달랐던 소녀와 나도 다르지 않았다. 먼발치에서 흘깃 몇 번 본 것이 전부였다.

겨드랑이에 털이 막 나기 시작하고 호기심이 충만하던 그 무렵 우린 멀리 수학여행을 떠났다. 함께 이동하는 수학여행은 알지 못했던 서로를 탐(?)하는 절호의 기회가 되어주었다. 실로 우리들의 눈빛은 사냥 매처럼 맹렬하고 날카로웠다. 사실 어떤 계기로 만났는지 기억이 희미하지만 어쨌든 우리도 그 기회를 놓치지 않았다.

소녀는 제법 깊은 산골에 살았다. 신작로에서 벗어나 골짜기로 걸어가면 적어도 한 시간 반은 더 들어가야 했다. 큰 산이 땅과 맞닿은 냇가 옆에는 딱 두 집이 있었는데 그중 냇물을 바로 볼 수 있는 집에 부모님과 오빠와 함께 살고 있었다. 알게 된 지 두어 달이 지난 어느 날 소녀의 바로 옆 동네에 살았던 친구의 집에 모내기를 도와주러 갔다. 물론 친구 집 모내기를 도와주려는 것은 당연히 소녀를 보기 위한 음험한 계략이었다. 소녀도 그것을 본능적으로 알아챘다. 좋아한다는 감정이 어디 꼭 행동과 말과 글로만 전해지던가.

모내기를 끝내고 저녁을 먹은 뒤, 마당 가운데 모락모락 피어오르던 모깃불을 뒤로하고 약속이나 한 듯 우리는 어둑한 동네 어귀의 정자나무인 커다란 팽나무 아래서 만났다. 서늘한 산그늘이 내리고 밤이 찾아들면서 모내기를 막 끝낸 골짜기엔 개구리가 지천으로 울어댔다. 옻칠 같은 칠흑의 하늘엔 뭇별이 촘촘하고 상현달은 이미 떠올라 넓은 내를 은은한 은빛으로 비추고 있었다. 달빛에 반짝거리는 냇물의 윤슬은 더없이 아름다웠다. 나는 지금도 강 하구나 냇물에서 달빛이 빚어내는 그 빛나는 윤슬을 보면 숨이 다 막힌다.

멀찍이 떨어져 앉은 우리는 수줍어 좀체 말이 없었다. 가만히 지켜보지 않으면 거기에 누가 있는지 모를 정도였다. 한참이 지나자 개구리마저 잠들어 쥐죽은 듯 고요한 골짜기엔 유독 달빛과 별빛만 반짝이며 살아있었다. 이윽고 소녀가 가만히 일어나더니 내 쪽으로 다가왔다. 너무나 고요해 조심스레 옮기는 발걸음 소리가 골짜기를 울릴 정도였다. 내 가슴은 쉼 없이 두방망이질 쳤다. 달을 등에 지고 바로 앞에 선 소녀의 얼굴에는 어두운 그늘이 드리웠지만, 윤곽만은 또렷했다. 소녀의 눈썹은 짙었고 까만 눈망울은 어둑한 밤보다 훨씬 깊어 보였다. 그렇게 엉성하게 서 있던 소녀는 주머니 속에서 주춤주춤 뭔가를 끄집어냈다. 그것은 잘끈 동여맨 검은 비닐봉지였다. 때마침 오월의 밤바람이 둥치 큰 나무 아래에 있던 우리를 휘감고 지나갔다. 그러자 논으로 이어진 길가의 무리 진 새하얀 찔레 덤불에서 진한 찔레꽃 향기가 물씬 몰려왔다. 소녀는 봉지를 헤쳐 뭔가를 집은 조막손을 고조곤히 내 앞으로 내밀었다. 아, 그 조그마한 손바닥엔 농익어 검붉은 멍석딸기 한 움큼이 탐스럽게 놓여 있는 것이 아닌가. 나는 아직도 그 밤 '차마 다 읽지는 못하였던' 소녀가 내민 편지를 잊지 못하고 있다. 이윽고 밤은 깊었고 그 사이 달은 머리 위로 떠올라 산을 더욱 거무스레하게 만들었다. 굽이진 산등성이 너머에선 반짝이는 별들이 내내 우리를 내려다보고 있었다.

뻐꾸기가 울고 산비둘기마저 구구거리면 오뉴월의 산중 저물녘
은 참으로 고즈넉하다. 억새는 둔덕에서 바람에 몸을 누이고 그 바
람에 묻어오는 나무와 풀의 냄새가 질펀하면 가슴은 어느새 허허롭
다. 온 산과 들이 푸르지만, 마음은 외려 헛헛해진다. 이 모든 것을
있는 그대로 즐기면 될 터 굳이 채울 이유가 없는 탓이다. 강물은
또 어떤가. 메마르던 물줄기가 오뉴월의 비로 강다워진다. 강심은
깊어지고 넓어져 비로소 서늘한 산그늘을 품을 수 있게 된다. 오뉴
월에 만난 강은 그래서 넉넉함과 부드러움으로 변해있다. 오뉴월의
저문 강에 서보라. '한 생을 바쳐 퍼낸들' 그 물줄기들이 어디 마를
것인가. 끊임없이 끌려 나오는 의미의 타래는 끝이 없을 것이다. 섬
진강 시인 김용택은 자전적 산문 ≪섬진강 이야기≫에서 강에 얽힌
소회를 이렇게 풀어놓는다. "풀꽃 핀 저문 강변을 나는 얼마나 헤
맸던가. 산 아래 강변에 찔레꽃이 피었다가 지면 강변 풀밭에는 붓
꽃이 핀다. 붓꽃이 피기 전에 강가에 피는 개구리자리 노란 풀꽃은
키가 훌쩍 크다. 마치 아기를 업고 강가에 놀러 나온 내 누이들같
이 자태가 고운 이 개구리자리꽃을 나는 늘 좋아했다. 그 무렵 강
가에 사는 아그배나무 흰 꽃도 나는 참 좋아했다. 붓꽃이 피면 사
람들 모내기 손이 바빠지고, 밤꽃이 하얗게 핀다. 밤꽃이 필 때는
꼭 달이 뜬다. 밤꽃 핀 밤, 달빛 아래 서면 박속같이 하얀 산속에서
소쩍새가 울었다."

올망졸망 풀잎 이슬이 새벽마다 맺히는 이 계절에 나는 온갖 마
음의 번민들을 씻어내고 싶다. 산과 숲이 피워내는 풍광들을 그 씻

어낸 가슴에 담고 싶다. 가끔 뽀얀 운무가 마음을 가리면 기꺼이 지나가기를 기다릴 것이다. 평생을 살면서 어찌 한 번도 흐린 날이 없을 것인가. 매번 햇살이 가득하기만을 바랄까. 잎이 지고 차디찬 시절을 겪은 뒤에야 꽃이 피고 새잎이 돋아 지금의 푸르름이 되는 것을. 풋풋하고 굳세어지면서 더 짙어지는 것을. 오뉴월이 보여주는 이 모든 것이 눈물겹도록 행복하게 한다. 그리해 변함없이 오뉴월을 동경하고, 그 품 안에서 내 생이 다 마르는 날까지 오래도록 유유히 거닐 수 있기를 소망한다.

나를 견디게 해 준 것

평소에는 탁자에 대한 고마움을 전혀 느끼지 못한다. 막 이사하고 난 뒤 탁자 없이 바닥에 신문지를 깔고 자장면을 먹을 때, 허리와 다리 관절들이 겪는 불편을 통해 탁자의 고마움을 실감한다.

드잡이했던 식구들이 다시 온순한 마음을 갖고 탁자 앞에 모여서 화해를 도모한다. 탁자 위에서는 말과 담론들, 불만과 투덜거림이 함께 오간다. 탁자가 없다면 식구들은 뿔뿔이 흩어져 살게 될 것이고, 그 많은 말도 갈 곳을 잃게 될 것이다.

탁자 위에서 말들은 풍성해지고, 덩달아 삶도 풍성해진다. 계약과 협의를 위해서나, 각종 위원회가 이마를 맞대고 토의하기 위해서 모이는 곳이 탁자이다.

덧없이 지나가는 10월의 어느 저녁, 소금을 한 숟가락 삼킨 채 고개를 처박고 울기에 좋은 곳도 바로 탁자이다.

(≪철학자의 사물들≫ p117, 118 장석주)

이미 지난해에 갔어야 했다. 윗선에선 옮기는 게 어떠냐는 말도 있었다. 부산이 좋은 도시인 건 틀림없지만 일의 효율성을 따진다면 진즉 지역의 중간 위치인 대구로 자리를 옮기는 것은 분명 옳은 일이다. 비즈니스의 세계에서 어찌 효율을 외면할 수 있을까. 그런데도 차일피일 미루다 이제야 결정을 한 것은 그만한 다른 이유가 있었다. 어떤 목적으로 받아들였든 결국 조직이 구성원에게 강요하는 것은 급여 이상의 일정한 노동과 조직에 기여할 가치다. 하지만 노동과 가치는 별 상관이 없는 듯하다. 상관계수가 크지 않다는 말이다. 강요된 노동은 늘 힘겨운 법이고 결코 힘겨움이 가치 있는 노동으로 만들지는 못해서다. 일이 놀이처럼 되지 못한다면 일은 밥벌이가 되어 우리를 고된 삶으로 내몬다.

2년 반의 객지 생활을 버티게 해 준 것 중 하나는 작은 좌탁이었다. 물론 객지 생활이 힘들기만 한 것은 아니었다. 홀로 있어 외롭다거나 괴로운 일은 그리 많지 않았다. 그 어느 것에도 나름의 의미가 깃들듯 집과 떨어져 지낸 시간은 내 상황과 처지를 객관적으로 바라볼 충분한 기회도 되었다. 그러나 가끔 질식할 듯한 침묵과 피로가 침울로 몰려올 때면 홀로 할 수 있는 유일한 일이란 좌탁에 의지해 우울의 침범으로부터 맹렬히 탈출을 시도하는 것뿐이었다. 좌탁은 내 내면의 새로운 세계로 들어서는 산문(山門)이자 나만의 해방구였다. 내면으로 이어지는 모든 길은 저 좌탁이 출발점이었다. 갖은 세계가 열리고 트이며 시작되는 시원인 셈이다. 내가 구축한 용렬한 세계가 조금이나마 바깥 세계에서 존재감을 보일 수 있다면 편편하고 작은 저 좌탁이 삼킨 나날들의 시간이 만든 것이다.

적어도 하루에 두세 시간은 좌탁을 거쳐 내면 깊이 찾아들었다. 어떤 때는 이른 새벽까지 이어지기도 했다. 이를테면 새로운 분야를 만나 그 세계에 몰입이 요구될 때나 쓰기에 집중할 때였다. 요즘은 아주 가끔 있는 일이다. 그만큼 지금 눈앞의 일상이 새로운 도전과 모색으로부터 격리되어 있다는 방증이기도 하다. 모든 성찰과 반성은 과거 정연한 질서에서 이탈한 현재의 몰락에서 시작된다. 크게 반성할 일이다.

사실 좌탁이 정신적 내면의 기반이 되는 형이상만을 제공하지는 않는다. 눈앞의 현실을 해결하는 도구가 되어주기도 했다. 좌탁은 날마다 밥상으로 변했다. 밥상은 '현실의 삶'이란 의미의 상징성을 갖고 있다. 그래서 밥상은 늘 신성한 어떤 것으로 대접받아왔다. 밥상을 둘러 엎는다는 것은 삶을 걷어차 버린다는 자포자기를 뜻하거나 세상을 뒤집어엎는 혁명을 은유하는 역할을 해왔다. 식탁으로 쓸 수 있는 작은 책상이 있었지만 나는 아침마다 좌탁에다 끼니를 차려 먹었다. 가끔 차도 마셨다. 다른 이유는 없었다. 오로지 좌탁에 앉아 먹을 때만이 '팍팍한 삶을 사는 중년의 남자가 혼자서 쓸쓸히 아침을 먹는' 느낌을 지울 수 있었기 때문이었다. 남의 이목에 신경 쓰는 것은 여전히 내가 물리치지 못하고 있는 강력한 적이다. 앙드레 가뇽의 깨끗한 선율 속에서 편편한 좌탁 위에 차려진 몇 가지 반찬으로 아침을 먹을 때는 오히려 행복이 밀려왔다.

또 좌탁은 맑은 정신을 일깨우는 아주 유용한 도구로 변했다. 몸에 흐르는 기혈의 순환은 고관절의 열림과 닫힘에도 적지 않은 영향을 받는다. 골반을 조이는 의자와 달리 좌탁은 골반을 열어 머리와 아랫배의 기운 통로를 막힘없이 흐르게 함으로써 머리가 절로 맑은 상태가 된다. 좌탁에 앉으면 절로 허리가 곧추서면서 머리에 올라와 있던 열이 서서히 아래로 내려가기 때문이다. 머리가 맑으면 생각이 단순해지고 명료해진다. 여러 복잡한 일들도 말끔히 정리되면서 해결의 실마리가 기적처럼 풀리기도 한다. 양반 자세가 무릎을 상하게 할 수 있다는 알려진 상식과 달리 실제로 생활해보면 그다지 무릎에 부담을 주지 않으면서 이로움을 훨씬 많이 주는 생활 자세임을 알 수 있다. 걸상이 서양식 생활방식이라면 좌탁은 동양식이다. 사고는 일상의 생활방식이 주형의 질료가 된다. 동양의 사고는 시시비비가 분명한 이분법의 대결 방식이 아니라 양극을 아울러 조화를 이루어 새로운 길을 여는 삼분법이다. 좌탁에 앉으면 그토록 마음이 누긋해지고 넓어지는 것이 이 때문인지도 모를 일이다.

좌탁과 함께한 시간이 8년은 더 된 것 같다. 몇 해 전 시골 큰형님이 만들어준 편백 나무 좌탁이 없었다면 대구로 오면서 챙겨 온 저 좌탁이 용도 폐기되어 구석진 곳에서 먼지를 뒤집어쓸 일은 없었을 것이다. 나는 지금 편백 나무 좌탁에 앉아 이 글을 쓰면서 구석진 곳에 놓여 있는, 나를 견디게 해 준 좌탁에 그윽한 눈길을 준다. 누구나가 애착을 갖고 아끼는 물건 하나쯤은 있다. 내게 좌탁은 그런 것이다. 언젠가 구본형이 '신화 읽기'라는 칼럼에서 썼던 글을 차용하여 '좌탁 예찬'에 바친다면 차용한 글은 이렇게 변모할 것이다.

"좌탁에 앉기만 하면 나도 내 마음대로 할 수 있는 내 세상 하나쯤은 만들어 영웅처럼 내 모든 것을 걸고 모험을 해보고 싶어진다. 사람을 사랑하고 또 다른 세상을 꿈꾸고, 슬픔과 고통으로 짓눌렸던 온갖 시도와 실패들과 승리와 환희로 빛난 성취들을 버무려 무지갯빛 나의 삶을 한 편의 웅장한 서사시로 만들고 싶어진다."

내 마음대로 할 수 있는 제국

지금도 그렇지만 한때 나는 내가 무엇을 잘하는지에 대해 매우 궁금했다. 제삼자의 관점에서 나를 관찰해보기도 하고 가까운 이들에게 곧잘 묻기도 했는데 문제는 '내가 평가하는 나'와 '남이 바라보는 나'는 엄연한 차이가 있다는 점이었다. 그로 인해 무척 괴로워했던 기억이 있다. 사람은 누구나 세상을 살면서 가면을 쓰고 살고, 나 또한 그 행위에서 벗어날 수 없음을 나중에야 알았다. 카를 구스타프 융은 그것을 '페르소나'라고 했다. 그 후로 난 나를 바라보는 데 별다른 장애를 느끼지 않았고 또 바로 보려고 노력했다. 물론 결과 없는 노력뿐이었음을 고백한다. 사실 나를 바로 본다는 것은 대단히 어려운 명제다.

관계의 주체인 나와 타자의 '자아 노출'에 대해 명료한 연구 결과를 내놓은 이는 조셉 러프트와 해리 잉햄이라는 심리학자다. 익히 알려진 '조해리의 창(Johari's window)'이라는 이론이다. 이 이론의 핵심은 개개의 사람은 네 영역의 자아를 지니고 있다는 것이다. 가령 자신에 대해 남도 알고 자신도 아는 열린 창(open) 영역, 남은 아는데 자신은 모르는 보이지 않는 창(blind), 남은 모르고 자신만 아는 숨겨진 창(hidden), 남도 모르고 자신도 모르는 미지의 창(unknown) 영역이다. 조해리의 얘기를 들으면서 남에게 보이는 '외면의 나'와 스스로 생각하는 '내면의 나'와의 괴리와 간격에 대해, 그로 인해 유발되는 내면의 갈등과 고심에 대해 궁구해본다. 궁구의 결론은 불변의 지속성 여부가 괴리와 갈등의 원인이라는 지점에서 종결된다.

스스로 생각하는 '내면의 나'는 좀체 변하지 않는다. 아무것도 고려할 필요가 없는 순수 내면의 세계에서는 보여야 할 대상이 자신뿐이므로 굳이 꾸며서 맞추어야 할 이유가 없기 때문이다. 대체로 스스로를 기만하는 행위의 주체는 끊임없는 변화에 대응이 존재 이유가 되는 외면의 나다. 가꾸지 않은, 있는 그대로의 순수가 '내면의 나'가 지닌 고유성이다. 어쩌면 인간이 지닌 신성이랄 수 있다. 철학자가 스스로에게 근원의 물음을 던졌던 대상일 수밖에 없는 이유다. 반면 보이는 '외면의 나'는 시시때때로 노출되는 개별적 상황에 따라 가변적이다. '외면의 나'가 관계하는 고객은 감당할 수 없을 정도로 많다. 고객은 저마다 다른 관계를 요구한다. 요구와 제공이 거래의 근간이라고 볼 때 관계는 성사된 거래의 현현이다. 거래에 따라 출렁이는 '나'는 결국 수많은 혼잡한 관계의 물결에 휩쓸릴 수밖에 없다. 곳곳의 여울목에서 이리 꺾이고 저리 틀리는 가변이 차라리 '외면의 나'에게는 자연스러운 모습이다.

그렇다면 이 두 모습 간의 낙차를 줄일 수 있는 묘안은 무엇인가. 대체로 한 인간의 성숙도와 연결해보면 무난히 길이 보인다. 살아오면서 마주하는 수련과 연단이 안목과 식견을 내면에 누적시켜 지혜로 단단히 다질 때 우리의 중심은 견고해진다. 외면의 흔들림은 미세해지면서 내외는 일체를 이룰 것이다. 이에 대한 최고 압권은 공자의 '불혹'이라는 정의다. 부단한 조련과 연단이 성장을 위한 도구로 쓰이지 않으면 외면은 바람 앞의 등불처럼 흔들리게 마련이다. '외면의 나'보다 '내면의 나'를 앞서 돌아보고 보듬어야 하는 까닭이다.

내면의 단련은 스스로의 강점을 찾는 데서부터 시작하는 것이 좋다. ≪위대한 나의 발견 강점혁명≫의 공저자 톰 래스와 도널드 클리프턴은 이렇게 주장한다. "성인이 된 후 반복 학습을 통해 추가된 시냅스로는 새로운 재능을 창조해낼 수 없다. 재능은 타고나는 것이며, 잠재된 재능 없이 훈련만으로 강점을 만들어내지는 못한다." 그러므로 유능함은 자신이 잘할 수 있는 재능의 발휘가 만든다. 타고난 선천적 재능은 대체로 뚜렷하다. 이런 경우 '영재'라 불린다. 반면 다양한 일상이 부딪히는 과정에서 단련되고 형성된 재능은 후천적이다. 난관과 극복을 반복하면서 삶의 굳은살은 절로 배기 마련이다. 그래서 잘 알아채지 못한다. 영재라 하지 않고 '의지의 인간'이라 불린다. 그들은 '영웅'이 된다. 우리가 현실에서 마주하는 현실은 영재는 영웅을 뛰어넘을 수 없다는 사실이다. 그저 주어진 유전자는 역경을 견뎌낸 의지에 대해 비교 우위에 있지 못하는 것이다. 그 까닭에 대부분 사람은 기득권 옹호를 지극히 싫어한다. 불굴의 노력이 타고난 재능을 넘어서는 것을 올바르고 마땅한 일로 여긴다. '타고 나는 것'은 신의 영역이지 인간의 영역이 아니기에 언제나 불공정하다고 생각한다. 기회의 균등이, 삶의 공정함이 균형 사회의 절대 축이기 때문이다. 축이 빈약한 사회는 혼란과 자멸에 흔들릴 수밖에 없다. 그러나 이미 후천적 재능도 타고난 재능을 통해서 획득했다는 분명한 사실을 깨닫게 되면 '영재'를 '영웅'의 아래에 두는 시선은 어리석기 짝이 없는 행동이다.

의지를 이데아와 실체, 물자체의 반열에 올려놓은 이는 쇼펜하우어다. 단호하게 천명했다. "세계는 나의 표상이고, 따라서 세계는 나의 의지이다." 그는 이성보다 의지를 인간의 지배적인 특성으로 보았다. 의지는 욕망의 다른 형태다. 물론 그의 종착지는 염세의 세계다. 의지가 지배하는 세계는 결핍과 욕구의 영역이다. 욕구의 완전한 충족은 인간의 세계에선 존재할 수 없기에 결국 각고의 노력이 이루어낼 수 있는 것은 없다는 것이 그가 주장하는 철학의 결론이다. "성과사회는 자기 착취의 사회다. 성과 주체는 완전히 타버릴(Burnout) 때까지 자기를 착취하며 파국으로 치닫는다."라고 주장한 재독 철학자 한병철의 '피로 사회'와 맥락이 상통한다. 일견 타당해 보인다.

그렇다면 의지와 욕망을 깡그리 내다 버리라는 말인가. 그렇지 않다. 무위를 앞세우는 노자는 그리 말하지 않는다. 욕망하되 '자연'처럼 하라고 한다. 위계를 내세우지 말고, 다다를 수 없는 이상을 정해 놓고 그것이 가야 하는 길인 양 부추겨서는 안 된다는 것이다. 인위는 결국 소멸하기 마련이다. 그는 인위의 욕망을 덜어내고 자연스러운 욕망을 욕망하라고 피력한다. "배움을 행하면 날마다 보태지고 도를 행하면 날마다 덜어진다. 덜고 또 덜어내면 무위의 지경에 이르는구나. 무위를 행하면 되지 않은 일이 없다. 천하를 차지하는 것은 항상 일거리를 없애기 때문이다(爲學日益 爲道日損 損之又損 以至於無爲 無爲而無不爲 取天下 常以無事)." 덜어내고 덜어내어 어린아이의 상태로 돌아가라는 일갈이다. 덧칠 없이 순수하고 자연스러운 것이 어린아이의 욕망이다. 인간 최고의 상태는 인위적 조작이 가해지지 않은 갓난애 시기라는 것이다. 이 주장은 정신의 마지막 세 번째 변화가 '어린아이의 천진함' 속에서 이루어진다고 한 니체의 주장과도 맥락의 일치를 보인다.

의지든 욕망이든 무위든 세상의 문을 열고 들어서는 순간 세상을 살아내야 한다. 절로 살아지는 것이 아니라 살아내는 것이 삶이다. 이것이 아이를 키우고 가족을 보살피며 가정을 지키는 범부의 운명이다. 삶이 운명으로 귀속되는 근거다. 강점은 자신의 유능한 부분이다. 내가 잘하는 것에 기대면 살아냄의 고단함은 줄어들고 줄어드는 만큼 자유가 보장된다. 열등하고 모자라는 것은 마음대로 할 수 있는 자유를 앗아가고 마모시킨다. 그러므로 마음대로 할 수 있는 내 세계 하나를 만들지 못했다면 빛나는 자신의 강점을 놓치고 있다는 방증이다.

나를 지탱하는 강건한 기둥들. 그것들을 단단한 땅 위에 놓음으로써 비로소 바라던 나의 제국은 구축될 수 있다. 자신이 지닌 유능함을 찾는 방법은 간명하다. 먼저 자신의 지난 궤적을 뒤져 떨리고 설레게 했던, 지극히 감정을 동요케 했던 일들을 찾아내는 것. 또 하나는 타인을 거울삼아 자신의 모습을 비춰보고 자신이 잘하는 것을 발라내는 것. 내가 생각하기에 이 두 가지 외에 더는 방법이 없을 듯하다.

사랑의 시원은 어디에 있는가?

아, 내 삶을 푸르게 물들이던 유월이 진다. 수북이 떨어지는 목
련꽃인 양, 시간은 유월을 삶의 가지에서 떨구고 싱그러웠던 기억
들은 짓물러 뭉개진 채로 이곳저곳에 아무렇게나 나뒹굴고 있다.
그 위로 터벅터벅 걷는 퇴근길은 사랑을 잃어버린 연인의 심정인
듯 고단하고 아련하여 서글프기만 하다. 보드랍던 연록의 잎들은
따가운 햇볕 아래서 짙어지며 드세졌다. 시간은 여린 것들을 거칠
게 변모시키는 마력을 지녔다. 그건 죽음을 향해 가는 중이라는 의
미다. 노자는 이런 자연의 이치를 깊이 관찰한 사람이다. "살아있음
은 부드러움이요 죽은 것은 딱딱한 것이다(堅强者 死之徒 柔弱者
生之徒)."

사랑이 옅어지면 사람 사이의 관계는 메마르고 딱딱하게 굳는다.
사랑이 만든 연대감과 '일체감'이 사라지면서 외로움으로 수척해진
다. 관계에 따스한 숨을 불어넣는 것은 다름 아닌 서로의 관심으로
발현되는 사랑이기 때문이다. 어쨌든 관계에서 불거진 외로움은 고
독으로 전이되면서 분리에 대한 근원적인 불안으로 수렴하며 결국
슬픔으로 추락하고 만다. 그런 슬픔의 바닥은 끝이 없다. 사람이란
본래 홀로였다는 것을 뼈저리게 자각하기 전까지는 바닥은 좀체 그
모습을 드러내지 않는다. 작은 불은 나무의 밑동을 남기지만 큰불
은 흔적 없이 모든 걸 태워버린다. 슬픔의 바닥마저 한 줌의 재도

없이 태워버리는 사랑, 이런 사랑은 '열애'라 할 만하다. 고밀도의 사랑은 큰불처럼 심연을 깊게 파기 마련이다. 사랑의 속성이 그러하다. 산이 높으면 으레 골이 깊듯.

에리히 프롬은 사랑을 인간 '실존론으로부터 시작'해야 한다고 일갈한다. "인간의 실존에 있어서 본질적인 것은 인간이 동물계로부터, 곧 본능적 적응의 세계에서 벗어났고 자연을 초월해 있다"라며 인간의 불안과 고독은 이 분리에서 비롯되었다고 적고 있다. 또 인간의 분리는 실존을 '견딜 수 없는 감옥'으로 만들고 '이 감옥으로부터 풀려나서 밖으로 나가 어떤 형태로든 다른 사람들과 또한 외부 세계와 결합'을 추구한다고 내세운다. 인간의 가장 절실한 욕구는 이러한 '분리 상태를 극복해서 고독이라는 감옥을 벗어나려는 욕구'이고 종교와 철학의 역사는 이 욕구에 대한 '대답의 역사'라고 단언한다. 분리의 대극에는 일체가 있다. 집단이나 개인과 '일체감'을 느낄 때 분리로 인한 불안과 고독을 잊을 수 있다는 것이 그가 말하는 뼈대다. 사랑의 시원은 여기에 거처한다고 설명한다.

한 개인이 사랑할 수 있는 것들의 범위는 얼마나 될까. 사랑의 대상은 무수히 많다. 내가 사랑하는 것들은 무엇인가. 가족, 동료, 개, 책, 시, 사진, 여행, 걷기, 노래, 음악, 읽기, 쓰기… 적고 보니 좋아하는 것과 사랑하는 것이 무엇이 다른지 그 경계가 모호하다. 좋아함과 사랑함은 과연 다른 것인가. 에리히 프롬의 주장을 빌리면 사랑은 대상과 일체가 되었을 때 느끼는 만족에서 기인한다. 내가 그것이 되고 그것이 다시 내가 되는 자타불이의 물아일체 경지가 진정한 사랑이라는 것이다. 이것은 약간의 떨림과 땀으로 들어설 수 있는 그런 경지가 아니다. 내 모든 것을 태워 헌신하는 열정적인 몰입이 필요하다. 그로부터 사랑은 지고한 열락을 내 앞에다 내어줄 것이다. 누구나 살아가면서 영혼마저 떨게 하는 대상을 만나서 모든 것을 버리고 그 떨림에 부응하며 따라나선다는 것은 크나큰 행복이다. 낚시꾼의 손에 고기가 걸리듯 그런 떨림으로 자신이 우주와 공명할 때 비로소 사랑은 곁을 내줄 것이다. 비록 내가 가진 것들을 남김없이 다 태워 소진할지라도 대상과 하나 됨으로써 지극한 만족감을 얻을 수 있다면 그건 에리히 프롬적(≪사랑의 기술≫ 저자) 사랑이라 말할 수 있다. 이 사랑은 끝 간 데 없이 펼쳐진 지복 속에 머무름을 의미한다. 그렇다면 나는 정녕 이제껏 제대로 사랑 한 번 해본 적이 있었던가.

아름다움에 대한 감동과 사랑은 대상에 대한 지식의 축적 정도에 따라 느끼는 깊이가 달라진다. 사랑은 대상에 대한 지식의 정도에 기대고 있다. 배움 없이 사랑의 길목을 찾기는 쉽지 않은 일이다. 앎이 없이 사랑할 수 있는 것은 동물적인 사랑밖에 없다. 앎은 사랑의 길목으로 이끄는 내비게이션과 같다. 대상이 사람이든 유정물, 혹은 무정물이든 알아가는 과정에서 사랑은 깊어지고 여물어지며 일체가 된다. 물론 상대에 대해 앎이 끝났다고 느끼는 순간 호기심과 사랑은 포물선을 그리며 우하향할 것이다. 그렇다고 사랑이 없어지는 것은 아니다. 다만 옅어지고 바래며 기억의 낡은 창고로 이동할 뿐 결코 사라지거나 공중 분해되지 않는다. 헤어진다고 사랑이 없어지지 않듯. 이것 또한 사랑이 지닌 특성이다.

오늘도 하루가 내 삶의 꿰미에서 빠져나간다. 비어있는 그곳으로 유월의 아침 햇살처럼 내 사랑이 스며들어 반짝였으면 좋으련만. 빠져나간 하루가 반짝이는 햇살보다 더 가치가 있다고는 감히 말할 수 있을까. 내 유월의 하루는 아무도 듣지 않는 완전히 동떨어진 음악이 되지 않기를 고대한다. 음률 하나하나에 가슴 떨며 내 모든 존재가 소리와 조화를 이루고 하나 되는 가운데 새로운 소리로 거듭나는 감동적인 하루면 얼마나 행복할까. 감동은 온전히 음률과 하나가 되었을 때, 완전 합일이 이루어진 상태에서 솟아날 것이다. 지복의 사랑이 아름다움으로 피어난 것일 테다. 아, 바쁘게 사랑하고 싶다. 감히 하나가 되고 싶어 몸이 달뜬다. 삶의 꿰미에서 유월이 썰물처럼 모두 빠져나가기 전에. 이 유월의 모든 것들과.

한 해의 끝은 마땅히 그러해야 한다

첫 번째 묵밭이 끝나고 두 번째 개울을 건너면 우측으로 신나무들이 커다랗게 자라고 그 밑에는 여러 종류의 현호색들이 옹기종기 모여 있다. 빗살현호색, 애기현호색, 댓잎현호색, 자세히 들여다보면 잎들이 제각각이다. 이들과 비슷한 꽃들로 괴불주머니가 있다. 다른 점은 현호색류에는 뿌리에 동그란 괴경이 있다는 것이다. 개울 쪽으로는 산괴불주머니가 아직 때 이른 듯 수줍고, 물가 축축한 옆에는 개별꽃이 무리 지어 피어 있다.

숲에는 혼자 들어가는 것이 좋다. 깊이 들어갈수록 혼자가 아님을 느낄 것이다. 거기에는 우리와 친구가 되려고 끊임없이 손짓하고 있는 나무와 새 그리고 작은 곤충, 물고기들이 있기 때문이다. 그러나 사람들은 곳곳에 상처를 내고 있으며 그곳에 살던 많은 친구가 터전을 잃고 사라져갔기 때문에 우리를 두려워하고 있다. 이제 그들을 어루만져주어야 한다.

(≪게으른 산행≫ p38, 70 우종영)

늦은 오후 눅은 햇살이 비끼는 산길을 오른다. 산그늘은 이미 길게 늘어지고 바람마저 없어 겨울 산은 한적하고 고즈넉하다. 푹해진 날씨로 언 땅이 녹아 여기저기 질퍽거리는 오솔길은 익숙해서 편하다. 팍팍한 일상을 벗어나 무거운 생각과 마음을 내려놓은 채 산책하듯 숲길을 걷는 것은 드러난 행복의 전형이다. 거대하고 환상적이며 이상적이 아니라 작고 구체적이며 현실적인 것이 행복의 속성이다. 행복은 일상에 있지 머릿속의 상상에 있는 것이 아니다. 물론 내면에서 피어오르는 상상의 즐거움과 기쁨은 분명 존재한다. 그러나 그것은 진정한 감정들이 아니다. 비록 뇌가 상상과 현실을 구분하지는 못한다지만 행복은 그러한 생각 따위에서 피어오르지 않는다. 움직임, 즉 행동의 구체성에서 우리는 행복과 마주칠 수 있다.

푸르른 잔솔들 사이로 비쩍 마른 억새가 허리를 꺾고 있다. 지난여름 그리도 짙푸르렀던 빛깔은 다 어디로 갔는가. 잎들을 몽땅 떨궈 앙상한 뼈만 남긴 나무들은 또 어떤가. 인생무상이 솟구친다. 무엇 때문에 우리는 이토록 아등바등 사는가. 어떤 것을 이루기 위함인가. 그렇게 살지 않으면 안 되는 까닭은 무엇인가. 산에 오르면 절로 차오르는 생각이다.

본래 산길이 그렇듯 비탈진 길은 돌들로 울퉁불퉁하다. 자칫하면 발을 접지를 수도 있을 정도로 평평한 곳은 별로 없다. 금세 숨이 차고 이마가 젖는다. 소나무 사이로 비껴드는 햇살로 그늘과 빛이 뒤엉켜 길과 산은 얼룩덜룩해졌다. 카메라에 담는다면 분명히 노출을 맞추지 못한 형편없는 장면들로 메모리가 꽉 찰 것이다. 비탈진 길은 한참이나 이어진다. 점점 무거워지는 다리와 답답한 가슴과 호흡이 거칠어짐에도 산길에 들면 오히려 생각들은 차분해진다. 그렇다. 걷는다는 것은 육체적 행동만으로 머무는 것이 아니다. 몸의 깨어남이며 자신의 존재를 순간순간 깨닫는 행위이자 내면을 활짝 열어 이 세계와 하나가 되는 것이다. 묵은 것들을 깔끔히 비워내 새로운 호기심으로 바꿔 채우고, 다급한 현실의 의무에서 벗어나 시간의 족쇄를 풀고 느긋이 그 속에 머물며 더불어 더욱 돈독한 타인과의 관계를 구축하는 훌륭한 생활의 지혜이다.

언젠가는 산 가까이에서 살며 아궁이에 군불을 때서 구들장을 덥히고 데워진 물로 머리를 감고 세수를 하고 발을 씻을 것이다. 해가 져 산그늘이 밀려들면 검게 변하는 겨울 산을 바라보며 칼칼한 찬바람 속에 하루를 갈무리할 것이다. 따뜻해진 방 안에서 책을 읽고 글을 쓰며 긴 겨울을 보낼 것이다. 때때로 검은 산을 뒤덮을 정도로 눈이 내리면 살며시 방문을 열고 시나브로 세상을 지우는 눈의 작업을 지켜볼 것이다.

산꼭대기에 이르면 시내가 훤히 내려다보인다. 가늘게 흐르는 금호강이 산을 사이에 둔 넓은 들판을 가로지르는 풍경도 펼쳐진다. 집들과 건물이 빼곡한 도시는 연한 연기에 휩싸여 있다. 가끔은 스모그가 없어 맑은 날이 있긴 하지만 대체로 도시의 공기는 뿌옇고 흐리다. 저 속에서 숨을 쉬고 잠을 잔다. 또 기지개를 켜며 일어나 밥을 먹고 생활을 한다. 우리는 당장 눈앞에 닥치지 않는 일로 고민하는 일은 드물다. 저 뿌연 도시를 감싼 연기가 바로 눈앞에서는 무색이 되어 보이지 않기에 공기의 탁함을 모르는 것과 같다. 볼 수 없고 보이지 않는 것을 논하는 것은 쉬운 일이 아니다. 직장 생활의 끝이 선명히 보이는 오십 줄에 들어설 때까지 은퇴 이후의 삶은 항상 멀리 있어 잘 보이지 않았다. 불현듯 스치는 생각에 불안이 찾아들긴 했지만 이내 다른 걱정들로 흩어져버렸다. 그리곤 오십 줄을 맞아 뿌연 불안이 줄곧 삶을 휩싸고 있었음을 알게 되는 것이다. 조직을 떠나면 당장 무얼 해서 먹고살 것인가. 지금의 생활을 이어갈 수는 있을 것인가. 생각이 이쯤에 이르면 다시 몸과 마음은 무거워지고 고단함에 젖을 수밖에 없다.

해는 뉘엿뉘엿 산으로 넘어가고 있다. 이내 숲은 색이 바래며 무채색의 명암으로 갈아입고 공기는 서늘해지면서 바람은 더 차가워진다. 내려오는 산길은 이곳저곳을 둘러보는 여유 속에 고즈넉하다. '올라갈 때 보지 못한 꽃'들이 내려올 때 눈에 띄게 되는 것은 자연스러운 이치다. 의도하지 않아도 보이는 것이다. 그것을 지혜라 하고 혜안이라 한다. 살아보지 않으면 알 수 없는 어른들만의 소중한 삶의 경험이자 재산이다. 창의력은 오랜 세월 속에서 공감과 연결로 발효된다. 화학적으로 완전히 바뀐다. 젊었을 때는 반짝거리는 생각들로 삶을 일군다면 나이가 들면 그간의 경험에서 얻은 지혜의 연결로 남은 삶을 갈무리하게 될 것이다. 나는 무엇으로 고용의 시대를 갈무리할 것인가. 어떤 것을 준비하고 있는가. 내가 경험에서 얻은 걸쭉한 지혜들은 무엇인가.

새해 들어 몇 줄의 글을 읽고 산을 다녀오고 저녁을 맞았다. 시작은 늘 자잘한 생각들로 들끓는다. 끓고 나면 남는 것은 분명 내 삶의 엑기스가 되리라. 꾸준히 쓰고 있으나 글은 부실하고 성글다. 쓰고자 하는 생각과 손끝에서 흘러나오는 글의 간극은 너무나 크다. 하지만 반복 또 반복만이 '대가의 유일한 밑천'임을 이미 알고 있다. 탄탄한 근력은 지속하는 운동으로 만들어진다는 사실을 오래 기억할 것이다. 늘 처음은 끝과 연결되어 있음도 되새긴다. 끝을 생각하지 않는 시작은 시작이라 할 수 없다. 시작이 늘 반을 할당받는 이유다. 나머지 반은 지금부터 만들어 끝에 이를 때 채울 수 있을 것이다. 그리해 생각과 글의 간극은 증발하고 둘은 리듬에 맞춰, 한 덩어리가 돼 경쾌한 춤사위를 내보이리라. 한 해의 끝은 마땅히 그러해야 한다. 반드시 그리되리라 믿는다.

해가 넘어간 비탈길 여기저기에는 앙상한 나뭇가지를 붙잡은 여린 햇살의 잔상으로 여전히 얼룩덜룩하다. 바람은 차가워졌지만, 더없이 상쾌하다. 넓은 길로 내려서서는 지난봄에 보았던 덩굴잔대 자리를 짐작해본다. 어딘지 모르겠다. 계절은 날로 달라지고 산과 숲, 길섶도 시나브로 바뀔 것이다. 궁산의 솔바람이 어제 다르고 오늘 다르듯이.

나만의 리추얼 ritual

가능한 한 혼자 지내는 것이 유익하다. 사람과 같이 있노라면 설령 그가 몹시 훌륭한 사람이라 하더라도 금세 지겨워지므로 시간 낭비다. 나는 혼자가 좋다. 고독만큼 마음 맞는 친구를 만나본 적이 없다. 우리는 방 안에 혼자 있는 것보다 바깥에서 사람 속에 있을 때 더욱 고독을 느낀다. 어디에 있건 생각을 하거나 일을 할 때는 늘 혼자다.

대부분 사람이 그러하듯이 오전과 오후를 모두 사회에 팔아넘기면 내 인생은 살아갈 가치가 없어지고 만다. 그래서 나는 눈앞의 이익을 위해서 결코 천부적인 권리를 넘겨주지 않는다. 감히 말하건대, 아주 유능한 사람이라도 시간을 잘 사용하지 못하는 경우가 있다. 인생의 태반을 생활비를 벌어들이는 데 보내는 사람만큼 구제할 길 없는 존재도 없다.

아침이란 하루 가운데 가장 기억에 남는 각성된 시간이다. 졸음은 완전히 사라진다. 낮에도 밤에도 몽롱하던 몸의 어떤 부분조차 적어도 이때의 한 시간 정도는 깨어있다. 만일 내면의 수호령이 아니라 가정부가 어깨를 흔드는 손길 때문에 잠에서 깨어난다면, 또는 공장의 사이렌 소리 대신에 천상의 음악이나 대기에 가득한 향기에 감싸여 새로운 힘과 내면에서 솟구치는 커다란 욕망으로 더 고양된 생활을 꿈꾸며 깨어나는 게 아니라면, 그것을 하루라고 부를 수 있다고 할 때 거의 아무것도 기대할 수 없는 날인 것이다.

내가 숲으로 간 것은 열심히 살고 싶었기 때문이다. 인생의 본질을 마주하면서 그 생활의 가르침을 스스로 배울 수 있는지를 확인하고 싶었기 때문이다. 나아가 죽을 때가 되어 헛된 삶을 살았구나 하고 깨닫고 싶지 않았기 때문이다. 삶이라 할 수 없는 그런 인생은 살고 싶지 않았다. 살아간다는 것은 이렇게나 소중한 것이므로. 그리고 도저히 어쩔 수 없는 경우가 아니라면 체념하고 싶지 않았다.

영기와 예지를 기르고 싶을 때 나는 이 부근에서 가장 어두운 숲이나 가장 탁하면서도 도시 사람에게는 가장 음침해 보이는 습지를 찾아간다. 그리고 성지에 발을 들이미는 듯한 기분으로 습지에 들어간다. 그곳에는 자연의 힘, 자연의 정기가 가득하다. 원시림이 처녀지를 덮었다. 나무에 좋은 땅은 인간에게도 좋다. 인간이 건강하기 위해서는 농장에서 많은 퇴비가 필요하듯 드넓은 풀밭이 필요하다. 그것에는 인간에게 필요한 자양분이 가득하다.

(≪고독의 즐거움≫ p13, 155, 179, 267, 319 헨리 데이비드 소로)

두어 시에 깼다가 다시 잠든 탓에 이불에서 몸을 빼내기가 힘겨웠다. 숙소 앞 골목은 자주 소란스러운데도 불현듯 잠이 달아났다. 이 숙소에서 보낼 밤이 딱 하루가 더 남은 탓인가. 대구에서 부산으로 다시 대구로 자리를 이동하고자 한 선택은 쉽지 않았다. 조직에 다시 이해를 구하는 것도 어려웠지만 나를 설득시키는 것이 훨씬 힘든 일이었다. 아무리 자발적 선택이라도 거기에 완전한 만족이란 없다. 그러기에 타당한 명분과 목적은 분명 훌륭한 선택에 항상 앞서 있어야 한다. 어쨌든 난 모종의 거사를 위한 준비 시간이 필요하다.

스트레칭을 하다 말고 안개에 휩싸인 저 아래 광안대교 너머 광활한 용호만을 본다. 지난 2년 반 동안 무시로 오른 산에서 늘 보던 풍광이다. 물론 10여 년 전에도 이 산을 참으로 많이도 올랐고 저 풍광들을 보아왔다. 조직 생활에 지친 나를 달래고 어루만지며, 삭히지 못해 답답해했던 많은 것들을 산허리에 묻으면서 보아온 풍광들이다. 그때는 위무와 격려가 산에 오른 주된 이유였지만 지난 2년 반의 시간은 오로지 비우기 위함이었다. 줄곧 채우고 움켜쥐며 쉼 없이 내달리느라 격한 근육통에 시달리고 있던 몸과 마음을 쉬게 하고 싶었다. 쥐었던 것을 놓지 않고, 내달리기를 멈추고 천천히 걷지 않는데 어찌 근육통은 사라질 리 있을까.

다행히 황령산은 예나 지금이나 내게 갖은 탐심을 잘라내는 성스러운 공간이 되어 주었다. 나만의 성소로 부족함이 없었다. 나는 나에게 주어진 시간 중 가장 신성한 때를 골라 성소를 꾸리고자 했다. 아무에게도 침범당하거나 방해받지 않는 순백의 시간. 그 시간은 주저 없이 새벽이 되었고 그래야만 하는 당연한 선택이었다. 내가 가장 다루기 쉬운 시간은 언제나 새벽이었다. 조지프 캠벨은 ≪신화와 인생≫에서 성소에 대해 이렇게 술회한다.

"예술가는 어떤 구조물을 만들어야 하는데, 그것은 사회에 대한 봉사라는 방식이 아니라 내부의 동력을 발견하는 방식이어야 한다. 그러기 위해서는, 즉 여러분의 책임과 여러분의 건강 모두를 유지하면서 여러분의 창조적 측면을 육성하기 위해서는 반드시 밀폐 봉인된 은신처를 만들어, 매일 몇 시간가량은 아무것도 침범해 들어오지 못하게 해야 하며 -여러분이 성실하게 지킬 수 있는 시간만큼- 그 시간은 누구도 방해하지 못하게 해야 한다. 여러분이 생각하기에 이 정도면 적절하다고 생각하는 것보다 몇 시간씩 더 자신에게 허락하되, 단 여러분이 반드시 해야 하는 작업을 할 시간과 에너지는 반드시 남겨 두어야 한다. 이는 마치 훈련을 하는 것과 유사하다. 여러분은 훈련에 돌입할 때 시간을 설정해 놓으며, 그것은 거룩한 시간이다. 여러분의 예술에 대해서도 똑같이 해야 한다. 즉 하루에 정해진 시간만큼을 여러분의 예술에 바치고, 그것을 시종일관 지켜야 한다. 그러면 뭔가를 쓰거나 쓰지 않거나 간에 그 시간 동안은 거기 앉아 있어야 한다."

이른 새벽 이 길로 오를 때면 힘들어 고될 때도 있었다. 그러나 비움의 즐거움을 누르진 못했다. 그 시간 나는 무한의 자유와 비움을 만끽했다. 번다한 시간을 벗어나 오롯이 나만의 공간을 갖는다는 것이 얼마나 행운이고 복된 일인가. 공간을 찾는 것도 어려운 일이지만 그런 공간에 쓰일 시간을 마련하는 일 또한 만만치 않은 탓이다. 그래서 새벽마다 난 나를 영웅으로 추앙했으며 또 영웅이 되기를 주저하지도 않았다. 결국, 난 새벽마다 나만의 영웅이 되었다. 자유로운 영혼의 바로 그 '조르바'였다. 조르바라 하니 한 장면이 생각난다. ≪그리스인 조르바≫에는 이런 대목이 나온다.

어느 날 나는 조그만 마을로 갔습니다. 갔더니 아흔을 넘긴 듯한 할아버지 한 분이 바삐 아몬드나무를 심고 있더군요. 그래서 내가 물었지요.

"아니, 할아버지 아몬드나무를 심고 계시잖아요?"

그랬더니 허리가 꼬부라진 이 할아버지가 고개를 돌리며,

"오냐, 나는 죽지 않을 것 같은 기분이란다."

내가 대꾸했죠.

"저는 지금 금방이라도 죽을 것처럼 살고 있군요. 자, 누가 맞을까요. 두목?"

나는 언젠가 이 얘기에다 간단한 단상을 붙여두었다.

'죽음이 존재하지 않은 듯이 사는 것'과 '금방 죽을 것 같은 기분으로 사는 것'의 차이는 명확하고 분명하다. 삶의 유한성이 두 문장에서 내뿜는 차이의 주범일 터다. '나이 듦'과 '젊음'은 시간의 가치에 대한 시선이 흑백처럼 확연히 다르다. 나이 듦과 시간 가치의 비례상수는 급격히 상승한다. 우상향의 포물선 기울기를 가진다. 반면 젊음의 기울기는 너무나 완만하다. 때론 그 기울기조차 체감하지 못한다.

속절없는 시간의 흐름 앞에 무릎을 꿇는 것은 두 가지다. 그건 생각과 움직임. 정(靜)과 동(動)이다. 생각은 계획이고 움직임은 실천이다. 나이 듦이 선호하는 것은 실천이다. 이미 많은 날의 경험에서 지혜를 건져 올렸다. 앉아서 생각할 겨를이 없고 경험할 시간이 별로 남지 않았다. 흘러감이 늘 원망스럽다. 젊음은 계획을 세우느라 밤새 머리를 쥐어짠다. 늘 계획의 언저리만 서성인다. 살아보지 않은 날은 허상인 줄 모른다. 경험이 계획의 질료란 걸 나중에야 깨닫는다.

알았으니 이제 됐다. 아직 늦지 않았다. 무릎을 꿇고 두 손을 든 채 하늘로부터 겸허히 신탁을 받을 차례다. 우리의 삶에는 젊음과 나이 듦이 공존한다는 것을 받아들이자. 그리해 천지가 들썩이도록 온몸으로 주술을 외자.

"영원히 살 것처럼 계획하고, 오늘 죽을 것처럼 살라!"

비움, 자유, 영웅, 열정, 조르바. 이 낱말들이 성소를 쌓아 올린 빛나는 질료들이었다. 바람에 흔들리는 나뭇잎들의 가벼운 살랑거림이 좋았고, 한적한 비탈에서 수굿이 피어오른 들풀들의 생명력에 감탄했다. 폭양의 더위를 견디던 갈맷빛 두툼한 잎들의 모습에서 치열함을 떠올렸고, 땅에 떨어져 하얀 서리가 낀 채 흙빛으로 누운 낙엽에서 순응을 보았다. 어둠을 뚫고 떠오르는 찬란한 동살의 흩뿌림에 설렜으며, 수평선을 에워싼 먹빛 구름의 어른거림에 마음이 그 얼마나 두근거렸는지 모른다. 무성한 숲으로부터 폭포수처럼 쏟아지던 새들의 다채로운 소리는 또 어땠는가. 자전거를 타고 산길을 오르는 중년 부부의 다정한 모습은 늘 내 가정생활을 돌아보게 했으며, 이제는 몰라보게 홀쭉해진 한 장년의 조깅이 만든 드라마틱한 다이어트 도전도 아주 볼만했다. 이렇듯 성소에는 끝없는 일들이 이어지며 나를 비움의 세계로 이끌었다. 아, 이 모든 것들을 두고 떠난다니. 어찌 안타깝지 않으랴.

짙은 안개는 좀처럼 걷히지 않는다. 걷힐 조짐조차 없다. 오늘만큼은 용호만의 드넓은 풍광을 놓치고 싶지 않았는데 참으로 아쉽고 서운하게 되었다. 꽤 오랫동안 볼 수 없을, 어쩌면 오늘이 그 오랜 기간이 있기 전 마지막 날일지도 모르기에 더욱 그러하다. 마지막이라는 말에는 어떤 비장함이 스며있다. 마지막인 듯 오늘을 사는 것보다 치열한 삶은 없다. 그리해 마지막에 스민 비장함은 곧 치열함으로 언제든 치환할 수 있다. 내가 날마다 치열하지 못하는 것은 삶이 유한하다는 것을 알지만 결코 오늘이 끝이 아니라는 막연한 안도감 때문일 것이다. 두 손을 가슴에 모은 채 산정을 향해 삼배를 올리고 뒤돌아서 여전히 안개를 벗지 않은 용호만을 보며 또 삼배를 올린다. 이건 지금 내가 할 수 있는 유일한 리추얼(ritual)이다. 절은 '자신(저)의 얼을 숭배하는 행위'라는 말이 아니더라도 굴신을 반복해보면 드는 어떤 느낌으로 알게 되는 것들이 있다. 자신을 떠받치고 자신을 끝없이 사랑할 수 있는 이가 바로 자신이라는 것. 항상 나를 존귀한 존재로 만드는 것이 나뿐이라는 것이다. 그래서 나는 자연스레 나의 영웅이 되는 것이다.

절을 하고 나자 착잡하던 마음이 일순 사라지고 고요한 평화와 넉넉함이 밀물처럼 밀려든다. 이 순간엔 마지막도 없고 영원도 없다. 살아있음도, 아쉬움도, 괴로움도, 소중한 기억도, 마지막의 치열함도, 그 어떤 분분함도 흔적조차 없다. 산을 내려서서야 내 비움에 화답하는 듯 용호만이 개이기 시작한다. 그간 고맙고도 감사했던 그대여. 안녕히 잘 계시라~

낙동 드림 700리 걷기

나루와 다리는 상호 보완적인 듯하지만 실은 상극이다. 이 둘은 이율
배반적인 관계이다. 다리는 나루의 역할을 빼앗는다. 다리가 놓이면 나
루의 기능은 속절없이 정지된다. 다리 앞의 나루는 고양이 앞의 쥐보다
더 처량하다.

나루와 다리가 양립할 수 없다는 것이 나루의 비애일 수 있지만, 나
루는 이를 나무라지 않는다. 받아들이는 것도 나루의 속성이다. 다리가
놓이는 것을 환경 훼손이니 문화 상실이니 하면서 비판하기도 쉽지 않
다. 다리는 주민들의 숙원이자 꿈인데 반해, 나루는 강변의 한낱 자취
이거나 바람이기 때문이다. 현실이 그런 비판을 용납하지 않는지도 오
래되었다.

눈여겨볼 것은, 다리가 놓이는 자리는 십중팔구 나루가 있던 자리라
는 점이다. 나루가 있던 곳이 지리 지형적으로 교통의 요지라는 뜻이다.
우리 조상들의 교통과 지리에 대한 감각과 예지력은 놀라운 데가 있다.
현대의 교통공학과 구조 미학이 추구하는 가치와 조상들이 체험적으로
얻은 지혜가 다르지 않다. 다리 놓을 자리를 찾으려면 나루 있던 자리
로 가면 된다고 할 정도로 조상들의 교통과 지리에 대한 감각은 정교했
다. 이 말은, 나루를 모르고서는 다리를 제대로 얘기할 수 없다는 뜻이
기도 하다. 나루를 딛고 다리가 서 있으므로 그 바탕을 이해해야 한다
는 것이다.

(≪나루를 찾아서≫ p22, 23 박창희)

결국, 남대구 IC를 내려 고속도로를 빠져나왔다. 달에 한 번 구미에 들르면 지방도로를 타고 꼭 낙동강 변 길을 다시 들러보리라 다그치던 다짐을 이제야 행동으로 옮긴 것이다. 다짐은 곧 그리움에서 비롯한다. 그리움은 일상에서 추억이 상실한 조각들이자 일상에 은닉한 추억의 잔재다. 그립다는 것은 지금까지 이른 곳에 대한 부정을 전제한다. 그래야만 또다시 새로운 세계로 떠날 수 있고 이전 세계를 그리워할 수 있기 때문이다. 왜관을 지나 성주로 들어서자 이내가 낀 푸른 안개 속의 산은 무성했다. 녹음으로 우거진 숲에서 날려 보낸 풀 비린내와 짙은 밤꽃향이 열린 창으로 쏟아져 들어왔다. 아, 얼마 만에 맡아보는 시큼하고 가슴 울렁이게 하는 숲의 냄새인가. 이런저런 핑계로 한동안 숲의 부름을 쫓지 못했다. 게을러진 것이다. 강심의 가운데만 강물이 흐르던 성주대교 아래는 이제 넓은 강폭을 가득 채운 강물로 넘실거렸다. 정치와 환경의 문제로 말도 많았던, 여전히 여진이 사그라들지 않는 4대강 유역 정비 사업이 일으킨 변화다. 모래톱이 하얗던 강변은 이제 공원으로 바뀌어버려 아쉬움이 크지만, 수량은 풍부하고 강심은 깊어졌다. 어찌 됐건 강은 흘러야 산다. 흐름이 막힌 강은 살 수가 없다. 흐름을 막는 보가 문제라면 하루속히 손을 봐야 한다. 생태계가 어그러지기 전에 돌려놓아야 한다. 강의 생명력은 강바닥이 안고 흐르는 수량에 비례하리니.

나는 4년 전에 이 강변길을 아이들과 무참히 걸었다. 삶의 전기가 필요했다. 40대 중반으로 치달으며 딛고 선 삶의 바닥이 언제고 그대로 버텨주지는 않을 거라는 생각이 밀려들 때마다 무시로 불안에 부딪혔다. 이런 생각들이 아이 문제와 얽히면서 일상은 점차 불편하고 심란해졌다. 여전히 삶의 표면은 싱그러워 보였지만 속은 연근처럼 숭숭 구멍 뚫리는 소리가 들렸다. 두 팔로 안을 수 있는 세상은 그리 넓지 않다. 다 끌어안으려 한다면 어느 하나도 제대로 할 수 없고, 유한한 시간은 기다려줄 리 없으며, 기대와 욕망은 끝도 없이 무한할 거라는 생각에 이르자 나는 이내 결단을 내릴 수 있었다. 더 크기 전에 아이에게 얘깃거리를 안겨주고 싶었다. 언제든 돌이켜볼 얘깃거리로 가득 차 있을 때 흡족한 삶이 될 테니까. 물론 아이와 함께 걸으면서 내 불안을 달래보려는 심사가 없지는 않았다. 불안은 순전히 나의 몫이고 내가 상대해야 할 적일 뿐, 아내와 아이의 문제일 수는 없었다. 2009년 12월 중순 기온은 영하로 곤두박질쳤고 바람은 거세게 불었다. 우리는 부산 북구 시민 운동장에 섰다. 사람 한 명 보이지 않는 운동장은 강변의 넓은 터에 자리했다. 강의 하류에 있었기에 강물은 넘실대며 거뭇한 빛깔로 묵중하게 도시로 흘러들고 있었다. 이날부터 큰아이와 작은아이, 아이 친구 둘, 나 이렇게 다섯은 삼강주막까지 장장 700리의 강 길을 1년에 걸쳐 주말마다 걸었다. 어마어마한 시도였다. 아이들이 힘이 돼주지 않았다면 엄두도 못 낼 계획이었다. '낙동강 드림 700리 걷기'의 완주는 결국 아이들이 나를 데리고 간 치유의 길이었다. 언젠가 낙동강을 걸으며 찍은 방대한 사진을 추려 정리한 사진첩 말미에 이렇게 써 붙여 두었다.

하루가 다르게 훌쩍 크는 아이. 그런데 아무리 노력해봐도 아이와 대화에 공통점이 없어 답답했던 나. 드디어 커다란 결심을 했다. 아이가 더 크기 전에 '추억 만들기' 여행을 떠나는 것. 요리조리 재봐도 이 땅을 벗어나는 여행은 언감생심! 결국, 낙동강을 걷기로 했다. 부산에서 삼강주막까지 장장 700리. 그것도 4대강 정비사업이 미치기 전에. 아이 혼자는 심심할 테니 친구들을 데리고 떠나기로…. 그래서 넷이 되었다. 가끔 막내가 끼면 다섯이 하염없이 강길을 걸었다. 낙동강의 사계는 황홀 그 자체였다. 이렇게 아름다운 강이 민족의 심장이 되어 역사의 물줄기가 되어온 것이다. 아이는 이제 고등학교 2학년이다. 초등학교 때 걸었으니 몇 해가 흘렀다. 지금도 강만 보면 심장의 자맥질은 심하다. 이렇게 시간도 강도 흐른다. 내 삶도 흘러가리라.

지금 나는 성주대교 아래에 다시 섰다. 다리가 들어서기 전 강변의 마을들은 다리로부터 조금 아래에 자리한 동안 나루터를 이용해 강을 건너다녔다. 고려와 조선 시대 조공과 세곡의 이동통로이자 소금과 수산물의 중간 교통로 역할을 했던 동안 나루터는 삼한 시대부터 1,500년을 이어왔으나 성주대교가 건설되면서 그 기능을 잃고 이젠 터마저 사라졌다. 쓰임이 없는 것은 언제고 사라지기 마련이다. 그것은 나루터만이 아닐 것이다. 강도 더는 인간의 쓸모에서 멀어지면 사라질지도 모른다. 그러니 알뜰히 가꾸고 보듬으며 지켜야 한다. 그런 면에서 4대강 정비사업은 지금이라도 환경의 부작용을 최소화한다면 그리 쓸모없는 짓이었다는 비난은 받지 않아도 될 것이다. 해악을 주지 않는다면 그것이 무엇이든 사라지는 것은 슬픈 일이다.

4년 전 우리는 지금의 계절에 성주대교 아래 이 강변길을 무참히 걸었다. 비가 내린 뒤라 길은 군데군데 물웅덩이가 패어 있었고 티 없이 맑은 하늘은 깊고 깊었다. 파란 하늘을 배경으로 갈맷빛 녹음과 강, 하얀 뭉게구름이 만든 그림 같은 풍광은 장관이었다. 다리를 지나자 우리는 탁 트여 더는 호기심을 일으키지 않는 심심한 방죽을 따라 걷지 않고, 예기치 않은 뭔가 있을 것 같은 강 건너편 산으로 이어지는 오솔길로 찾아들었다. 사람의 발길이 드물어서인지 길은 쭉 이어지지 않고 곳곳이 끊겨 있었다. 광석을 캐던 곳이라 여기저기 채광 기계의 녹슨 쇳덩이가 나뒹굴고 스산했지만, 풀숲을 헤치며 조금 나아가자 광석을 실어 나르기 위해 만든 찻길로 이어져 길은 다시 넓어졌다. 역시나 선택은 훌륭했다. 둔덕을 오르던 오르막은 등성이를 맞아 다시 내리막으로 꺾였다. 모자를 썼지만 땀에 젖은 아이들의 얼굴은 따가운 햇볕에 익어 능금처럼 빨갰다. 우리는 그 산등성이가 끝나는 길가에 오종종 모여 앉아 바로 눈앞에서 흘러가는 낙동강을 내려다보았다. 시원스레 펼쳐진 넓은 들과 논 사이로 강은 유유히 흐르고 있었고, 강이 휘도는 곳에는 키 큰 양버들이 동구 밖 장승처럼 서서 강바람에 찰랑거리며 온몸으로 은빛을 뿌리고 있었다. 이제 막 자라기 시작한 싱그런 연록의 갈대는 몸을 뉘었다 일으켰다 장난치듯 바람을 타고 있었으며 강의 수면에는 깊은 하늘과 흰 구름이 고스란히 되비치고 있었다. 아, 생각만 해도 소름 돋는 눈부신 그림 한 폭이었다. 강의 풍광은 광휘 그 자체였다. 장관을 이루며 흘러가는 강의 모습에 홀린 듯 우리는 피곤도 잊은 채로 한참이나 앉아 있었다. 얼마나 아름다운 강변길이었던가. 법정 스님은 ≪한 사람은 모두를, 모두는 한 사람을≫에서 이렇게 이른다.

"우리가 다 같이 바라는 행복은 온갖 생각을 내려놓고 세상의 아름다움을 바라볼 시간을 갖는 데서 움이 튼다. 우리가 이 순간을 사람답게 살 수 있다면 그 안에 행복은 깃들어 있다. 무엇에 쫓기 듯 살아서는 안 된다. 영혼이 미처 따라올 수 없도록 급하게 살아 서는 안 된다.”

어. 그런데 이게 어떻게 된 것인가. 아뿔싸! 소름을 돋우며 황홀 케 했던 그 길이 보이지 않았다. 지친 걸음을 다독여주던 포슬포슬 한 흙길이 사라지고 그곳에 포장 자전거길이 덩그러니 강을 따라 이어지고 있었다. 막대기로 나무 밑을 파고 뒤지며 걷던, 아이들의 왁자한 발걸음을 받아주던, 찰랑거리며 둑으로 내치던 강물 소리가 길에서 들리는 것만 같았던 그 오솔길을 그새 강변은 온데간데없이 유실하고 말았다. 본디 문명은 ‘편리와 효율’이라는 두 가지 가치를 추구하며 한 방향으로 질주하는 걸 모르는 바 아니지만, 참으로 야 속하고 애석하다.

강은 자잘한 시간이 모여 흐르는 삶의 본류다. 한번 흘러가 버리 면 다시는 만날 수 없지만, 변함없이 그대로 거기에 있다. 세월은 흘 러갔지만 그리움과 추억은 여전히 내 가슴 속에서 강으로 흐르고 있 다. 우리는 강을 보며 현재의 삶을 살피고 역사를 되돌이켜 보기도 한다. 강은 홀로 흐르지 않는다. 시간과 함께 흐른다. 강물의 속살에 는 시간과 함께 누적된 역사와 추억이 있고, 그리움과 사랑이 있으며 지금과 앞날이 있다. 필시 아이의 가슴에도 강물은 묵묵히 흐를 것이 다. 지울 수 없는 강의 풍광이 장대하게 자리할 것이다. 그리해 아이 는 강과 함께 미답의 세상을 적시며 훌륭하게 성장하리라.

짙은 구름이 기어이 비를 뿌린다. 장마의 시작을 알리는 비다. 비는 도시를 적시고 나무를 훑고 대지를 품으며 물길을 만들 것이다. 물길은 저마다의 길을 찾아 마침내 강에 이르리라. 강은 모든 물길이 간직한 세상의 흔적을 머금고 있다. 강물이 묵묵히 세상의 흔적들을 나를 때 그곳에서 우리는 추억의 지문을 발견할 수 있고 일상이 은닉한 그리움에 가닿을 수 있을 것이다. 추억은 이미 발생하여 고정된 하나의 사건이 아니라 언제나 현재에 의해 재생되고 변화하는 상상의 대상일지니. 마흔 그대여. 시간이 되거든 낙동강에 가보라. 낭만과 동경과 함께 그곳에서 마흔의 지평을 건너면서 찾아든 불안을 잠재우는 신통한 묘약을 만날 수 있을지도 모를 일이니.

당신은 여전히 잘 계시나요?

비가 온 뒤 날은 다시 쌀쌀해졌습니다. 그렇지만 작년 여름에 만들어진 벚나무의 꽃눈은 시나브로 붉어지고 지난 봄날 기억을 새록새록 떠올리게 합니다. 꽃 사태가 만발했던 4월의 화사한 눈부심을 어찌 잊을 수 있겠는지요. 생각만 해도 가슴은 꽃색으로 환해집니다. 다가오는 봄은 지난봄의 기억으로 더 싱그럽고 화사해지지요. 과거를 현재의 시간으로 끌어오는 것이 경험이고 기억입니다. 미래의 기대치는 행복하고 아름다운 옛 기억이 얼마나 풍성한지에 따라 달라집니다. 회상할 것이 많은 사람의 미래는 행복 바로 곁에서 머물게 됩니다. 소중한 기억은 강렬한 에너지를 넘겨주기 때문이지요. 그래서 단단히 여문 과거는 흘러가 버린 것이 아니라 에너지를 담고 있는 수조와 같은 게지요.

요즘 자주 옛 기억들을 더듬습니다. 그러면 불편하던 마음이 이내 편안해지고 안절부절도 사그라듭니다. 대체로 현실을 밀고 나가는 힘이 쇠약해졌을 때 생각은 과거로 고개를 돌리지요. 지난 일들을 동경하는 것은 지난 과거 하나하나가 당시 고단했던 현실을 이겨낸 극복의 자취들인 까닭일 테지요. 더욱이 그 회상 안에는 지금의 수고로움에 대한 심심한 위로와 함께 헤쳐 나갈 수 있을 것이라는 자신감을 만나기 때문일 겁니다. 그런 까닭에 현실이 고단할 때 복고풍이 유행한다는 사실은 참으로 타당합니다.

빈 주머니가 늘 야박하기만 했던 젊은 날을 떠올립니다. 기타 하나 달랑 둘러멘 채 이른 아침 완행열차에 몸을 싣고 강가로 향합니다. 늦가을 원동역 강변은 가을볕에 메말라지고 있었지요. 지난여름의 무성함을 누이며 말라가는 잎들과 줄기를 저녁노을의 강바람 아래 무심히 놓아두고 있었습니다. 그렇지만 따가운 햇볕을 한 움큼이라도 더 열매 속에 잡아놓느라 가지 끝에 달린 감은 얼마나 붉고 탐스러웠는지요. 넓은 강심은 온종일 잔잔히 흘렀습니다. 그러나 수면을 주름지게 하는 강바람은 제법이었지요. 강물에 띄운 하루는 여지없이 지나가고 어느덧 강변엔 산그늘이 내리기 시작했습니다. 미처 두꺼운 옷을 준비하지 못한 옷깃 사이로 들이치는 저녁 강바람은 무척 쌀쌀했지요. 한참을 기다려도 열차는 오지 않고 반대 방향인 대구행의 열차만 두어 대 강어귀를 스쳐 지나갔지요. 추위와 지루함으로 온몸이 지쳐있는 그때 한기를 잊게 하는 따스한 풍경 하나가 가슴으로 쏟아져 들어왔습니다. 추억은 늘 예상치 못한 심상들이 감정과 버무려져 만들어지는 거지요. 어둠이 내린 한적한 시골 역에서 한기를 밀어내었던 것은 반대편 어둠 속으로 사라지는 따스한 차창으로 새어 나오는 불빛들이었습니다. 아직 다 떨구지 않은 가을 나무들이 듬성듬성 달고 있는 붉은 단풍잎 같았습니다. 그 불빛 아래 어떤 얘기에 골똘한 웃음 띤 사람들의 모습이 얼마나 아름다웠던지요.

시인은 모든 일상을 메타포 세상으로 이끕니다. 시인이 위대한 이유지요. 「沙平驛에서」라는 시를 만나기 전까지 이 풍경은 나만의 소중한 추억으로 자리매김하고 있었지요. 그러나 이제 더는 나만의 풍경이라 말하지 못합니다. 그 말은 형편없는 모사가 되어버리기 때문입니다. 모방에 대한 아리스토텔레스의 지적은 명료합니다. 아리스토텔레스는 예술과 문학의 본질은 미메시스(mimesis), 즉 모방이라고 주장하지요. 감성계의 개별적 사물은 참된 실재인 '이데아의 모방'이며 당연히 이데아보다 차원이 낮은 것으로 쳤지만 모방은 예술에서는 '본질'에 해당한다는 것입니다. 그러함에도 '붉은 단풍잎 차창'은 '단풍잎 같은 몇 잎의 차창'을 모사한 것이라고 주장한다면 억울하지만 어쩔 수 없겠지요. 누가 먼저 착상하고 썼는가가 중요한 것이 아니라 누가 먼저 공인을 받았나가 중요할 따름이니까요. 물론 내가 더 먼저 착상했다고 할 수도 없습니다. 다만 확실한 건 「沙平驛에서」를 읽지 않았을 때 그 착상을 떠올렸다는 거지요.

막차는 좀처럼 오지 않았다
대합실 밖에는 밤새 송이눈이 쌓이고
흰 보라 수수꽃 눈시린 유리창마다
톱밥난로가 지펴지고 있었다
그믐처럼 몇은 졸고
몇은 감기에 쿨럭이고
그리웠던 순간들을 생각하며 나는
한 줌의 톱밥을 불빛 속에 던져주었다
내면 깊숙이 할 말들은 가득해도
청색의 손바닥을 불빛 속에 적셔두고
모두들 아무 말도 하지 않았다
산다는 것이 때론 술에 취한 듯

한 두름의 굴비 한 광주리의 사과를
만지작거리며 귀향하는 기분으로
침묵해야 한다는 것을
모두들 알고 있었다
오래 앓은 기침소리와
쓴 약 같은 입술담배 연기 속에서
싸륵싸륵 눈꽃은 쌓이고
그래 지금은 모두들
눈꽃의 화음에 귀를 적신다
자정 넘으면
낯설음도 뼈아픔도 다 설원인데
단풍잎 같은 몇 잎의 차창을 달고
밤열차는 또 어디로 흘러가는지
그리웠던 순간들을 호명하며 나는
한줌의 눈물을 불빛 속에 던져 주었다.

「沙平驛에서」 곽재구

　아직 어둠 속의 차가운 바다는 뒤척일 뿐 고요합니다. 봄이 멀지
않았다지만 산과 다르게 바다는 좀체 찰색을 바꾸지 않습니다. 지
난봄 산을 가득 채웠던 잔디 속의 구슬봉이와 양지바른 풀숲의 제
비꽃, 앙증맞은 팽이밥과 샛노란 애기똥풀은 땅속에서 얼굴을 내밀
준비를 부지런히 하고 있겠지요. 소나무 아래에서도 잘 자라는 진
달래는 물이 오르기 시작했는지 줄기에 물빛이 비칩니다. 비탈 둔
덕을 붙들고 있는 사방오리나무는 가지에 작년 여름에 만든 꽃눈만
남겨두었습니다. 잎이 필 자리를 이미 마련해 둔 거지요. 지난봄이
깔아놓은 레일을 타고 더 화사하게 봄은 다가올 테지요. 그리해 고

단하고 쇠약해진 현실에 잔뜩 부푼 에너지를 불어넣어 주겠지요. 옛 생각이 닦아 놓은 위로 여태 한 번도 가보지 않은 새로운 하루가 시작되는 이른 아침입니다. 느닷없이 생각나 몇 자 적었습니다. 당신은 여전히 잘 계시나요?

세상은 개개의 나들이 모여 한데 엮인 것이다

　며칠 전 밑반찬이 푸짐한 점심상을 앞에 놓고 후배 동료는 마음
이 짠했다며 최근 알게 된 사연 하나를 쏟아냈습니다. 젓가락을 들
지도 못한 채 그의 입을 쳐다보았지요. 인천의 어느 일가족이 생활
고로 함께 목숨을 끊은 얘기였습니다. 서글픈 얘기지만 간혹 있는
사건이어서 그런가 보다 했는데 여중생이던 13살 딸아이의 유서
내용에 얼마나 가슴 먹먹했는지 몰랐다고 했습니다. '그동안 아빠
말을 안 들어 죄송해. 나는 엄마하고 있는 것이 더 좋아. 그리고 우
리 가족은 영원히 함께할 것이기에 슬프지 않아.'
　공존은 이제 이 시대의 엄중한 화두입니다. 성장과 물욕에 밀린
정서적 공동체 문화는 적어도 이 땅에서는 벼랑 끝에 섰지요. '함
께 가면 멀리'라는 말 따위는 더는 의미를 지니지 못하는 듯합니다.
하지만 자연계에는 여전히 다른 일들이 벌어지고 있습니다. 여기
흥미로운 얘기가 있습니다.

　피라미와 갈겨니를 생각할 때 특별히 마음이 끌리는 부분은 서식
지와 먹이에 대한 그들의 특성이다. 피라미와 갈겨니는 동해로 유
입되는 강원도의 하천을 제외한 우리나라 전체 담수역에서 서식하

고 있다. 그러함에도 갈겨니는 계곡이나 하천의 상류에 주로 서식하며, 피라미는 하천의 중류에서 주로 생활한다. 먹이도 차이가 있어 갈겨니는 수서곤충만을 먹이로 삼지만 피라미는 수서곤충 외에 유기물과 식물플랑크톤까지 먹는다.

흥미로운 모습은 갈겨니와 피라미가 서식지를 공유할 때 나타나는 현상이다. 이들이 서식지를 공유할 때 수서곤충, 유기물, 식물성 플랑크톤을 모두 먹이로 삼는 피라미는 갈겨니의 유일한 먹이인 수서곤충은 먹지 않고 유기물과 식물성플랑크톤을 먹는다는 사실이다. 서로 싸우는 것을 보지는 못했지만 그렇다고 피라미가 갈겨니보다 약해 보이지는 않는다. 크기도 비슷하다. 그렇다면 양보할 여유가 있는 피라미가 자신의 먹이 일부를 기꺼이 내어줌으로써 먹이 경쟁으로 인한 불필요한 충돌을 피하며 서로 잘 사는 길을 택한 것이라고 볼 수 있다. 어쩌면 이러한 특성이 피라미와 갈겨니가 우리의 하천에서 우점종으로 공존할 수 있는 진정한 원동력일지도 모르겠다.

(<김성호의 자연에 길을 묻다> 경향신문 2017.2.13)

동물행동학자 리처드 도킨스는 ≪이기적 유전자≫에서 인간을 포함한 동물이 이타적 행동을 하는 이유는 결국 자신의 이기에 긍정적 영향을 주기 때문이라고 하지요. 이를테면 부모가 자식들을 돌보고 사랑하는 것은 그들의 유전자를 자식들을 통해 후대에 성공적으로 넘겨주기 위함이라는 것입니다. 아직도 많은 비판으로부터 자유롭지는 않지만 '이타가 곧 이기'라는 그의 논리는 널리 공감을 받고 있습니다. 공존은 '서로 도와서 함께 존재'한다는 뜻입니다.

서로 돕는다는 말에는 우주와 세상이 촘촘한 그물코로 서로 엮여있다는 '인드라망'의 생명공동체 기본 사상이 관류하고 있습니다. 결국, 우주와 세상은 작은 나들이 모여 한데 엮인 것일 테지요. 이 시대의 문화를 '시대 문화'라고 한다면 이것을 누가 만들었고 또 바꿀 수 있을까요. 위대한 어느 한 사람이 만들거나 바꿀 수는 없음은 분명합니다. 어쩌면 우리 개개인 모두에게 있겠지요. 만일 공존의 문화를 다시 추스르겠다면 인류 개개의 노력이 필요하다는 얘기입니다.

아무렇지 않은 척 밥그릇을 말끔히 비웠으나 좀체 기분은 개운치 않았지요. 마흔의 시공간을 지나고 있는 이들은 얼마간 압니다. 조그마한 얘기에도 가슴이 동요하고 주체할 수 없이 일상이 흔들린다는 것을. 그만큼 세상사에 열려있다는 얘기일 수도 있겠으나 그동안 삶을 지나오면서 얻게 된 세상과 타인에 대한 이해심 탓일 겁니다. 그래서 일마다 쓸쓸하고 허전한 감정에 이끌리지만 가끔은 사십 대가 행복해할 수 있는 이유이기도 하지요. 삶이 별건가. 힘들면 울고 기쁘면 웃다가, 때론 넘어지고 남의 도움으로 일어서기도 하는 것이 아닌가. 마흔을 훌쩍 넘어서니 인생이 눈물 콧물 이상이 아닌 걸 알게 됐습니다. 그리해 나는 자주 내게 단단히 주술을 걸지요.

"아무리 어둠 속에 있어도 영원히 지속하는 고통은 없다. 공존만이 튼튼한 관계를 일군다. 행복은 남과 엮인 그물코로부터 시작된다. 산다는 건 자타불이(自他不二) 이치를 알아가는 과정이다."

중요한 것은 what보다는 how

가끔 내가 누구인지 궁금할 때가 있습니다. 간단합니다. 그건 고상하고 형이상학적인 존재가 아니라 우리의 정체는 '때마다 먹은 끼니가 똥이 되어 나올 때까지 매일 몸이 하는' 어떤 영역이라고 할 수 있습니다.

그 시간 동안 날마다 직장에서 머문다면 직장인이고, 암벽에 매달려 있다면 산악 등반가지요. 낚싯대를 들고 일렁이는 푸른 바다의 흔들리는 찌에 온통 시선이 머문다면 그는 낚시꾼입니다. 대체로 어떤 누군가의 정체는 그가 대부분 시간을 소모하며 보내는 것에 의해 선명히 드러나지요. 그래서 정체는 분명한 특성을 띠고 있습니다. 분명한 만큼 그에 따른 콘셉트와 부응해야 하는 기대도 명료합니다. 직장인이라면 주어진 일을 잘하는 것이고, 등반가라면 남이 쉽게 하지 못하는 난이도가 더 높은 절벽을 기어코 오르는 것이고, 낚시꾼이라면 대물을 낚는 것이죠.

아침부터 저녁까지 누군가를 만나고 상대의 처지에서 논리와 설득을 펼쳐 그 결과로 상대와 속한 조직에 기여한다면 그는 필시 비즈니스와 관련된 일을 하는 사람임이 틀림없지요. 비즈니스는 자신의 온 역량을 동원해 부여된 kpi를 넘어서는 성과 창출에 목적을

둡니다. 그 외는 대부분 부차적인 것들이지요. 성과가 목적인 탓에 비즈니스는 직접적이고 단선적입니다. 때로는 근시안적이기도 합니다. 복잡한 전략 따위는 그의 몫일 수 없는 이유입니다. 단순명쾌한 가벼운 발걸음의 행동, 즉 추진과 실행이 그의 정체에 아주 적절히 부합하는 콘셉트이지요. 콘셉트는 맥락적으로 이해됩니다. 그래서 맥락이 연결되지 않는 정체는 모호해집니다. 존재감을 유실하는 거지요. 비즈니스에는 유독 성과가 정체의 실체이자 존재감이 됩니다. 맥락으로도 그렇고 콘셉트로도 그러합니다. 비즈니스의 운명이자 숙명 같은 것이지요.

운명은 인간의 영역이 아니라 우리가 어찌할 수 없는 신의 영역에 거처를 두고 있습니다. 하지만 그 운명 안에다 신이 수많은 것들을 모색하고 도모할 기회를 둔 것은 참으로 다행입니다. 그리해 우리는 알게 되지요. 어떤 영역에 있든, 정체가 무엇이든 what보다는 how가 중요하다는 사실을 말이지요.

기회는 준비된 사람에게만 찾아온다

밤새 비가 내렸습니다. 겨울비라 양은 그렇게 많지 않네요. 메마르던 땅과 건조한 숲은 물을 머금어 축축해졌습니다. 집 앞에 누군가 내버린 흙 묻은 화분 받침대에도 물이 고였고 패인 바닥에도 빗물이 고였습니다. 고향 큰집의 뒤란 장독대 뚜껑에도 잿빛 하늘을 내비치는 빗물은 고였겠지요. 세상은 지금 양껏 비를 받아들이고 있습니다.

이 물빛 젖은 세상을 보면서 기회와 준비에 대해 생각해봅니다. 동물이나 식물은 홀로 번식할 수 없습니다. 암과 수가 짝을 이뤄야만 후손을 낳고 영속할 수 있습니다. 기회는 암수 중 하나이고 나머지는 준비의 것입니다. 준비 없이는 오매불망 기다린 기회를 맞아 원하던 바를 터트릴 수 있는 경우는 없지요. 면밀하고 치밀히 준비한 곳에서만 기회의 꽃가루는 수정되면서 아름다운 꽃을 피워 올립니다. 그런데도 별다른 준비 없이도 좋은 기회를 만나 원하는 이상의 결과를 스스럼없이 얻는 경우를 우리는 일상에서 흔히 목도합니다. 그럴 때면 그다지 준비를 간절하게 여기지 않게 되지요. 하지만 버려진 화분 받침대에도 물은 고입니다. 우리가 원하든 원치 않든 이미 삶에는 여러 준비가 내포되어 있습니다. 살아가는 자체가 무언가에 대한 준비과정이기 때문이지요. 그러므로 일정한 양은 절로 고이게 마련입니다. 어쩌면 우리는 안타깝게도 많은 양의 비를 흘려보내고 절로 고인 약간의 물로만 연명하며 불만과 부족함을 자책하며 살고 있는지도 모르지요.

기회에는 몇 가지 고유성이 있습니다. 이를테면 은닉성, 수시성, 비가역성, 수확성입니다. 기회는 아무에게나 쉽게 눈에 띄지 않도록 교묘히 은폐되어 있지요. 그래서 기회의 포착에 반드시 요구되는 것은 준비라는 행동입니다. 들추지 않으면 돌 아래 숨겨놓은 선생님의 보물 쪽지는 내 것이 되지 못하지요. 기회는 예정된 시기에 들이닥치지 않습니다. 비가 언제 내릴지는 신도 알 수 없습니다. 알아차리기 위해서는 노심초사 뚫어지게 문 쪽을 보고 있어야 합니다. 한번 지나가면 결코 되돌릴 수 없는 것, 또한 기회가 지닌 속성이지요. 이미 떠난 기차는 뒷모습만 보일 뿐입니다. 대체로 삶의 회한은 이 비가역성에 그 뿌리를 두고 있습니다. 마지막으로 기회가 가진 수확성은 뿌린 만큼 거두는 수확의 법칙을 뜻하지요. 지극히 당연하지요. 빗속에 내놓인 드럼통은 드럼통만큼 채울 수 있고 대접은 대접 이상으로 물을 받을 수 없습니다. 자신이 준비한 그릇만큼만 기회는 채워지는 겁니다. 물론 이건 전적으로 내 사견임을 밝혀둡니다.

그렇다면 대체 어떻게 해야 다가오는 기회를 알아차리고 포획을 극대화할 수 있을까. 내가 생각하는 간단한 방법은 이렇습니다. 포획된 숱한 기회들이 이미 실현한 미래로 나를 떠나보내는 것이 먼저지요. 그다음 완성된 미래를 현재로 바꾸고 현재를 과거로 보내 오늘을 과거의 회상 속에 집어넣습니다. 과거의 어느 시점이 바로 오늘이 되는 것이지요. '2020년 기회를 실현한 지금 찬찬히 돌아보니 2016년 3월에는 이런 기회를 맞이했었구나.' 지금의 이 순간들을 결코 소홀히 대하지 않도록 하는 것이 가장 큰 장점입니다. 비가 내리고 있음을 알아차리고 스스로의 처지를 곱씹어 곧바로 원하는 크기의 그릇을 빗속에 내놓도록 이끄는 거지요. 나는 이것을 구본형 선생에게 배웠습니다. 구본형 선생은 이것을 '미래의 회고'라 불렀지요. 이미 미래에서 보면 오늘은 온갖 바람들이 실현된 과거일 뿐입니다.

재미있는 것은 우리는 이 방법을 달마다 쓰고 있다는 점입니다. 결코, 대단한 뭔가가 아니라는 거지요. 우리는 달마다 그달의 계획을 세웁니다. 계획에는 이미 그달에 이룰 목표들이 아주 구체적으로 세워져 있습니다. 그러고는 날마다 기회를 찾고자 진지한 하루를 보내지요. 계획이 구체적일수록 기회는 더 많이 포획됩니다. 한 달이라는 시간은 그리 길지 않아 굳이 미래로 가 과거의 회상이 필요치 않을 뿐인 거지요.

여전히 비는 내립니다. 그러나 내놓을 그릇이 없다면 비는 더는 비가 되지 못합니다. 이것이 기회가 지닌 또 다른 속성이지요. 구하고자 하는 욕구가 있을 때 절로 눈에 띄는 자력성을 지녔기 때문입니다. 인류의 모든 성공적인 삶을 강력히 지배해온 것은 간절함과 절박함이지요. 기회의 포획을 위한 준비에도 이 태도가 요구됩니다. 왜 지금 비를 받아야 하는지를 자신에게 깊이 물어봐야 하는 이유입니다. 목적이 곧 태도를 끌어내기 때문이지요. "관찰의 세계에서 기회는 준비된 사람에게만 찾아온다."라고 한 이는 인류를 감염성 질환에서 구해낸 위대한 미생물학의 아버지 파스퇴르입니다.

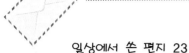

음모와 거사, 그리고 기다림

봄비치고는 많은 양이네요. 큰 골프 우산을 쓰고도 바짓가랑이로 뛰어드는 빗방울의 침범을 어찌하지 못합니다. 대구를 지나서야 읽던 책을 덮고 창밖으로 눈을 돌렸습니다. 침침한 눈으로 본 바깥은 어느새 비가 그치고 산허리를 휘감은 짙은 운무가 목가적 풍경을 펼치고 있었지요. 짙푸른 소나무의 끄트머리가 뒤덮인 안개 위로 섬처럼 삐죽 내밀었습니다. 뽀얀 구름바다는 좀체 걷힐 기미가 보이지 않네요. 차창의 풍경은 일상의 밑단에 눌려있던 감성을 자극하며 재빠르게 뒤로 물러갑니다. 확실히 감성은 거친 현실보다 안온으로 포장된 세상에 더 잘 반응하는 경향이 있지요.

삶을 생각합니다. 회색빛 도시의 팍팍한 삶을 밀어내버릴 묘안을 떠올립니다. 이건 내 오래된 바람이자 기다림의 목적입니다. 자연 속의 외딴 유폐. 이 유폐에서 꾸미는 거대한 음모. 지구를 되살리고 인류를 올바르게 이끄는 어마어마한 거사. 광대무변한 우주의 시원을 이 유폐로 끌어들이는 어떤 꾸밈. 이것이 요즘 눈만 뜨면 구름처럼 드리우는 테마입니다.

어쩌면 우리는 끝도 없이 무언가를 기다리며 인생을 소비하고 있는지도 모릅니다. 꿈이 가져다줄 달콤한 성취와 안락한 성공을 기다리고, 무수한 생각과 자잘한 계획들이 끌고 올 모종의 결과를 또 기대하며 인내합니다. 오래전부터 이어온 삶의 역사가 기록되어 있지요. 그러므로 누군가의 정체를 알아채는 비결은 그리 어려운 게 아닙니다. 기다림을 들추어 그 속을 불빛으로 비춰보면 되지요. 기다리는 것이 무엇인지, 그 기다림을 위해 준비하고 마련한 것은 어떤 것인지, 왜 기다리는지, 만나고 나면 다음은 또 무엇을 기다릴 것인지 따위의 물음이 그 정체를 훤히 드러내 줄 것입니다. 그러나 오매불망 기다림은 항상 미덥지 못하고 불확실하지요. 언제까지 기다려야 될는지 알 수 없기 때문입니다. 또 기다림의 끝이 만남으로 이어질지도 확신할 수 없습니다. 더욱이 만났더라도 그 결과가 애초에 바랐던 것과 같으리라는 보장은 더더욱 없는 탓이지요. 그리해 뭇 기다림이 종편으로 이어지지 못하고 도중에 작파되고 마는 일이 얼마나 흔하던가요. 어떠한 기다림에는 누군가의 확신과 의지와 인내, 그리고 삶의 철학이 용해되어 담길 수밖에 없는 것입니다. 언제든 어떤 기다림에 톱을 갖다 대보세요. 누군가의 정체가 깨알로 쏟아지리니. 설레고 두렵습니다. 생각만 한 음모여서 설레고, 한 번도 해본 적이 없는 거사여서 두렵습니다. 앞서간 여우 숲 교장 김용규는 말하지요.

"첫째, 두려웠습니다. 하지만 그건 나중의 일이었습니다. 설레는 게 먼저였습니다. 나는 살고 싶은 삶을 향해 떠난 사람입니다. 사랑에 빠진 사람이었지요. 누군가에게 마음을 빼앗겼는데 두려운 마음이 먼저 들던가요? 설레서 속수무책 끌려가는 게 정상이죠. 확신이 있었냐고요? 천만에요. 내 마음 빼앗은 그 사람이 내 사람이 될 거란 확신이 처음부터 있던가요? 정말 좋아하면 계산은 나중에야 생기죠."

답이 한가지일 순 없습니다. 앞선 걸음을 따라간다고 해서 반드시 원하는 목적지에 안전하게 나를 데려다준다고 어찌 장담할 수 있겠는지요. 차용한 철학으로는 결코 새로운 길로 나아갈 수 없습니다. 돌아보면 과거는 하나의 길밖에 나 있지 않지만 지금 이후 미래는 수만 갈래의 길이 뻗어있습니다. 하나를 위해 수만을 버리는 것이 선택이라면 답은 수만 가지인 것은 당연합니다. 훌륭한 선택에는 공통으로 통용되는 분명한 기준이 관류합니다. 인생 최고의 고객은 누구도 아닌 바로 '나'라는 점입니다. 중대한 선택이 만족시켜야 할 대상은 그 누구도 아닌 '나'여야 하는 이유지요. 그렇다면 김용규의 선택은 하나의 선험이 될 수 있겠지요.

비 그친 하늘 먹빛 구름 사이를 비집고 옅은 햇살이 퍼지는 한적한 대전역 플랫폼. 읽다 만 시집을 몇 장 넘기다 딱 눈이 멎는 곳. 통찰력 깊은 그의 활자들이 마치 기다리고 있었다는 듯 내게 다가옵니다. 별나게도 자주 그렇습니다. 결코, 우연이란 없는 듯.

> ......
> 혁명은 시멘트 바닥을 걷어내고
> 푸른 나무숲을 되살려 가는 것
> 한쪽으로 치우친 나무를 올바로 세워가며
> 자급 자립하는 마을과 삶의 자율성이
> 뿌리 깊게 되살아나게 하는 것
>
> 혁명이란
> 새로운 것을 만드는 것이 아니라
> 본성대로 돌려놓는 것이고

참모습을 되찾는 것이니

......

삶의 나무는 지지대가 적으면 적을수록
건강하고 푸르른 참사람의 숲이니

≪그러니 그대 사라지지 말아라≫ 「혁명은 거기까지」 박노해

모든 것은 시작 안에 포개져 있다

안개 자욱하던 지상 위로 아침 해는 어김없이 솟아올랐습니다. 많은 이들이 평소와 다르게 쳐다봤을 해는 기대와는 다르게 어제와 다르지 않은 모습이었겠지요. 사실 날마다 보는 해는 언제나 다른 해지요. 시간의 흐름이 같은 시간을 만들 수 없듯 일각도 멈추지 않는 우주가 어제의 것을 다시 재현할 수 있는 길은 없습니다. 헤라클레이토스는 만물의 기원으로 불을 꼽으면서 "세계가 끊임없이 변하는 질서는 끊임없이 변화하고 항상 다른 모양을 가지는 불과 닮았다."라고 주장했습니다. 일렁이며 춤추듯 요염하게 타오르는 불의 모습은 반론의 여지 없이 다시는 복제할 수 없는 천변만화 그 자체지요.

비가 내리면 어떤가. 눈이 오면 어떤가. 실바람이 불면 또 어떠며 폭양이 내리쬐는 뙤약볕이면 어떤가. 폭풍우에 눈보라가 들면 어떻고 눈 녹은 양지에 드러나는 포슬포슬한 흙의 감촉이면 어떤가……

이 모든 외물은 시작의 순간 속에 남김없이 포개어져 있습니다. 시작이 움틀 때 세상도 그제야 기지개를 켜며 간직했던 비의를 펼쳐 보이지요. 더불어 세상과 인생이 현실로 페이드인 됩니다.

순애보 같은 사랑이, 감동과 감탄의 두근거림이, 복받치는 비분강개가, 좌절과 분노의 외침이, 한결같이 굳센 절개와 정의가, 찬란한 성취가, 통한의 패배가, 변함없는 강건한 우정이, 든든한 아버지의 눈길이, 세심하고 자혜로운 어머니의 손길이, 투박한 형제애가, 곰살맞은 누이의 웃음이, 서슬 퍼런 압제와 폭압이, 거침없는 대자유가, 기쁨과 행복이, 고통과 시련이, 넘실거리는 생명의 푸름이, 색 바랜 삭정이에 말라붙은 낙엽이, 거칠고 메마른 수피를 두른 사방오리나무가, 물오른 싱싱한 봄날의 줄기들이, 피 끓는 오월의 청춘이, 넉넉한 가을의 장년이, 회색빛 찬바람에 꽁꽁 언 겨울의 만년이, 하루 일을 무사히 끝낸 고단한 가장의 어깨가, 절제를 잃은 비만과 부패에 물든 국회의원의 번들거리는 얼굴이, 비열하고 치졸한 웃음이, 맑고 넉넉한 너털웃음이, 조화로운 평화가, 일그러진 영웅들의 전쟁이, 피 말리는 경쟁이, 서로 손잡고 함께 뛰는 협력이, 움츠린 용기가, 자만의 넘침이, 인자한 나이 듦이, 경솔한 젊음이, 꼼꼼한 계획과 준비가, 방만한 부실과 게으름이, 우울과 짜증이, 즐거운 북돋움이, 상기된 들뜸이, 처진 기분이……

오, 끝이 없어라. 시작이란 활자 안에 포개어져 쟁여진 세상의 현현물들.

팔공산 동쪽 능선을 오르는 오후의 산길에는 녹지 않은 눈이 뒤덮고 있습니다. 더러 경사진 눈길 위를 걷는 이들은 분명 나와 같은 목적인 새해맞이 산길을 오른 듯합니다. 시작은 늘 범속한 일상의 분절이 제조한 첫마디지요. '같은 강물'은 아니지만 우리는 변함없이 흐르는 일상의 강물에 선을 그어 어떠한 표식을 붙여놓고 싶어 합니다. 현재는 과거의 부식을 딛고 서 있는 존재지요. 과거와 결별하거나 단절 없이 새로운 현재는 존재할 수 없습니다. 과거의 문을 닫지 않고는 미래와 통하는 문을 열 수는 없는 법이지요. 새해와 새달, 새 하루는 그런 바람 속에서 선명히 그어 놓은 하얀 횟가루와 같습니다. 의식적 행위를 요구하는 것에는 늘 의례가 뒤따르기 마련이지요. 그렇지 않으면 일상의 분절은 관심사에서 멀어지고 결국 삶 속에 자리 잡지 못합니다. 새해 눈 덮인 산길을 오르는 것은 오로지 이 첫날을 기억하고자 행한 리추얼일 테지요.

죽은 듯 메마른 나뭇가지 끝에도 눈이 쌓여있습니다. 상고대처럼 눈이 붙은 눈꽃 가지들이 산을 온통 흰빛으로 바꿔놓았습니다. 어쩌면 산은 설백의 눈으로 계절을 분절하고 있는지도 모르겠네요. 새해 첫날 참으로 운 좋게도 눈 덮인 산에서 하루를 보낼 수 있었습니다. 바람 없는 겨울 산등성이의 따사로운 햇살이 가지 끝에 쌓인 눈을 이내 녹이고 말겠지만, 팔공산의 흰빛 산은 뷰파인더에 포획된 풍광처럼 흘러가는 시간을 오래도록 붙들어 매줄 겁니다.

이제 새로운 책들을 펼칠 시간

난생처음 당도한 어느 낯선 곳에서 맞는 듯한 막막함과 아득함. 불면의 밤을 보내고 맞이한 새벽, 이불 속에 몸을 빼내지 못한 채 한참이나 뭉그적거리는 동안 엄습하는 감정이다. 대체로 시키는 대로 해야 하는 강요로부터 파생된 의무와 책임의 오랜 습관이 만들어낸 관성의 폭력이다. 어쩔 수 없었지만, 또 가끔은 그것으로 인해 존재감을 가누게 했던 지금의 노동. 이제 그 노동의 고됨에서 서서히 비켜서야 하는 때가 오는 것이다. 물론 지금이 아니더라도 언젠가는 닥칠 일이다. 그 누구도 예외일 수 없다. 노동의 가치는 생산성이 만들기 때문이다. 생산성은 육체와 정신의 쇠락과 더불어 감소하기 마련. 조직은 노동의 생산성을 섭식하며 그 자양분으로 연명한다. 피하려야 피할 수 없는 동물성이 겪어야 할 숙명이다.

그런데도 비켜섬에서 야기되는 낯섦의 여파는 적지 않다. 어제와 다른 바 없지만, 도무지 경험해 보지 못한 생경한 하루들로 들이닥치는 일상. 그로 평온이 깨지며 틈새로 스며드는 불안과 약간의 초조함. 더불어 들리는 자의식의 마모 소리. 필부에게 외양의 변화는 언제나 내면의 변화를 동반한다. 눈 귀 채근하고, 입 깨물며 당분간 수고로운 일상을 지내야 할 것이다. 낯섦에 동화되는 데에는 적잖은 시간과 에너지를 요구하리니 낯섦이 새로운 일상이 될 때 그제야 안온함에 혼곤해지리라. 손에 든 것을 놓지 않고서는 새로운 것을 잡을 수 없다. 오랜 책임의 자리에서 비켜섰다. 비장한 각오나 억울한 울분 같은 것은 없었다. 조금의 명예와 얼마간의 금전으로 더욱 여유롭게 할 자유를 사는 심정으로 내린 결정이었다. 다만 어쩔 수 없이 시니어로 불리는 것이 아쉬울 뿐, 어쩌면 고단함에서 헤어나려 언뜻언뜻 바란 소망이었을지도 모른다.

주역의 64괘의 마지막 괘는 화수미제(火水未濟)다. 미제는 미결이라는 의미다. 반대로 수화기제(水火旣濟)는 완성, 종료를 뜻한다. 공자는 ≪계사전繫辭傳≫에서 수화기제 뒤에 화수미제를 둔 이유를 이렇게 말한다.

"세상은 그 자체로 미완성이다. 세상의 모든 일에는 완성이란 없다. 완성은 끝이기 때문에 거기에는 해결하기 위해 노력할 필요도 없고 애쓸 까닭도 없는 그야말로 완료다. 그럼 운세도 순환도 존재할 이유가 없다. 세상은 늘 미제(未濟)로 남아있어야 한다. 아쉬움이 있어야 닦음이 있고 애씀이 있으며 궁구가 있고 발전과 성장이 있다. 이로써 화수미제(火水未濟)를 마지막 괘로 놓는다."

자의든 타이든 또 다른 삶의 길을 다시 떠나는 새로운 여정 앞에 섰다. 막 주문 도착한 택배 박스의 새로운 책들을 펼칠 시간이다. 머뭇거릴 까닭이 없다. 책 속에는 새 길이 나 있을 테고 길은 또 다른 길로 이어지고 뻗을 것이며, 그 길에서 줄곧 낯선 일상을 마주한 채 그것을 기록할 것이기에. 삶에는 기어코 이루고 마는 완성이란 있을 수 없기에.

바람에 가르랑거리며 구르는 오솔길 저 나뭇잎의 냄새로부터
나무의 역사를 듣는다
자연의 필연을 보며 영원한 순환성을 본다

경전이 기록으로만 그 뜻이 이어지지 않듯
이 새벽 메마른 가랑잎 소리는
막힘없는 우주의 뼈 시린 골수를 전하는 누대의 강학이리라

감정은 늘 변화무쌍하고 도대체 붙들지 못한다
흐름에 올라타야 마땅하다
그러함에도 네가 떠나니 문득 아프다

어찌할 바 몰라 망연자실하다
쇠잔과 쇠락에 대한 타전에 교신하는 감정의 반응인가?

이는 개별적이고 감성적이라 보편성은 아니므로
그러니 감성과 심상이 영원불변에 이르는 길섶에 환하게 핀 꽃일
순 없다
오직 순환만이 영원하다
내 추론은 그러하다

참된 인간의 한 조각 특성은 범주로부터 파생된 보편타당성을 지
닌 것이다
그건 2800년 전 호메로스가 이 땅에 파종한 생각의 도구다
이를테면 메타포라다
뒹구는 낙엽의 메타포라는 무엇인가?
그건 끝남이 아니다
마찬가지로 덧없지도 않다
죽음은 단절이 아니라 시작이고 이제 융성을 향한 첫걸음이리라

삶에 기어코 이루고 마는 완성은 없다
끝없이 이어지고 맞물린 순환이 있을 뿐이다

2020년 가을에 서병철

이 책이 허접스럽게 읽히지 않는다면 오로지 '도와준 책'들의 저자 덕분일 것이다. 코로나로 인해 여러모로 어려웠을 여건에도 흔쾌히 출간을 결정해준 이담북스에 감사함을 전한다. 늘 묵묵히 곁에 있는 한결같은 동지 지은, 이제는 어엿한 어른이 다 된 민욱, 현에게도 고맙다는 말을 빼놓을 수 없겠다. 내 마흔의 일상이 무색하지 않았다면 가족의 지지 때문임은 자명할 것이기에.

누구보다도 부족한 이 책을 손에 든 독자들에게 깊이 고개 숙인다.

이 책을 도와준 책들

I 글에 관하여

≪독서의 위안≫ 송호성, 화인코리아, 2010

≪책꽂이 투쟁기≫ 김흥식, 그림씨, 2019

≪책은 도끼다≫ 박웅현, 북하우스, 2011

≪독서의 神신≫ 마쓰오카 세이고, 김경균 옮김, 추수밭, 2013

≪나는 왜 쓰는가≫ 조지 오웰, 이한중 옮김, 한겨레출판, 2010

II 자연에 관하여

≪빌뱅이 언덕≫ 권정생, 창비, 2012

≪나무와 숲≫ 남효창, 한길사, 2008

≪침묵의 봄≫ 레이첼 카슨, 김은령 옮김, 에코리브르, 2011

≪그러니 그대 사라지지 말아라≫ 박노해, 느린걸음, 2010

≪우포의 편지≫ 정봉채, 몽트, 2015

≪걷기 예찬≫ 다비드 르 브르통, 김화영 옮김, 현대문학, 2002

III 삶에 관하여

≪여기에 사는 즐거움≫ 야마오 산세이, 이반 옮김, 도솔, 2002

≪삶의 정도≫ 윤석철, 위즈덤하우스, 2011

≪특혜와 책임≫ 송복, 가디언, 2016

IV 노동에 관하여

≪시간≫ 칼하인츠 A. 가이슬러, 석필, 1999

≪피터 드러커의 자기경영 노트≫ 피터 드러커, 조영덕 옮김, 한국경제신문, 2014

≪지혜의 심리학≫ 김경일. 진성북스, 2017

≪자기로부터의 혁명 1≫ 크리슈나무르티, 권동수 옮김, 범우사, 2008

≪나는 이렇게 될 것이다≫ 구본형, 김영사, 2013

Ⅴ 사람에 관하여

≪30년만의 휴식≫ 이무석, 비전과리더십, 2012

≪텅 빈 충만≫ 법정, 샘터, 2010

≪알래스카, 바람 같은 이야기≫ 호시노 미치오, 이규원 옮김, 청어람미디어, 2012

≪구본형의 마지막 편지≫ 구본형, 휴머니스트, 2013

≪그리운 것들은 산 뒤에 있다≫ 김용택, 창비, 2009

≪유배지에서 보낸 편지≫ 정약용, 박석무 옮김, 창비, 2007

Ⅵ 인문에 관하여

≪인간이 그리는 무늬≫ 최진석, 소나무, 2015

≪대산주역강의 3≫ 김석진, 한길사, 2017

≪삶의 길 흰구름의 길≫ 오쇼 라즈니쉬, 류시화 옮김, 청아출판사, 2005

≪설득의 논리학≫ 김용규, 웅진지식하우스, 2020(개정판)

Ⅶ 꿈에 관하여

≪철학자의 사물들≫ 장석주, 동녘, 2013

≪게으른 산행≫ 우종영, 한겨레신문사, 2004

≪고독의 즐거움≫ 헨리 데이비드 소로, 양억관 옮김, 에이지21, 2013

≪나루를 찾아서≫ 박창희, 서해문집, 2006

서병철

조직이 바라는 그릇보다 능력이 한참 못 미쳐 품삯을 챙긴 이래로 한 번도 울을 떠나보지 못했다. '할 수 있는' 것과 '하고 싶은' 것 사이의 간극을 훌쩍 건너뛰지 못하는 것은 현재의 불만이 두려움의 경계를 앞지르지 않은 탓이다. 그리해 일상은 늘 '매임'과 '떠남'의 동경 사이를 출렁인다. 바깥세상은 무지의 영역이고, 가보지 못한 길은 언제나 그리운 여정으로 남아있다. 날마다 읽고 쓰면서 이 그리움을 유예한다. 읽기와 쓰기가 유일한 위안이고 격려이며 기호일 수밖에 없다.

공채로 입사한 삼성에서 줄곧 보냈으며 이런저런 이유로 금융 관계사를 두루 거쳤다. 삼성생명으로 입사해 삼성선물, 삼성캐피탈을 거쳐 지금은 삼성카드에 있으며 전략영업본부가 일터다. 주로 마케팅과 영업의 실무 관리를 담당했다. 비즈니스는 사람과의 연루됨 속에서 도모하고 모색되는 존재다. 사람 안에서 무언가를 찾고 더불어 사람이 되어주는 일이다. 그 속에서 젊은 날을 다 보내도 사람은 여전히 난해하고 기묘하다는 생각에는 변함이 없다. 그래서 현장은 조직의 꽃이라는 사실을 부단히 주장한다.

쓴 책으로는 마흔의 입문서 ≪마흔 그대, 인생 2막의 꿈을 찾아라≫가 있다.

독서와 사색으로 길어온 일상의 깨달음
마흔, 일상의 재발견

초판인쇄   2020년 10월 7일
초판발행   2020년 10월 7일

지은이   서병철
펴낸이   채종준
펴낸곳   한국학술정보㈜
주소   경기도 파주시 회동길 230(문발동)
전화   031) 908-3181(대표)
팩스   031) 908-3189
홈페이지   http://ebook.kstudy.com
전자우편   출판사업부   publish@kstudy.com
등록   제일산-115호(2000. 6. 19)

ISBN   979-11-6603-082-6   03810